| 主编·汪剑钊 |

"俄罗斯文学译丛"系
"金色俄罗斯丛书"平装版

感伤的旅行

Сентиментальное путешествие

[俄] 什克洛夫斯基 / 著
杨玉波 / 译

四川人民出版社

图书在版编目（CIP）数据

感伤的旅行 /（俄罗斯）什克洛夫斯基著；杨玉波
译. —成都：四川人民出版社，2024.1
（俄罗斯文学译丛 / 汪剑钊主编）
ISBN 978−7−220−13484−5

Ⅰ. ①感⋯ Ⅱ. ①什⋯ ②杨⋯ Ⅲ. ①散文集−俄罗
斯−现代 Ⅳ. ①I512.65

中国国家版本馆 CIP 数据核字（2023）第 199218 号

GANSHANG DE LÜXING

感伤的旅行

（俄罗斯）什克洛夫斯基 著 杨玉波 译

责任编辑	王其进 赵 璐
责任校对	姚慧鸿
装帧设计	张迪茗
责任印制	祝 健

出版发行	四川人民出版社（成都三色路 238 号）
网 址	http://www.scpph.com
E-mail	scrmcbs@sina.com
新浪微博	@四川人民出版社
微信公众号	四川人民出版社
发行部业务电话	（028）86361653 86361656
防盗版举报电话	（028）86361653
照 排	四川胜翔数码印务设计有限公司
印 刷	成都东江印务有限公司
成品尺寸	140mm×203mm
印 张	13
字 数	250 千
版 次	2024 年 1 月第 1 版
印 次	2024 年 1 月第 1 次印刷
书 号	ISBN 978−7−220−13484−5
定 价	69.80 元

金色俄罗斯
Золотая Россия

致敬"金色俄罗斯丛书"译介团队，感谢所有参与者为传播
俄罗斯文学、增进中俄两国人民文化交流而做的努力！

汪剑钊　丛书主编、译者，北京外国语大学外国文学研究所教授，博士生导师。

张建华　丛书顾问、译者，北京外国语大学教授。

刘文飞　丛书顾问，中国俄罗斯文学研究会会长。

张　冰　北京师范大学俄语系教授，博士生导师。

赵晓彬　哈尔滨师范大学斯拉夫语学院副院长，博士生导师。

杨玉波　哈尔滨师范大学斯拉夫语学院副教授，文学博士。

郑艳红　中国社会科学院文学博士，绥化学院外国语系教师。

张　猛　北京外国语大学外国文学研究所博士。

李　莉　北京师范大学文学博士，杭州师范大学教授。

顾宏哲　辽宁大学俄语系副教授，硕士生导师。

赵艳秋　复旦大学俄语系副主任，文学博士。

侯炜红　中国社会科学院外国文学研究所俄罗斯文学研究室主任，文学博士。

池济敏　四川大学外国语学院副院长，副教授，文学博士。

飞　白　云南大学外语系教授，浙江省比较文学与外国文学学会名誉会长。

黄　玫　北京外国语大学俄语学院教授，博士生导师。

杨晓笛　北京外国语大学博士，太原理工大学教师。

李玉萍　洛阳理工学院副教授，文学博士。

王立业　北京外国语大学俄语学院教授，博士生导师。

邱　鑫　黑龙江大学俄语学院文学博士。

郭靖媛　北京大学比较文学专业博士在读。

薛冉冉　浙江大学外语学院副教授，博士。

温玉霞　西安外国语大学俄语学院教授，博士生导师。

潘月琴　北京外国语大学俄语学院副教授，博士。

余　翔　北京科技大学外国语学院师资博士后，文学博士。

李春雨　厦门大学外文学院助理教授，博士。

董树丛　北京外国语大学外国文学研究所硕士。

冯昭玙　浙江大学外文系教授。

杜　健　北京师范大学俄语语言文学专业博士。

韩宇琪　北京师范大学俄语语言文学专业博士。

苏　玲　《外国文学动态研究》主编，博士。

颜　宽　国立莫斯科大学语言文学系博士。

马卫红　浙江外国语学院教授，文学博士。

王丽欣　哈尔滨师范大学斯拉夫语学院副教授，文学博士。

于婷婷　西安外国语大学俄语语言文学博士在读。

王时玉 华东师范大学俄语语言文学博士在读。

穆 馨 哈尔滨师范大学斯拉夫语学院副教授，翻译硕士导师。

徐 琪 厦门大学外文学院教授，文学博士。

徐曼琳 四川外国语大学俄语系教授，文学博士。

欢迎更多的译者加入"金色俄罗斯丛书"……

（按译作出版时间排序）

四川人民出版社　文学出版中心

目　录
Contents

金色的"林中空地"（总序）

汪剑钊

2014 年 2 月 23 日，第二十二届冬奥会在俄罗斯的索契落下帷幕，但其中一些场景却不断在我的脑海回旋。我不是一个体育迷，也无意对其中的各项赛事评头论足。不过，这次冬奥会的开幕式与闭幕式上出色的文艺表演给我留下了深刻的印象，迄今仍然为之感叹不已。它们印证了一个民族对自身文化由衷的热爱和自觉的传承。前后两场典仪上所蕴含的丰厚的人文精髓是不能不让所有观者为之瞩目的。它们再次证明，俄罗斯人之所以能在世界上赢得足够的尊重，并不是凭借自己的快马与军刀，也不是凭借强大的海军或空军，更不是凭借所谓的先进核武器和航母，而是凭借他们在文化和科技上的卓越贡献。正是这些劳动成果擦亮了世界人民的眼睛，引燃了人们眸子里的惊奇。我们知道，武力带给人们的只有恐惧，而文化却值得给予永远的珍爱与敬重。

众所周知，《战争与和平》是俄罗斯文学的巨擘托尔斯泰所著的一部史诗性小说。小说的开篇便是沙皇的宫廷女官安娜·帕夫洛夫娜家的舞会，这是介绍叙事艺术时经常被提到的一个经典性例子。借助这段描写，托尔斯泰以他的天才之笔将小说中的重要人物一一拈出，为以后的宏大叙事嵌入了一根强劲的楔子。2014年2月7日晚，该届冬奥会开幕式的表演以芭蕾舞的形式再现了这一场景，令我们重温了"战争"前夜的"和平"魅力（我觉得，就一定程度上说，体育竞技堪称一种和平方式的模拟性战争）。有意思的是，在各国健儿经过十数天的激烈争夺以后，2月23日，闭幕式让体育与文化有了再一次的亲密拥抱。总导演康斯坦丁·恩斯特希望"挑选一些对于世界有影响力的俄罗斯文化，那也是世界文化遗产的一部分"。于是，他请出了在俄罗斯文学史上引以为傲的一部分重量级人物：伴随拉赫玛尼诺夫第二钢琴协奏曲的演奏，普希金、果戈理、屠格涅夫、托尔斯泰、陀思妥耶夫斯基、契诃夫、马雅可夫斯基、阿赫玛托娃、茨维塔耶娃、布尔加科夫、索尔仁尼琴、布罗茨基等经典作家和诗人在冰层上一一复活，与现代人进行了一场超越时空的精神对话。他们留下的文化遗产像雪片似的飘入了每个人的内心，滋润着后来者的灵魂。

美裔英国诗人 T. S. 艾略特在《诗的作用和批评的作用》一文中说："一个不再关心其文学传承的民族就会变得野蛮；一个民族如果停止了生产文学，它的思想和感受力就会止步不前。一个民族的诗歌代表了它的意识的最高点，代表了它最强大的力量，也代表了它最为纤细敏锐的感受力。"在世界各民族中，俄罗斯堪称最为关心自己"文学传承"的一个民族，而它辽阔的地理特征则为自己的文学生态提供了一大片培植经典的金色的"林中空地"。迄今，在这片土地上生根发芽并长成参天大树的作家与作品已不计其数。除上述提及的文学巨匠以外，19世纪的茹科夫斯基、巴拉廷斯基、莱蒙托夫、丘特切夫、别林斯基、赫尔岑、费特等，20世纪的高尔基、勃洛克、安德列耶夫、什克洛夫斯基、普宁、索洛古勃、吉皮乌斯、苔菲、阿尔志跋绥夫、列米佐夫、什梅廖夫、波普拉夫斯基、哈尔姆斯等，均以自己的创造性劳动进入了经典的行列，向世界展示了俄罗斯奇异的美与力量。

中国与俄罗斯是两个巨人式的邻国，相似的文化传统、相似的历史沿革、相似的地理特征、相似的社会结构和民族特性，为它们的交往搭建了一个开阔的平台。早在1932年，鲁迅先生就为这种友谊写下一篇"贺词"——《祝中俄文字之交》，指出中国新文学所受的"启发"，将其看作自己的"导师"和"朋友"。20世纪50年代，由于意识形态的接近，中国与苏联在文化交流上曾出现过一个"蜜月期"，在那个特定的时代，俄罗斯文学几乎就是外国文学的一个代名词。俄罗斯文学史上的一些名著，如《叶甫盖尼·奥涅金》《死魂灵》《贵族之家》《猎人笔记》《战争与和平》《复活》《罪与罚》《第六病室》《丽人吟》《日瓦戈医生》《安魂曲》《没有主人公的叙事诗》《静静的顿河》《带星星的火车票》《林中水滴》《金蔷薇》和《钢铁是怎样炼成的》等，都曾经是坊间耳熟能详的书名，有不少读者甚至能大段大段背诵其中精彩的章节。在一定程度上，我们可以说，翻译成中文的俄罗斯文学作品已构成了中国新文学的一个重要组成部分，成为现代汉语中的经典文本，就像已广为流传的歌曲《莫斯科郊外的晚上》《三套车》《喀秋莎》《山楂树》等一样，后者似乎已理所当然地成为中国的民歌。迄今，它们仍在闪烁金子般的光芒。

不过，作为一座富矿，俄罗斯文学在中文中所显露的仅是冰山一角，大量的宝藏仍在我们有限的视域之外。其中，赫尔岑的人性，丘特切夫的智慧，费特的唯美，洛赫维茨卡娅的激情，索洛古勃与阿尔志跋绥夫在绝望中的希望，苔菲与阿维尔琴科的幽默，什克洛夫斯基的精致，波普拉夫斯基的超现实，哈尔姆斯的怪诞，等等，大多还停留在文学史上的地图式导游。为此，作为某种传承，也是出自传播和介绍的责任，我们编选和翻译了这套"金色俄罗斯丛书"，其目的是进一步挖掘那些依然静卧在俄罗斯文化沃土中的金锭。可以说，被选入本丛书的均是经过了淘洗和淬炼的经典文本，它们都配得上"金色"的荣誉。

行文至此，我们有必要就"经典"的概念略做一点说明。在汉语中，"经典"一词最早出现于《汉书·孙宝传》："周公上圣，召公大贤。尚犹有不相说，著于经典，两不相损。"汉朝是华夏民族展示凝聚力的重要朝代，当时的统治者不仅实现了政治上的统一，而且也希望在文化上设立标杆与范型，亟盼对前代思想交流上的混乱与文化积累上的泥沙俱下状态进行一番清理与厘定。客观地说，它取得了一定的成效，虽说也因此带来了"罢黜百家"的重大弊端。就文学而言，此前通称的"诗三百"也恰恰在那时完成了经典化的过程，被确定为后世一直崇奉的《诗经》。关于"经典"的含义，唐代的刘知幾在《史通·叙事》中有过一个初步的解释："自圣贤述作，是曰经典。"这里，他将圣人与前贤的文字著述纳入经典的范畴，实际是一种互证的做法。因为，历史上那些圣人贤达恰恰是因为他们杰出的言说才获得自己的荣名的。

那么，从现代的角度来看，什么是经典呢？商务印书馆出版的《现代汉语词典》给出了这样的释义：1. 指传统的具有权威性的著作：博览经典。2. 泛指各宗教宣扬教义的根本性著作。不同于词典的抽象与枯涩，意大利著名作家卡尔维诺归纳出了十四条非常感性的定义，其中最为人称道的是其中两条：其一，一部经典作品是一本每次重读都像初读那样带来发现的书；一部经典作品是一本即使我们初读也好像是在重温的书。其二，经典作品是一些产生某种特殊影响的书，它们要么自己以遗忘的方式给我们的想象力打下印记，要么乔装成个人或集体的无意识隐藏在深层记忆中。参照上述定义，我们觉得，经典就是经受住了历史与时间的考验而得以流传的文化结晶，表现为文字或其他传媒方式，在某个领域或范围具有一定的权威性和典范性，可以成为某个民族甚或整个人类的精神生产的象征与标识。换一个说法，每一部经典都是对时间之流逝的一次成功阻击。经典的诞生与存在可以让时间静止下来，打开又一扇大门，带你进入崭新的世界，为虚幻的人生提供另一种真实。

或许，我们所面临的时代确实如卡尔维诺所说："读经典作品似乎与我们的生活步调不一致，我们的生活步调无法忍受把大段大段的时间或空间让给人本主义者的悠闲；也与我们文化中的精英主义不一致，这种精英主义永远也制定不出一份经典作品的目录来配合我们的时代。"那么，正如沙漠对水的渴望一样，在漠视经典的时代，我们还是要高举经典的大纛，并且以卡尔维诺的另一段话镌刻其上："现在可以做的，就是让我们每个人都发明我们理想的经典藏书室；而我想说，其中一半应该包括我们读过并对我们有所裨益的书，另一些应该是我们打算读并假设对我们有所裨益的书。我们还应该把一部分空间让给意外之书和偶然发现之书。”

愿“金色俄罗斯”能走进你的藏书室，走进你的精神生活，走进你的内心！

献 给 柳 霞^①

第一部　革命与前线

革命前我曾担任后备装甲营的教官——处于特别受优待的军人地位。

我永远不会忘记那种可怕的压抑感，对此我和任职司令部文书的哥哥①都深有体会。

我记得那时八点钟以后才敢偷偷摸摸地出门，有三个月毫无指望地待在营房里，而最主要的事情与电车有关。

当时整个城市变成了一座军营。"谢米什尼克"② ——人们这样称呼军事巡逻队的士兵，这是因为他们——据说——每抓住一个人就能得到两戈比，——他们搜捕我们，把我们赶进院子里，还揍了卫戍司令。这场冲突的起因是电车车厢里挤满了士兵，他们却拒绝支付车费。

上级认为这是关乎名誉的问题。我们这些普通士兵对此却置若罔闻，仍然泄愤般在暗地里我行我素。

也许这是幼稚的行为，但我相信，人们整日待在营房里，没有休假日，被召集在这里，中断了工作，因无所事事而在板床上躺得身体都要溃烂，营房中的烦恼，无法排解的苦闷，对满街抓捕他们

---

① 尼古拉·鲍里索维奇·什克洛夫斯基（1891—1918）。

② 俄文 семишник 的音译，意为"两戈比"，是俄国民间对两戈比硬币的称谓。——译注

的愤恨，——所有这一切让彼得堡①的驻军走上了革命道路，而并非不断的军事挫折和公认的"叛变"的传言。

关于有轨电车这一话题，还专门编了民间故事，故事听起来挺凄惨，却很有代表性。比如说：一个好心肠的护士带着一名伤员乘车，一位将军对伤员纠缠不休，还欺辱护士；这时她脱下风衣，原来她穿着大公夫人的礼服；于是人们就说："穿着礼服呢。"将军跪下请求谅解，但是她不肯原谅他。您看——民间故事还完全是君主主义色彩的。

下面的故事有人说发生在华沙，有人说发生在彼得堡。

讲的是一个哥萨克杀死将军的故事，这个将军想把哥萨克从电车上拽下来，还扯下了他佩戴的几枚十字勋章。因电车而引发的谋杀事件似乎在彼得堡确实发生过，但是我认为将军的形象是经过史诗性加工的；那时候的将军们并没有坐过电车——退伍的穷困者除外。

在部队中没有人做宣传工作；至少我敢说，我所在的部队是没有的，从早晨五六点钟一直到晚上的所有时间，我都是和士兵们一起度过的。我说的是党的宣传；但是，即便没有这种宣传，革命仍然是确定无疑的——大家都知道它必然会发生，原本以为战争后就会爆发的。

---

① 即圣彼得堡，该市始建于1703年。1914年第一次世界大战爆发后，沙皇政府将圣彼得堡改名为彼得格勒。1924年列宁逝世，苏联政府将市名改为列宁格勒。1991年苏联解体后，恢复圣彼得堡的旧名。本书中什克洛夫斯基交替使用"彼得堡"和"彼得格勒"两个称呼。——译注

部队里没有可以做宣传工作的人，党内人士很少，即便有，也是在与士兵几乎没有交往的工人当中；知识分子——就该词最基本的意义而言，也就是说，凡是受过一点儿教育的人，哪怕上过两年中学——都升为军官，其所作所为并不比基干军官更好，也许比他们还糟糕，至少在彼得堡驻军中是如此；自愿超期服役的准尉是不受欢迎的，特别是那些紧紧咬住后备营不放的后方部队中的准尉。关于这些人，战士们唱道：

> 从前在菜园里翻寻，
>
> 现在——成了大人。

在这些人当中，许多人的过错仅仅是太容易屈服于军事学校煞有介事地规定的严格训练。他们中许多人后来忠诚地献身革命事业，也确实是因为同样容易受到它的影响，仍像以前那样容易被外界左右。

拉斯普京的故事流传很广。我并不喜欢这个故事；从故事的内容可以看出人民精神的衰变。革命后的小报、所有这些"格里沙及其勾当"① 和这类文学的成功让我看到，对于广大群众而言，拉斯普京是一个特别的民族英雄，有点像瓦尼基·克柳奇尼克②。

---

① 可能指的是《盗马贼格里沙恋爱勾当的趣闻》，1917 年署"赫尔松斯基"的笔名出版，当时一些著名的文学家（如列·尼库林、菲·什库廖夫、罗·门捷列维奇）也曾发表过这类作品。

② 俄罗斯民间歌谣中的人物，他诱奸了自己的女主人公爵夫人，因此被打死。

但是，存在着各种各样原因，一些原因直接刺激着人们的神经，成为爆发革命的理由，另一些原因则在人的内心发挥着作用，慢慢改变着人民的心理，聚拢俄国民众的生了锈的铁环绷得紧紧的。

市内的食品供应一直在恶化，依照当时的标准来看很是糟糕。面包短缺，面包店前排着长队，侧路渠边已经有人砸了面包店，那些能领到面包的幸运者带着它回家，把它紧紧握在手里，脉脉含情地望着它。

有人向士兵购买面包，于是面包的硬皮和碎块便在营房里消失了，以前它们与奴役生活的酸臭味都是营房的"地方性标志"。

"买面包"的喊叫声在营房的窗户下和大门旁响起，哨兵和值班人员已经疏于看守，让自己的战友自由出入。

兵营对旧制度失去了信心，受到上级残酷却已然不自信的欺压，开始骚动不安。这个时候，基干士兵，甚至于二十二至二十五岁的士兵，都极为罕见。他们在战争中被残忍而又毫无理由地打死了。

基干士官被作为普通列兵编入第一梯队，死在了普鲁士、利沃夫近郊以及著名的"伟大的"撤退之时①，当时俄国军队用自己人的尸体铺平了整个大地。那时候的彼得堡士兵都是些心怀不满的农民或者城市居民。

这些人甚至还没换上灰色军大衣，匆忙中只来得及把大衣裹在身上，就已经被编成一群群、一帮帮、一伙伙的，被称为后备营。

---

① 指的是俄国军队 1915 年的撤退，当时不得不放弃 1914 年占领的奥匈帝国的部分土地以及波兰、库尔兰和并入俄国的白俄罗斯的部分土地。1915 年 6 月 22 日放弃了利沃夫。

究其实质而言，兵营简直成了砖砌的畜栏，任人宰割的人们如同畜群一般不断地被各种新出现的红红绿绿的纸片发出的号召驱赶进来。

指挥人员与广大士兵之间的比值，很可能并不高于奴隶船中监工与奴隶之间的比值。

兵营外面则传言说，"工人要有所行动"，"科尔平人①想在2月18日打进国家杜马"。

半农民、半市民的广大士兵与工人接触很少，但是所有的情形却促使暴动成为可能。

我记得革命前夕的那些日子。司机教官们曾幻想说，最好劫持一辆装甲车，向警方开火，然后把装甲车随便丢弃在关卡外面，在上面留下一张纸条："送到米哈伊洛夫斯克驯马场②"。这种想法很有代表性：大家依然关心汽车。显然，人们还没有信心推翻旧制度，只是想闹闹事而已。对警察早就不满了，主要是因为他们不必到前线服兵役。

我记得，在革命前的两个星期左右，我们支队（大约两百人）边走边挖苦一队警察，大声喊道："法老，法老!"③

2月的最后几天，老百姓确实袭击了警察，几支哥萨克队伍被派到街上，他们并不触犯任何人，只是骑马而行，脸上带着善意的微笑。这极大地鼓舞了人们的反抗情绪。涅瓦大街上有人开了枪，

---

① 彼得堡近郊的伊若尔工厂的工人。
② 米哈伊洛夫斯克驯马场以及附近建筑中设有装甲营的车库。
③ 这是警察的诨名，对警察的一种蔑称。

打死了几个人，被打死的马在铸造厂大街拐角不远处停放了很久。我记住了它的样子，这一事件在当时是那么不同寻常。

在兹纳缅斯克广场，一个哥萨克人杀了一个警官①，因为他用军刀殴打一个示威游行的女人。

一些街道上散布着犹豫不决的巡逻队。我记得有个看起来特别尴尬的机枪队，他们携带的小机枪架在轮式枪架（索科洛夫枪架）上，驮鞍上挂着子弹带；显然，这是一个驮载机枪队。队伍停在巴谢伊恩街、巴斯科夫街的街角；机枪就像小兽一样紧贴着路面，也是那么尴尬，它被人群团团围住，人们虽不攻击它，却不知何故用肩膀挤它，笨手笨脚的。

停留在弗拉基米尔大街上的是谢苗诺夫团的巡逻队——他们有凶手之名②。

巡逻队犹豫不决地滞留在那里，他们说："我们什么也不是，我们就像外人。"政府准备派出的大批军队原地待命。夜里，沃伦团的士兵③再也无法忍受下去，他们商量好以后，以"去祷告"为口令拿起步枪，洗劫了军需库，带上子弹，跑上街头，联合了驻扎在周围的几支小股队伍，在其营房所在区铸造厂区布置了巡逻队。除此之外，沃伦团的士兵还砸开我们的禁闭室，它恰好与他们的营房毗

① 警官克雷洛夫确实被一个哥萨克人砍死了；一种说法认为这个哥萨克人叫菲拉托夫，另一种说法认为哥萨克人是下级准尉菲利波夫。
② 在二月革命前的 12 年里以及 1905 年 12 月，禁卫军谢苗诺夫团曾多次参与镇压（特别残酷）莫斯科武装骚乱。
③ 指的是 2 月 27 日早晨 7 点走出营房的禁卫军沃伦团的教导队（为派遣士兵上前线做培训）。该教导队参与二月革命一事，许多文学作品中都有所描写，例如米·库兹明的诗歌《沃伦团》（1917）、阿·索尔仁尼琴的长篇小说《一九一七年三月》（1986—1987）。

邻。被释放的囚犯按照上司指令加入了队伍；我们的军官则保持中立，他们与《黄昏》持有类似的反对立场①。兵营喧嚣着，人们在等着被赶上街头。我们的军官说："去做吧，你们自己知道做什么。"

在各条街道上，在我所在的地区，一些穿便衣的人已经三五成群地从大门里跑出来，夺走了军官们的武器。

尽管时而会响起枪声，大门口还是站着很多人，甚至还有妇女和儿童。他们似乎是在等待即将举行的婚礼或华丽的葬礼。

早在此前的三四天里，我们的汽车已经按照上级指示拆得不能使用。在我们的车库里，后备军士官生工程师别林金把拆下的零件交到自己车库里的工人士兵手中。但是，我们车库里的装甲车则被转移到米哈伊洛夫斯克驯马场。我去了驯马场，那里已经满是想要把装甲车劫走的人。装甲车上没有足够的零件。我觉得有必要先把"兰彻斯特"装甲车修好。备用零件都在我们学校。我去了学校。惶惑不安的值班员和勤务兵都在岗。当时这令我十分惊讶。后来，1918年底，我在基辅发动装甲营反对盖特曼的时候②，看到几乎所有的士兵都称自己是值班员和勤务兵，就不再感到惊讶了。

在学校里我很受爱戴；给我开门的士兵问我："您，维克托·鲍里索维奇，是为了老百姓吗？"他听到肯定的回答后亲吻了我。我们所有的人都亲吻了好几次。他们把零件给了我，甚至还承诺不会说

---

① 右倾的报纸（主编是阿·阿·苏沃林；1911—1917），定期批判沙皇行政当局，但绝不是号召推翻君主制；在2月份的那些日子里，首都的大部分军官持有同样立场。

② 关于此事，什克洛夫斯基在《感伤的旅行》第二部分中有详细描写。什克洛夫斯基在基辅的活动，在米·布尔加科夫的长篇小说《白卫军》中也有所反映，什克洛夫斯基是《白卫军》中的人物什波良斯基的原型。

出是谁拿走的。我往支队赶去。直至今日我仍然不知道：是有人来把它撤销的，还是它自行解散的？人们在营房附近四处游荡。我找到两个车库队长——格努托夫和布利兹尼亚科夫，拿了工具，和他们一同去修理装甲车。所有这一切都是白天的事儿，发生在沃伦团的士兵行动起来的两三个小时之后——这是第一天。

我不明白，这么多的事件怎么都赶在了这一天。

我们取了装甲车，用拖车把它拉到科温斯基大街的车库，在那里占用了一个库房，切断电话，开始修理；一直忙到晚上。结果发现，油箱里灌满了水。水结了冰，不得不把冰凿开，再把油箱四壁晾干。

在工作的间歇，我到一个熟识的文学家①那里去了一趟。

他的房间里拥挤而又闷热，桌子上堆满了食物，烟草的浓雾像一堵墙，大家都在玩一种叫"阿姨"的纸牌游戏，他们后来又足不出户地玩了两天。

这个人后来很快就成为忠诚的党员、布尔什维克；当时坐在桌旁的人几乎全都成了共产党员。

即便是现在，我仍然清楚地记得他们对"街头骚乱"的轻蔑和讽刺！

在所有这些事件之前，城里曾经发生过罢工。电车停运了。那些没有参加罢工的马车夫也被阻止营运。在花园街和涅瓦街的拐角

---

① 指的是奥西普·马克西莫维奇·布里克（1888—1945），文论家，批评家，诗歌语言研究会成员。他加入俄国共产党（布尔什维克）是不晚于1918年初的事。

处，我遇到了一个熟悉的副教授①，他是个才华横溢而头脑却极不清楚的人，以前似乎在喝酒方面曾与学盟分子②十分接近。他大声指挥着一群拦截马车的人。此人虽然没有喝醉，但却有失常态。

起义已经波及国家杜马的周围地区。沃伦团的兵营由于接近塔夫里达宫③，实际上塔夫里达宫就在兵营区——沃伦团的兵营、普列奥布拉任斯基团的兵营、立陶宛团的兵营、工兵团的兵营（在什巴列尔街）——以及对国家杜马演讲的记忆（最不足道的理由）使杜马成为起义的中心。

第一支队伍好像是林德④同志带进杜马的，他后来被特别集团军的士兵打死了，他在那里担任过政委。这个林德就是曾在4月带走芬兰团并在著名的米留可夫照会⑤发出之后试图查封临时政府的那个人。

我们的装甲车走上街头，开始在城里四处乱转。漆黑的街道上有一些稀稀落落的人，显得很热闹。有人说，警察开了枪，忽而在

---

① 叶甫盖尼·德米特里耶维奇·波利万诺夫（1891—1938），语言学家，诗歌语言研究会成员。十月革命后加入俄国共产党（布尔什维克）。

② 指的是具有君主制色彩的大学生"学生同盟"的成员们，该协会以"学校——为了科学"为口号，反对大学生的革命活动。

③ 国家杜马临时委员会设在塔夫里达宫。

④ 费多尔·费多罗维奇·林德（1861—1917），数学逻辑专家，孟什维克——国际主义者，西南方面军的政委。1917年8月24日夜间被暴动的444团的士兵打死。他是奥·曼德尔施塔姆的诗歌《当十月的宠臣为我们准备好……》（1917）中的主人公，也是鲍·帕斯捷尔纳克的长篇小说《日瓦戈医生》（1955）中的政委金采的原型。

⑤ 巴威尔·尼古拉耶维奇·米留可夫（1859—1943），俄国立宪民主党领袖，临时政府外交部长，历史学家和政论家。1917年初，米留可夫向协约国发出照会，表示要恪守沙皇政府签订的各种条约，把世界大战进行到彻底胜利。照会公布后，引起民众极大不满，彼得格勒的工人和士兵举行了示威游行。最先进行游行的就是林德领导的禁卫军芬兰团的后备营。——译注

这儿，忽而在那儿的。

我们去了萨姆普松耶夫斯克桥，看到了警察，但是没来得及向他们射击，他们全都逃走了。在一些地方酒窖已经被砸开，我的同伴们想拿点儿人们分发的葡萄酒，但是当我说不应该这样做的时候，他们并没有争辩。

与此同时，贵族街的装甲车在阿纳尔多维奇同志和奥贡涅茨的带领下也开了出来，他们立即占领了彼得堡区，然后驶向杜马。我不知道是谁告诉我们的，让我们也前往国家杜马。

在杜马的大门口已经停了一辆装甲车，好像是"哈福德"号。

在国家杜马的门口，我遇见了一个老战友列某，他是后备军士官生，当时已经是炮兵准尉。我们亲吻了对方。觉得一切都非常好。这股洪流把所有人都带动起来，而全部的智慧都要顺从于它的流向。

夜幕已经降临。塔夫里达宫里一片混乱。武器运来了，聚集了一些人，暂时还是零零落落的，搬来了一些粮食，不知从哪里征用到的；正门旁边的一个房间里整齐地堆放着许多口袋。已经押送来一些被逮捕的人。在杜马，一位年轻的女士任命我为装甲车的指挥官，甚至指派了一项作战任务。炮弹我是有的，我也不知道是从哪里弄到的，好像还是在驯马场吧。当然，我并没有执行作战任务，而且这些任务也没有人去执行。

我在柱子旁边躺在毛皮大衣上睡了一两个小时。在杜马我遇见了苏哈诺夫①。我是在《年鉴》②编辑部认识他的，我为该杂志的文学栏目撰过稿（发表过图书简评）。但是，我曾在编辑部做过诗学方面的报告③，我在报告中认为艺术是纯粹的形式，并且与马克思主义者进行了激烈的争论。这大概就是为什么苏哈诺夫见到我很是惊讶；在他的意识中，我与武装起义是沾不上边的。我见到他感到吃惊则是出于自己政治上的幼稚；我当时还不知道已经形成并组建了政治中心。当然，那时候它们尚未对事件产生影响。众人往前走着，像是鲱鱼或是斜齿鳊，一路产着卵，顺应着自己的本能。

夜里押送来了一个叫德某的被逮捕的中尉，他是一个装甲修理厂的厂长。

押送他的人不是很自信，被逮捕的中尉责备我说："怎么，你觉得在索科利辛④上尉那里不好吗，你怎么反对他?"我告诉他，我根本没有反对索科利辛上尉。

半小时后中尉兴高采烈地走了。国家杜马军事委员会把他作为第一批"外来"的汽车部队军官之一，委派他组织彼得堡所有的汽车战斗。

这个人很狡猾，有独到的聪明之处，他即便对权力没有欲望，

---

① 尼古拉·尼古拉耶维奇·苏哈诺夫（吉姆梅尔，1882—1940），经济学家，政论家。当时为孟什维克，二月革命的积极参与者。
② 月刊，文学、科学和政治类杂志，高尔基创立，1915—1917年在彼得格勒发行。
③ 这个报告很可能是1916年在以《年鉴》为中心组建文学协会的青年作家小组中做的，参加这个小组的还有拉·列伊斯涅尔、奥·布里克、弗·马雅可夫斯基、维·波隆斯基、米·列维多夫等。
④ 尼古拉·尼古拉耶维奇·索科利辛（1887—?），参谋部上尉。

也追求一定的地位，后来加入了无政府主义者-共产主义者①队伍。我之所以谈到他，因为他是我见过的第一个在赛马中追求名次的骑手。后来我见过很多这样的人。

一大清早我们又开车去了城里。有人给我分派了战斗任务，甚至让我当炮手指挥官；我丢弃了指挥官这一职务（或许是它放弃了我）而加入了愉快而人员混杂的起义人民队伍。我开车来到米里昂街的普列奥布拉任斯基团的兵营前。有人说，普列奥布拉任斯基团的士兵在抵抗。

我们开车到了兵营前。这是一个令人惊异的天空湛蓝、阳光明媚的早晨。随着欢快的射击声，反抗的普列奥布拉任斯基团的士兵穿着带有鲜艳红色领章的崭新军大衣从营房里跑了出来。

有些地方还在试图反抗。还击的好像是第六工兵营和莫斯科团的教导队。摩托车兵在列斯诺伊镇抵抗了很长时间②。我觉得，之所以出现这种局面，是因为到他们那里去的都是工人，没有士兵，所以他们不敢加入进来。

往他们那里派去了"菲亚特"装甲车，占领了木制营房的一角，俘虏了其中的士兵。

夜里，我们的一个装甲兵费奥多尔·波格丹诺夫③牺牲了。他乘坐一辆开放式装甲车遭到了警察的埋伏（唯一安放正确的机枪在

---

① 确切地说是无政府共产主义者，是俄国无政府主义一个流派的拥护者，其理论思想的创始人是彼·克鲁鲍特金。1917 年以后，无政府共产主义者在俄国无政府主义中居于主导地位，甚至与布尔什维克合作过（直至 1918 年 4 月其组织在莫斯科解体）。
② 至 2 月 28 日早晨，只有摩托兵编队还在反抗起义人民队伍。
③ 费奥多尔·波格丹诺夫是米哈伊洛夫斯克车库支队的列兵。

装甲车底层窗口，而不是在顶层，顶层的机枪只是嗒嗒地响，当时它根本谈不上弹道低伸射击）。

波格丹诺夫的遗骨没有葬在战神广场[①]，他的家人把尸体带走并运到城外去了。

现在来说说顶层的机枪。有人叫我去把它们拆除，这件事几乎持续了两个星期。通常情况下，当感觉到有人从窗口射击的时候，人们便开始毫无秩序地用步枪向房子扫射，而子弹击中处扬起的灰泥和尘土被当成了对方的还击。我确信，二月革命中大部分遇难者是被我们自己的子弹打死的，这些子弹都是从上空直接落到我们身上的。

我带领的支队搜索了几乎整个弗拉基米尔区、库兹涅茨区、雅姆斯克区和尼古拉耶夫区，而我连一份关于寻找顶层机关枪的有线索的报告都没有。

我们常常朝空中射击，甚至用大炮射击。我的车上先后来过很多炮手。我尤其记得第一个炮手，他一只手臂受了伤，就站在大炮旁边。他是驻扎在基罗奇街兵营的宪兵。他说，宪兵是最早站到起义者一方的。所有的炮手都请求我允许他们射击，以显示我们甚至还有大炮，在涅瓦大街上也朝空中射击过。

这一天，我几乎所有的时间都在尼古拉耶夫斯克火车站附近值班。火车站没有任何人防守，我建议（朝空中打枪之事不曾有人提出过建议）占据北方宾馆和兹纳缅宾馆的顶层，以使整个火车站处

---

① 战神广场上有一处纪念性建筑物，此处安葬了180名在二月革命中牺牲的人。

于射界之内，但是我们根本没有兵力。如果派临时跑来的士兵去守卫的话，这些守卫要么会跑掉，要么会一直站到昏厥也等不来换岗的人。指挥官是有的——或者是我把他们看作指挥官——一个笨手笨脚的学生和一个年老的海军军官，似乎穿的是准尉制服。他疲惫不堪。来过几个运载一些梯队的军用列车，他们都是从某个地方来，要到某个地方去；我们乘坐一辆装甲车带着四五个步兵来到他们跟前，疲惫的准尉对梯队的军官们说："城市在起义的人民手里，你们不想加入起义的人民当中吗？"

车厢里的人和马都盯着我们看。军官们回应说，他们"无所谓"，然后就从我们身边坐车走了；士兵们看着我们，我们也不知道他们会不会从高高的车厢里爬下来。

来帮忙的还有一些装甲车和熟识的司机。他们站了一会，后来就走了。

在城里奔忙着的是二月革命的缪斯和厄里尼厄斯①——卡车和汽车，车上坐满了士兵，他们不知道要到哪里去，也不知道他们在哪里弄到的汽油，这些车给人的印象是整个城市里都响彻红色汽车的鸣笛声。

他们奔来跑去，像蜜蜂一样嗡嗡嗡地到处乱窜。

这简直就是汽车实施的希律王②的屠杀。无数的汽车学校为了充实汽车连队，让大量司机经过半小时的实际操作就毕了业。现

---

① 古希腊神话中，缪斯是科学、诗歌和艺术的守护神，厄里尼厄斯是复仇三女神。
② 希律王（约公元前73—公元前4），亦被称为希律大帝一世、黑落德王，是罗马帝国在犹太行省耶路撒冷的代理王，以残暴而闻名。——译注

在这些俨然半个司机的人弄到了汽车，个个欢欣鼓舞。

城市里到处都是碎裂声。我不知道，这些天中我在城里见过多少次的汽车碰撞事件。总之，我所有的学生都在两天里学会了驾驶汽车。

此后，城里到处都是被扔掉的自生自灭的汽车。

我们在供给站吃了饭，那里用搬运来的材料、鹅肉和香肠煮了特别油腻的食物。

我很高兴与这些人在一起。那时恰逢复活节和无忧无虑而又杂乱无章的谢肉节。

到了这个时候，几乎所有人都用从军官那儿抢夺的武器武装起来，主要用的还是军火库的武器。武器很多，人们手手相传，不是出售，而是随意转送。有许多精美的"柯尔特式手枪"。

我们不能算是作战部队，而且对此我们也根本没有想过。有过恐慌的夜晚，那是等候袭击某些军用列车的夜晚。彼得堡的驻军越来越壮大。人们来的时候，用绳索拖来一些机枪，还运来一些没有枪架的机枪，像木柴一样胡乱堆放在一辆卡车上，来的还有斯特列利尼亚和奥拉宁鲍姆机枪团和学校的一些佩戴子弹带的士兵[①]。

在斯特列利尼亚附近，步行队伍的先头部队遇到了一个乘坐汽车的上校。上校与尼古拉略有相像。在这个误解弄清楚之前，他遭遇的是人们暴风雨般的狂喜。

机枪到了彼得堡却不能使用，例如，大多数机枪都没有水封，

---

① 2月28日早晨，部署在斯特列利尼亚和奥拉宁鲍姆的部队进入首都彼得堡。

无法向里面注水。这样的机枪太多了，但是数量并不能提高我们的战斗力。我记得，波罗的海和华沙火车站附近每隔一步就架设一挺机枪。当然，这样的布置也使射击极为不便。然而战斗力并不重要。渐渐地开始弄明白了，现在起义的彼得堡根本没有敌人。在起义者一方出现了许多军官，米哈伊洛夫斯克炮兵学校的师生也排着队列来了。稍晚些时候，第一后备团及其军官也加入进来。一个精力充沛的犹太工程师是一个后备军士官生，把我们的军官逐一从住处召集起来，他实际上管理学校已经一年半的时间了。军官们集合起来，找到了营长。在这段时间我们这里已经来过三个临时营长，但是他们从国家杜马那里拿到一纸公文，然后就消失无踪了。

军官们集合完毕，犹疑地决定加入起义队伍，甚至要抵抗政府军。当时临时政府已经成立①。军官们还决定在袖子上佩戴红色臂章——最初想过佩戴深红色的，以便与非起义者区别开来。事实上，此时各个军事单位根本就不存在了。甚至连饭都不做。各个支队都已经分散。米哈伊洛夫斯克驯马场已经被占领。不知道汽车都开到哪里去了。

我们支队的状况稍微好些。各排轮流值班，随叫随到，甚至晚上也是如此。

我们还安排了巡逻队，开始拦截那些无所事事地在城里跑来跑去的汽车，把它们集中在部队的院子里。这样一来，挽救下很多汽

①　临时政府是在晚些时候，即3月1日至2日的夜间成立的，但是那时国家杜马临时委员会已经在发挥作用，那些日子里有时也称之为政府。

车。但是，这些遭到丢弃而又冻结了的汽车上的磁石发电机被拆除了，革命后这种发电机的价格大跌。

由于这些奇怪的、庞杂的武器装备，我们的支队看起来就像装备花哨的中学生。

从那时保留下来两部录影带。一个录影带上记录的是在支队院子里喂鸽子，另一个录影带上记录的是支队出征，"奥斯汀"装甲车为首，士兵们则紧跟在军官们出鞘的马刀后面。

我们军官的情况没有那么糟糕。我们的长官索科利辛上尉深受大家爱戴，因为他从不勒索自己的支队，还勤勤恳恳地为支队能穿上皮鞋而操心。在爆发革命的第一天，为了让他免受外人伤害，给了他一件没有肩章的司机大衣，还配备了五个人的武装警卫。另外一个军官在外面的时候武器也没有被抢走，因为它是圣乔治军刀。开始重新选举军官，修理厂支队声明反对原来的营长。有人开始密谋，期望借士兵的帮助获得这个职位。

越来越多的部队来到塔夫里达宫前，马路差点因沉重的脚步而坍塌，红色的臂章则熠熠生辉。

苏维埃已经召开了会议，但是还没有下达第一号命令①，罗江科②在各个部队都很受欢迎。而苏维埃在全副武装中伴随着呐喊和

---

① 彼得格勒苏维埃承认了自发出现的士兵委员会的合法地位，规定各个部队的所有活动都要服从苏维埃和自己的委员会。该命令赋予了士兵公民权利，废除旧军衔，禁止军官虐待士兵，禁止对士兵使用一些粗鲁的称呼。

② 米哈伊尔·弗拉基米洛维奇·罗江科（1859—1924），大地主，十月党人的首领之一，曾一度主持国家杜马的工作。1917年担任过国家杜马临时委员会主席。士兵们认为临时委员会是革命政权的一个机构。

进攻召开了会议。

对许多来到塔夫里达宫的部队而言，齐赫泽①和其他人的演讲是他们最早听到的革命言论。

人们对这场战争有什么想法呢？我觉得，人们都相信，战争是会自己结束的；在发表告全世界人民书以前，这一信念是极为普遍的。我还记得，蒙海峡阵地②来人说，他们那里已经和德国人谈妥：不论我们还是他们都不开火。总的来说，庆祝复活节的情绪占了上风，一切都很好，也相信这只是一切美好事物的开端。

第一号命令是在驯马场检阅时送来并且逐个队列散发下去的。士兵们开始回应道："您好，上校先生！"人们回答得非常恰当、巧妙而又整齐。我认为，第一号命令是及时而又必要的——虽然它似乎赶在了事件发生之前，当时各个部队里还没有委员会③。不能光靠长时间脱岗刚回来的军官来支撑部队。虽然在军队里委员会是完全行不通的——甚至还不如选举长官可行，然而它们却是军队在某种程度上赖以维持下去的唯一方式。

委员会最糟糕之处在于，它们极其迅速地脱离了自己的选民。

---

① 尼古拉·谢苗诺维奇·齐赫泽（1864—1926），格鲁吉亚政治活动家，孟什维克的首领之一。当时是国家杜马临时委员会成员，彼得格勒苏维埃主席。
② 由蒙海峡群岛得名，该岛为波罗的海中的群岛，1917年9—10月德国舰队曾企图占领该群岛并闯入彼得格勒而未遂。
③ 这一说法是不准确的。二月革命后军队里很快就出现了士兵委员会，而且逐渐形成了完备的体系——从连士兵委员会、营士兵委员会一直类推到集团军士兵委员会和方面军士兵委员会。指挥人员认为，委员会的主要任务是提高军队的战斗力；士兵则认为委员会在指挥人员面前是自己利益的维护者。委员会的会上讨论国家政治生活的主要问题；实际上，基层士兵委员会关注的是士兵的日常生活需求（他们的饮食、服装和休假等）以及文化教育活动。

苏维埃代表们也几乎一连几个月不回自己所在的部队。士兵们完全不知道苏维埃在干些什么。起作用的只是那种巨大的信任，它尚未消耗殆尽。也有"自己的"士兵代表。首个苏维埃里面有很多后备军士官生和有文化的士兵；当然，这也促成了脱离士兵的现象。

另一方面，各个兵营里几乎没有人工作，知识分子都开了小差，几乎没有人愿意在教育部门工作。在工兵营——好像是第六营——几百个后备军士官生中只有不到十人签署了同意在识字训练班工作的文件。大多数人把革命当作一个意外的假期。在我们部队选入委员会的有排长和高级技工——这个委员会务实强干。

大家一个团接一个团地穿过塔夫里达宫的叶卡捷琳娜大厅。一些宣传画上还写着"相信临时政府"，甚至还有"取得战争完全胜利"的字样。但是我们已经不能作战了。我先来说说彼得堡的驻军。庞大的部队——多达几万人的后备部队，已经不再向前线派出梯队，与此同时在城里也无事可做，因为他们没有武器，无法捍卫革命——就在自己的营房里发霉和腐烂。还从来没有人说过"不惜任何代价维护和平"这样的话。列宁还没有来，还是布尔什维克一直在说要准备好手中的枪，但是已经没有了驻军，只剩下一堆士兵。群众身上还闪耀着革命的火焰，但并不是焦炭那种炙热的火焰，而是泼洒出来的液休酒精燃起的火焰，还没来得及点亮被它浇过的树木就已经要燃尽。

克伦斯基①就是这样的火焰。我第一次见到克伦斯基时他正在歇斯底里地大发作；这是他在看到《消息报》上反对自己的文章后，跑去士兵代表苏维埃质问"是否还信任他"②。他顺口说出来的都是萎靡不振的话语，的确，他身上闪耀的仿佛就是黯淡的、长长的、噼啪作响的火花。

他面容憔悴，就像有生之年就要结束的人一样，他高声演说着，最终精疲力竭地跌坐到椅子上。这给人留下特别不愉快的印象。

我第二次见到克伦斯基的时候，他已经被任命为委员了。我为了能与他交流，想方设法地找他，并最终在海军司令部旁边找到了他。我发现了他那辆灰色的"锅驼机"汽车，便一边等他一边与司机交谈。

"马上就抬出来了。"司机说。果然，几分钟后克伦斯基被从海军司令部的大门里抬了出来。他以惯常的姿势坐在椅子上，样子很疲惫，椅子被高高举过人们的头顶。我进了他的车，坐到他身边开始说话。他的嘴唇干巴巴的，毫无血色，面庞消瘦而又浮肿，声音沙哑，他轻轻握着自己的手说："主要的是意志和毅力。"我感觉他是一个已经竭尽了全力的人，也是知道自己注定要死亡的人。

我要快点结束描写那些众所周知的事情，赶紧去写写前线。

---

① 亚历山大·菲奥多罗维奇·克伦斯基（1881—1970），俄国政治活动家，律师，俄国资产阶级临时政府总理。——译注

② 彼得格勒苏维埃的《消息报》上发表了几篇批判克伦斯基对待皇室成员态度的文章，而3月25日有消息称，他们已经从伊凡诺夫将军的关押中获释。第二天，克伦斯基在士兵代表苏维埃的会议上发言，解释了自己的立场，针对俄国革命发表了热情洋溢的演说。他的发言得到热烈的掌声，他坐在椅子上，被抬出了大厅。士兵代表苏维埃肯定了对克伦斯基的信任。

我是怎么到的前线呢？列宁来了①。我们营的修理厂里有一些党的布尔什维克，他们给列宁提供了一辆装甲车，让他从火车站前往克舍辛斯卡娅的府邸②，该地当时被我们部队用作住处。营里有一部分人坚决拥护布尔什维克。我当时在营委员会，与自己的学校成为我营的护翼。

在此我要引入一个新的人物——马克西米立安·菲洛年科③。他曾经担任过装甲修理厂的厂长，他为人豁达，极为仁厚，后来自愿去了前线。他在那里没做出什么成绩，有点儿受排挤，他十分恼怒，便离开了那里。

他来我们这里已经是革命后的事儿了，并且逗留了很久。在彼得堡的所作所为与其在前线微不足道的地位相比，更让他感兴趣。

他个子不高，穿着直领制服，头发剪得短短的，脑袋又大又圆，让他看起来有点儿像一只小猫。他的专业是工程师，懂四五门外语，但他最得意的是自己的法语口音。作为著名工程师的儿子，他多次在各大造船厂担任要职，却无一例外地毁了自己的地位而离职。他是一个智力超群的人，但是却缺乏天才的灵气。

他是第一个想成为天才的学生。我不了解他的内心世界，他爱

① 4月3日，列宁结束了十年的侨居生活回到俄国，什克洛夫斯基恰好在芬兰火车站迎接列宁的队伍当中。

② 二月革命后，设在芭蕾舞演员玛·克舍辛斯卡娅府邸的有俄国社会民主工党的中央委员会和彼得格勒委员会、《真理报》的发行部门以及布尔什维克其他组织机构，它们将这里作为活动中心。

③ 马克西米立安·马克西米立安诺维奇·菲洛年科（1885—1960）自1917年7月起担任最高统帅部下设临时政府的人民委员，后来移居法国，在那里当了律师，1930年起担任布鲁塞尔自由大学的教授。

戴我，是一个好同志。但是对他而言，目标——他的目标，他的幸运星——就是他自己。他的天空中却没有幸运星，他的找寻也就毫无结果。

最初他以客人的身份常来营委员会，在俄国人才缺乏的情况下，在已经像鱼一样萎靡不振的委员会委员当中，他当然显得十分出色。后来他开始承担训导某一支队的工作，训导的往往是装甲修理厂支队，在那里人们因其以前的职务而看重他，在很多方面容忍着他，要是换了另外一个人，大家可能就无法忍受下去了。在昏暗的装配车间里停放着庞大怪异的车辆，人们在充满一氧化碳的废气中尽力在车辆上坐稳，在3日至5日以后①，只要一出现前线失利的征兆，他们便马上扔下自己的汽车，菲洛年科则编织着自己那辩证法的谎言，高深而慎重，带着各种各样的把戏和花招。后来马克西米立安·马克西米立安诺维奇当上了技术部队的校官。尽管号召去前线，可是他并不想回去。他在前线是有过历史的，后来我才知道——他是一个名字已经被雕刻在墓碑上的士兵；在那里他已经是一个死人了。在这里他却摆出了正确的"攻角"，并打算乘坐飞机腾空而起。

在营委员会，他接受了一个不同寻常的委任——进入工农兵代表苏维埃，任命者不是部队，而是委员会。当然，这并不是苏维埃最奇怪的委任。有一次，我在那里遇到了非常有才华的犹太人大提琴家奇某，他以前作为顿河哥萨克的代表曾在普列奥布拉任斯基团

---

① 7月3—5日，布尔什维克曾试图利用对前线失利的不满发动政变，以失败告终，许多布尔什维克的领导人不得不再次转入地下活动。但是该事件发生以后，彼得格勒驻军的部分士兵情绪发生了变化。

的乐队服役。

在苏维埃，菲洛年科作为季诺维耶夫①的反对者发表过几次成功的演说，而在芬兰团四月份的行动之后，他在驻军会议上捍卫过联合内阁。

他有一个很大的优点——外形很好，干脆利落，意志坚定。很显然，他在发挥着作用。在这段时间里，他对苏维埃保持着高度的忠诚。但是他需要新律，需要革新；这个革新就是建议派遣政委们深入作战部队，最好让他们亲自参加战斗。这个建议他对我和阿纳尔多维奇同志说了。我表示赞同。我那时寂寞无聊，渴望着做一些实事，而菲洛年科在我看来是个精明强干的人，对革命的态度是正确的。

现在来谈谈阿纳尔多维奇。阿纳尔多维奇同志后来担任过特别集团军的政委，以前曾是索尔莫沃的工人，在1905年的街垒战中受过伤。他是信奉东正教的社会革命党人，对修理厂支队有一定的影响，他率领十六七辆装甲车参加战斗的时候，那些后来比他更左倾的同志们还没有展开任何行动。这个人长着鹰钩鼻，一副精力充沛的面容，极其朴实和肤浅。他以纳德松为笔名写诗，相信第一个苏维埃确定的道路，就像乡村神甫相信圣礼书一样，他无所畏惧而又毫不犹疑地献身于革命。他总是喜欢说："简单又明白。"他可以三

---

① 格里戈里·叶夫谢耶维奇·季诺维耶夫（1883—1936），布尔什维克，革命家，政治家。1901年参加俄国社会民主工党，1912—1927年任联共（布）中央委员，1917年10月、1921—1926年任政治局委员。列宁死后，与托洛茨基、斯大林、布哈林、加米涅夫、李可夫并列为苏联共产党主要的六名领导人。——译注

四个小时不停地讲话，无论什么都无法打断他。我后来确信，他能出色地制服民众，他面对一大群人根本不害怕，能非常自信地顶住他们的压力而提出自己的决定。

顺便说一句，我谈到阿纳尔多维奇，是因为在军队的政委中他确实是唯一地地道道的工人，是从车床上走下来的工人。

派遣那些应该亲自参加战争的人去作战部队，让他们去当俄国民主制护国主义活生生的见证者，这个建议提交给了营委员会并被它采纳。营里所有的非布尔什维克都被号召去前线。我记得，我当时低着头、心情低落地站着。我感觉自己就像一个觉察出被皮带拴住衣角拖着往前走的工人；他还在反抗，但是内心已经屈服于不可避免的死亡。我被依照第三个名单派往前线，名单中有：菲洛年科、阿纳尔多维奇、什克洛夫斯基。

直到十月的最后几天，营里一直认为我们是由它派出的，有它的委任。对我也是这样看待的。菲洛年科却很快脱离了帮过他晋升的这个营。

接着开始办理公派我们这件麻烦事儿，先是经过完全赞同的临时政府，又经过不赞同而又完全不知道需要什么的第一届执行委员会——可敬的费边科学院①。

执行委员会根本不知道它该如何对待军队。让自己凌驾于临时政府之上，还是——确切地说，创立了临时政府并让它凌驾于自己

① 暗指罗马统帅费边（公元前270—前203）在第二次布匿战争中与汉尼拔作战时采用的逐渐拖垮敌人的战术。

之上——既不能发号施令，也不能不发号施令，所有的实权都在它手里，但是不知道它脑子里在想什么。军队无法理解这种复杂而又深刻的科学社会主义局面；它需要权力，需要命令。

各个部队都有很多人跑到齐赫泽的执行委员会，要求给他们下达命令。因此执委会已经准备好采用两个资格审查委员会的想法。

每当我想起这种局面，我总觉得菲洛年科是军事委员会的组织者。他很快就从想做树立榜样的人转而要做发号施令的人——要做委员了。

为什么执委会军事委员会把菲洛年科作为人选？我认为，由于十分缺乏适当的人选，它不得不眯起眼睛让他通过自己的审查；他以前好像是社会革命党人，但是革命前断了与党的联系。他的候选人资格通过了，阿纳尔多维奇去当他的助理，另一个助理是工程师齐普凯维奇，他从前也是社会革命党人，而现如今就其本质而言是一个"脱离政治"的人。关于齐普凯维奇我此前尚未谈及。我以后再讲他。后来我确信齐普凯维奇具有卓越的组织才能。

齐普凯维奇曾经是工程师——是一个生产组织者。革命打乱了所有的计划和日程，让他不得安宁，于是他想要把它调整调整，就像调整发动机或者铁路一样。我则被派去担任负责的鼓动员。

现在我来回答我因什么缘由去了前线、我为什么需要进攻、我为什么发动了进攻的问题。

我赞同部队行动起来，因为我认为革命本身就是一种进攻。依我当时的看法，是可以进攻的。需要做的是要么进攻，要么放下武器并吹着口哨回家。我不相信交战双方会停止作战，我是正确的。

我的错误在于，如果身后站着塞壬①——带着资产阶级尾巴的民主政府，是不可以进攻的。在后方打起来的时候，是不能作战的。在我看来，进攻是必需的，这是因为共和国部队的胜利可以尽快促使德国发生革命。这种革命要比在复仇的压力之下发生的革命更令人高兴。在还有军队的时候，应该进攻，但是需要统一的政府，以迅速实施最低纲领。

还有一个原因——即同盟国，即便他们十恶不赦，不同意我们提出的"不割地不赔款"的媾和②，可是报纸上的这些陈词滥调——我知道，它们在被堑壕里的水啃噬着双脚、被虱子咬着脖子的每个藏在掩体里的战士心中是多么神圣。这些话在赤着脚的士兵当中确确实实是神圣的。

凡是批驳这些话的人就犯了屠杀、诋毁和冷酷无情之罪。啊，要是当时我们能在 6 月的各个团③面前展开正义战争的神圣旗帜，——我现在就不会想在你们的坟前哭泣了，我可怜的同志们！

但是我背叛了自己，——我不想当事件的评论者，我只是想为评论家提供一些资料。

我现在就来讲讲这些事件，把自己做成可供后代观赏的标本。

于是——我们出发了。

我舍不得离开自己的支队，离开我们的学校，我们对它的完善

---

① 希腊神话中半人半鸟的海妖，住在海岛上，以歌声诱惑航海者，使船只沉没。——译注

② 即不强迫兼并另一国家的领土，也不向战胜方支付款项。这一口号被布尔什维克大加利用。

③ 参加俄国军队 1917 年 6 月进攻的部队，什克洛夫斯基在上文提到过。

在俄国是罕见的。我的支队留了下来，与所有参加革命的驻军一起渐渐衰败下去。只是比其他部队衰败得稍慢一些。它没有把军需库分开。

还有一件与彼得堡相关的往事。

士兵代表苏维埃以其品行十分端正的报纸与回国的列宁角力，在上面刊载了自己的决议，认为列宁的宣传像任何反革命宣传一样十分有害①。列宁来苏维埃阐述自己的想法②。这是骚乱的一天。大厅里挤满了委员会委员。后备军士官生扎瓦季耶③担任主席。列宁的讲话浅显易懂而又气势恢宏，他像滚动巨大的鹅卵石一样推动着自己的思想；当他谈到进行社会主义革命是多么简单的时候，他摧毁了自己面前的那些疑惑，就像野猪踩倒了芦苇一样。

在他慷慨激昂地陈词时，整个大厅里的人们都赞同他的意见，而对士兵代表苏维埃产生了某种近乎失望的情绪。我记得一个大胡子士兵针对士兵代表苏维埃喊着"资本家""娇少爷"，并要求"齐赫泽当主席，齐赫泽!"。

我在想象，这个士兵的脑筋发生了多么大的转变。

李伯尔④反驳了列宁。他讲得优美而激昂。但是他的话像麸子

---

① 这里有不准确之处。当时士兵代表苏维埃还没有自己的报纸，此处提到的决议是彼得格勒士兵代表苏维埃执行委员会做出的，于4月16日同时在几家报纸上刊发。对此，列宁在《真理报》上撰文《我们的观点》做了回应。
② 此处提到的彼得格勒士兵代表苏维埃会议是4月17日召开的。
③ 弗拉基米尔·扎哈洛维奇·扎瓦季耶是彼得格勒苏维埃执行委员会成员，社会革命党领袖之一。
④ 米哈伊尔·伊萨科维奇·李伯尔（1880—1937），崩得和孟什维克领袖之一，1917年是彼得格勒苏维埃执行委员会成员。

一样飞舞着，而不像种子那样掉落下来。我正是带着这种急切的、模糊的、踏平一切的力量去了前线。那时正值6月初。我们已经庆祝过革命的5月1日。整个城市沉浸在革命的氛围里。满街都是临时集会。个人生活显得特别苍白。而我离开了，去了另一个世界。

我们五个人同行：菲洛年科、齐普凯维奇、阿纳尔多维奇、我以及一个当秘书的活泼干练的敖德萨人翁斯基。

我们来到基辅。在基辅，士兵代表苏维埃正在与逃兵和乌克兰人做斗争。工人代表苏维埃并不在活跃的组织之列①，因为基辅除了兵工厂和格列捷尔工厂以外，再无大型工厂。

城市上空飘扬着黑黄色的旗帜，乌克兰士兵守卫着杜马，街上到处是群众集会：俄罗斯人与乌克兰人在争论，犹太人则自高自大，他们在等着挨打。

当时的情形非常糟糕，派出的一些纵队经过基辅，却在基辅摇身变为乌克兰人，稳稳当当地定居下来。

我们继续往前走。过了基辅的路途就已经是前线了。人们就像装饰性花篮中的水果，一堆堆地坐在车厢顶上。缓冲器上也都坐满了人。我们这节狭小的混合车厢拥挤不堪，在列车的尾部艰难地晃动着。

我们来到卡缅涅茨-波多利斯克，在这里的学校楼房中驻扎着西南执委会，即西南方面军执行委员会。在这里，我们遇到了以前

---

① 此处说法有误。基辅工人代表苏维埃正式成立于1917年3月3日。

任命的委员莫伊谢延科①……他的高级助理是林德。这些人已经疲惫不堪。革命让他们明白了很多道理。

他们谈到了萨温科夫②。萨温科夫作为实权人物在军队里发号施令。他设立接待日，承担起倡导军事行动的工作。莫伊谢延科认为自己只是委员会的顾问，他认为，一旦委员会壮大起来，委员就毫无用处了。当时并没有迹象表明，有一天西南方面军执行委员会将不再需要委员。十分胆怯的后备军士官生，意外入伍的教师，医生——所有这些人谁都不曾想过自己要得到任何好处，但是他们却并不适合掌控革命的风暴。

他们组合在一起是偶然的。民众派出的那些人都不曾妥协过，同时又敢于表达想法，敢于行动。每一个受过良好教育同时又不是军官的人，几乎都自动地从一个委员会到另一个委员会，最终进入了方面军委员会。

正因为如此，在各个委员会中有大量的犹太人，因为在整个知识分子阶层当中，正是犹太知识分子在革命爆发的时候仍然是普通士兵。

总的来说，委员会委员是没有决定权的一些人，他们意识到单靠自己的力量搞建设是不可能的，所以他们比较保守。他们害怕后

---

① 鲍里斯·尼古拉耶维奇·莫伊谢延科（？—1918），老社会革命党人，1905 年杀害谢尔盖·亚历山德罗维奇大公的组织者，十月革命后，成为组建社会革命党中央军事委员会的倡导者之一。

② 鲍里斯·维克托罗维奇·萨温科夫（1879—1925），俄国社会革命党人，许多恐怖行动的组织者，反对苏维埃阴谋活动和反革命暴动的领导人。当时任西南方面军政委，后来担任过最高统帅部临时政府委员。——译注

方。后方的手脚虽然没有被德国人捆住，不会像在前线那样无法逃离他们，就如同无法逃离大气压力一样，但是它同时却在撼动着前线，破坏着它的团结，猛烈扫射着称之为军队的规模宏大的制造厂。

在这个制造厂里，通常每个人做的事情都很少，但是如果他停止做这些小事，其后果是可怕的。

当时正在谈论进攻的问题。进攻似乎是不可避免的，就像白天过后夜晚注定要到来一样，这并不是因为克伦斯基希望如此，尽管克伦斯基对战士们而言是革命热情的化身，而是因为——所有人都感觉得到，不应该把所有拿着武器的男人召集起来，然后让他们无所作为，只是抢起武器以后就那样站着。军队应该做的是，要么作战，要么四散——它暂时决定作战。

大家都知道，似乎是一定要进攻了，即便大家都可能会说：

"我可不想！"

在委员会委员当中，既有共产党员、崩得分子①、社会革命党人，也有孟什维克。后者主要是普列汉诺夫派②。布尔什维克委员会委员还没有产生，偶尔委员会纳入一个士兵，他不在知识分子社会主义思想界之内，这个"从无底坑里上来的兽"③ 说的话很悲观、混乱，但却明明白白。这些人称自己为布尔什维克，其中大多数是自私自利的人，也就是不想做出牺牲的人，因此这是一些不可能上

---

① "崩得"是俄文音译，意即联盟，是"立陶宛、波兰和俄罗斯犹太工人总联盟"的简称，是接近布尔什维克的社会民主主义组织。

② 指以格·普列汉诺夫为首的部分孟什维克护国派，他们主张"将战争进行到底"。

③ 《圣经·启示录》第十一章第七节中的形象，其中写道："他们作完见证的时候，那从无底坑里上来的兽必与他们交战，并且得胜，把他们杀了。"——译注

前线的人——前线所有的人都是牺牲品。如果试图确定他们真正的本质，那么对他们最确切的称呼应该是施蒂纳分子①。他们已经在广大士兵当中产生了一定影响，但没有得到尊重。民众的布尔什维主义是后来出现的，是人们绝望的结果，是解释放弃防守的理由。我说的是军事上的布尔什维主义。

然而，各个团依旧暂时靠着幼稚的革命思想意识、《马赛曲》、红旗，最主要的是靠着集结为军队的一大群人的巨大惯性，靠着军队生活的遗风和习惯维系着。

革命军队这种妥协原则的代言人是委员会，尤其是高层委员会。委员会委员的首要任务是保全军队。如何保全它——他们并不知道，只能等待风暴的到来，既怕它，又不知道是否应该与它搏斗；他们自己也说不出这场风暴中到底有什么，因此他们畏首畏尾，尽量保全即便以妥协为原则，但仍然有防卫能力的军队。

进攻一事悬而未决，就像后来布尔什维克革命的期望一样。我们急急忙忙向前线进发。

我们的汽车经过古老的土耳其要塞，急速驶上了公路，把四周被美丽的水域围绕的卡缅涅茨留在了身后。道路蜿蜒曲折，不时地爬上陡峭的山坡。高大而狭窄的桥梁悬跨在河上。我认识这条路②。我曾经在这条路上开过车，还把车撞坏了，然而此时却在汽车的底部睡着了。

---

① 指完全遵循个人的、自私的行为动机的人（因德国哲学家麦·施蒂纳而得名，他是《唯一者及其所有物》的作者）。

② 1914年末至1915年初，什克洛夫斯基曾经从彼得格勒给西南方面军运送过装甲车。

车开得特别快，早晨就到了切尔诺夫策①。白色的城市坐落在山脚下的山丘上，有点像基辅，但是更像波兰的城市，贸易特别活跃，这里是第八集团军司令部和委员会的所在地。集团军司令是科尔尼洛夫将军②。

拨给我们的住处很好，完全没有被抢劫过。我饶有兴趣地拿起一份地方军事小报。它看起来很滑稽。从中能够明白，现在的主要问题是切尔诺夫策的驻军委员会与集团军委员会之间基于增援前线的需求而产生的争执。政治派别的划分就像过家家似的，极其简单③：拥护彼得堡苏维埃的立宪民主党，即具有左派社会民主党倾向的立宪民主党，布尔什维克护国派，拥护社会革命党土地方案的孟什维克，以及——像花冠一样——甚至还有极端个人主义的社会党人。

后来我了解到，在军队中所有这些不完善的派别丝毫不起作用，那些完善的派别也是如此。享有道德权威的不是各个党派，而是彼得堡苏维埃。它是人所公认的，大家相信它，追随它。

的确——它驻足不前，因此所有追随其后的人便离它而去。

在切尔诺夫策我们停留的时间并不长。菲洛年科在这里做了第一次演讲，我们之间也发生了第一次争执。他来到集团军委员会以

---

① 切尔诺夫策在很长一段时间里一直是奥匈帝国的组成部分，1916 年在布鲁西洛夫突围中被俄国军队占领。

② 拉夫尔·格奥尔吉耶维奇·科尔尼洛夫（1870—1918），俄国步兵上将，临时政府时期的最高统帅，科尔尼洛夫事件的主角。——译注

③ 在前线，对各个政党立场的认识是模糊不清的：例如，立宪民主人主张将战争"进行到最后胜利"，而参加了 1915—1916 年左派社会民主党会议的社会党人则主张尽快停止战争。

后，发表了信息量较大的演说，主要谈及的是对外政策，慷慨激昂地解释了同盟国与革命的俄国之间关系的性质。这是如此不诚实，甚至也根本没有任何益处，——因为不可能永远欺骗他人，——因此我给他递上一张纸条，指出这样演说是不可以的。于是，他话锋骤转，开始愤怒地抨击资产阶级以及离开它无法工作的思想。所有这一切做得又鲜明又清楚，给委员会留下的印象是能坦诚而又充分地解释问题。但是该委员会目前的主要问题并不是信息的问题。

所有的人都知道将会发动进攻，于是各级部队的代表都在询问他们的部队是否会参加战斗。回复是不确定的；我清楚地记得有个回复说："我不知道连委员会是否参加战斗，团委员会是要参与作战的！"然而，重要的并不是这个问题。大家都在抱怨部队装备"不完备"，抱怨连队只有四十个步兵①，而这四十个人又都赤着脚、生着病。只有从高加索山民当中招募来的所谓"野蛮师"②的代表深信不疑地回答："我们随时出战，打谁都行。"科尔尼洛夫给大家做了解释。从他的话中得出的结论是，尽管部队装备"不完备"，在预计突击的地点我军与敌人相比仍然有五个方面的优势，并将根据各部队的实际兵力分配作战任务。然而，有一些师只有九百人！

士兵们担心不是根据士兵的数量，而是根据部队的名称给他们指派作战任务，这种担心并非毫无根据。我在施行原有军事制度的时候就知道这样的事儿，在阵地上曾经替换下步兵团（谢苗诺夫团）

---

① 根据战时编制，步兵团的一个连队应有200—215人。
② "野蛮师"是对由穆斯林山民组成的高加索骑兵师的称谓，和平时期他们免除兵役。

的徒步骑兵团在数量上只是前者的五分之一。

所有代表的发言中还有一个普遍的怨言，当然，对这一怨言科尔尼洛夫也无法做出回应——人们抱怨各团完全被遗忘，与外界失去了联系。我对前线已经有了一些了解，想象得出掩体里的战士在堑壕中的这种苦闷，那里甚至连敌人都看不到，冬天只有积雪，夏天只有草梗。

在这次会议上做了一个报告，非常详细，是关于军队的兵力及其武器装备的。只是并没有指明突破口，但是大家都知道，此事涉及的是斯坦尼斯拉沃夫①。

听人们详细讨论进攻计划是令人感到奇怪的：一百多人在会议上谈论进攻路径，谈论军备数量。民主讨论的原则在这里达到了荒谬的地步，但是后来我们将这种荒谬进一步深化和完善。临进攻之前，突击群，即第十二军的各连委员会的所有成员都聚集在斯坦尼斯拉沃夫，在此次会议上也讨论了这个问题：进攻还是不进攻？更不必说那些在战壕中召开的紧急会议：有时离敌人往往只有几十步远。但是那时在我看来这似乎并不奇怪。我并没有期许科尔尼洛夫能清楚地了解局势的无望。他首先是一个军人。他是一个将军，他要去进攻，正带着左轮手枪奋力前进。他对待军队的态度，就如同好司机对待汽车一样。对于司机而言，最重要的是让这台机器能往前走，而并非谁坐在车上。科尔尼洛夫需要的是让军队进行战斗。他对于用这种古怪的革命的方式来准备进攻感到惊奇。他还是愿意

---

① 准确地说，是"斯坦尼斯拉夫"，即现在乌克兰的伊万诺-弗兰科夫斯克。

相信可以这样作战。司机也是这样，他在半信半疑地尝试一种新的混合剂时，非常希望用它作燃料车也能开走，就像用汽油一样，此时他只会一心想着驾车时用碳化物还是松节油。

我已经不是第一次在军队里遇到科尔尼洛夫了。在四月份，在彼得堡各团反对米留可夫的时候我曾见过他。当时他打电话要求我营派出装甲车；我们当时一致决定，我们直接听命于苏维埃。因此当时的决议是："无法知照执行"。我前去传达该决议。科尔尼洛夫非常平静地、显然很是疑惑地说，他作为司令怎么可以没有部队，谁需要让他指挥。所以，看见我在军队里他甚是不悦；后来他与我的关系有所缓和，但是却转而把我当成疯子。

集团军委员会当时非常信任科尔尼洛夫，给司令部的军官们做完报告以后，他再次出席会议的时候，他的讲话都受到热烈欢迎。但是却没有人喜欢科尔尼洛夫分子。被称为科尔尼洛夫分子的是第一"敢死营"① 的人们，该营在切尔诺夫策由志愿兵——主要是技术部队的士兵和决心参加作战部队的军事官员组成。

我可以证明，这个营的战斗力并不比最好的资格较老的部队差。但是，这些在袖子上缝上颅骨和骨头的突击营却把军队粉碎了，让敏感多疑的士兵担心在从前统一的军队中会形成某些承担着警察职责的特殊部队。极其忠诚的委员会委员是反对突击队员的。突击队员们很是恼火，传说他们拿着高额薪俸，生活上享受着特别的优待。

① 这一运动出现于 1917 年 6 月进攻的时候，个别队伍宣称自己为"敢死营"，声称"为伟大祖国的荣誉、自由和土地战斗到最后"，这些部队的军人有权佩戴识别标记（其中包括在军帽上用颅骨图形代替帽徽）。

我是坚决反对突击营的，为了组建这些营而脱离原来部队的往往是一些热情高涨的人，是一些文化水平较高的人。让他们离开部队的是看到军队已经开始腐烂的那种痛苦。然而他们更为需要的正是这些部队，就像盐需要腌肉一样。

委员会里激烈抨击了科尔尼洛夫分子，他们的辩白则满是抱怨。

顺便说一句，我想到了妇女营；毫无疑问，这是在后方孵化出来的，也是有意发明出来的一种对前线的侮辱。①

我在切尔诺夫策城里走了走。这是座洁净的城市，很像基辅。这里吃得很好，是欧洲人的吃法，比我们更干净。士兵们没有破坏城市；在我的临时住所里，一些地方甚至还摆放着银器，还有枕头和毛毯。这个住宅是常见的、相当富有的旧式地主的住宅样式。城里通着电车，车上人们不会受到怀疑，大家都支付车费。尽管后方几乎没有来人，增援部队还是从城里开往前线，而当后方来人的时候，却又严重破坏了部队。总的说来，整座城市从驻军的状态来看几乎是不错的。但是，所有一切并非出于人们的自觉意识，他们不可能有这种意识，他们还从未经历过一场真正的革命，这一切都只是出于人们良好的愿望，而这是不牢靠的。

菲洛年科与他的秘书翁斯基，一个开朗、强壮而又健美、非常有活力而又足智多谋的小伙子，留在了切尔诺夫策。我和阿纳尔多维奇去往前线，那里随时可能会发动进攻。迎着我的汽车飞奔而来

① 什克洛夫斯基的说法并不准确。这些部队是自 1917 年 5 月起自发组建的，只是在 6 月 29 日他们的地位才得到临时政府的认可。

的是熟悉的加利西亚①大地，这已经是我第三次途经此地，这里有波兰人的坟墓，上面的十字架大得特别夸张，这是波兰人所特有的方式；油漆过的犹太人墓碑竖立着，坟上满是干草，大理石雕像在风雨中变得粗糙。十字路口立着加利西亚东正教带有耶稣受难像的十字架，圣徒十字交叉着站在上面，十字架很可爱，是蓝色的。道路转了个急弯，仍然沿着那条狭窄、但很平坦的公路延伸向远方。

有时我们从一些小树林旁边驶过，于是汽车有节奏的辘辘声便在林间回荡，像是皮鞭敲打树叶的声音。我们来到一个狭小黑暗的镇子。这里驻扎着司令部，它已受命打开突破口。

这是第十二军。接待我们的——当时已是深夜——是一个极其疲惫的参谋长。仿佛他已经劳累了一个星期，一个星期都没睡过觉，牙齿也疼。他的牙齿并没有疼痛，但是他感觉自己就像一个受命跳跃、可是双腿却已瘫痪的人，或者受命用冻僵的手指从石砌地板上捡起一些五戈比硬币。他开始绝望地说，各团都拒绝挖平行壕——在主战壕前挖的堑壕称为平行壕，用一个通道与主战壕相连，一般来说，它的用途是可以靠近敌人，以便在发动冲锋时减少损失。在军队里还来了一支流浪队伍，没有军官和辎重车队，只有行军灶，是从邻近的集团军混进来的，正要返乡，可是几天以后就要发动进攻了。他说话的时候，隔壁的房间里的煤油灯光线昏暗，"尤济"和

---

① 中欧历史上（12世纪到20世纪初）的一个地区名。原来被称为加利西亚的地区现在分别属于乌克兰和波兰，大致相当于乌克兰的伊万诺—弗兰科夫斯克州、利沃夫州、捷尔诺波尔州西南地区以及波兰的喀尔巴阡省和小波兰省的大部分地区。——译注

"莫尔斯"① 还在发着蓝幽幽的光,轻轻地敲击着,薄薄的纸带慢慢地从电报机里爬出来。

从司令部出来,我们踩着又黑又深的泥泞来到军长切列米索夫将军②那里。切列米索夫很像科尔尼洛夫,也是身材矮小,有一张蒙古人般的黄色面孔,斜着眼睛,但是比他更胖一些,没那么瘦削。他似乎比科尔尼洛夫更睿智、更有才华。他曾经以军参谋长的身份,在上一次进攻的时候到过这些地方,确实非常了解加利西亚和布科维纳③。他本能地喜欢革命和战争,它们激发了他无限的潜能。切列米索夫并不惧怕士兵:我知道这样一件真实的故事,曾有个支队决定杀死他,就在房子对面架起了迫击炮,他听到喧哗声走了出来,非常平静地向士兵们说明,在这里使用迫击炮是不对的,因为炮弹爆破后会摧毁临近的房子。士兵们赞同他的说法,便把迫击炮搬走了。切列米索夫的心情不算太差,但是也指出了一些确实存在的现象:最让士兵气恼的是报纸上的纷纷议论。后方叫嚷着:"进攻,进攻!"此时情况是这样的:在斯坦尼斯拉沃夫地区已经集结了近七百门火炮,前线开始变得人员密集。划分给各团的阵地在缩小,腾出来的地段补充进新的队伍。在这件事情上出现了第一个阻碍。装备良好的第十一师不想上前线,并不是因为它反对进攻——直接拒绝

---

① 电报机的型号。

② 弗拉基米尔·安德烈耶维奇·切列米索夫(1871—?),少将,自 1917 年 8 月起任第八集团军司令(此前为第十二军军长),此后担任北方方面军总司令,后来移居丹麦。

③ 东欧的一个地区,位于喀尔巴阡山脉和德涅斯特河之间。现在这一地区由乌克兰和罗马尼亚两国统治。这一地区曾是摩尔达维亚公国的组成部分,后来先后被奥斯曼土耳其帝国和奥匈帝国占领。第一次世界大战后,布科维纳全境被划入罗马尼亚境内。在第二次世界大战中,北布科维纳被苏联占领,成为今乌克兰的一部分。——译注

参战的情况我几乎没有遇到过，——而是因为它是从前线的另外一个地段调过来的，而且已经许诺让它休息。第六十一师（我不记得确切的编号，但我知道其编队中有金布恩步兵团）似乎不想挖平行壕，还有某个师也有不想要的和想要的。我们面前的敌军几乎什么都没有，即只有铁丝网、机枪和空荡荡的战壕。我们决定即刻去斯坦尼斯拉沃夫。我们夜里就动了身。距离坐落在战壕线上的城市路途遥远。但是，德国人燃起的照明弹不断腾空而起，使前线清晰可见，他们害怕遭到夜袭。大炮没有射击，或许是听不到射击声，汽车悄无声息地赶路，把道路抛在了身后，朝着这些蓝色的火焰疾驰而去。我们超过了静静行进的炮兵纵列的辎重马车，它们运载的是炮弹。越接近城市，车流越密集，已经连绵不断。马车夫们因夜间行军的疲劳而沉默不语，一言不发地坐在颠簸而沉重的两轮马车上，马儿默默地拉紧套索。

我们来到斯坦尼斯拉沃夫。住的旅馆好像是"阿斯托里亚"。斯坦尼斯拉沃夫这座城市已经几易其手。俄罗斯和奥地利人都占领过这里，有时是从左侧，有时是从右侧，有时是从前面，有时是从侧面。我在战争期间已经是第三次来这里了，每一次走的道路都不同。城市很富有，房子都保存了下来，射击对它们的损害较小。受害最严重的是郊区和煤气厂。但是这不足为奇，有些郊区的房子离战壕只有几步之遥。这些房子仍有人居住。一渡过比斯特里察-纳迪夫纳河，马上就是我们的工事线。这样布置阵地是不合适的，大家都如是说。这样做是为了能在报告中写上："我军渡过了比斯特里察-纳迪夫纳河。"部队挤满了这座城市。

第十二军的几乎所有的师司令部都挤在城里，此时它差不多像个集团军了。在我入住的旅馆里，住的是军司令部作战室的军官们；院子里布防着一个炮兵连，屋顶上安置了炮兵观察点，在下面生意兴隆的波兰咖啡馆里坐着一些军官，而空中悬浮着两种颜色的两缕轻烟——棕色的和淡青色的——这是奥地利榴霰弹爆炸了。到了夜里，能听到我们火炮射击的轰鸣声，从院墙上折射回来，回声很大，就在耳边响起。这种声音就像把一个大球用力扔到石砌地板上一样。在前线，斯坦尼斯拉沃夫是我唯一可以睡在床上的地方，甚至还有全套床上用品。这一次我在斯坦尼斯拉沃夫逗留的时间不长。我被派往亚历山德罗波尔团。该团所处的阵地极其不寻常①。

这个团前面就是驻扎在圆顶的树林茂密的科斯马齐卡山上的敌军。该团也布防在山上，我军和德军战壕之间的距离不小于三俄里。这里实际上并没有发生战斗。战壕上搭着一些木板，战壕里有一半被填满了。双方很长时间里一直尽量停战。在坐落于阵地之间的一些村庄里，士兵们聚集在一起，并在这里设立了开放和中立的妓院。一些军官也参与了停战活动，其中比较出名的是某位齐纳罗夫上尉，他是个富有才干和战斗精神的人，圣乔治勋章获得者，似乎以前是大学生。我认为，齐纳罗夫主观上是个忠诚老实的人，但他的脑子却如此混乱，正如被我们占领的拉苏里纳村村民后来对我们所说的

---

① 这里说的是 41 步兵师第 161 亚历山德罗波尔团，按拉·科尔尼洛夫的鉴定，该团"情绪含糊多变"。

那样，齐纳罗夫不止一次去过奥地利的司令部①，在那里和军官们饮酒作乐，还和他们坐汽车去过后方。

在拉苏里纳村的奥地利司令部所在地我们发现了——在占领该村以后——德国的停战手册②，由德军司令部用非常好的纸张刊印，似乎还是在莱比锡刊印的。

齐纳罗夫被科尔尼洛夫逮捕，与一个叫克某的少尉关在一起，后来才知道这个人原来是喀山的奸细③。

我试图释放齐纳罗夫，因为当时我们对每一个独立公民的言论和行动自由的理解非同寻常地宽泛。我没能放出齐纳罗夫，该团要人，我就前去平复他们的情绪。

我坐了很长时间的车，好像穿过了纳德沃尔诺耶镇；已经开始看到喀尔巴阡山脉了。道路是用原木铺砌的。上面建造了类似凯旋门的建筑，被翠绿的云杉装点着——这是效仿奥地利人的一种掩映道路的方法。我们先去了军司令部（第十六军），在这里接待我们的是不知所措的斯托戈夫将军④。这个人什么都不明白。"什么布尔什维克、孟什维克，"他向我抱怨说，"我已经习惯了把你们所有人都

---

① 后来，即1917年6月17日上尉齐纳罗夫因与敌军部队有联络而被拉·科尔尼洛夫逮捕。

② 4—5月遍及前线的停战倡议来自俄国士兵，他们希望使敌方的军队"革命化"，并通过这种方式找到和解的途径。德奥统帅部认为，停战可以使俄国军队撤出战争，什克洛夫斯基提到的"手册"可能对此事起了促进作用。

③ 指的是卡普拉洛夫少尉（？—1918），与齐纳罗夫一起被科尔尼洛夫逮捕，有关他从事间谍活动的情报并没有得到证实。科尔尼洛夫叛乱被摧毁以后，齐纳罗夫和普拉洛夫被释放。

④ 尼古拉·尼古拉耶维奇·斯托戈夫（1873—1959），中将，当时担任第16军军长，此后担任西南方面军参谋长，后来移居法国。

看作是叛徒，请原谅我。"我没有生他的气。他也很苦恼。他的军完全由第三梯队的一些师组成，有六七百个各种各样的机枪手，是在军队整编的时候从几个团调过来的，当时各团由四个营的编队改为三个营。这些仓促组建起来的各支队伍当然是非常糟糕的，它们没有形成自己的传统，指挥人员的帮派之间相互仇视。斯托戈夫将军却仍然喜欢"自己的部队"，让他生气的只是他的士兵仗打得如此糟糕。他在士兵当中没有任何影响力，虽然他们都认识他，赞赏他。

我从斯托戈夫那里前往师司令部。那里也完全是张皇失措的状态。虽然大家都知道并没有给所在的军分配作战任务，但是看到部队处于这样的状态还是感到莫名其妙，甚至不能指望他们让驻军去占领敌人遗弃的一些村庄。

我去了团里。把士兵们集合起来，没有召开大会，以免气氛过于紧张，我用平常的腔调和他们说话，我说，齐纳罗夫会受到审判，我不能把他交给他们。士兵们显然对他很好，急忙告诉我，对他的一些供述是错误的。

但是这个团的情绪还是平静了一些，只是因为和一个陌生人敞开了心扉。后来菲洛年科和集团军委员会为这个团花费了好多心思。最终它还是被解散了①。

我从亚历山德罗波尔团返回斯坦尼斯拉沃夫。我又被派往金布恩团，该团距离斯坦尼斯拉沃夫大约两俄里，那里的情况也特别不好。它位于作战区，却拒绝挖平行壕，没有为发动进攻做准备。我

---

① 第161团并没有解散，只是从该队伍中"除去"了最积极的士兵和布尔什维克军官。

又出发了。这已经不像是乘坐汽车，而是坐着汽车在公路上沿着阵地飞行。这条公路德国人是能看见的，他们一直把它置于射界之内。德国人朝着飞驰的汽车射击，但钻过去还是能做到的，我们便钻了过去。

我们赶到了那里。渡过了比斯特里察-纳迪夫纳河，很快就来到了该团的驻地。我们召集了士兵，讲话的地方是个土屋。一名士兵对我说："我不想死。"我劲头十足地宣讲着革命能让我们获得生存的权力。那时我还没有像现在这样鄙视演说。阿纳尔多维奇同志告诉我，我急切的话语让他的头发都竖起来了。要解决死亡、即将到来的死亡的问题的听众，要求人们放弃自我的这种需求，上千人的默默伤心以及因敌人就在近前而产生的模糊的焦虑，足以让人神经崩溃。

在我之后发言的是一个身材矮小的脏兮兮的士兵。浑身上下穿的都是公家发的衣服。他的话很有教益而又朴实，都是最不言而喻的道理。我从他的话中得知，他就是前一天夜里决定在我军战壕前干活的五个或者八个士兵之一。

后来会议结束后，我走到他跟前和他交谈起来。原来他是犹太人——是一个侨居国外的画家，从国外回来后进入了作战部队。这几乎是罕见的事。无论技术兵，还是步兵军官，无论政委，还是有备用的一双靴子和两件内衣的人，都无法理解士兵的全部苦闷、士兵的全部沉重负担。

这个犹太知识分子用自己的靴子承载着各种磨难。

在我发言之后，阿纳尔多维奇也讲了话。他语气坚定，浑身都充满了苏维埃精神①，他是走运的，根本不了解我们处境的艰难和复杂。他的信仰使他变得单纯而又坚定。在他一个小时的发言中，集中了所有苏维埃演说的全部共通之处。革命在他的心里已经形成了自己的规范。他就像一个正统的基督徒。接下来我们去了一些幽暗的小巷，对黑暗中我们看不到的一大群拿着铲子的人再次发表演说，他们不知道该去还是不该去。我们说服了金布恩团的士兵。

我们夜宿在团司令部。深夜，我们睡眼惺忪，如同士兵的军大衣那样皱皱巴巴的，我们乘车再次出发，去找马尔梅日团谈话。

又是谈话。这里有个新消息在等着我。有一队士兵面带幸福的笑容对我宣称："你不用对我们说了，我们什么都不明白，我们是莫尔多瓦人"。于是我们就走了，好像是去了乌尔茹姆人②那里。当时最痛苦的事情，是不得不以最坏的理由各处奔走，一直要活动在最艰苦的地方。

乌尔茹姆人，或者我已经记不清这个团的名称了，驻防在战壕里。他们避开了堑壕的狭小缝隙。在战壕的两个靠得很近的灰色土坡中间，被派到堑壕来的人们寂寞无聊。这个团绵延几近一俄里。掩体里的士兵过得像在家里一样。有的人用小行军锅给自己煮大米粥，有的人在墙上挖洞过夜。

从狭窄的堑壕探出头去，你只能看到草梗，偶尔听到子弹悠闲地呼啸。

---

① 当时彼得格勒苏维埃中多数人支持孟什维克和社会革命党，拥护在前线发动进攻的人。
② 第 465 乌尔茹姆团。

我到处走动，与士兵交谈，他们有些踌躇不定。

在堑壕的底部，在木板台下面有小溪流过。

我们沿着溪流走。地势越低，墙体越潮湿，士兵们也越阴郁。

终于堑壕到了尽头。我们走到沼泽地上。

把我们和敌军隔开的只有用装着土和粮食的袋子堆砌起来的矮墙。

几乎完全由乌克兰人组成的连队聚集在一起坐着，站着是不行的——这很危险。墙太低了。

在这些人当中，能感受到那种完全惊慌失措的情绪。我觉得，他们整场战争都会这样坐着。

我开始和他们讲乌克兰。我认为这是一个伟大而重要的问题。至少在基辅围绕着这个问题争吵不休。他们制止我说：

"我们并不需要它！"

对于这些士兵而言，乌克兰独立或不独立的问题是不存在的。他们马上告诉我，他们是为村社而战。我不知道他们所指的是什么。也许指的仅仅是公共牧场。士兵们很健谈，他们显然非常高兴见到一个新人，但是却不知道究竟要问什么才能让答案马上打消他们的疑虑。善于提出问题也是一项了不起的本事。一个显然在连队中很受欢迎的士官作为代表站在士兵中问我：

"我们的伙伴非常担心，克伦斯基不是社会革命家，而是社会民主党人，这是真的吗？他们因此担心。"

我回答了他的问题。虽然答案似乎驱散了他的疑虑，但他并不满足于这个简洁的答案。

我觉得，战士们会听这个士官讲话，而他自己不明白，也说不明白，于是他们就会说"去你的"——然后四散而去。

我去参加了军官会议。"我们团很糟糕，"军官们说，"很糟，靠不住。"

我也是这样想的。但是怎么办呢？

人们看着你的手，等待奇迹出现。可我没能创造奇迹，便返回斯坦尼斯拉沃夫。

又是那座城市。波兰风格的、暗中敌视我们的城市。整洁的、被破坏了的城市。我被告知需要去第十一师。那里的情形更糟。这个师刚刚组建，前不久才扩编的，它不想进战壕。一般来说，派兵进入战壕是一件困难的事，这里的情况比常见的还要糟糕。我动身前往。路上一切都不顺利，可拆式轮辋脱落，在车上能感觉到车体在下降，司机显然在努力，他无论如何也要把我们送到。终于抵达了。最先去的好像是雅库茨克四十一团①司令部。那是个加利西亚的小屋，特别干净，里面丰富多彩。团长说，他的团坚决不想去战壕。我们便召开会议。在田间放置一辆两轮马车，周围摆上砍伐的桦木或枫木，旁边的人们举着尚未褪色的红色和金色相间的旗子。十分炎热。阳光晒得人特别难受。在空中，德国飞机在仔细观察俄国是如何准备进攻的。首先发言的是阿纳尔多维奇。他老生常谈，说的都是《消息报》上的东西，他讲话的时候没戴帽子，阳光在他的光头上闪动。人群中有人说："没错！"旁边的人戳了戳他，于是

---

① 指的是第11步兵师的第44雅库茨克团。

他便默不作声了。各团都不知道言论是自由的，他们把自己看作是一个表决单位。殴打持反对意见的人。在马尔梅日团，一个电报员因护国主义言论而惨遭毒打，打得他只能爬着离开。

阿纳尔多维奇说完后，我也讲了话。我有一个特别的习惯——说话的时候总是面带微笑。这会刺激听众，尤其是它正在威胁你的时候。"笑吧，豁牙子！"在我们之后，一个控马兵讲话，他讲得不好，但很蛊惑人心；他的理由如下：首先，不要招惹德国人，我们一旦激怒他们，就无法应付了；其次，不要招惹第十一师，它刚刚撤离战壕，况且还答应让它休息，将军在派遣该师之前还说："恭喜，同志们，要休息了。"我们和士兵谈过了，但是却没谈出什么结果。我们便动身去下一个团——情况相同：各团都坚持己见，声明他们哪儿都不去。我们来到师司令部。在那里，在一个特别干净的庄园里坐着一伙人——觉得自己有过错、却不知错在哪里的师长，牧师，几位参谋以及似乎是工农兵代表苏维埃的几个成员，他们带着礼品来到前线，却十分惊讶地发现，这一切并非如他们所期望的那样。他们也谈及了进攻问题，但差点儿遭到痛打。我们加入这伙人当中，心情抑郁地吃了午饭。

下着雨，我们把军大衣忘在了团里。但是无论如何都要调动这个师。"无论如何"这几个词一直萦绕在我的脑海里，以至于后来在波斯时我总感觉"无论如何"是一个词，而"沃什托贝托尼斯塔洛"① 是库尔德斯坦的一个城市。我们前去调动这个师。还叫来了菲洛年科。我们在他来之前就了解到,机枪队、掷弹兵连和工兵连赞同执行命令,甚至他们驻扎的营地也是独立的,还设置了防卫其他步兵的前哨。应该说,所有训练有素的各支队伍均赞同进攻,需要做的主要是维护秩序和组织性。具有城市文化素质的人更加富有牺牲精神,他们头脑中的想象力更加丰富,可他们无法想象"第十一师"或"第五连"享有自治权。但我们需要的是一个师,而不是独立的各个支队。我们通过团委员会召集了所有不赞同我们意见的首领。告诉他们说,原地不动和衰败下去是不行的,需要的是要么作战,要么解散。问题关乎每个发言者的生活。我们承诺进行调查因为什么欺骗了第十一师,通过许诺休息来吸引他们去战壕。分手时所有人的心都破碎了,彼此大为不满。然而,十一师还是"开拔"了。最早出发的是在后方就携带机枪准备进攻的机枪手,后来一个机枪连在夜间离开团队,其他连也尾随它来到斯坦尼斯拉沃夫,在那里驻扎下来,并且开始互相防备。尽管如此,这个师还是被调动起来了。我这样详细地讲述这件事,是为了说明中等难度的问题是如何解决的。

我们比第十一师更早抵达斯坦尼斯拉沃夫。

在这里,菲洛年科在电影院召开了隆重的会议,第十二军所有团委员会和连委员会,即突击队的代表们参加了此次会议。会上一

---

① 俄文 Вочтобытонистало 的音译,即把由六个词构成的俄语词组 во что бы то ни стало(无论如何)连在一起,变成了一个词。——译注

致决定发动进攻。从各委员会中划出作战委员会以协助指挥官们，其他委员会委员则加入散兵线。所有对此投赞成票的人可能也犯了错误，但他们错在有牺牲精神、忠诚，他们敢于面对死亡，需要的只是扯掉套在革命脖子上的绞索，它已经被战争拉紧了。在我们忙于第十二军事务的时候，邻近各军的情况也不太好。有消息称，七十九师的格卢霍夫团——我忘了它的编号，但永远不会忘记它的名字——处于完全解体的状态。军官们溜掉了，团委员会曾三次改选，现在仍然没有得到士兵们的信任；他们禁止委员会委员在房间里交谈，因此委员会只能在户外开群众大会时才能集合起来。在邻近的该师的一个团里，团委员会主席舒尔博士遭到痛打；预料派到前线来的警察会有奸细活动。遭受毒打的博士被逮捕，前去解救他的是菲洛年科，他没用炮兵和骑兵就做到了。到格卢霍夫团去的是三个人：菲洛年科、阿纳尔多维奇和我，留下齐普凯维奇组织十二军发动进攻。齐普凯维奇是个优秀的组织者，曾在工人战斗队，后来在尼古拉耶夫船厂，最后到了第八集团军，据说那里委员会委员都十分崇拜他。

他的工作流程如下。晚上军长告知他军队第二天的任务。夜里齐普凯维奇把各作战地段分配给委员会委员并把他们全部派出，下午他们向他电告结果。他特别关注部队调遣和物资运输问题。而我们——在齐普凯维奇用革命性的方法破解铁路拥堵问题的时候，我们前往格卢霍夫团。

格卢霍夫团驻扎在我们左翼的喀尔巴阡山脉，离基利里巴巴不远。还是尼古拉执政时期，这个团就有两三次从阵地逃跑——只多不少，它这样自我吹嘘。它驻扎的地方偏僻，难以通行，雨水较多，很是凄凉。道路所到之处越来越高，时而能看到下面村庄和山岗的景色，山岗则呈阶梯状向谷地延伸。

我们终于驶近两个已经烧毁的小镇，它们被水浅而湍急的山区河流隔开。在始于这里的窄轨铁路桥上，挂着一个小火车头，它的前壁带着一个缓冲器。它是被人在撤退时甩掉的，挂到了桥上。就这样一直挂着。这两个小镇叫库塔和维日尼察，他们就坐落在喀尔巴阡山的大门口。接下来的道路就像通常在喀尔巴阡山脉中一样，开始沿河而行。在河的对岸，窄轨火车悄然行驶。道路很折磨人。陡坡，原木铺设的路面，孤单单地忍受着喀尔巴阡山的连雨天——这一切让道路非常难行。两侧是斜坡，上面长满了阴森森的云杉，耕地有时几乎就是垂直的，在这样的陡坡上马匹和农人似乎只能四肢着地，还要用牙齿咬着石头才能爬行和耕种。在路上偶尔能遇到上了年纪的古楚尔人①，他们穿着色彩鲜艳的半短皮大衣，手里撑着黑色的雨伞。一群半大姑娘修补着道路，愉悦地朝着汽车微笑。下着雨；渐渐地，天不是越来越亮，而是有些黯淡下来，雨也停了。半路上汽车支撑不下去了，轮胎爆了，抛了锚。已是深夜。我们涉水过了河。夜宿在一个古楚尔人的小木屋里。看起来像是培尔·金特②的家。早晨，勉强修补上了轮胎，一个外胎里塞满了青苔，我们便又乘车出发了。我们到了团里。团司令部空荡荡的。接待我们

---

① 又称胡楚尔人，乌克兰人的一支，居住在喀尔巴阡山区。——译注
② 亨·易卜生的同名戏剧《培尔·金特》（1867）中的主人公，他在森林里过着隐居生活。

的是一个少尉。他一副怀疑的样子，显而易见，他曾带领一伙人反对军官和委员会，正如我现在想说的这样，他混进了"穆拉维约夫之流"①。但是当一切都开始行动并传播开来的时候，他害怕了，于是乎他所有的功名心现在都被去度假的梦想耗尽了。该团的状况是令人难以忍受的。团里的士官几乎都跑到各个突击营去了。它已经一无所有了。

团委员会试图劝我们不要开会，但我们还是决定召集会议。草地中央有个木板台。士兵们集合起来，来了个乐队。当乐队演奏《马赛曲》的时候，大家都把手放在帽舌旁边。我们的印象是，这些人还有吃的东西，这个团也没有化为脓液。长期的战壕生活让团队痛苦不堪，许多人拄着木棍儿走路，就像盲人一样，他们患上了夜盲症。他们筋疲力尽，与俄国失去了联系，已经形成了自己的共和国。例外的仍然是一个机枪队。士兵们举行了会议。情绪激动地听着。叫喊着打断我们说"揍他，他是资产阶级，他军装上有口袋"，或者喊："你们拿了资产阶级多少好处？"我还是讲完了要说的话，但是菲洛年科讲话的时候，人群在某位洛马金的带领下冲上木板台，抓住了我们。他们没有打我们，但是朝着我们大声喊："迷惑我们来了！"一个士兵脱下靴子，不停地转着圈儿把脚给大家看，他喊道："因为战壕我们的双脚，双脚都烂了。"他们已经决定绞死我们，这样非常简单——只要勒住脖子就行了，但这时阿纳尔多维奇解救了

---

① 指的是米哈伊尔·阿尔捷米耶维奇·穆拉维约夫（1880—1918）的冒险主义倾向，穆拉维约夫1917年为社会革命党人，后来成为左翼社会革命党人和红军指挥官，在1918年7月左翼社会革命党暴动以后在辛比尔斯克发动了反布尔什维克的起义。

大家。他用极粗野难听的话谩骂起来。人们惊呆了，慢慢地坐下去。对于他这个工作了十五年的革命者来说，这些人似乎只是一群疯狂的猪①；他不可怜他们，不怕他们。我难以转述这些话语；我只知道他顺口说过这样的话："我套上绞索也会对你们说——你们都是混蛋。"这起了作用。他们把我们抬起来向上抛，还把我们抬到了汽车跟前。可是我们离开的时候，他们随后朝我们扔了几块石头。

阿纳尔多维奇最终摆平了这个团。他独自来到这里，下令交还步枪，按连整队，拨出七十人，由一个哥萨克护送前往科尔尼洛夫营，在那里这些人说他们是"增援部队"，他们仗打得不比其他人差，阿纳尔多维奇则带领其他人就位。这个团实际上并非不如其他团。当然，这一切的结果都是徒劳无益的，我们一直在努力遏制个别团的解体，然而像所有的存在物一样，这种解体是一个合理的进程，并且发生在整个俄国。

我们从格卢霍夫人那里途经库塔回到斯坦尼斯拉沃夫。那里炮兵已经在准备进攻。七百门大炮不紧不慢地使用瞄准具轰击着德军战壕。这对炮手而言不是难事儿，而是有趣的工作。可以吃饭、喝茶，然后再去射击。并非击退敌人攻击时的那种令人不愉快的射击。尽管德国空军远远超过我们的空军，我们的炮手不用空中侦察仍然射击精准。我从一所大房子的屋顶透过微微翘起的瓦片观看射击，

① 福音书中的形象（第八章，第30—32节）：当时，离他们很远的地方，有一大群猪正在吃食。那些鬼魔就央求耶稣，说："如果你要把我们赶出去，就叫我们进入这群猪里面去吧。"耶稣对它们说："去吧！"它们就出来，进入猪里面去了。忽然，那整群猪从山崖冲到湖里，在水里淹死了。那些放猪的人就逃跑，进城去传报了这一切事，包括鬼魔附身之人的事。——译注

因为专门的观测点已经挤得水泄不通：最初有两个观测点，但是其中一个被敌人的炮弹摧毁了，观测兵都牺牲了，埋葬他们的时候只找到了一些尸体的碎块。

在炮轰敌军阵地的画面中令我吃惊的是，炮声非常小，大炮似乎很少轰隆隆地响，或者不是所有大炮同时响起。从敌军的战壕里喷溅起大量的泥土，根据溅起泥土的高度能猜到炮弹的口径。在斯坦尼斯拉沃夫的上空漂浮着两种颜色的奥地利榴霰弹爆炸云。1917年6月23日下午1点钟左右，位于观测点的指挥部接到消息，金布恩团的士兵等得不耐烦了，正在发动冲锋，他们不想等到彻底破坏敌人的铁丝网。

我们的炮火转而朝敌军的后备队射击，还是那样平静而从容。从屋顶上透过望远镜能看得见，从我们的战壕里跑出去一些灰色的小人儿，他们跑过田野。最初我们的人出现在个别地段上，后来进攻者那蜿蜒曲折的散兵线把我们整个前线都环绕起来。我在屋顶上哭了。

已经来过报告，第一次冲锋突破了敌军的三道防御；冲锋是成功的，战果还在扩大。我从屋顶爬下来奔往前线。我徒步走在公路上，经过我方战壕朝奥地利战壕走去。我蹚过比斯特里察河。道路两侧随处可见一些小坑，那是我们正在进攻的步兵曾经藏身的地方。奥地利的战壕被破坏得相当严重。其设施之完备也令人惊讶。此时里面间或有士兵在忙活着，他们在找白糖。委员会委员们销毁了葡萄酒，否则士兵们会喝醉的。俄国正在进攻的第二和第三散兵线疲惫地迈着脚步穿过田野。奥地利的武器、军大衣、头盔扔得到处都是。这次打击对敌军而言是意想不到的，尽管此事我们已经谈论了很长时间。奥地利炮兵部队指挥官已被打死在一门四十厘米口径的大炮旁边。但是并非整个前线都向前推进了；公路左侧的某个地方似乎有人在用木棍敲打着木棍；那是步枪和机枪在扫射。我来到第十一师司令部，有人认出了我，但大家都顾不上我；木棍敲打得越来越频繁了，这是仍在进行战斗。我去观看奥地利的战壕。战壕非常好！甚至还有观测兵用的装甲炮塔。

传来的消息称：奥地利人全线崩溃，射击声沉寂下来。我继续往前走。从斯坦尼斯拉沃夫开来一些装甲车，受派追捕敌人。它们停在一座被炸毁了的奥地利的小桥前面，正在填水沟。在这里还遇到了一个同志，后来他就在那一天的战斗中丧生。我继续往前走，很少看到被打死的人，伤员却是接二连三，暂时主要都是我们的人；这就是说，敌人无论哪里都还没有被切断。就在路旁的树丛下躺着一个死人，他安静地躺着，旁边平静的士兵们吃着奥地利罐头当早餐，还把白铁盒子放到尸体上。

心满意足的菲洛年科坐着汽车追上了我。我们便一起坐车走，德国的飞机低低地盘旋着，完全不怕我们的射击；我想，它们一定是装备了防弹钢板，有时它们飞得那么低，似乎想要用尾翼撞倒我们的汽车一样。有时候它们朝天空中抛射出一条红色的带子，垂直地挂在我们的散兵线上面，以调整大炮的射击。

炮弹落在我们汽车的水箱前面；我想，他们一定是朝着一团团尘土射击的。我们陷入了爆炸激起的沙石的旋涡之中，刚要大声喊叫就已经冲了过去。

第一天部队挺进到了波韦利恰河工事线，并在那里设防固守阵地。我们乘车到了那里，大家情绪高昂，然而在进攻的时候各团都挤在了一起，杂乱无序，一片混乱。傍晚，得知了进攻的初步战果：突破了敌人的前线，我们前进了十俄里，俘虏了待在列车车厢里的德军两个师，缴获了三千多挺机枪。

我写所有这一切几乎是两年以后的事情了。我们的进攻是在旧历 1917 年 6 月 23 日，而我写作是在 1919 年的圣灵降临节①。低沉而又遥远的炮击声震得我居住的别墅（拉赫塔②）的窗户微微抖动。在某个地方，某些人，不知是芬兰人，还是某些匿名的比利时人③殴打着我所不知道的"我们的人"。

第二天我又乘车去了前线。波韦利恰河已经被突破。我们的损失微乎其微。我知道的是，我遇到的勘察加团伤亡了四五十人。

我们乘车穿过战线，打发走汽车，开始与侦察兵一起步行。

在接下来的两三天里，我们常常和侦察兵一起越过我方的工事线。部队的进攻顺序与往常不同。走在最前面的是我们的轻型炮兵，甚至没有掩护；它刚刚站到阵地上开了几炮，就不得不继续往前走。奥地利人后来仿效了我们的这种方式，在多林斯克战线的遭遇战中我们不得不相信，他们的炮兵直接进入了散兵线。但是那些日子里炮兵也常常在散兵线以外游荡。炮兵后面是步兵，步兵后面是骑兵。

---

① 1919 年的圣灵降临节是 6 月 8 日。此时彼得格勒郊外正与尤登尼奇的部队进行着艰苦的战斗。
② 彼得格勒西北郊区。
③ 1919 年 4 月，芬兰的志愿军队伍参与了尼·尤登尼奇对彼得堡的进攻。比利时兵团参与进攻一事不为人知；什克洛夫斯基可能指的是瑞典白色志愿军团。

"野蛮师"没有派上用场，好像是因为战场所在地区起伏不平。总的来说，它远远不如我们极为出色的常规骑兵。骑兵后来独自掩护我们撤退。他们还是一些基干士兵。那时他们的情绪几乎是沙文主义的。他们说："我们赞同不割地不赔款的媾和，但也赞同把战争进行到最后胜利。"暂时由炮兵负责对敌军进行侦察。

在我们的后方，攻击部队正在行进的辎重车队庞大而又沉重，它们移动着、碰撞着，发出连绵不断的轰隆声。

在既不是大铁链，也不是粗线条，而是细细的丝线的俄国前线与庞大的超负荷的后方之间，差别是如此明显。

我还记得我们有一次越过了工事线。我们傍晚步行出发。和我同行的是可爱的翁斯基，他是一个精力特别充沛的敖德萨人，他经由斯坦尼斯拉沃夫直接安置了大量伤员。我们的右侧是一个燃烧着的村庄。是奥地利人放火烧的。天因为大火变得更黑了。正要离开的敌人从远处朝火焰射击着。

士兵们把锅绑在电话线上从井里舀水。

我们继续朝黑暗中走去。

装甲兵迎头赶上。他们招呼我们过去。一个司机学生认出了我。我们决定坐装甲车继续往前走。这是一辆非常狭窄的只有一个炮塔的"兰彻斯特"。里面又闷又热。用厚毛毡裱糊的墙上装饰着克伦斯基的几张肖像和一块块红布。

我们坐车往前走，车开进了树林，据说那里常有奥地利部队出没。谁都没有开枪。

我们停下来。旁边树林后面又是一个燃烧着的村庄。敌人在朝着树林扫射。这就是说，敌人已经肃清了这里。偶尔有弹片落在脚旁。大家开始低声说话。整个森林、整条道路上都散落着德国人的后挡和帽檐低垂的沉重的作战头盔、步枪……铁锹……一盘盘的电线。

早晨，载着一些记者的汽车追上我们。其中一个记者是《俄罗斯语言》的列姆比奇①。我还记得他在斯坦尼斯拉沃夫是如何奔向电报机的。也就是说，他现在要去写三手的通讯报道，这些报道很像事实，就如同云朵像扬琴一样。

第二天我们驱车前行。路上遇见了一个手拿地图的炮兵军官；他一直在寻找二五五高地，差不多是在向路人询问。他不会看地图。我不知道他是从哪里来的。

我们就这样悄然而行，到达了加利奇。加利奇好像刚刚被外阿穆尔师——绿色边框②——侦察队和第七集团军装甲排占领③。这个小镇如果不是因为它的重大战略意义——独立的、非常坚固的防御工事——谁也不会注意到它，此时这里已空无一人。德国人撤走了，被炸毁的桥空空荡荡的，仿佛这不是桥，而是沙漠中的狮身人面像。在河对岸可以看到两个我军的侦察兵，他们正要游过河或者在涉水过河。桥下深处，第聂伯河的波涛正快速地、漠然地从令它们厌烦的战争旁边流过。

---

① 梅齐斯拉夫·斯坦尼斯拉夫沃维奇·列姆比奇（1890—1932），记者和出版活动家，第一次世界大战期间最受欢迎的战地记者之一。《俄罗斯语言》（1895—1918）是自由主义日报，由伊·瑟京（1851—1934）在莫斯科出版。

② 第一外阿穆尔边防师士兵的肩章镶的是绿色边框。

③ 6月27日被第八集团军的部队占领。

小镇里有十几栋房子。人们聚在一栋房子里，我们的士兵加上政委（我和齐普凯维奇）一共三十人左右。高山上耸立着丹尼尔·加利奇[1]的城堡那摇摇欲坠的黑色墙壁。还是我早在1915年看到的那个样子，当时我在暴风雪之中开车从布罗德途径加利奇去往利沃夫、斯坦尼斯拉沃夫和科洛梅亚方向。可是现在我却从斯坦尼斯拉沃夫来到了加利奇，然而我一直以为是在去往利沃夫的途中。我们极大地改变了自己的防线，以致找到原来的战壕时很不喜欢它们。

但在加利奇也有新的东西。这是一些非常好的德国防御工事。

这里挖了一些藏身的洞穴，用厚原木做的双层护板加固起来，是朝着高高的加利奇山的最底部挖的。建有巨大的炮弹库，这一切的周围则是地滚球的木制滚道、淋浴间和用未剥皮的小白桦树的白色树干建造的一些亭子。

通常情况下，德国人放弃阵地时都会把它们清理"精光"，甚至要打扫地板，以免在垃圾中留下任何文件——例如信封，根据它们可能会猜测出驻扎部队的构成。

这一次他们撤得匆忙，留下了炮弹和一些不重要的文件。大炮全都被他们运走了。像往常一样，士兵们在占领的小镇里娱乐着。发射信号弹，试用手榴弹，弄到装备后走几步再把它扔掉。此时阳光普照，一片和平。心情也是那么平静，平静得就像秋天旅行后来到度假胜地一样。

我们乘车返回，路过烧毁的村庄，路过不再簌簌作响的树林，

---

① 加利西亚-沃伦的丹尼尔·罗曼诺维奇·加利奇大公（1201—1264）。

路过几个小教堂，那里不知是谁点燃的蜡烛仍在白天闪动着昏黄的火焰，我来到了斯坦尼斯拉沃夫。

在这里有人告诉我，我应该去第十六军，即纳德沃尔纳亚村所在地区。那里几乎没有敌军；可能战壕里就只剩下了前哨警戒队，也可能只有警卫犬。敌军撤离了，但第三梯队各师仍然下不了决心进攻，虽然他们面对的只是吸纳他们的托里拆利真空①。我被派去把部队调动起来。我乘车前去，又看到了斯托戈夫将军，他试图隐瞒其部队可耻的状况，但是当然他不能这么做。科尔尼洛夫给他的命令是"占领拉苏利纳村"；他回复说"拉苏利纳村里有敌军"，——对此科尔尼洛夫非常明了地电告"如果有敌军，应该把它打掉"，——可是部队没有作战，也没有打跑敌人。

我抵达那里。在科斯马齐卡山上，就是我从亚历山德罗波尔团就已经看见过的四周树木环绕的山上，架着一门孤零零的奥地利大炮，它吓唬着人们。一会儿朝右面射击，一会儿朝左面射击，一会儿朝着道路射击，一会儿又朝着被认为是指挥部驻扎地的那些地方射击，当然，它的确驻扎在那里。我们的大炮静默无声，它们不能不保持沉默。大家都知道，我们面前没有敌人的阵地。朝着村庄打——可怜老百姓。朝着树林打——舍不得炮弹。为了免受良心责备，就只能朝着科斯马齐卡山打。田地里燃烧着火焰——这是当地如同《圣经》传说中烧不毁的荆棘一样的东西：石油，还是两年前

①　托里拆利真空是指顶部密闭的容器内液体表面上方无气体的空间（以其发现者意大利物理学家和数学家埃·托里拆利的名字命名）。

在钻孔的时候点燃的，仍然在燃烧。

我们在战线上驱车而行。奥地利人已经退去，并清理了自己原来的战壕。

战壕都不错，很干燥，虽然是沼泽地，长着一种罕见的云杉，却完全是彼得堡式的沼泽。房屋随处可见，到处都是那种用未剥皮的白桦树建造的小亭子。

我来到我军前线。我走在森林里，不断遇到一些单独行动的人，他们拿着步枪，大多数是年轻人。我问："去哪儿？"答曰"生病了"。这就意味着是从前线逃跑的。拿他怎么办呢？虽然你知道毫无用处，还是说："回去吧，这是可耻的。"可他接着往前走。我缓慢无力地走到林边空地上。有一些地方防线断了，到处是一小撮一小撮的人。团长报告说：

"昨天有个连逃跑了，昨天还有个连惊慌中朝自己人开了火。"

你想把委员会集合起来。可是整个委员会都在散兵线上，在给自己挖藏身的洞穴。我来到某个连队，在表达自己意思的时候几乎全部用的是感叹词："同志们，你们怎么……""我们毫无行动，我们干等着……""去拉苏里纳吧。"人们开始解释说，去拉苏里纳要从田野里走，可是在我们往那里走的时候，科斯马奇卡山上的射击会把我们打死的。苦恼啊！

我拿上步枪和手榴弹。"谁跟我去拉苏里纳？"一个侦察兵自告奋勇。我们从田野里走，一会儿穿过草地，一会儿穿过一种稀稀落落的谷穗，大概是黑麦穗。我们到了村子，道路空荡荡的。

我们去了第一个木房子。吓坏了的妇女们小声地问我们："怎么，你们的人很快就会来吗？"我们什么都没有说。一个七八岁左右的小男孩头发淡黄，很安静，说着我半懂不懂的加利西亚方言①，他让我去观察奥地利人。我们已经是爬行了。

在桥旁边的小河里，奥地利人稀疏的散兵线正在匆匆忙忙地把单排的铁丝网安在可移动的细铁桩上。

一两个人是无法打掉他们的。苦恼啊！我从遗弃的炮台上拿了一些废弃的纸张，便径直穿过田野回我们的人那里去。我回来后，留下侦察兵就离开了。我想让他去讲。

我建议用炮火轰击"前线"，派装甲车去拉苏里纳，也许那样我们的步兵就可以跟在后面了。

于是就这样开始行动，几乎是用膝盖轻推着后背，才把部队强拉硬拽到了拉苏里纳。在拉苏里纳，他们稍微提起了点精神，包围了可怕的科斯马奇卡，在占领它的时候仿佛流动着血海（另一座著名的基尔利-巴巴山的确铺满了白骨），但因为我们的拖沓奥地利人已经运走了他们所有的大炮。

正是在拉苏里纳我们发现了德军司令部的停战手册……

是否有必要将这些部队拖来？为什么我们没有意识到，前线有这样的黏垢是不能打仗的？其中部分原因是，除了对德国取得巨大胜利以外，我们没有别的出路摆脱战争，德国——我们认为——能够独自在其内部发动革命。然而毕竟是坦克推翻了威廉的王位②。

---

① 乌克兰语的西部（加利西亚）方言。
② 这里说的是德国11月的革命，此次革命的结果是成立了民主共和国，1919年1月被镇压。威廉二世（1859—1941），德国皇帝，普鲁士国王，被革命推翻。

而且我们预见不到难以想象之事，却亲身经历了这样的事。

此外我们知道，我们所面对的也不是军队，而是一摊稀泥，它完全不如我们的第十六军，比它懦弱了很多；但是，唉，它虽然只是近似于执行了命令，但毕竟是执行了命令。我们就这样进入了拉苏里纳。

我不记得我是否离开了拉苏里纳。我还记得自己有好几天在面对一个逃离阵地的士兵连队。我大骂特骂这支连队。它也后悔难过。下着雨。我决定亲自把这个连队带回去。前线离拉苏里纳就只有二三十俄里了。

我们手里拄着木棍，冒雨穿过又黑又高的幽暗森林。我们要去洛德贾内村。我们走着。道路时而被填满了土的堑壕切断。地面塌陷下去，形成了深坑，卡在里面的车队伤透了脑筋。可是谁都不会下车，不会往压出的坑里扔几个沙袋，而周围的沙袋数以千计，因为它们原本是用来搭建战壕胸墙的。

真是个奇怪的民族。它甚至连路都不会修。将会有成千上万的马车就这样从此路过，深陷在同一个地方，将会有成千上万的马匹和三倍的人们上千次地在这里费尽气力。

到达洛德贾内村时已是深夜。在这里又听到了抱怨。抱怨的是可怜的第三梯队指挥官。部队里扩编进来一些警察、基干司务长，他们以其相对较高的文化水平的全部影响力扩大了反战宣传。警察比那些"军官痞子"还好些，其中不乏正派的人，他们想要"报答"和"赎罪"。尽管我丝毫没有这方面的权力，我还是因几个司务长的逃跑行为把他们降为列兵。

部队的情绪不高。在一次轻装转移中士兵们扔掉了军大衣。大家都冻僵了，把毯子裹在身上。在这里有人告诉我，第七十四师的突击营放弃攻占阵地了。

对于突击营而言，连我这个已经看惯了它这样的人都觉得它似乎太懦弱了。我前去摸清情况，可是立刻就被一群疲惫不堪和焦灼不安的人围住了。人们开始抱怨。原来，该营由因原部队瓦解而凑在一起的基干士兵、士官组成。但是，就是在这个队伍里面他们也发现了那种瓦解，这并非出自士兵们的主观意愿，而是因为组织不善。营里没有马车，没有日本步枪所需弹药，也就是说，如果不算在奥地利战壕里捡来的手榴弹，它就是手无寸铁。可是它却奉命占领阵地。

该营通过来到这里的翁斯基从某处搞到了一些步枪、炮弹，并把它们用于战斗。在一次艰难的冲锋中，几乎全营都牺牲了。

我理解他们。这就等于自杀。我躺下睡觉。夜里，我被绝望地哭泣着的主人，一个罗辛人①叫起来，士兵们割了他未成熟的谷物。我起了床，在夜里踏着露水跑来跑去。科尔尼洛夫于清晨抵达，下令尽快把我们从村子中奥地利人那里缴获的所有炮弹运走。

战线已经延伸到了村边的几个小木房附近，这个地方很不安宁。白天士兵打死了两个犹太人，据说他们俩发信号了。我相信情况并非如此。怯懦与间谍恐惧症的结合令人难以承受。但不管怎样，我对他们的被害仍负有责任。可是前线需要继续向前推进。我们的火

---

① 喀尔巴阡一带的斯拉夫居民，革命前为奥地利的臣民。

炮发射次数越来越多，驱逐着奥地利人。他们并不顽固坚守；在我们右侧的四十二师所在区域，阿纳尔多维奇此时也在那里，他们仅因榴霰炮火而四处逃散。

从我们村的高处，可以看见奥地利人在撤离靠近前线的地带，多林斯克战场发出的列车几乎不间歇地一辆接一辆。显然，撤离就要结束了。我们准备还击。第二天激烈地打了一场真正的战斗。战斗地点不知是在洛姆尼察还是波韦利恰，一直有消息传来，却互相矛盾而不确切，都是军事上毫无意义的话。于是我便到前线去。在树林中遇到了一些单独行动的人。我找到了团司令部，那里人们对战况也几乎一无所知。战斗在树林里进行着，部队时而后撤，时而推进。前线沿途无法进行通讯联络。我继续往前走，蹚河而过，温暖的河水立即冲进靴子，在里面吱嘎吱嘎、扑哧扑哧地响。经过几处林间空地，我走进一片杉树林，那里子弹在呼啸，树木在子弹反跳中断断续续地发出响声。

我走在树林里，立即进入了我们的散兵线。在被连夜雨打湿的地上挖了一些坑，笨拙地拔出了树桩和砍断的树根。坑里有水，水里躺着浑身湿透而又疲倦的人们。两三个军官躲在树后，但是都站着。看得出，他们不知道该怎么办。机枪在不停地射击，可是似乎徒劳无益。传来步枪急躁的、不整齐的射击声。能听见一些士兵在对军官唠叨着：

"难道他们应该在后面？他们应该走在一百俄丈以前。"

他们向我解释说，散兵线下定不了决心前进。它前面是匈牙利人。该团的右翼和左翼已经在前面近一俄里远了。我对士兵们说：

"往前走吧。"他们沉默不语。在这个树林里，在革命战线的一个偏僻角落，心情如此苦闷。我拿起放在一个士兵脑袋旁边的两个铁皮炸弹，把它们放进衣兜里，拿起步枪，穿过我们的散兵线向前线走去。在我们前面射击停了下来。我好像又走了六十来步；接下来是壕沟，道路，又是壕沟，壕沟的另一侧就已经是奥地利人的散兵线。我几乎踏了进去。我把炸弹向旁边扔去，我无法前进，炸弹已经落到了散兵线后面。黄色的火焰伴随低沉的爆炸声突然燃烧起来，我受了点震伤……时间静止了。当乌云在暴风雨中被闪电照亮时，有时也是静止的……

我团立刻大喊着跑过来，气势汹汹地从我身边跑了过去。

我团没有挺住，又跑了回来。

我记得那次冲锋。周围一切让我觉得稀稀落落的，并不密集，很怪异而又静止不动。

我记得一个德国中尉灰色制服上的黄色皮带。中尉第一个跳到我对面，他愣了一会儿扑过来，却转了个身倒下去了，他的膝盖顶着前胸，仿佛在寻找一个就地卧倒的位置。黄色皮带穿透了他的后背。不是我杀了他。

我穿过战壕，回头一看：一个我们的士兵正忙着从死者身上往下扯军官的全部装备，突然他自己也倒在了旁边。

我们在这个阴沉沉的日子里，在潮湿的树木中间发起冲锋。有个德国人高喊着"我是你们的人"——他跪倒在地，举起了双手。我们的一个士兵从他旁边跑了过去，然后半转身，瞄准他的肋部，朝他开了枪。

散兵线比我跑得快，我落在了后面。我知道冲锋的时候不能挺直身子，可是我们已经失去了理智。对战争的仇恨、对自己的憎恶以及疲劳使人根本想不到自我保护。

在左侧的桤木丛里，我得到了一把带有罕见嗒嗒声的德国机枪。

在后方，出现了一群奥地利人，急忙跑来我们这里受俘。

我们跑进一条水流湍急得几乎让人无法站稳的小河里，击退了卧倒在鹿砦旁想阻击我们的人。

随后我们攻入一个空荡荡的小村庄，街道上有一些鸡跑来跑去。有人开始抓鸡。我们剩下的人很少，多数人都被击退了。

村外还有铁丝网，我们到达那里。

原来，此时我们已经没有子弹。我团卧倒在树林里时就已经把它打光。我喊道："卧倒把自己弄脏。"我们已经深入突破口。

这时，有什么东西烧着了我的肋侧，于是我感觉自己被打倒在地。确切地说，我甚至觉得自己就躺在地上了。我跳起来又喊道："把自己弄脏，子弹就要打过来了。"

我的腹部受伤，被子弹穿透了。

我当时觉得，最主要的是要立即撤离。虽然我知道，腹部受伤的人至少一两个小时不能动弹，然而我还是爬回了后方。我想逃离机枪的扫射。

我那时幻想的不是彼得堡，不是洛德贾内村。每一个地方，哪怕离这里只有三步远，在我看来都令人向往。

我爬着，感到很幸福。小溪汇入河流，河流汇入大海，我则把自己带了回来。

我解下腰带，扔掉步枪，虽然这对伤员而言也是愚蠢的做法。

在离战斗一百多步远的地方，一个腿部受伤的士兵把从死者身上解下的绷带给了我，还给我包扎。血流得不多。只有一点点。

我和他爬到小河边，一直相互说着温存的话语。

距离洛德贾内村还很远很远。

在河对岸，已经有当担架员的卫生员肩上扛着担架用的木棍。

他们装好担架，把我放上去，给我盖好，四个人抬在肩上。

我很冷，我在小河里已经湿透了。担架员吃力地走着，把脚踏进急速奔淌的河水里。我什么都没有想。天气几乎是暖和的。只是有些昏暗。刮着风。

当他们用肩部抬着伤员的时候，我躺在下垂的亚麻布里，除了树木和天空几乎什么都看不见。

我们走的是小路，因为公路沿线奥地利人已经用炮兵掩护起来。

我被带到包扎站。

包扎站里挤满了伤员。整个地板都被占用了。我被放在了门口，但很快就被抬走了，我算是重伤员。

医生走了过来。我请他让人给翁斯基发一封电报，说我受伤了。他看了看伤口说，打穿的是 S 形结肠，然后他问：

"吸烟吗？"

"不吸。"

"吸吧，反正都无所谓。打嗝儿吗？"

"不打。"

"嗯，也许您不会死的，但是您说一下亲人的地址吧。"

除伤口以外，我还出现严重休克，脉搏微弱。在我身上喷洒了樟脑。

卫生员脱下我的湿靴子和外套，请求我送给他："我会把血迹洗掉，而您不会再需要了……"

包扎站处于射界之内。要赶紧把全部伤员送往后方。我和另外一名军官，他的一只胳膊从肩到手都被打碎，我们被抬到一辆运弹车的底部，然后就出发了。

车载着我们。车上所有的地方都被伤员占用，所有的地方都挤满了伤员。疲倦的马车夫责骂着："把你们扔到哪儿呢?"我们威胁他说："你要继续送，我们是不会让人把自己扔在路上的。"我不知道这一切会怎样结束。天空已经放亮。早晨到来。半路上，我们遇到了带着汽车来的翁斯基。电报转交给他的时候还意外地带去一个摩托车手，于是他就坐着那个摩托车的后架子从四十二师赶来了。我和一个同志被抬上车，送往纳德沃尔纳亚村。

我询问了前线的情况。四十一师的战况与我所看到的几乎一样。奥地利人战斗力较弱，他们仅仅因榴霰炮火，也就是说，因为完全微不足道的火力便四散而逃，但是我们的军队却萎靡不振、无精打采地进攻着，或者根本就不去进攻。

也常常发生这样的事儿，击退奥地利一个团的往往只是我方的军官、电话接线员和团里的工兵。医生们常常去切断铁丝网，部队却不支持他们。整个俄国的民众都已跃跃欲试。

我们被送到了纳德沃尔纳亚村。移交过去，抬到新的担架上（床是没有的），被告知要等着。那里的人说，如果我没有腹膜炎就能活下来。我虚弱地躺着，但已经确信我会活下来。

医院还是"健全的"，有一位受欢迎的老医生。我们的卫生员不干活儿，不护理伤员，就像他们也不刷洗马匹一样。

最好的卫生员都是奥地利的俘虏。首先，奥地利人特别珍惜给他们饭吃、对他们很好的地方；其次，他们更有修养，不能、也不会应付工作 ——就像训练有素的司机不会马虎虎对待自己的汽车一样。我在医院里收到一封营里发来的电报。电报中说，大家认为我已经完成了自己的任务。

随后，我找到了我服兵役初期的一个老朋友后备军士官生多尔戈波洛夫，他来看我。他也受了伤。当装甲车停下来以堵住宽度约为1.5俄里的战线上的漏洞时，炮弹击中了炮塔，打昏了里面所有的人。

多尔戈波洛夫的耳鼓膜内陷。他总是抱怨说，耳朵里面很痒，却不能搔抓。可他并不躺着，而是几乎每天都去战斗。这是一个结实健壮的人，他有强健的脖子，但是却已身心疲惫。

几个星期前他去过彼得堡。一次偶然的机会，"《新生活报》分子"① 到过他那里。他最初抨击他们，后来他们告诉他，究竟为什么战争是为所有国家的帝国主义发动的，他们还摧毁了这个脖子极长的可怜小伙子的全部士兵心理，而他来自于知识分子，放弃了当军官，已经有三枚"乔治十字勋章"。

---

① 指《新生活报》的工作人员或者拥护者，该报于1917—1918年在彼得格勒和莫斯科出版，1917年拥护国际共产主义、左翼孟什维克的立场，受到临时政府和苏维埃政权的批判。

似乎所有人都是正确的，耳朵里向内凹陷的、挤在听小骨之间的耳膜在发痒，心脏虽然没有发烧，却也莫名其妙地疼痛。

但我还是很享受生活的真实。

在八天或者十天以后，菲洛年科和科尔尼洛夫来看我。科尔尼洛夫带来了乔治十字勋章①，这让我很高兴，但却不能举行完整的接受勋章仪式，不能接受亲吻祝贺。科尔尼洛夫有些不痛快。菲洛年科则兴致勃勃。他变得臃肿，身居高位。他现在已经是罗马尼亚方面军的政委了。从他那里我得知了塔尔诺波尔的失利②，我军部队在卡卢什的所作所为，3日和5日布尔什维克发表演说并惊慌失措地中断。对于事件的严重性，我并没有立刻就预见到。

但是几天后来了一个主任医生，他瘸着腿，长着灰胡子，是一个有点荒唐的喀琅施塔得人，他说我们要紧急疏散。

人们开始把东西打包，越来越匆忙，疏散不知不觉地变成了逃跑。

敌人并没有对我们直接施压，但是在塔尔诺波尔地区，两周前

---

① 1917年8月5日第八集团军授予什克洛夫斯基乔治十字勋章的命令得以保存下来："授予第八集团军临时政府人民委员助理装甲汽车后备营初级士官维克托·鲍里索维奇·什克洛夫斯基……四级乔治十字勋章……今年7月3日，他在第十六军奥尔金第六三八步兵团，在得知该团被指派艰巨的任务且军心不稳以后，决定亲自参加在洛姆尼察河旁的洛德贾内村进行的战斗。他站在战壕内，在敌军猛烈的炮火之下鼓舞着全团的士气。在对敌人发起冲锋时，他第一个跳出战壕，带领全团往前冲。他一直走在队伍最前面，他冒着火炮、机枪、步枪的炮火，穿过四个铁丝网，两列战壕，蹚过河水，一直引领着全团士兵，以实际行动和言语激励全团的士气。在最后一个铁丝网前他腹部被穿透受伤，但是看到全团害怕并想撤退时，他，什克洛夫斯基，带着伤站起来命令隐蔽起来。"

② 6月6日德国军队转入反攻，这天结束的时候战线被突破。6月12日俄军放弃了塔尔诺波尔，使驻扎于南面并开始撤退的其他俄罗斯部队受到威胁。

有两个团擅自撤离①，接着又撤走一个，后来又有一个团没去该去的地方，于是被破坏的阵线立刻崩溃了。德军向这一漏洞派出了骑兵，然而骑兵要做的就是躲到一边，以免被逃跑的人们践踏。

有这样一个儿童游戏：把木制骨牌一个接一个地螺旋式竖着摆放，以便它们倒下时能相互碰撞，然后轻轻碰倒一个骨牌，便会迅速波及所有骨牌。推动我们的是第七集团军。我们的右翼已经暴露无遗。

大家越来越匆忙地收拾东西。地方医院和城市医院最为紧张不安，它们已经逃走，扔掉一些价格昂贵、在前线很有用的大帐篷。

主任医生大怒，他拦住士兵。他几乎亲自拄着拐杖站立在门口，不让空马车偷偷溜走。疏散的第三天已经过去了。

有人来找我，问我能不能起床。我把军大衣穿在内衣外面，穿上了鞋，截住一辆汽车，坐上去走了。

我们的医院动身了，我已经离开了那里。无法转移的重伤员与一个年长的护士留了下来，她最初跟在马车后面哭，但还是留下了。总得有人留下来。从窗户扔出去的秸秆在燃烧，医院的马车围绕医院的房屋转圈，践踏着菜园，把它踩坏，以免敌人得到它。

奥地利卫生员用肩膀抬着伤员，他们也不希望被自己人抓获。

---

① 指挥部将塔尔诺波尔之战的失利归罪于革命化的士兵。统帅部向临时政府汇报如下："各部队被布尔什维克宣传所腐蚀，只关心个人利益，出现了从未有过的背信弃义，背叛了祖国。第六零七姆伦诺夫团（第六手榴弹师）是第一个无耻地逃离阵地的团，他们暴露了重要的地段，使敌军突破防线，其幅度目前已达120俄里。"此事鲍·萨维科夫也曾向彼得堡电告过："某些部队自作主张离开阵地，甚至敌人尚未到来就已撤离。下达的命令……常常要在大会上讨论几个小时。"上述的某些指责（尤其针对姆伦诺夫团和第六手榴弹师的指责）后来经过长期审查被推翻。

073

我来到了纳德沃尔纳亚村。有的地方在发白糖，想拿多少就拿多少。

仓库在燃烧。伤员在缓慢爬行的最后一列火车上抢到了位子，几乎动用了武器……人们坐在车厢顶上、缓冲器上，把自己绑在车厢下面……小小的火车头竭尽全力地拉着，向后倒着走，一串长长的火车似乎眼看就要断开了。

步兵在步行。炮兵则乘着车。医院已经被包扎站占用。又听到大炮射击声，据说，炮弹就落在附近……

我试图清理清理马车，把空车牵出来，但是我没能做到：我头晕目眩。

我被抬上一辆拥挤的救护车，用畜力拉着去克罗梅亚。

克罗梅亚也是人满为患。我去了指挥部。找到了切列米索夫，当时他已经是集团军司令。他不慌不忙，但是情绪激昂。他没有认出我。甚至都没看见我。那时候根本顾不上。

我找到了一个熟人，坐上司令的火车去切尔诺夫策。那个车厢里还有司令部的电报员，他们融洽地弹着吉他，像发电文那样简短地交谈着。

还没到切尔诺夫策，火车就停止不前了。往前只放行货物。我从火车上下来，坐上车队的马拉大车来到切尔诺夫策。在那里去了考夫曼医院①。医院整洁、安静、严谨，已经全然是城市医院的样子。我被告知体内有浸润物②。这似乎就意味着体内有出血。说是

---

① 女护士协会的以侍从将官米·冯·考夫曼名字命名的军医院。
② 确切地说，是组织因内部积血而局部硬结或增大。

情况不太好。我躺着。静静地待在病室里。一个脊柱被打断的年轻军官躺在那里，用粗绒线绣着花。他永远也不能起身，甚至也不能坐着了。

其他受伤的军官都指责我说，我们把俄国弄到什么地步了。

翁斯基来了，他去过纳德沃尔纳亚找我，和他一起来的还有一个委员会委员，他是一个温和的人民教师，莫尔多瓦人。

人们在讲述是怎样撤退的。前线已经瓦解，只有装甲兵、装甲车操作台上的高射炮阻挡着德军。装甲兵坚守了十六个小时，哈利尔·别克①，我的老战友，高加索人，中校，二十六岁，当时幼稚地相信苏维埃，甚至在关于酗酒有害的呼吁书发出以后不再饮酒，他在炸毁的汽车里坚持了五个小时，后来第十二次受伤，被人从废墟中抱出来。后来又去参加冲锋，但已经是和步兵在一起了。

第十一骑兵师以马队和步兵队形阻击德军；没有剩下身体未受损伤的士兵，几乎全被歼灭了。

人们把崩溃的军队抱在怀里，把自己的头颅放到它的重压之下。这是何等令人忧伤的爱。

不知为什么，医院变得不那么平静了。我感觉好像要疏散切尔诺夫策②。

我请求派人护送。于是我被用担架抬上军用卫生列车，坐进重伤员车厢。

---

① 指的是米卡艾尔（马戈梅特）·马戈梅托维奇·哈利洛夫（1869—？）达吉斯坦人，在国家山地骑兵队服役，自 1913 年起任团长。
② 6 月 21 日夜间，俄罗斯军队放弃该城。

列车以前线惯用的方式缓慢地爬行着。我们二十四小时走了十一俄里。这极度无聊……

我从担架上下来，和护送我的士兵一起偷偷逃离这辆列车，接下来我们时而与撤退的炮兵一起乘车，躺在胡乱码放的炮弹上，时而坐军用卫生列车，时而和某些梯队一起乘车。我就这样沿着极美的、在第聂伯河满是岩石的河岸上方延伸的道路，经过莫吉廖夫来到了基辅。从那里坐在包厢的地板上去了彼得堡。去了心爱又可怕的革命城市。

在彼得堡我又被送进了军用医院，但是看到我还活着，显然不会很快就死，就放我走了。

我就像一个解除了兵役的士兵。

我的第一次前线之行就这样结束了。这是我在革命期间第一次上前线。现在我暂时不再谈论自己，来说说整个前线，

我不喜欢巴比塞的小说《火》① ——这是编造的堆砌之作。描写战争是很难的；在我读过的所有作品当中，作为对战争近乎真实的描写，我能想到的只有司汤达的滑铁卢②和托尔斯泰笔下的战斗场面。如果不使用假想的、伪造的地点，也同样难以描写前线的情绪。无论什么时候，无论什么样的飞行员，即便是在计划周详的降落中，都听不到他人说话，哪怕是最动人的话语。任何人，哪怕只飞行过一次，都知道这是不可能的。如果不用统计数据来向我证明，

---

① 法国作家阿·巴比塞描写第一次世界大战的长篇小说（1916），1919年出版了马·高尔基作序的俄文版，同年还出版了他的四部作品。

② 出自司汤达的小说《巴马修道院》（1839）。

西线战场上白刃战如此之多，或者用双手就可以摧毁德军的狐狸洞，用双脚能把他们藏身的洞穴踩坏，我是永远都不会相信的。我永远都不会相信这本书，它是死尸的大杂烩，其结尾被水灾和议论冲刷得模糊不清。

但是我要来谈谈。我尝试讲讲我对发生的这一切的理解。

俄国军队在革命前就患有疝气。革命，用临时政府民主的极端主义武装起来的俄国革命，把军队从束缚中解放出来。军队中没有了律法，甚至没有了规则。但是还有一套训练有素的人马，他们能做出牺牲和坚守战壕。是可以有战争的，但一定要是那种短暂的、快如闪电的、没有束缚的战争。因为前线上有敌人是现实，看起来如果你要回家的话，他就会尾随其后。每一支部队中都有四分之三的人不作战；如果在这场战争中出现一支军队，就像人们给自己干活那样战斗，就不仅仅能进攻德国，还能越过德国进攻法国。当有近四百名步兵的罗加京团①看到德国人当着它的面把团长殴打致死的时候，它发怒了，在战斗中一个不落地痛打了德军整整一个团的全部人员。这种振奋的精神是有一些先决条件的，但有两种东西把它扼杀了。第一个是我们盟国那令人愤懑、极其可恶、卑鄙而又无情的政策。他们没有迎合我们的和平方案，而他们，正是他们，触怒了俄国。这与所谓的国际主义者的声音②产生了共鸣，并将它突显出来。为了说明他们的作用，我以类似现象为例。我不是社会主

<hr>

① 自 1917 年 1 月起，俄国步兵团的编制应为 3500 人左右。
② 指所有反对继续战争的人。

义者，我是弗洛伊德学说的信徒。

一个人在睡觉，他听到正门的铃声在响。他知道应该起床，可是却不想起来。于是他便臆想出一个梦境，里面有铃声响起，用另一种方式来解释它，例如他梦见了晨祷。

俄国臆想出了布尔什维克，就像虚构的梦境一样，作为逃跑和盗窃的理由，布尔什维克被梦想出来，这并不是他们的错。

是谁按响了门铃？

也许是世界革命。

但是并非所有的人都入睡了，或者并不是所有的人都能有同样的梦境。在我描写军队之前必须做如下更正。我的工作是一件苦差事：我必须在最糟糕的时刻出现在最糟糕的部队里。我们有很多完整健全的步兵师。例如，我提名的第一个是第十九师。因此，布尔什维克不得不削减和解散军队，这一点克雷连科做到了，他取消了指挥机关及其替代品——委员会①。

为什么军队发动了进攻？因为它是军队。对于军队而言，进攻并不比原地不动更痛苦，从心理上并非更加痛苦。进攻是比退却流血更少的事情。军队在感觉到自己要解体的时候，不能不利用自己的力量、自己的势力提供的机会，并试图以此来结束战争。它毕竟是军队，因此它在灭亡之前发动了进攻，而它并没有灭亡，这是因

---

① 什克洛夫斯基此处针对第一个苏维埃最高统帅尼古拉·瓦西里耶维奇·克雷连科（1885—1938）的指责并非完全公允。十月革命以后，各个部队的所有权力都转移到了成为"指挥机关"的委员会手中，正是这一点成为克雷连科与列宁在1918年产生分歧的原因，并致使他离开了军事部门。

为它进攻了。进攻是可能成功的，而没有成功是由于政治形势，而非军事形势，部队已经"睡着了"。他们逃进"布尔什维主义"，就如同一个人在患上某些精神疾病时要躲避生活那样。

我要接着往下写；我要描写我所了解的科尔尼洛夫事件以及我自己在波斯的所作所为，但是此刻我所写的，我认为非常重要，我写这些的时候，总是想起我见过的那些尸体。

我还要再说一句话。当您评判俄国革命的时候，不要忘了在天平上放上所做出的牺牲，在极轻的天平上添上加利西亚玉米地里接受死亡的人们鲜血的重量，加上我可怜的同志们鲜血的重量。

科尔尼洛夫事件

我抵达彼得堡的时候很虚弱，几乎还生着病。我去了自己的部队。显然，它衰败得很厉害。那里原来有三十辆汽车，现在只剩五辆。

我去了塔夫里达宫。花园里执勤的是装甲车，车上带着字母ВСРСД，用红漆写在绿色的装甲钢板上。我受邀给彼得格勒苏维埃做了报告①。我说了一些话。我不知道他们是否理解我的意思。我想说的是，军队正在灭亡，它的灭亡不仅是因为政治已经触及它，还因为政治在触及它以后并没有彻底改造它。

布尔什维克曾被击败、被摧毁……但是这没有任何意义——他

_____

① 什克洛夫斯基多次参加彼得格勒苏维埃会议，但是他的此次发言并未发表。

们又出现了。

在彼得堡我遇见了萨温科夫和菲洛年科。他们主要的事情就是鄙视克伦斯基。

在我们逃跑般撤退以后，在卡缅涅茨-波多斯克召开了西南方面军各级部队委员会、前线委员会和政委会议。这是在意识到溃败之势的压力下召开的。而且，尽管其发起者萨温科夫在会议中间离开，留下菲洛年科一个人，科尔尼洛夫还是当选为总司令。就这样摆脱了绝望的境地。接下来的游戏是——据我现在所知——担任科尔尼洛夫的高级政委的菲洛年科要用科尔尼洛夫来威胁临时政府，而不是用临时政府威胁科尔尼洛夫。

此时举行了各种各样的国务会议①，这些会上科尔尼洛夫都做了发言，稿子是菲洛年科给他写的。

很特别的是，在这些发言的内容和描述铁路运输崩溃的准确性方面，表现出工程师的见解和认识。

所有这一切都是形形色色的记者促成的，他们对这个游戏推波助澜。其中一个人对菲洛年科说：

"我在帮您，但是，如果您被绞死，我会以此写出一篇非常好的报道。"

已经出现恐吓行为。临时政府的右翼恐吓着左翼。与此同时还有其他一些阴谋。部分指挥人员——据我所知，只是很少的一部

---

① 指的是 1917 年 8 月 12—15 日在莫斯科召开的国务会议，会议的目的是联合各种支持临时政府的力量。右倾势力将确立以科尔尼洛夫为首的军事独裁的希望寄托于国务会议，科尔尼洛夫在会议上发言，要求在后方执行死刑、限制士兵组织的权力等。

分——怀着比单纯的"整顿"政府更宏伟的计划。后来，我有机会看到该阵营的人们相互传递的一些小纸条。某集团军司令直接给另一集团军的骑兵团团长写信说，有必要选出一些可靠的军官并送他们到最高统帅部学习投掷炸弹。我认为，这样的投掷手从各处聚集到了莫吉廖夫，人并不多，而且我认为此事并不成功。因此，科尔尼洛夫事件一方面是对抗原来军队瓦解的一种方法，另一方面则是把两个不等同的、但互相交织并指向同一个方向的阴谋综合起来。科尔尼洛夫处于黑帮①的影响之下，虽然他们在司令部中并没有多少自己人。萨温科夫集团不想要这个"叛乱"，——但它需要发动猛攻，需要通过科尔尼洛夫来体现军事的必要性，但是它打错了算盘。菲洛年科越权了，——这是我的推测。克伦斯基歇斯底里，而科尔尼洛夫则把自己的勇敢及其三百帖金人②扔到了天平上；另一侧天平上则是一亿八千万人民的革命惯性。

天平晃动起来。

科尔尼洛夫事件的筹备工作避开了我。我也根本没注意到它。最紧张的时刻我是在医院里度过的，后来到基斯洛沃茨克住了两个星期，在那里我住在郊外，夜里常常从屋顶往下看。即便在这里也能感受到俄国革命，它可怕又离奇。在皮亚季戈尔斯克士兵们穿着没系带的鞋子，腰带没扎在腰上，而是斜挎在肩头当背带用。我明白他们穿这种简陋离奇的服装的原因。这些人希望一切都按新的方

---

① 泛指极反动的保皇党分子。
② 从土库曼志愿兵中招募的帖金人的骑兵营组成了科尔尼洛夫的护送队。

式进行。

我不想回前线，但不得不回去。我离开了卖沾满露珠的葡萄的市场，离开了陡峭的小巷和边缘锋利的石灰石铺就的道路。我离开了，回到了彼得堡，从那里去了莫吉廖夫-波多尔斯克，回到了自己的部队①。此时所有的政委都聚集在莫吉廖夫②，到科尔尼洛夫那里参加会议。第八集团军来的是阿纳尔多维奇，因为齐普凯维奇和切列米索夫调到了第九集团军，而菲洛年科已经是高级政委了。

我抵达莫吉廖夫③。在车站有人认出了我，对我说："铁路线发来两封电报。"给我看了电报：一封电报是科尔尼洛夫的，他说他并未辞去总司令之职，命令人们服从自己；电报最后许诺增加铁路员工和电报员的薪水，而同一时间发来的另一封电报是克伦斯基的，宣告科尔尼洛夫为叛乱分子。

在莫吉廖夫只有司令部的总务部队；司令部的作战部队在利普卡内。我想象着部队里现在发生了什么，或者更确切地说，将会发生什么，会怎样去挑拨离间，想到司令部可能会发表演说我就感到害怕。

我奔到直拨电话跟前。

"您收到科尔尼洛夫的电报了吗，您怎么看，这是不是挑拨离间?"回复我说："现在一切皆有可能!"我匆忙地和莫吉廖夫的工人士兵代表苏维埃交谈了几句。建议在电报局和车站布置警卫。我们

---

① 当时第八集团军的领导机关设在莫吉廖夫-波多尔斯克。
② 在莫吉廖夫（白俄罗斯）驻扎着最高统帅的大本营。
③ 指的是莫吉廖夫-波多尔斯克。

和集团军委员会谈过，决定去利普卡内。我们坐上两辆军用救护车前往。有人警告我们说，我们可能会被逮捕，但是我们并不相信，当然他们是正确的。当时集团军委员会的负责人是叶罗费耶夫，他是一个悲观的社会革命党人，已经不年轻了；他是集团军委员会主席的战友。

我们走了整整一夜，波多利斯克的道路像田野一样宽阔，几乎是涅瓦大街的六倍。凌晨我们在一个村头停下来，在一个农民手中看到了新印刷的科尔尼洛夫的呼吁书。它来自哪里——我不知道。我们找过，试图弄清楚，但却没能办到。它向我证明，科尔尼洛夫的暴动要么是有人组织的，要么是被某些组织者利用了。

我们到达司令部。那里刚刚收到科尔尼洛夫的电报，命令撤掉所有无线电。

我撤销了这个命令，在电报局布置了警卫，每个军都派去委员会委员，他们有军长的职权。我们印发命令，声明集团军的命令临时由我和委员会签发①。

需要迅速下达命令，以免出现由此事诱发的军事行动。命令执行得很不像话，还不如"一号命令"。在我们集团军里，对指挥人员的态度问题非常敏感：因为它最初是卡列金②的部队，后来是科尔尼洛夫的部队。

---

① 事实上，相应的文件并非"命令"，而是第八集团军委员会1917年8月29日的决议，该决议是"鉴于与科尔尼洛夫将军的反革命言论相关的极端特殊形势，为避免军队暴动或者明显支持背叛祖国的科尔尼洛夫"而通过的。
② 阿列克谢·马克西莫维奇·卡列金（1861—1918），将军，自1916年5月起指挥西南方面军第八集团军。

我发了一封电报，声明逮捕权归我所有，并建议任何人都不要冒险擅自做此事。

集团军委员会自己有一份不可靠人员名单，我认为，这份名单是公正的，但各级委员会还想用其他更可靠的人把这些人换掉。我却并不相信这些人的可靠性。

我认为最好不要招惹军队。不管怎样，我们还是非常成功地抢在了指挥官们在执行总司令和政府命令之间做出选择的时刻之前，所以没有一个人起来支持科尔尼洛夫。

后来委员会被布尔什维克夺取，他们虽然指责委员会，但却认可它在消灭科尔尼洛夫叛乱中的功绩。我的功劳则在于当时没有人被打死。军队虽大为震惊，却并未就军官叛乱一事说出危险的、引起恐慌的话语。

我们军官的命运十分悲惨。他们不是资产阶级和地主的子女，至少大部分不是。军官在素质和人数方面与当时俄国稍微有点文化的人的全部数量几乎相等。凡是能晋升为军官的人都得到了晋升。不论这些人是好还是坏——找不到其他人了，都应该保护他们。有文化的人没穿上军官制服是罕见的，文书简直就是珍宝。有时来了一个庞大的梯队，里面却一个识字的人都没有，因此没有人可以读名单。

唯一例外的是犹太人。犹太人得不到晋升。当年我也没有晋升，因为我是犹太人的儿子，算是半个犹太人。因此，军队里大部分文化人和或多或少有些见识的士兵——正是犹太人。他们也入选委员会。于是便出现这样的状况：军队在选举机构中有百分之四十的犹太人身居要职，同时却又满怀着最内在的、"深奥"的反犹太主义思想，并大量屠杀犹太人。

现在来谈谈军官。这些按照文化水平挑选出来的人们，身上当然带着俄国制度的印记，因为他们是这一制度调教出来的。然而，我们大家身上也都有这种印记。请看一看，甚至无产阶级"地方政权"的代表们也很容易就回到这些旧习惯上面来。例如，体罚在无产阶级专政时期也保留着。在彼尔姆省这是一种极其普遍的现象。同样，当军队在塔尔诺波尔溃败后开始逃跑的时候，为了阻止逃跑者，未逃散队伍的士兵便自发组成流动委员会抓捕逃兵，他们恼怒于事情就发生在俄国大地上，而这里沃伦省的村庄在燃烧，于是他们就鞭打人们。无论是委员会还是政委在这件事上都毫无过错。逃兵要么枪毙，要么处以鞭刑。还发明了一些不可思议的誓词，他要宣称放弃公民权利，并证明对他所做的一切是经他同意的。

俄国的骨骼是弯曲的。俄国军官的骨骼也是弯曲的。俄国的习惯、其思想方式他们能够理解。但是他们却高兴地接受了革命。战争也令他们精疲力竭。帝国主义计划在战壕里以及在战壕旁边没有让任何人，甚至也没让将军们头脑发昏。然而，军队、它的灭亡却遮住了整个地平线。需要拯救，需要牺牲，需要拼命。最优秀的人们牺牲了，他们拼了命；这样的人很多。军官的处境当然要比委员会委员艰难：他要下达命令，而不能离开。《战壕真理报》① 和《真理报》则严厉批判他，指控他是拖延战争的直接罪人。可是他却要留在岗位上。最优秀的人们留了下来，也正是他们在十月之后蒙受

----

① 《战壕真理报》是北方方面军第 12 集团军的布尔什维克的机关刊物，1917—1918 年发行。

的损失最大。我们自己无法牵绊住这些饱受战争折磨的人们，他们信仰革命，勇于牺牲，他们已经不止一次地证明了这一点。凡是有文化的俄国人的命运就是这样，他们不幸来到一个地界，这里俄国这个大海正冒着鲜血的泡沫。

在我们集团军里没有人支持总司令。从达吉斯坦团和奥赛梯团来了"野蛮师"的代表，他们说，他们拥护民主的俄国和克伦斯基。然而，他们同时还请求将他们这两个团分开安置，因为某个达吉斯坦人杀害了奥赛梯人，或者相反，他们现在是有血亲复仇关系的人，在轮流相互打杀。我们答应了他们的请求。很快他们就被派往高加索休息，遗憾的是并没有解除他们的武装。后来正是这些装备精良的人——除了步枪以外，他们每人还配有两把左轮手枪——抢劫了我们的列车，烧了哥萨克村镇，得到了自己历来就拥有的土地。

一个神甫骑着马来了，他戴着系有乔治带的十字架，是某哥萨克师委员会的主席。他们那里很平静。很快我和委员会之间的态度转冷。委员会想要实施全部转移计划并撤走指挥人员。它有自己的候补人选。我没有同意这一计划。我认为，接替的人是不可靠的，他们当中某些人我是熟悉的，他们只是比被取代的人更殷勤而已。

委员会生了我的气，也许只是有些不快而已。委员会的人非常亲切地对我说，我受伤还没有复原，我是在竭尽全力地工作。

阿纳尔多维奇从莫吉廖夫来了。他闷闷不乐，对彼得格勒苏维埃感到失望，因为它拥护战争，同时又因死刑而陷入恐惧，他对实际上是个"机灵鬼"的菲洛年科也感到失望。

他变了。穿着防水大衣，戴着帆布帽子，穿着弗伦奇式军上衣，已经不是我所认识的那个人了。他的习惯也已经改变——习惯于发号施令。

阿纳尔多维奇没有接管事务，但还是待了几天等着任命。他被调到特别集团军接替被杀害的林德的职务，林德是第一个到达塔夫里达宫的部队的首长，芬兰军团在首次声明反对米留可夫时期的领袖，林德被士兵们穿透了脖子，刺死在地上。

我不知道阿纳尔多维奇后来怎么样了。我再也没有听说过有关他的消息。

我一个人留下来。事情很多。然而事情的性质发生了变化。接下来是繁忙的工作日。

从集团军各地，主要是后方部队，慢腾腾地给我送来了一些厚厚的"案件"，足有三指多厚，是用墨水或者普通铅笔写的。都是常见的类型——某人控告某人偷窃了马具、绳索。案件慢腾腾地送来，越积越多，要经过各级委员会和侦查委员会才能到我手上。我搞不太懂这些案件。我很痛苦。你叫来被告，斥责一番，可是他走的时候却很快活。也许，应该把他绞死？

对军队而言，粮食供应和住房问题非常尖锐。而冬天已经逼近。大庄园——其中有些每个都提供过一百多万普特的粮食——都已经被炸毁了。

有些士兵在农民中进行宣传："不要给我们提供粮食，否则我们还要再打五年仗。"

我们召开了成分庞杂的农民委员会代表大会，因为当时土地规划委员会还没组建。弄到了粮食。

对些许闲暇时刻的唯一回忆便是坐汽车去雅西①，那时我撇开了烦恼，至少是撇开了一会儿。我与一位军需官将军同行，想去弄清楚前线指挥部的状况。我们途径巴图沙内，此处驻扎着第九集团军司令部。在这里，我第一次看到罗马尼亚部队。我只是按照惯例认为他们不太好，军官们染着头发，总也不去阵地，士兵在逃跑。但是此时经过法国教官的重新训练，他们给我留下非常好的印象。我记得他们的步伐。对于我这个熟悉我国步兵缓慢步伐的人来说，他们几乎是小跑着的，步伐充满了力量而又自信。

他们与我们部队的关系很紧张……

第九集团军由切列米索夫指挥。现在他得意扬扬了。当年，克伦斯基未通过科尔尼洛夫便任命切列米索夫为集团军司令。科尔尼洛夫非常生气，他建议切列米索夫通过直拨电话放弃私下接受的职位。切列米索夫则回复说，他"将手持炸弹捍卫自己的职位"。结果两个人都放弃了指挥权。菲洛年科调和了他们的关系，切列米索夫便就任第九集团军司令之职。集团军委员会当时非常喜欢他。

与切列米索夫一起调派到第九集团军的还有担任政委的齐普凯维奇。但是在卡卢什之战以后极为失望的齐普凯维奇十分专横，这妨碍着他与集团军委员会和睦相处。他递交了辞呈。我不知道他后来去了哪里。他想过出国，去美国。他说，只有调和重大事件的专家美国人才能结束战争。

已是深夜。汽车把恭顺地在车轮下飞跑的道路拖进了透明的尘

---

① 罗马尼亚的一个县。

屑形成的白色光束，拖进两个车灯的白色光束。汽车化油器的声音清晰而低沉，它吸着空气，当一些孤零零的橡树在道路上方摇摆的时候，汽车便发出噼里啪啦的声音，从树上反射回来的发动机的声音非常尖利——仿佛有人在用呼啸的马鞭修剪着树叶。我们向前飞驰着，被远方所吸引……我们飞驰着，离开了大路，在草原上疾驰，草原平坦、广阔……

野兔突然从黑暗中跑出来，惊得呆若木鸡，苍白的身影立在那里。但是一天开始了。最先开始的是清晨，它用令人乏味的魔掌把又我拉回到那些案件中。

罗马尼亚方面军的政委不在，他也滞留在最高统帅部。顺便说一下，罗马尼亚方面军有两个政委，一个是临时政府任命的政委，另一个是工人和士兵代表苏维埃任命的政委。这是具体化的双重政权。的确，这些人都在努力齐心协力地工作。只是他们当中任何一个人都不在岗位上。受托主持所有事务的是一个不知所措的军官。从他那里我了解到，谢尔巴乔夫①——方面军司令——最初想要联合科尔尼洛夫，甚至发过相关的电报，但是他被制止和说服了。我不知道这正确到什么程度。罗马尼亚人的情况也非常棘手。国王给切列米索夫送来米哈伊尔一级勋章②，有手掌大小，但是除此之外，他每天还给方面军司令部送来大约四分之一俄尺厚的一沓诉状。

---

① 德米特里·格里高利耶维奇·谢尔巴乔夫（1857—1932），中将，后来移居法国。罗马尼亚方面军司令部名义上由罗马尼亚国王领导，而实际上由号称"罗马尼亚方面军总司令助手"的德·谢尔巴乔夫领导。
② 罗马尼亚没有这个名称的奖章，也许指的是卡尔一级勋章。

我们的部队希望在罗马尼亚发动革命，想用最简单的方式闹革命，即"把国王拉下宝座"。但是对于罗马尼亚的革命我们缺乏最重要的东西：在民众中的威信。军事上的威信我们也没有：罗马尼亚人还记得我们过去对他们的嘲笑和几近胜利者的派头，他们也不原谅我们今天的软弱，而在革命的威信方面，我们对居民太不好了——虽然不像在许多其他地方那样，尤其不像对犹太人或波斯人那样不好。

我乘车返回。

我回到利普卡内，阿纳尔多维奇已经离开。来当政委的是该集团军委员会前主席维延采戈利斯基①同志，他是波兰人，自称社会主义个人主义者。尽管这个党派如此怪异，他却是一个非常聪明的人，善于让他人听命于自己。

他对第八集团军有自己的看法。特别是有关部队全体转移问题。也许可以说，这其中有个人因素，无意识的个人因素。我们友好地见了面，因为我不怀疑我将会离开。后来我真的离开了。

为解释前往彼得堡的一事，集团军委员会聚在一起。维延采戈利斯基说，盟国不同意媾和，我们既不能打仗，也不能讲和，只能"敲着盟国的门乞求"。

顺便说一下，我们选出了去参加民主会议②的代表。派出了所有的护国主义者，即便我提议按照比例派一些布尔什维克。集团军

---

① 指的是卡罗尔·维延采戈利斯基（1885—1965年以后），社会革命党人，当时任第八集团军临时政府任命的政委，稍后成为鲍·萨温科夫的战友，后来移居巴西。
② 9月14—22日彼得格勒召开的会议，目的在于缓解全民危机、巩固临时政府。

委员会中有布尔什维克。这些人的心里不是阶级斗争，而是政治破坏。在所有实用的建议中只有他们的一个建议：向世界各族人民发出呼吁。

我说了什么，现在已经不记得了；我只记得，我累得要死，便离开了会场，躺到别人床上睡了，睡了很长时间，特别长的时间，似乎是有意不想醒来，我觉得绝望就站在床边，我只要一睁开眼睛，它就会和我说话。

我被选为代表，与其他人一同被派去参加会议，派去的人有委员会主席同志，即叶罗费耶夫，这是一个健壮而不知道该做什么的人，还有一位莫尔多瓦教师、一个孟什维克军官以及另外一个什么人。我和他们一起去，我决定给自己寻找一个新的枷锁，不再回来了。

波斯

我再次开始写作。那么，我上次谈到了绝望。我就接着往下写。我抵达彼得堡，会议开始了。

布尔什维克胜利之事弄清楚了。的确，他们在会议上占少数，但这是由于邀集了科学家和其他团体的各类代表。各集团军委员会不是布尔什维克的，但我知道，这些委员会与民众也没有什么联系。然而普通士兵厌倦了，他看不到战争的目的；他需要的是更换政府，就像步行者需要换鞋一样。

齐赫泽一副倦容，他的样子就像一个老商人正看着自己的生意乱成一团并试图微笑——疲倦的齐赫泽主持会议。人们说啊讲啊。拉特加尔人民的代表①要求自决权，可是我们却不知道这个民族住在哪里。原来，就在彼得堡省。

剧院的各个楼层在人们的重压之下低垂着。

克伦斯基来了——他是一个被神灵留下的魔术师。他顺口说着萎靡不振、毫无趣味的话语，他自己试图打起精神并让大家也振奋起来。最终在池座里突然爆发了轻度的歇斯底里。人们尖叫着，呼喊着。克伦斯基的嘴唇干巴巴的，裂了口子。

随后召开了著名的联合组阁会议②。

联合组阁还是不需要联合组阁？有个狡猾的人提出剔除立宪民主党人进行联合组阁。他发表了一通长篇大论，直说得天色都黯淡下来。

大家投了票。弃权者的名单是老谋深算的切尔诺夫③拆开的。

我投票反对联合组阁。我认为，联合政府定会垮台。当然，资本家部长们促使不愿意走出兵营的布尔什维克各团走上了街头。

但是，当然，这并非问题之所在。

我出席了我所在部队的师委员会会议。来参加会议的有陆军部代表和切尔诺夫。切尔诺夫讲了话。这样的话最好是村妇卖蜜糖饼

---

① 拉特加尔人是拉脱维亚民族中的一个部族。此处很可能是个错误，说的可能是其他民族：要么的确是住在彼得堡省的维普斯人，要么是芬兰人。

② 民主会议的主要问题是组建临时政府的原则问题：是仅仅由加入各苏维埃政党的代表构成，还是再次成为有资产阶级各党派参加的联合政府。同时，否决了社会革命党少数派的与资产阶级联合的决议。

③ 维克托·米哈伊洛维奇·切尔诺夫（1873—1952），社会革命党人的创建者之一及其理论家；当时是社会革命党少数派的全俄中央执行委员会成员。

时说，或者脱去女人衣服时哄骗她。

师政委是个极其愚蠢和容易张皇失措的少校（出身于司务长），但他一直努力追求晋升司务长之职，并最终达到了目的……那还是在十月之前。他也讲了一些话，时而会停下来呆呆地想：他到底说了些什么？

会议在我们的司机学校举行，我们在学校大厅里给学生们摆放了阶梯式座位。最上面几个长椅上坐着一个支队的几个士兵，他们把脑袋放在桌子上。他们共有六个人，其中三个人喝醉了，醉得头都抬不起来。

切尔诺夫却唱着歌，歌声中夹杂着口哨声，时断时续。

在会议结束时发生了口角。醉酒的人被带了出去。我去了陆军部，去了苏维埃，我说，我去任何地方都行，只是要稍远一点。我觉得，我所在的房间里的灯已经熏了四十八个小时。

此时维尔霍夫斯基①滞留在陆军部。您知道汽车是如何打滑的吗？是这样的。汽车的一个车轮陷入污泥中或在冰上无法移动。发动机最大转数运转，汽车在咆哮，缠绕在车轮上的链条嘎嘎作响，甩出无数的泥块，可是汽车——却一动不动。

维尔霍夫斯基将军就这样滞留着。他是一个坚毅果敢、积极进取、意志坚定、坚持不懈的人。

他想要削减40％的军队的主意是一个大胆的想法。然而实施这

① 亚历山大·伊凡诺维奇·维尔霍夫斯基（1886—1938），社会革命党人，此时任临时政府陆军部长。

一想法却是不可能的。国家的组织已经蜕化了。

哦，顺便说一下！有多少次我收到克伦斯基的电报："立即在军队中实行铁的纪律和并电告执行情况！"

我以前就在陆军部见过要去波斯的政委；他是基辅苏维埃的前主席孟什维克塔斯克①。我接下来会写很多关于他的事。我最终被派往波斯，虽然也曾被挽留过。但是苦闷把我带到了边境地带，如同月亮把梦游者带到屋顶上一样。我坐上火车，前往波斯。当时这是非常容易的事。到梯弗里斯②需要五昼夜，无须换乘，从梯弗里斯到大不里士③需要两昼夜，也不用换乘。我出发了。在矿水城④地区车臣人已经搞了一些破坏。但是并无大碍，我们顺利地从那里通过。

在巴库⑤近郊我看到了里海，它是凉爽的、绿色的，不像任何一片大海。还看到了步态轻盈的骆驼。

和我同行的还有一些要去高加索方面军的军官。

其中一个军官被爆破弹打伤了腹部，几乎被炮弹阉割了，他一直在唱歌：

小鸡们被熬，

---

① 叶夫列姆·雅科夫列维奇·塔斯克（塔斯科），孟什维克护国主义者，高加索方面军第七军陆军政委。
② 格鲁吉亚城市第比利斯的旧称，作者在本书中交互使用这两个称呼。——译注
③ 伊朗城市。——译注
④ 俄罗斯北高加索中部城市，位于高加索山北麓、库马河谷。——译注
⑤ 阿塞拜疆共和国首都，里海的一个大港口，外高加索第一大城市。——译注

> 小鸡们被炒，
>
> 小——鸡——们也要
>
> 也想要活着。
>
> 为什么你被熬，
>
> 为什么你被炒，

等等……他十八岁了。他根本不是知识分子，因此他想怎么难过就怎么难过。就是这样。

对了，关于阉割顺便说几句。我在彼得堡去医院的时候（我拍了 X 光片，以弄清楚伤势并不致命），在那里看到了一名军官。他也受了阉割之伤。他的未婚妻来看他。她对此事一无所知。她第一次来时，他不敢告诉她，可是此后越来越难说出口。周围也没有人敢说。伤员请求医生去说，医生则让护士去说，可是护士却没有说。

但是，问题并不在于说还是不说。这件事令人心情极其沉重。

我到了梯弗里斯。这是一个很好的城市，就在"莫斯科郊外"。街道上有射击声，格鲁吉亚的部队异常高兴，正向空中放枪，他们不能不打枪。这是民族性格使然。我在格鲁吉亚的未来派①当中过了一夜。这是一些可爱的孩子，他们对莫斯科的思念远不如"契诃

---

① 这里说的要么是象征主义小组"蓝色号角"（季·塔比泽、帕·亚什维利等人），要么是 1918 年初才成立的俄罗斯格鲁吉亚未来主义协会"41°"后来的成员（阿·克鲁切内赫、伊·兹达涅维奇、基·兹达涅维奇、伊·捷连季耶夫等）。什克洛夫斯基在《往事》一书中只提及了从波斯返回的途中在梯弗里斯与季·塔比泽、帕·亚什维利的会面。

夫的姐妹"①。

城市很安宁，没有遭到破坏，的确，面包是玉米做的，但是这里通电车，因此人们并没有断绝来往。我前往大不里士。火车越爬越高。树木紧紧抓住山脉，树叶是暗金色的。下面有一条小河，不知是在护送我们，还是迎面跑来。火车向上攀爬着，用尽力气扭动着。

在亚历山德罗波尔②，我们的火车加挂在另一列火车上。前往朱利法③。我们到达那里——这是一个孤零零的车站。浑浊的阿拉斯河④在山脚下奔淌着。另一侧是平屋顶的土房，我觉得它们是没有屋顶的小房子。夜晚降临了。

我写这些的时候是 1919 年 7 月 22 日。当月 19 日我从莫斯科来，给一个关系亲密的人带来面包（十俄磅），他大哭起来——面包已经变得陌生了。

这样一来——小房子是没有屋顶的，人们也有点像没有脑袋似的，但是这对他们而言自古就习以为常了。

我们的车厢再次被甩下来。随后重组了一列火车，共有四五节车厢，带两个火车头，一个在前面，另一个在后面。

我们驶过一座桥梁，在海关检查时只做了表面文章（是波斯的女海关人员检查的，她们怕我们），火车便又开始竭尽全力向上

---

① 指契诃夫著名戏剧《三姐妹》中的三个姐妹，她们虽然跟随父亲从莫斯科迁居到外省小城，却一直思念着莫斯科及那里的一切，幻想着重新回到莫斯科去。——译注
② 亚美尼亚城市久姆里的旧称。——译注
③ 阿塞拜疆的城市。——译注
④ 河北为亚美尼亚，河南为土耳其和伊朗。

攀爬。

四周已经没有了金褐色的森林，唯有红色的山脉和红色的梯田，被白雪衬托得分外鲜明，峰顶的白雪仿佛就在近旁。火车竭尽全力地爬着，有时几乎停了下来——仿佛我们马上就要往下滑了。

周围杳无人烟。只有从山顶通向田地的灌溉沟渠急速朝我们迎面跑来，仿佛在尽力冲出渠底和渠岸。

山下罕见的绿洲中有些地方可以看到花园。车站冷冷清清的。列车接着向上攀升。你觉得很高，但是并不危险——很平坦。

我们在萨菲扬车站吃了午饭，这里是地方自治联盟①的一个供给站；火车从这里开往大不里士，而我需要去乌尔米耶②，那里驻扎着集团军司令部。或者确切地说，是高加索集团军第七独立军司令部，当时这样称呼驻波斯军队③。

我换乘了火车，很快就来到舍里弗哈涅④。

在这里，我看到了前所未见的东西。盐碱地如同沙漠一般。大海一样的湖泊辽阔死寂，水平如镜。长长的木桩防波堤一直延伸到水里。几艘又大又黑的驳船正在装货。

但最为奇怪的是：岸上没有住房，见不到人影。

到处一派冷清。仓库也是空空荡荡。摆放着一些货物。有几卷

---

① 全俄地方自治联盟是主要社会组织之一，为伤病员提供帮助，1914年为协助军队和政府而成立。除了医院的设备、军用卫生列车等，地方自治联盟还在靠近前线地带设置了"供给站"（食堂）。
② 伊朗城市。——译注
③ 俄国驻波斯部队中不仅有高加索集团军第七独立军，还有高加索集团军第一骑兵军。
④ 位于波斯（伊朗）北部。——译注

带刺的铁丝网。能看到几个谷仓。十几节火车车厢停在铁轨上。但是港口死气沉沉的。这里是乌尔米耶湖①的主要港口，据说是有着远大前景的地方。对岸遥不可见。左侧能看到一座岛屿，叫作国王岛②，以前是波斯国王的狩猎场所。

我在地方自治联盟的胶合板小屋里过了夜。早晨我走到外面。还是那样的湖泊，下面还是那样被盐浸得发白的木桩。渺无人烟的静寂。仓库由土耳其战俘看守着。这样更为可靠。有两种方式可以渡过湖去：或者坐快艇牵引的驳船，或者事情紧急就直接坐快艇。湖上的轮船共有七至十艘，其中之一是"海军上将"号，这艘轮船相当大，类似于在喀琅施塔得③和彼得堡之间航行的那些轮船，但是它的动力是内燃机。这些轮船是从里海运来的，集中在这里。

我乘坐一艘小快艇前往乌尔米耶。需要航行六七十俄里。

火烈鸟在湖面上盘旋，它们起飞时变成了粉红色。它们翼下是粉红色的。快艇撞击着不知倦意的波浪，破浪而行。

这个咸水湖向来非常荒凉，迦勒底人④、亚述人⑤时期就是荒凉的，总是远离城市的中心，现在这里却拖来了舰队，打下了木桩，吓走了鸟类——而一切都是为了战争。

与我同行的一位军里的军需官讲了在这里供养军队的艰难。"运

---

① 又称乌鲁米耶湖、尔米亚湖，位于伊朗西北、西阿塞拜疆省和东阿塞拜疆省之间。——译注
② 也称夏希岛，是乌尔米耶湖中最大的岛屿，位于湖泊的东部，属伊朗东阿塞拜疆省。——译注
③ 俄罗斯重要军港。在芬兰湾东端科特林岛，东距圣彼得堡29公里。——译注
④ 闪米特人的一支，公元前11世纪上半叶至公元前6世纪中叶生活在美索不达米亚。——译注
⑤ 居住在伊拉克、伊朗、土耳其及其他国家的民族。——译注

抵这个湖还不是难事，先是铁路，然后装上驳船，平底木驳船帮了大忙，几艘驳船可以同时运载三万普特到码头，驳船湖上一共有五艘，随后用马或牛运输，接下来在山里用骆驼、骡子或驴运输——每一磅都是这样运来的。"

就这样，高加索和突厥斯坦①几乎所有的骆驼、马、驴、骡和牛都被驱赶到了波斯。但是我们却没能把它们从那里带回来。

我们在波斯北部约有一万六千人，前线约有五千人，其余人则组建了运输队和护路队；因为需要保护从前线到舍里弗哈涅四百俄里的道路，结果却是军队在挨饿。

快艇抵达码头……岩石已经不是红色的，而是灰色的……很荒凉，只能看见一个小土房。这是格连吉克②。

我们上了岸。这里一片萧条，就像是在荒僻的栅栏旁。一些孩子在徘徊游荡，他们几乎是赤裸着的，穿得破烂不堪，衣衫褴褛。

我没有等汽车，而是要了马匹，挑选了一队人马，便踩着石头叮叮当当地前往乌尔米耶。

道路挣脱盐碱地，进入了土墙环绕的田间。田地里，就像工厂的烟囱一样，耸立着呈宝塔形的白杨，树枝仿佛紧紧向树干靠拢着。

我们乘车沿着僻静的黏土草原走了很长时间，路过简陋的墓地，石头碎块做的墓碑像毛发一样竖立着。后来拐进了砖砌的大门，来到乌尔米耶市。城墙外是红色的山脉，天空高远，山上积雪闪闪发

---

① 哈萨克斯坦突厥斯坦州（旧称南哈萨克斯坦州）的一座城市，位于锡尔河畔。——译注
② 俄罗斯克拉斯诺达尔边疆区西部的一个城市，位于黑海沿岸。——译注

光。车开到一面灰色的墙跟前，经过大门和狭窄的走廊进了一个小院。高大的葡萄树的藤蔓和弯曲、结实而又粗壮的枝干爬上了墙，在整个院子上方形成一道绿色屏障。庭院深处坐落着一所平房，大窗户的窗格上糊着白色棉布。我经过昏暗的穿堂走进了房间。

墙壁是白色的。天花板用原木制成，这些原木彼此相距半俄尺，中间铺着薄木板，木板上装饰着方平花棉布。

房间里洒满了透过白色棉布散射进来的光线。

我在这里遇到塔斯克和一个老熟人列某，列某当时惊慌无措，他来到东方，料想东方如同孔雀尾巴那样五彩缤纷，然而看到的东方却到处是黏土、稻草以及赤裸裸的战争。无论哪里，战争的内幕、其掠夺性的本质都不会像在波斯的避弹壕中如此显而易见。

此处并没有敌人。一些地方驻扎着土耳其人，但是他们和我们被山脉以及难以通行的山隘隔开了，在这些山隘里，积雪常常会没过骆驼的鼻孔。当然，土耳其人只有通过令人难以置信的努力才能闯到我们这里来，他们1914年就是这么做的①。

但是，这些并不是问题之所在。问题在于已经被俄国军队占领了十年的波斯②。

我们来到别人的国家，占领了它，在它的黑暗和暴力之上添加我们的暴力，嘲笑它的律法，限制它发展贸易，不允许它开设工厂，

---

① 1914 年 12 月，支持德国的土耳其试图包围并消灭俄国哥萨克集团军的主力军，该部队当时布防在卡尔斯州（当时是俄国的一部分）的萨雷卡梅什，此次进攻土耳其损失惨重（很多人冻死或冻伤）。
② 俄国军队是在 1909 年进入波斯北部的，在波斯革命期间以及此前，国王的军队中有波斯哥萨克队伍，其中服役的有俄国军官。

支持国王。为此它的军队要靠我们来支撑，甚至革命后还在靠着我们。这是帝国主义，而最重要的是，这是俄国的帝国主义，即愚蠢的帝国主义。我们把铁路铺到了波斯，在乌尔米耶湖建立了海军舰队，在山谷中修建了无数条道路，铺设了通过山隘的道路，而在这些山隘里从亚当时起就没有大路，有的只是骑驴才能走的小径，那是库尔德人烧毁了最难以通行的地方，然后几乎用指甲抠出石块才铺就的。

在波斯耗费了无数的钱财。然而这是徒劳无益的，所有这些不过是一场农奴的芭蕾舞剧。我们叹息、哽咽，但不会去吃尸体。

二月革命并没有改善波斯的局势。首先，正是在这里我们与英国因各种条约而纠缠不清①：因为波斯是预计的战利品之一，此外，革命总体上解除了波斯被我们吞并的威胁，用突然迸发的俄国的暴力意志取代了愚蠢但井然有序的暴政国家。暴政国家的人自身就是施暴者。倘若波斯发生大洪水，而我不得不成为诺亚去建造方舟并拯救那些无辜的、正直的人，消极的正直的人和积极的正直的人②，我无须建造一艘大船。

我和列某去参观这座城市。全城道路都铺得很好。这条马路的故事是这样的。

一位将军责令波斯人铺平街道。对于个执行命令的户主，就用

① 1907年签署了英俄秘密协定，其中一个条款就是划分在波斯的势力范围。
② 巴尔扎克曾经表达过类似观点，他说："诚实，像我们所有的节操一样，应当分成消极与积极的两类。消极的诚实便是西卜女人那一种，在没有发财的机会时，她是诚实的。积极的诚实是每天受着诱惑而毫不动心的，例如，收账员的诚实。"——译注

刀子把他的耳朵钉到门框上。

这样一来，全城都铺了路。四周都是同样的两人高的土墙。墙上只有低矮的小门，哪里都没有大门。几个清真寺的尖塔和圆顶不是很高，都贴着瓷砖。在一个尖塔上，一只鹳安了家。圣鸟是不会被人们惊扰的。灌溉沟渠里的水沿着各个街道快速地奔淌着。在墓地里的各个交叉路口立着落满尘土、寒酸简陋而又低矮的墓碑。这些墓碑仅仅是一些小块石头，像毛发一样直竖着。行人很少。偶尔有裹着黑色披肩的波斯女人走过。从披肩下面露出粗糙的士兵衬裤的裤脚。来来往往的是波斯人。也能遇到亚述人。小毛驴背上驮着砖头在大街上小跑着，赶驴的人喊着："哈巴尔达！"①——这是在为修复遭到洗劫的市场运送材料。当想要让小毛驴转小弯时，就从它身上跳下来，抵住它身体的一侧。我们朝着市场走去。行人越来越多。土墙已经换成了小铺，有的卖五颜六色的摇篮，有的卖非常甜的葡萄干和杏仁。已经到了市场的入口。市场由众多地道组成，地道带有尖尖的拱顶，上面一些地方开了通风孔。两侧的店铺几乎都空着。在红色的工场手工业那一排，几乎所有停业商店的门都是用新木板做的，颜色还没有变深。这里遭受的洗劫最为严重。器皿店的主人坐在那里，盯着被洗劫后剩下的碎片，用胶合剂和半圆形小铁条把它们粘在一起。商品很少，没有进口的东西，也是怕让人看到都有些什么。运砖的小毛驴的蹄子轻轻敲击着地面。有一排都是鞋匠。他们就在那里做靴子。在市场的边缘，在一些宽敞幽深的

---

① 意思是"小心"（波斯语）。

店铺里人们纺着毛线，用帽檀上的圆石头擀制着帽子，它们像主教的金冠一样向上伸展着。在另一个小巷里，人们在粗糙的红蓝相间的布匹上用锤子敲打着两个手掌大小的橡木板，压印出黑色图案。这里简直就是一个蜂房，但是到处堆放着还没有清理的没用的黏土。

我们看到，一些人在用布扇子把炭火吹旺并在上面煎烤食物，还有人在做烤饼——像纸板一样薄的面包，是把面团放在炉子的内壁做出来的。后来我们就回家了。

就在这天晚上，列某回彼得堡了。塔斯克也去了前线。剩下我独自一人。我们的部队是在波斯的唯一的武装力量，而我必须领导它。

我写这些文字的时候是 1919 年 7 月 30 日，我在站岗，带着一把手枪，它放在两腿之间。它并不妨碍我。我在想，我此时如此无助，就像那个时候一样，但是责任感并没有使我感到沉重。现在我来讲讲，我去的是一个什么样的国家。

阿塞拜疆①和库尔德斯坦的部分地区②就是我军占领的地方。人口是混居的。波斯人、亚美尼亚人、鞑靼人、库尔德人、信奉聂斯托里教的艾索尔人③、犹太人——这便是此处居民的构成。所有这些民族自古以来彼此之间的关系就非常糟糕。接着又来了俄国人，

---

① 指的是伊朗的阿塞拜疆（阿塞拜疆以南，当时俄国的阿塞拜疆官方称之为巴库省，其土著居民不是阿塞拜疆人，而是高加索的鞑靼人）。
② 指的是库尔德人居住的伊朗、伊拉克和土耳其的交界地区。
③ 起源于阿拉米人的民族，宣扬聂斯托里教。聂斯托里教是由君士坦丁堡大主教聂斯托里于 428—481 年在拜占庭创立的基督教学说，聂斯托里认为耶稣基督为人所生，只是后来才具有了神性。431 年，在以弗所会议上聂斯托里教被定作异端。

人们过上了新生活。情况却更糟了。

抵达后的第二天，我便去了解集团军委员会。它给我的印象是令人难以忍受的。这是一些特别愚昧无知的人，他们自己都不知道该干什么。主席最初是斯捷潘尼扬茨同志，亚美尼亚人；他是一个不高明的主席，把委员会的事务搞得一团糟。

取代他的是格奥别基安，接着是边区苏维埃①主席同志。这个人就更差了。和他在一起，往往无法知道几分钟之后会发生什么；在同一次讲话中，他就能从立宪民主党跑到布尔什维克一边。

滑稽的是，他总是在发言人讲话中间打断他说"我来给您解释，同志"，然后就会把人家的发言往后推一个小时。就那样自己一个人没完没了地讲。事情关乎立宪会议②。需要在有几个支队的极度混乱的集团军中进行选举。当选选举委员会主席的是一个身为托尔斯泰主义者的士兵，他突然变成了精明能干的人③。

而其余的委员会委员——原谅我对他们有不好的印象——着手安排业余爱好者演出的戏剧。

这毕竟是可以理解的。生活如此烦闷：没有报纸，没有女人，波斯居民又非常封闭；于是组建了一个类似于别墅戏班子的演出队，剧目也是罕见的乡间剧目。

演出是在一个大土棚里进行的，那里昏暗、陈设简陋，还不如

---

① 指的是高加索集团军边区苏维埃，它是高加索方面军士兵组织的最高机关（实质上就是方面军委员会），俄国驻波斯军队是高加索方面军的组成部分。

② 全俄立宪会议选举定在 11 月 12 日，但当天只有一半选区进行了选举，其余选区是在1917 年 12 月，甚至 1918 年初进行的。

③ 托尔斯泰学说的拥护者宣扬"博爱"和"不以暴力抗恶"，拒绝服兵役。

《死屋》①里苦役犯的剧院。剧目都是独幕轻喜剧。土棚挤进来许多士兵。主办者认为，剧团应该是可以巡回演出的。

在这个到处都是土墙、门总是关着的寂静的城市里，并不太平。

枪声响了整整一夜。是朝空中打的枪。有人喝醉了；酒是在亚述人和犹太人，也可能是在穆斯林那里弄到的。

在边境小镇乌什埃发生了洗劫事件，所有的东西都被劫掠一空。塔斯克前去处理此事；他找到一个恰巧没有参与此事的连队，在它的帮助下强行要回了抢劫的财物，而参与洗劫的团则被罚驻防阵地并不得替换。

无论哪里都没发生战斗。

我们安排了选举活动。重选了军队里的各级委员会。军队逐渐衰弱下去，在慢慢地瓦解。

波斯忍受着苦难，它对此已经习以为常了。

在波斯，国王的权力是微不足道的。确实，他在分配自己的土地，全国所有土地都是他的，然而这只不过是空谈而已。还不如说是可汗们同意承认自己是他的附庸。

我并不打算解释这个奇怪的制度，它早已成明日黄花，只是还没完全被破坏而已。好像是可汗把村镇租了出去。或者是住在村里的强悍的配备武器的人有组织地掠夺它，并把其中一部分分给可汗。

农民在某种意义上就是农奴，他们生活在老爷的土地上，任由他摆布。他们要从高山上往下引水，站在齐膝深的快速流动的水中清理

---

① 指的是费·陀思妥耶夫斯基的小说《死屋手记》。

灌溉的沟渠，在阳光下暴晒。于是移民现象发展十分迅速：人们前往巴库、突厥斯坦，他们信步而行——去那些能养活他们的地方。

在城市里住着商人，他们富有，受过一定的教育；他们把孩子送到法国教会学校学习。他们也有自己的村庄。资产阶级的出现并没有消灭农奴制度。

但是，可汗似乎已经有了继承人。发起波斯革命的是商人和亚美尼亚人①。这是少数人的革命。许多三四十人的队伍自由地走遍了全国各地。乌尔米耶现任州长本人与当地的百万富翁马努苏里扬茨兄弟就加入过这样的队伍。

波斯人有一部宪法，他们说它比瑞士的宪法更具有自由精神。州长是个革命者，即波斯革命的参与者。他也有自己的村庄和农奴。诚然，在波斯还有波斯的哥萨克，有为国王服务的部队，是从波斯人中招募来的，由我们的教官指挥。

波斯的哥萨克人，确切地说，把他们作为自己武器的那些人，在居民当中遇到的几乎都是仇恨。但他们依赖的不是州长，而首先是俄国政府。

可是现在，他们似乎不依赖任何人了。

在我们撤离的时候，他们还曾经试图袭击我们。

当然，省长的命令是没有人听从的。他向我们要十个库班哥萨克，要"让他们服从他"。库尔德可汗也不听命于他，因为他们势力

---

① 指的是1905—1911年的波斯革命，其动力之一是年轻的资产阶级。革命期间，通过了宪法，成立了议会。此次革命被英国、沙皇俄国和波斯当局镇压。

更大，每人都有几十个骑兵，其中有一个叫辛科的，他有一支庞大的队伍。这是俄国外交的一个错误。尼古拉·尼古拉耶维奇大公①曾在连科兰谷地给自己建造官邸，并打算在亚美尼亚建立哥萨克阶层，他那时候决定把某位库尔德首领拉拢到俄国方面来。辛科被选中了，他是库辛山隘地区部落的可汗，该地区把霍伊-季利曼区和乌尔米耶连接起来。辛科得到了步枪，甚至还有机枪，这使他成为我们巨大的威胁。他参加了基督徒大屠杀②，最后还嘲笑我们说："我的一百四十名骑兵就能将赶走你们一个团。"

亚美尼亚人虽然很忠诚，但是他们也不服从国王的命令，他们忠诚是因为他们是波斯的特权阶层。他们有一个强大的组织"达什纳克楚琼党"③。我不知道，高加索某些地区的"达什纳克楚琼党"是否如同我们的社会革命党一样是社会主义政党，但在波斯它是一个强大的自卫组织。

艾索尔人、信奉基督教的聂斯托里教徒也与国家类似。他们认为自己是古亚述人的直系后裔，讲的是阿拉米语④。其中一支是乌尔米耶周围地区的古老居民。他们曾经占据过整个地区。后来库尔德人逐步削弱了他们的力量。现在他们又增加了山区游牧的亚述人，这些人很野蛮，自古以来就生活在库尔德斯坦的中心，即在凡湖省

① 尼古拉·尼古拉耶维奇大公（1856—1929）在第一次世界大战期间被罢免俄军最高统帅以后，被任命为高加索总督和高加索集团军总司令。
② 1915 年库尔德匪徒参与屠杀亚美尼亚人民。
③ 亚美尼亚最大的政党（自 1890 年至今），其思想与俄国社会革命党接近。
④ 耶稣基督时代巴勒斯坦的日常用语。

的杰赫勒梅尔克区①；与其有亲缘关系的亚克维特人②居住在摩苏尔③附近。

在山上，他们以氏族为单位聚居，由领主梅利克④统领，每个村子都由神甫管理，所有梅利克听命于东方和印度牧首马尔-西门，他是叙利亚人，有一双黑眼睛，面庞红润，头发灰白。其牧首的头衔是世袭的，是叔叔传给侄子的。传说牧首之位从上帝的弟弟西门那里承继的。⑤

聂斯托里教徒有过辉煌的历史。早在七世纪，东正教将其排挤出叙利亚，他们便跨越千山万水来到波斯，作为拜占庭的敌人而受到热烈欢迎。在这里，他们大力传播宗教文献，将影响力扩大到西伯利亚、印度，尤其是突厥斯坦。也发展到了中国，现在那里仍然有几个完全同化了聂斯托里教的分支。

帖木儿⑥将他们赶到了库尔德斯坦的山区，他们现在仍然居住在那里，变得桀骜不驯。他们黑色头发，外形像闪米特人，面颊绯红。

聂斯托里教传教士来到印度，那里便出现了一些真正的基督教

---

① 坐落在凡湖省附近，历史上主要居住的是亚美尼亚人。
② 亚述人的一性论流派，一性论是基督教学说，产生于公元5世纪的拜占庭，451年受到卡尔西顿宗教会议的谴责。一性论者认为，在基督耶稣的身上两个本性合二为一，神的本性融合了人的本性。其名字来自于该学说的创始人雅科夫·灿察拉（埃尔—巴拉迪）。
③ 伊拉克第三大城，尼尼微省首府。——译注
④ 13—16世纪亚美尼亚和阿塞拜疆地方上的封建领主。——译注
⑤ 马尔-西门的意思是"圣西门"，因此每个牧首的名字都相同，该职位的创始人西门也是这个名字。
⑥ 帖木儿（1336—1405），中亚国务活动家、军事统帅、帖木儿帝国的创建人。

殖民地。在北方他们到达西伯利亚，在东方则传到日本。他们发明的字符成为蒙古文字的基础，似乎也是朝鲜文字的基础①。也许他们是十字军所期盼的约翰·印度斯基②的一个民族。现在它已经变成了一个小部落，被驱赶到了山区，而此地在最详细的德国地图上也只是一个圆点而已。土耳其人折磨着这个部族，但是它仍然延续下来。他们最重要的村镇是奥拉马尔。但是奥拉马尔早在 1914 年就被库尔德人占领。俄国军队在组建了由亚述人构成的义勇队以后，撤离此地，抛下他们听由命运摆布，他们的命运是可怕的。美国使团团长谢德博士③告诉我说，有四万多人被屠杀、被堆在篝火上焚烧。其余人则到美国使团的区域避难④。但是波斯人把铁屑撒进粮食里，于是瘟疫便在幸存者之间盛行。1916 年，俄国哥萨克侦察队伙同阿迦-佩特罗斯·艾洛夫⑤的亚述人义勇队攻打奥拉马尔，即深入敌军阵地三百多俄里。道路极其难行。骡子无法运载山地火炮。

---

① 蒙古文字是在回鹘文字母基础上创立的，而蒙古文字和回鹘文字母是朝鲜表音字母的源头。回鹘文字产生的基础是粟特文字——伊朗语言中东北语族的一种死语言，起源于阿拉米（西闪族）语。西闪族文字的一个分支就是亚述文字，其中一个分支被聂斯托里教徒加工整理。聂斯托里文字经过基督教传教士传播到了中亚和中国；在 1840 年左右以亚述文字中的聂斯托里分支为基础，创造出了伊朗和伊拉克的亚述人使用的文字。

② 325 年在尼西亚举行的第一次普世会议上，"全波斯和伟大印度的主教约翰·佩尔斯"参加了会议。此后便有传言说，在东方某地有失落的约翰长老的王国（以这一传说为题的著作有列·古米廖夫 1970 年出版的《发现虚构的王国》）。

③ 威廉·阿姆伯鲁斯·谢德（1865—1918），神学家和传教士，当时任美国驻乌尔米耶领事。

④ 即利用避难权，在美国使团区域内避难。按照古老的波斯风俗，避难权是一些清真寺、穆斯林圣者的陵墓、高级神职人员的住处不受侵犯的一种权利。世俗政权不能以武力抓捕避难者。

⑤ 指的是亚述人的将军阿迦-布特鲁斯·艾洛夫（1880—1932）。

艾索尔人用双手把武器抬了上来。骑兵想尽了一切办法，艾索尔人则走山脊，因为山地战的意义在于谁能占领制高点。我建议可以把它与卡尔杜赫人①的战争方法（色诺芬②，第四卷）进行比较。

　　奥拉马尔被包围、占领和掠夺。马喂的是葡萄，驴则喂了小米。马尔-西门和主教们——戴着缠在红色毡帽上的头巾——参加了白刃战，打杀俘虏。我国驻乌尔米耶领事尼基京③参加了远征，他顺便告诉我说，在一度被亚述人占领，而现在被库尔德人占领的一个地区，他发现一个没有窗户和装饰的很小的石砌教堂。它叫作玛利亚-梅姆教堂。这个教堂没有被库尔德人摧毁。不仅如此，他们甚至没有杀害教堂里信仰基督教的神甫的亲属。对此事的解释是，据传说，这个教堂下面关押着蛇王，若教堂被毁，它就会跑出来。蛇王在每个教堂守护者面前一生只出现一次，但现今的教堂守护者们还没有见过蛇王。

　　亚述人过着颠沛流离的生活，他们忍饥挨饿，偷盗劫掠，这激发着他们对波斯人的痛恨。他们头戴小毡帽，身上的长裤像灯笼裤一样肥大，是用小块印花布缝制的，脚踝以上用小绳系紧，他们穿着色彩鲜艳的坎肩，在市场上逛来逛去。把艾索尔人结合起来的宗教早就衰弱了，它只以与自己对立的形式保留下来，就像基督徒与

---

① 底格里斯和幼发拉底两河之间的古老居民，居住在乌尔米耶湖附近，以骁勇善战和桀骜不驯出名，不服从波斯国王，常常袭击比邻而居的亚美尼亚人。——译注。

② 色诺芬（约公元前430—前354），古希腊历史学家、作家。雅典人。苏格拉底的弟子。著有《远征记》《希腊史》以及《回忆苏格拉底》等。此处所指应为《远征记》一书。——译注

③ 瓦西里·彼得洛维奇·尼基京（1885—1960），东方学家，当时任俄国驻乌尔米耶副领事。

穆斯林的对立一样。

在乌尔米耶有一些宗教使团：俄国的、德国的、法国的、美国的——所有这些使团都在力求俘获贫穷的聂斯托里教徒的灵魂，当然他们追求的是政治目的。各个使团插手民事事务和诉讼，他们也是国家的替代品。由此便形成了使团庇护自己的新教友的局面。正因为如此，一些人三番两次地改变信仰。在一个家庭中，几乎所有的基督教派都有代表。

法国驻乌尔米耶使馆看上去非常奇怪。这是一个带有圆柱的大修道院，人们穿着黑色长袍，戴着带绒球的圆形帽子。这是全市最大的建筑。

顺便说一下，俄国使馆建在非法从私人所有者手中抢夺来的土地上，是一个又大又新的修道院，建有红色砖墙。在我逗留期间，使团已陷入僵局，主教已经离开，其影响力下降。

所有这些组织都是在乌尔米耶的艾索尔人中开展活动的，山区游牧的艾索尔人更加坚守信念。

艾索尔人很早就居住在乌尔米耶地区了；他们不晚于七世纪便来到这里。但是，如今波斯人与他们的关系却急剧恶化。主要原因是艾索尔人参与了战争。亚述人有拥护我们的游击义勇队。把我们和他们联合起来的是基督教，以及我们盟国的吸引力。亚述人是精力充沛的民族，他们当中很多人去了美国，甚至在那里出版亚述人的杂志。我记得，有人指着大街上一个穿着本民族上衣、碎布头做的裤子和粗制毛皮鞋子的艾索尔人，告诉我说，他是美国大学的哲学博士。

就是这些奇特的人也有自己的游击义勇队，这是可怕的、对库尔德人和波斯人有着上千年仇恨的义勇队。游击义勇队的首领是阿迦-佩特罗斯·艾洛夫，他是个黑发男子，额头很低，一头卷发，胸脯宽厚凸起。他穿着斜纹布的裤子和镶着红边的制服上衣，这让他看起来像电报员。艾洛夫的过去曾轰动一时。领事给我看了外交部官方秘密刊物上对他的可悲描写。我并没有背下来，只是根据记忆可以相当准确地引用如下：

"阿迦-佩特罗斯·艾洛夫，此人便是某年驻乌尔米耶的土耳其领事，于某年在土耳其管理某地并以前所未有的苛捐杂税蹂躏居民，在美国期间在费城服过苦役。目前支持俄国，是我们的编外译员[①]。应极其谨慎利用他提供的服务。"

阿迦-佩特罗斯及其义勇队在出征奥拉马尔行动中给予我们很大的帮助。我到达乌尔米耶的几天以后，意外地救过他的命。第三边防团几个喝醉的士兵在大街上抓住了他，威胁说要把他捅死。我把他从他们手里要了过来；我说正要逮捕他，便带他来到我的住处。他说一口流利的法语和英语，俄语说得不好。

我们并没有供养他的义勇队，除了步枪和弹药什么也没有给他提供。而且给他配发的步枪也是不太好的三发子弹的法国"天鹅"，没有枪口盖板。如果在射击后握枪握得不小心，这种步枪就会把手烫伤。这支义勇队破坏了波斯人和艾索尔人之间原本就已经很糟糕的关系。但是不管怎么说，阿迦-佩特罗斯是一个勇敢和特别诚实

---

① 驻东方的外交代表处中来自当地居民的翻译。

的人。他身上发生过这样一些故事。几年前，还是在他为俄国服务之前，他因某项指控被波斯省长找去，他却逮捕了省长本人，并强迫可汗承认他阿迦是省长。国王召见阿迦-佩特罗斯，但他没有去，明智地认为在家里更好，他便把国王叫来。最终，国王因其离职给他送来一枚奖章。我们的编外译员就是这样一个人。对了，我还忘了说，他不是梅利克——不是领主缙绅，但他的队伍里有一个叫哈姆的梅利克。马尔-西门对佩特罗斯不太友好，认为他是个暴发户。

第三个部族，而就人口数量而言第二大的群体是库尔德人。和平时期他们生活在土耳其和波斯的边境。确切地说，土耳其和波斯与他们居住的土地接壤。他们中一部分人加入了土耳其国籍，一部分加入了波斯国籍。库尔德人总共有约两万。在八十年代，他们曾试图建立自己的国家①。倡议是波斯的库尔德人提出的。但库尔德人的文化水平不容许他们建立庞大的组织。至今他们仍然以氏族为单位生活着。他们发达的畜牧业以及或多或少的农业，使他们在和平年代生活富足。我们的士兵说过："库尔德人比哥萨克人更富有。"

但是现在他们却吃尽了战争的苦头，被彻底摧垮了。首要的原因是，战争封闭了他们游牧的道路。

此前，他们冬天把牲口赶到美索不达米亚，夏天则因为炎热搬进山里。

战争封闭了道路。一部分牲口滞留在山谷里，因炎热而死亡，另一部分则迷失在山里。

---

① 指的是库尔德人在争取独立的斗争中的一次起义，为首的是谢赫奥别伊杜雷。

此外，俄国人来到了库尔德斯坦，他们带着对库尔德人的仇恨，这是从亚美尼亚人那里继承来的，这种仇恨亚美尼亚人是可以理解的。

"库尔德人是敌人"这一公式剥夺着和平的库尔德人的生命，甚至是战争法保护的儿童的生命。

占领了索洛日布拉克①的将军（我忘了他的名字）曾自豪地称自己是"库尔德人的消灭者"。

库尔德人尽管十分勇敢，却不能反抗我们。他们居住的方式甚至还不是部族式的，而是氏族式的，相互之间很分散。

二月革命后，在库尔德人当中，在自由的库尔德人和自由的俄国之间建立协议方面，有了很大进展。他们召开了村社成员大会，派了一些人来我们这里谈判。

派出的人回来说："俄国人是自由的，但他们对自由的理解是俄国式的。"

我知道库尔德人是多么残忍，但是东方各族总的来说都很残忍。大约三十年前，在杰拉梅罗克附近艾索尔人曾经把几个英国人剥了皮，这几个英国人只是因复制古代铭文时疏忽大意而惹恼了他们。我见到库尔德人的时候，并不是他们杀害波斯人并把切下来的生殖器放入被打死的敌人口中的时代，而是他们被苦闷的俄国人漠然——因无聊——杀死的时代。库尔德人因饥饿而大批死亡，他们在曾经繁华的索洛日布拉克周围吃着木炭和黏土。

———————————

① 库尔德人的城市。——译注

在梅尔格瓦尔和杰夫格瓦尔谷地中的库尔德人也过着这样贫苦的生活。

然而，曾经不是这样——曾经在这个山谷中居住的部族十分富有，他们有二十万只羊和四万多头牛，可是居民被从这里驱逐出去了。现在这里驻扎着外贝加尔哥萨克。集团军委员会称之为"黄色危险"不仅是因为他们制服裤缝上的黄色镶条。外贝加尔哥萨克宽宽的脸膛，黝黑黝黑的皮肤，骑着能吃植物块根的小马，像匈奴一样骁勇善战而又残酷无情。

不过，我认为，在不完全了解匈奴的情况下，外贝加尔人的残酷就更值得深思了。

一个波斯人对我说："他们砍杀的时候，很可能并不认为自己是在砍杀，而以为是在鞭打。"

外贝加尔人不屈不挠的精神我还是信服的。

我来到格尔德克，我们的哨所在梅尔格瓦尔。

山谷很宽阔。山岗上是被摧毁的库尔德人的工事。旁边是树墩，很多的树墩。瀑布从高高的山上飞流直下，在尘土上碎成朵朵水花。

在山谷的另一侧，一抱粗的水流从山里奔泻而来。这里杳无人烟，一片沉寂。到了夜里，胡狼不停地吠叫。狐狸，灰色的狐狸，在岸边捕捞着河里的鲑鱼。

我来恳求外贝加尔人，希望他们不要阻止我们把库尔德人送回他们的家园，在那里他们也许可以吃以前播种的小米，因为谷粒尚未完全散落。

我对他们谈到了营地周围游荡的孩子，谈到我们不管怎样都是要离开这里的。但是没有任何成效。

在被称为俄国的统一地域上，生活着形形色色的人。

顺便说一下，这个山谷似乎全部归一个亚美尼亚人马努苏里扬茨所有；它的可汗也隶属于他。

库尔德人就这样在波斯垮了下去。波斯人本身就因为宗教分歧而敌视他们。波斯人是什叶派，是侯赛因的追随者，库尔德人是逊尼派①，这些穆斯林教派的关系就像天主教徒和新教徒（胡格诺派②的时代）之间的关系一样。

情况稍微好些的是土耳其的库尔德人。土耳其人把他们当作军用材料，但是把他们作为非正规军，不定量供应食物，而是把他们放牧到牧场上吃草。

所有这些部族——波斯人、库尔德人、阿尔索人、亚美尼亚人——都相互仇恨。有时，所有人出于自我保护的心理会产生和解的愿望。

我在那里的时候，他们甚至还设立过名为"民族和解日"的节日。每个民族有声望的代表济济一堂，发誓停止内战。场面甚至还很感人，大家相互亲吻，而武器则留在了入口处。

我不知道他们的武器是从哪里弄来的，按照计划，我们已经解除了居民的武装。

---

① 什叶派是伊斯兰教的第二大教派（仅次于逊尼派），只承认哈希姆家族的阿里及其后裔，包括侯赛因，为穆罕默德唯一的合法继承人。逊尼派则不承认伊玛特是穆罕默德死后真主与人之间的媒介，并不认为阿里及其后裔拥有继承权。
② 又译雨格诺派、休京诺派，16—17世纪法国新教徒形成的一个派别。——译注

为纪念这一事件，规定人们要佩戴绿白相间的花结。

所有这一切做得都很认真、可笑而又幼稚。他们的态度并没有讽刺的意味。

节日上令我惊讶的是长着红胡子的阿訇，他们的动作不紧不慢而又高雅。他们的动作比欧洲人还要优美。

俄国当局派驻波斯的有领事、集团军司令、政委和各个委员会，而在地方上每个兵站都有司令员，其中许多人都敲诈勒索当地居民，每个士兵都配有步枪。

城市里很不安宁，整夜都能听到枪声——这是驻军为所欲为的标志之一。来自各方面的诉状一个接一个，单调而又乏味。军队慢慢地衰败着。我在东方心情极其苦闷，就像果戈里在巴勒斯坦无聊的拿撒勒车站等候雨停时一样苦闷①。最主要的诉状与饲料有关。庞大的运输队伍在忍饥挨饿。干草储备在季扎·格维尔斯卡娅区的山上，但是储备不足或者耍了滑头。没有及时运送出来。没有足够的绳子，库尔德可汗辛科不提供运输工具。秋天已经到来。泉水堵住了，草也已经枯萎。塔斯克很长时间一直在调查这件事，与所有的人争吵不休，但是仍然没有找到罪魁祸首。饲料供应的后备基地是霍伊-季利曼区。这个地区极为富庶，但所处位置不是很便利——在我军防线的右翼。草坯（麦秸在用波斯特有的脱粒机脱粒时变形并卷曲而形成的）、苜蓿和干草倒是储备了很多，但是需要压

---

① 果戈理在 1850 年 2 月 28 日写给瓦·茹科夫斯基的信中回忆，两年前"……在拿撒勒遇上大雨，在那里待了两天，我甚至忘了我是在拿撒勒，就像在俄国的车站一样"。

制，而驻扎在吉拉姆的作业连消极怠工，不好好压制，弄坏了压制机。装卸工极不情愿地工作，饥饿的运输队也是一样。

在左翼的巴尼亚，马匹吃柞树叶和树皮，啃咬围栏，成群成群地死去。骑兵在我们集团军中为主要兵力。工作能力的下降影响到了各个方面。我们从集团军委员会派出自己人作为观察员到各个码头去——收效甚微。令情况更加复杂的是，在许多码头装卸队和兵站支队是由德国移民组成的，那里人们崇拜德国并否定战争。

雇佣的波斯队伍原本可以帮帮忙，但是当地居民说服他们放弃工作、不援助俄国人。马匹的大量死亡严重影响了我军的骑兵。骑兵由哥萨克人组成，即由骑着自己马匹的人组成，也就是说由特别重感情的人组成。

在发生这一切事情之前，军队中就已经出现了外币问题，这很快成为核心问题。

为了能让接下来我要写的事情更清楚明了，我先简单说说波斯的货币，我们的士兵称之为"小狗"。之所以把波斯的货币叫作"小狗"，是因为那上面压制着狮子的形象。

货币单位是克兰——是比我国的五十戈比硬币小一些的银币，以前其价值为三十戈比。

五克兰称为半托曼①，从大小上看要比一卢布硬币大些，以前是在彼得堡造币厂冲压的。五克兰的价值为一卢布五十戈比至一卢布八十戈比之间。

---

① 　此名称来自于波斯金币"托曼"，该金币在 1930 年之前在波斯流通。

在我们停止向波斯运输货物以后，我国的卢布价格下跌，因此决定用波斯货币支付我军的薪饷，——半托曼定价为一卢布八十戈比。

这就意味着，用外币支付薪饷对军队而言是非常有利的。但是，我们却没有支付薪饷所需的银币。关于外币的事儿人们谈论谈论就忘了，可是卢布价格却一直在下跌。我在库辛峡谷的山隘曾亲眼看到过几只驴，驴褡子里——横搭在驴背上的口袋——装满了钞票。这并不是非常昂贵的货物。令事情变得复杂的是，一些后方部队收到了用外币支付的薪饷。

问题越来越尖锐了。它引起所有人的关注。也就是说，人们是没有办法不去关注的。

需求特别迫切的是第三边防团。这是由四个营组成的庞大团队。他们最后勉强拿到一点用于支付薪饷的银币，剩下的钱则根据塔斯克的建议发放了存折，把未发放部分在存折上登记为储蓄。于是又出现了新的难题。无法想象比波斯的货币汇率更离奇的事情了。小面值银币有自己的汇率，卢布也有自己的汇率。甚至金币的汇率不是按重量计算，而是以枚为单位计算，这样一来，同等重量的土耳其里拉金币的价值远远高于同等重量的俄国金币。俄国的小面值纸币按自己的汇率流通。一百卢布和五百卢布的纸币又有另外的汇率，杜马的一千卢布纸币有自己的汇率，刚刚发行的克伦斯基票子也有自己的汇率。此外，俄国卢布汇率每天要变化两次，这取决于大不里士电传来的最新消息。顺便说一下，大不里士的俄国银行是不接收俄国货币的。于是便出现了这样的局面，每一次兑换时士兵都有被欺骗的感觉，事实上也的确被骗了。

薪饷刚刚用银币发下来，所有的士兵立刻跑去把银币换成纸卢布，以便把钱拿回家。萨拉夫①银行家则旋即把卢布价格哄抬到十五戈比（一沙伊），甚至更高，士兵们认为自己受了欺辱，便进行一系列洗劫活动——其实，洗劫一直都持续不断。

我要写的是其中一次洗劫。很长时间以来城里就有传言，说有人要洗劫。一个犹太士兵曾在市场上事先告诉过自己的同胞。一天清晨，那还是冬天，岩石上覆盖着积雪，我出门要到城里去。灌溉沟渠都结着冰。瘦弱不堪的波斯乞丐、来自被摧毁之地的几乎赤身裸体的库尔德人身体蜷缩着，在墙壁旁边冻僵了。路上几乎没有行人。我熟识的一个波斯人从我身边跑过，冲着我喊：

"有人在抢劫市场！"

我就住在司令部对面，于是便冲到军长瓦德博利斯基大公②那里。他向我证实了这一消息。瓦德博利斯基是个勇敢和诚实的人。现在他却手足无措了。该派谁去制止洗劫呢？根本没有遵守纪律的部队！甚至每个部队都会去抢劫。从郊区调来了外贝加尔人，但是大家都知道，这无疑是冒险往篝火里投掷木柴。可以派出的还有库班人，库班人不劫掠，至少在波斯如此，但是他们却如同狡猾的乌克兰哥萨克人那样保持中立，绝不会去打搅其他部队洗劫。他们更害怕破坏与步兵的关系。他们的最高纲领是回家。我火速赶到集团

---

① 阿拉伯语，意义为"货币兑换商"，整个东方都使用这一词汇。
② 尼古拉·彼得洛维奇·瓦德博利斯基大公（1869—1944/1945），中将，高加索集团第七独立军军长，此后任高加索哥萨克白军司令，后来移居南斯拉夫。

军委员会。委员会全体成员都在座，商量着全面打击洗劫行为的措施。然而，谁都不想去制止洗劫。大家都害怕，尤其想到要用武器来驱散洗劫者就更感到害怕。其实，集团军委员会与市内的团委员会可以组成一百五十人的小队，也就是说，已经可以组成一支队伍了。我对委员会委员们说，我会独自一人去。塔斯克当时外出不在。

我去了市场。入口处聚集了几个人。有两三个吓坏的波斯警察和几个法国军官，他们惊讶地看着这一切，表情平静而又轻蔑。士兵们弯着腰从他们身边跑过去，双手抱着各种各样的破旧东西，边跑东西边往下掉。市场里面尘土飞扬，一片昏暗，到处是叫喊声……啊哦，啊哦，啊哦……就像在澡堂子里一样。我变得盲目、迟钝而又疯狂。我拿起一块木板，尖叫着开始在昏暗的地道里跑，击打迎面过来的人。商店撕破的百叶窗悬挂在合页上。人们在黑暗的店铺里翻寻着，从里面扔出像肠子一样的长条状布料。乞丐拾起一些碎片藏了起来。

鞋匠的店铺被捣毁。工具、鞋楦、一块块皮子、用黄色皮子做的不成套的鞋子，全散落在地上。

几个波斯人蹲在自己被撬开的店铺前，疯了一般高声哭号着，抓挠着自己的脸。市场里响声大作，石头敲击在门上，就像敲鼓一样回声很响。窃贼们扬起的尘土让人直想咳嗽，甚至想把内脏都吐出来。我赶走了面前的人群，他们像我本人一样疯狂和盲目。

在卖地毯的那一排人最多。一个人穿着皮夹克，非常高大而又结实，正在用小铁钎撬坚固的门。我冲到他跟前，笨拙地打了他。他退后几步，但是并没有逃离我，而是用铁钎朝我打过来。我的肩膀被打中了，便立即机械地开始朝他射击，因为没有瞄准目标，一次次都没有打中。我因此打破了某个不成文的与洗劫相关的法规。

洗劫者没有带步枪，因此人们认为，我这一方可以用木板打他们，但不允许开枪射击。

人们循着枪声跑了过来。

事情发生在地道的十字路口。我便跑开了。这并不能证明我有很大的勇气。

一切都好像是一场梦。我以前也做过这样的噩梦，我似乎沿着狭窄、低矮的走廊跑着，两侧是刷得白白的、穿透了天花板的墙壁。似乎有点像亚历山大剧院的走廊，只是矮了五分之四。周围的门一个挨着一个。前面是均匀的白色光线，而后面则有人在追逐。我跑啊跑，然后躲在了门后。

我回想起这个噩梦，并且现实中在乌尔米耶市场晦暗的地道里重温了这个噩梦。

我身后有人在跑着、呼喊着。在像箭头一样从两侧汇合的地道的回转处，跑来两群人。我脱下穿在身上的短毛皮大衣，朝后面扔过去。

我甚至来得及拿出口袋里的文件。

两大群人折了回去，聚拢在毛皮大衣旁边，紧紧抓住了它，甚至把我忘了。

我赢得了几步远的距离，便朝着狭窄的通道跑去。三四个人跟在我后面跑。

我看也不看地朝身后放了一枪。他们便消失了。我于是从市场里跑了出来。

天气很冷。雪落下来便融化了。路面闪闪发光，湿漉漉的灯笼挂在支架上，完全像在彼得堡一样。

市场里一片吵闹之声。

我绕着市场走了一圈，然后又回到出口。

外贝加尔人①赶来了，他们的脸膛宽宽的，鬓角与面部之间几乎没有一定的角度。我不知道他们的脑袋是从哪里开始成为圆形的。

他们停在那里，平静地把散落的纺织品、粗糙难看的波斯印花布藏进了口袋……

我命令他们出去。

库班人下马步行走过来。他们很平静，穿着黑色毛皮大衣，没有参与洗劫，从洗劫者身边走过时，半是嘲讽、半是体谅地微笑着，他们的这副样子或多或少地冲淡了洗劫的气氛。

波斯人没有反抗；他们知道，他们哪怕打死或者打伤一名士兵，那么洗劫就会扩展到整个城市。

来了一支艾索尔人的队伍，他们听说我被打死了。

他们也是不能放进去的，就像不能让达什纳克党人进去一样，——不能挑唆他们与我们的部队打起来。

最终委员会委员们也赶来了。当然，他们没有带武器。

他们也得到消息，说我被杀了。

我们拿上木板，到过道里把人们驱散。洗劫已经持续了四个小时。

---

① 在外贝加尔哥萨克部队中服役的有俄罗斯人、布里亚特人和鄂温克人。

我们在长廊里跑来跑去，把士兵们从商铺里强拉出来，又踢又踹地把他们从那里赶出来。很多地方，撬窃的人占绝大多数。

委员会则一直遵循着纯粹的民主纲领。

我记得……空气中灰尘弥漫。商铺大门被敲打得咣当咣当直响。一个可爱而又正直勇敢的委员会委员站在又宽又高、顺着所有店铺延伸的窗檐上，他呼喊着：

"同志们，你们这是在干什么！难道就这样与资本主义做斗争吗？与资本主义的斗争要有组织性！"

有时三四个人围住一个人，那个人的衬衫因里面塞满了东西而鼓胀起来，他们焦躁地嘟囔着说："扔了吧，扔了吧，你要这些破烂干什么，扔了吧。"

当时的情形令人称奇。一个人手里拿着匕首跑着，一双眼睛痴痴呆呆的，你要是抓住他，抖搂抖搂他的衣服，他身上就会掉下来两个镀金镜架，两只左脚上的靴子和几把葡萄干。

顺便说一下，瓦德博利斯基大公有一次对我说："士兵中消极正直的人占百分之七十五，但他们是中立的。"他说得很对。

一个这样的"中立者"被两名士兵架着胳膊，他歇斯底里地挣扎着，还不停地喊着：

"抢劫。耻辱啊……我是布尔什维克……耻辱啊……我不相信你们。"

但大多数抱消极态度的人还是把洗劫当成了恶作剧。

我们堵住了全部入口，只留下了一个，把所有的人都赶出了市场。

晚上，我们巡查了各个支队，收回了他们劫掠的东西。大家对我们都充满了愤恨："抢劫不行，折磨我们就行了？"

士兵们非常可怜我。怎么会这样呢，一个人竟然会因为波斯人丢了毛皮大衣！毛皮大衣很贵重。而人是个好人。大家便热心地帮我找毛皮大衣。

类似这样遭到抢劫的还有乌什库埃、舍里弗哈涅和许多地方，而且是两次、三次。

季利曼是晚些时候被抢劫的，是在我军向俄国撤离的时候，然而前去抢劫的并不是从此路过的部队，而是城里的驻军。这个城市被分成几个地段，每支队伍都洗劫了自己的街区。他们为了照明把城市都点燃了。

小城霍伊遭到了抢劫，是从波斯疏散时经由这里前往朱利法的部队干的。

大不里士没有被抢劫。大不里士的市场是世界性的；这是一个大城市，这里的商品堆积如山。它是如此庞大，道路如此复杂，即便是商人们自己到了陌生地区也要找乞丐当向导。

有几次洗劫者进了市场，但是却走不出去了……在那里他们被陆续带走，极有可能被冲散成了好多股。

大不里士没有遭到破坏。

但是，库尔德人富庶的城市索洛日布拉克的命运却极为悲惨，它位于土耳其境内，曾经是主要的贸易中心，坐落在商路上。它连屋顶都被抢劫了，就是说都被抢光了，因为没有人抢劫土墙，但是没有了屋顶，土墙在下雨的时候被冲泡得变了形，就只剩下了小土堤。屋顶被拆下来卖掉了。

我还没有讲过彼得堡是如何给我们提供情报的。那里不停地给我们发来民主会议通报①。

我记得，那时常常夜里把大家召集起来。你走过一条狭窄的小巷，经过被几乎掉光叶子的葡萄藤遮蔽的庭院，来到电报室。像在波斯常见的那样，一面墙是用玻璃做的（墙上贴的是印花布，而我们还安装了玻璃，没抹腻子），窗外漆黑一片。

你走到"博多机"跟前。这是直通梯弗里斯的电报机。它在黑暗中闪烁着，控制器的吊锤在旋转，印码机上的垂锤慢慢地降低。有东西在敲打着，写着字的电报纸条便爬了出来。

有时机器出了错，打印出来的是：特—特—特—特—奇奇奇奇奇—夫夫夫……

从机器里爬出来的是像白色通心粉一样无用的废话。你打断对方说："请问，你们那里发生什么事了？布尔什维克怎么样了？请给部队寄内衣来，还有外币……"

机器静静地打着捷列这两个字："捷列……捷列……捷列……捷列先科②说，民主……"电报纸条像白色蠕虫一样爬动着……

捷列先科这几个字从机器里爬出来，一直到十月……

此后电报机里爬出来的是暴乱、革命的消息、前线和拉达都

---

① 这是说的不是民主会议，而是 1917 年 10 月 7—25 日召开的预备会议（俄罗斯共和国的临时会议）。

② 米哈伊尔·伊凡诺维奇·捷列先科（1886—1956），俄国企业家，糖厂主，1917 年 5 月至 10 月任临时政府外交部长。

"支持临时政府"……随后是被解雇的电报员发来的令人震惊的电报……之后是克伦斯基夺取彼得格勒的消息……之后……来自俄国的电报纸条断了，就像威尔斯小说中永垂不朽的卡沃尔素的发明家从月球上发来的电报一样[1]。

只留下了我们……

集团军委员会针对布尔什维克提出了立场鲜明的决议。维护布尔什维克的当时只有集团军委员会的一个成员——召开的是全体会议，集团军委员会和各团委员会都参加了——这位同志好像是诺沃梅斯基。他说："同志们，我们既没有纺织品，也没有皮衣服，怎么打仗？"他是一个善良的人，后来给予我们很多帮助。但是我觉得，他把对人民的信心留在了波斯……

塔斯克和我在军队里仍然挂着已经不存在的政府的政委之职。

现在来谈谈塔斯克。

叶夫列姆·塔斯克是一个老党务工作者，孟什维克。他在党内的工作是建立地下印刷厂。

这类事情需要极大的毅力，而塔斯克是有这种毅力的。

塔斯克多次坐过牢，也多次逃了出来，他的整个一生都保留着一个信念——他是一个典型的职业革命家，最好的和最纯粹意义上的革命家。

我——一个业余人士——简直害怕看到他的顽强和对思想的忠

---

[1] 指的是英国作家威尔斯的长篇小说《最先登上月球的人》，卡沃尔素是小说主人公卡沃尔发明的任何辐射能都无法穿透的物质。

诚。他的缺点是像备受折磨的人一样脾气暴躁，所以不适合直接接触群众的工作。

但是，代表大会、决议的技巧以及这技巧背后的全部组织经验，都是他极为了解的。

在集团军委员会做出立场鲜明的决议之后，在我们收到停战电报①后，在部队仍是俄国的部队、而外高加索政府②和士兵想回家的情况下，主持部队工作已经极其艰难。最简单的办法是撤离。附近一个集团军的政委已经被拘捕。但是我们却不以为然。

塔斯克组织召开了代表大会③，他善于引起他人关注以及拉拢一些力量。这次会议是公开的，在电影院里举行。

来参加这次会议的已经有布尔什维克；他们大约占三分之一，其中我只记得一个名字——巴布里什维利。

会上需要就一些事项达成协议。

当时立宪会议尚未解散，我们便就立宪会议④和承认高加索政府事宜达成了一致，但是我们认为其任务之一是与俄国反动势力代

---

① 1917年11月8日，布尔什维克政府向英国、法国、美国以及其他国家派出大使，建议在各个战场签订停战协议并开始和谈；一周后，布尔什维克在没得到任何回复的情况下，宣布开始与德国谈判。

② 1917年11月至1918年3月，未得到布尔什维克认可的外高加索当地政府的职能由"高加索委员会"履行，该委员会设在梯弗里斯，由孟什维叶·格格奇科里领导，是由孟什维克、社会革命党人、达什纳克党人和木沙瓦特党人组成的。

③ 指的是1918年12月10—23日在梯弗里斯召开的高加索集团军第二次边区代表大会。

④ 1917年3月开始筹备的立宪会议于1918年1月5日在彼得格勒塔夫里达宫举行，410位代表（主要是社会革命党人）参加了会议。与会代表拒绝接受布尔什维克关于承认苏维埃代表大会颁布的法令的断然要求。立宪会议于1月6日凌晨5点解散。

表卡列金①做斗争。我们接受了停战这一事实——关于停战前线指挥部已经发来电报，但是我们决定等到谈判结束。无论如何，军队的机构还是得以保存下来。

就在此时，我被派往索洛日布拉克。

我们收到的一封电报说，索洛日布拉克发生了洗劫。此外，由于组建民族部队，目前军队里一片混乱；一个步兵营中的格鲁吉亚人被调往后方组建某一民族团队，剩下的俄罗斯人也都去了后方。与此同时，从该地区的前线还发来如下一封电报：格罗兹尼团的阿凡纵队决定到后方去，它告知我们此事，是希望我们能采取适当措施保护丢下的财产。

我是夜间出发的。从身边掠过的是美国使馆的高墙、波斯哥萨克指挥官俄国上校什托利杰尔②的宅邸。

什托利杰尔的宅邸位于郊外，窗户被屋内酒精灯明亮的灯光照得亮堂堂的。

我们乘坐"塔尔博特"轻快地走进了波斯美丽的月夜。月亮高高地悬在天际。天空，波斯的天空，极为高远。这是非常轻盈而广阔的天空。

在沟渠旁边，被人点燃的古老的大头柳在燃烧着，这里所有道路的两侧都种着这种树。燃烧着的是这里珍贵的木材。要知道这是

---

① 阿列克谢·马克西莫维奇·卡列金（1861—1918），顿河哥萨克军队的阿塔曼，当时领导了顿河地区反对布尔什维克的运动。
② 尼古拉·尼古拉耶维奇·什托利杰尔（1867—1918），中校，1914年起任波斯哥萨克旅的教官。

一个穆斯林教徒的善举——他挖了井，种了树。而我们的一个匆匆过客却放火把它焚烧了。

火焰轻轻地跳跃着，悄然舔舐着古老的树木裂口的边缘，打破了淡蓝色光线以及浓重的青色暗影的宁静。

周围方圆几十俄亩干燥的灰色大地上到处是葡萄藤蔓。葡萄园就像我国的田野一样绵延不绝。我们赶着路，从浅滩上绕过摇摇欲坠而又陡峭的高大的波斯拱桥。

道路在向上攀升。四周大地上布满了小石块以及月光下呈现黑白两色的崩落的岩石堆。

此后，青色的暗影变成了灰色，轻风吹拂，太阳升起来了。我们又从高处下来，沿着乌尔米耶湖岸边行驶。早晨抵达了格伊杰罗巴特。

岩石中间搭设着许多毡帐，毡帐半截埋在地下，还有一些土窑，在十几个地方可以看见土窑长长的双坡式屋顶。

一座灰色楼房是欧式的，具有热带地区特色，用灰色砖坯建造而成。巨大的铁驳船正在码头卸货。岸上铺设着窄轨铁路的钢轨，用铁枕木连接起来。

通往拉万杜兹峡谷摩苏尔方向的有轨马车道路应该从这里开始。我认为，轨道对土耳其人来说是有益的。

这就是整个格伊杰罗巴特。

在一个四面完全敞开的小棚子下面，一群乞丐在燃烧的干草堆旁取暖。

那时，我们干着打仗这件苦差事，已经习惯自己在战争中的身份，这让我们看着这些乞丐的时候极其平静，就像看着墙壁，也像那时我们看着整个波斯，而现在看着奄奄一息的俄国一样。

天气非常寒冷。我在军用便服和高领毛衣外面套上弗伦奇式军上衣，在防雨大衣外面披上斗篷——可还是冻僵了。库尔德人几乎是衣不蔽体的。

一些人的全部衣服就只是一件造型奇特的毡制外套，剪裁得很怪异，在肩膀上形成了向上凸起的、像是在祈求的残肢。

我们对乞丐已经司空见惯了。所有驻地周围都有五岁左右的儿童在游荡，他们穿着一件类似衬衫的黑色破衣服；他们的眼睛溃烂化脓，叮满了苍蝇。

他们弯着腰，像疲惫的动物那样机械地翻着垃圾，寻找能吃的东西。到了夜里，他们都聚集到厨房近前取暖。他们当中极少一部分人，而且大多是老年人，被挑选到各个支队打下手；其他人则悄无声息地慢慢死亡，就像极为坚忍不拔的人物也会死亡一样。

我们离开了格伊杰罗巴特。有时沿着铺好的道路行驶，但是这些路上仍有波斯人和库尔德人在我军工兵的监督下忙碌着，有时我们也直接在盐沼地上行驶。在一个地方汽车开始打滑，我们便把干草垫到车轮下面，艰难地走出了盐沼地。

我们沿途看到一些被毁坏的村庄。

我见过很多战争带来的破坏。见过烧毁的加利西亚的村庄和房屋，它们几乎成为连绵不断的瓦砾，然而波斯的废墟景象对我来说却是新奇的。

这里的房屋用黏土和稻草建造而成，一旦拆掉屋顶，房屋就会变成一堆黏土。

道路一直延伸着，就像战争一样没有尽头，然而所有的战争之路都是绝路。

在盐沼地里，我遇到成群成群的马。我前面说过，我们没有足够的草料；没有什么可以用来维持这些精疲力竭的马匹的生命。饲养——不值得，杀死——没有足够的怜悯之心；它们被赶进光秃秃的草原吃草。它们在慢慢地死去。而我坐车从旁边经过。

我顺便来谈谈怜悯。有人给我描述过下面的情景。一个哥萨克站在那里。他面前躺着一个赤裸的库尔德弃婴。哥萨克想要杀他，打他一下，沉思起来，再打一下，再沉思起来。

有人对哥萨克说："一下子杀死吧。"——他却说："我做不到——我可怜他。"

我来到索洛日布拉克。城市不大，坐落在山谷里。它曾经以出产带有烫金花纹的毛皮大衣而享有盛誉。

洗劫已经结束，所有的东西都被抢劫一空。

我来到集团军委员会。召集了各团委员会。开始讲话。

人们却愤怒地回应我说，库尔德人是敌人。"库尔德人是敌人"——这是在波斯的俄国士兵的闲话而已。此时大家突然想起来了，还说他们并不是为了抢劫。

我了解到一些奇怪的事情。除了库班人和一个医疗队以外，所有人……几乎都参与抢劫了。

在我们运输车队服务的是——不知是否以雇佣的身份——莫罗

勘教徒①及其拉三套车的马匹。

参与抢劫的就是这样的一些团体：莫罗勘教派、反仪式派、白色黑人②、神秘主义以及其他教派……甚至连这些莫罗勘教徒都参与抢劫了。去抢劫的还有炮兵。

洗劫期间，师长把自己反锁在房子里，没有出门。

是的，历史上洗劫波斯的库尔德人的那些习俗是不会遗失的。

抢劫开始以后，库尔德人——索洛日布拉克是库尔德人的城市——领着妻子爬上屋顶，他们没有带任何东西，而是让整座城市任由洗劫者摆布。他们以这种方式逃避暴力。当然，并不是总能避开。

洗劫扬起的悲哀和耻辱的灰尘蒙住了我的灵魂，"悲伤，如同黑人的军队，血染了我的心"③。

我不想一味地哭泣，我还有话要说，这些话沉重得难以掩藏。

在集团军委员会，一个士兵想竭力证明，从饥饿的居民那里什么也拿不到。

应该说，与哥萨克集团军的某些团队相反，我集团军并没有挨饿；发放的面包不少于一磅半，还有大量的羊肉。唯一例外的是在山隘里的前哨警卫人员。

这名士兵采购食品回来时带回了库尔德人充饥的面包的样品。

---

① 俄国的莫罗勘教派（以及下文中将提到的反仪式派）从原则上讲反对任何暴力，甚至常常拒绝拿起武器。
② 俄语中对阿拉伯半岛居民，即阿拉伯人的旧称（以区别于"黑色黑人"、黑人）。
③ 摘自一首波斯抒情诗。

面包是用煤渣和黏土做的，只加入了微乎其微的橡子面。

但是人们不想听他的话。

可以想象，库尔德人多么痛恨我们的征收工作队伍，特别是许多师都像主人翁一样储备粮食，也就是说，是没有管制的。

一支这样的队伍被库尔德人包围了。指挥官是个叫伊万诺夫的人，他用剑自卫了很长时间，库尔德人最后砍下了他的头，把它给孩子们玩耍。

孩子们玩了三个星期。

库尔德部族的所作所为就是如此。而俄罗斯部族则向库尔德人派出了讨伐队，为死者的头颅要了牲口作为赔罪金，洗劫了犯下罪行的村庄和几个无辜的村庄。

我认识的人们告诉我，我们的人闯进村子时，女人们为免遭强暴，用粪便抹脏自己的脸、胸部和身体，从腰部抹到膝盖。抢劫者却用抹布把她们擦干净，然后实施强奸。

我召集驻军在城外开会，力求让他们能有原则地谴责洗劫行为，但平心而论，我并没有达到目的。

人群中一直有人打断我说："这里自古以来生活的就是野兽，我们被带到这里——我们就变得像野兽一般凶狠。为什么我们要在这里？"

我告诉他们，他们在这里不会时间太长了；然而他们的杀戮不会一了百了，穿过这屠杀的返乡之路将非常艰难。

是谁的错？错的是把他们带去的那些人，错的是已经被遗忘、尚未补偿的战争罪行。

我在城里走了走。角落里几个士兵在玩耍，用脚踢着一只猫，猫的尾巴上绑着一个装过煤油的白铁罐。

库尔德人排成长长的一列蹲在那里，等着我们的医生接诊。间或有女人在城里走动。她们没有把脸遮蔽起来。在城里走动的还有魁梧、挺拔、漂亮的库尔德人，他们把头巾裹在带有黑色图案的尖顶帽上面。他们的衬衫用宽腰带束在腰间，腰带是用长长的一块布料做的。

四周一片混乱不堪，撬窃贼嫌恶的满是油污的抹布散落在地面上。

一个库尔德孩童坐在外面唱道：

> 漆黑的夜晚，我害怕，
>
> 请带上我吧，马鲁霞。

青天白日之下，一个垂死的人浑身抽搐地蜷缩着；他裸露的背部和肩胛骨非常可怖。行人则从他身上迈过去。

夜里我给塔斯克发了一封引起惊慌的电报：

"已视察库尔德斯坦军队。为了革命和仁爱我要求撤离部队。"

这份电报不是很讨人喜欢，要知道为了求仁爱要撤回部队是幼稚而又可笑的。然而我是正确的。

要知道，我们不管怎样都是要离开的，部队逗留在库尔德斯坦毫无益处。最好把部队撤离，而不是去做现在做的那些事：迫使部队逃跑，而且他们还丢弃了储备。

我并不是想要比自身更聪明，我只是要说出自己的想法而已。

我们枉费了聪明，枉费了政治上的远见。如果我们不是试图创造历史，而只是想为构成历史的个别事件承担责任，那么也许这一切就不会如此可笑了。

应该努力创造的不是历史，而是传记。

我离开索洛日布拉克，沿着溪岸前往阿凡。

沿途我看到的景象完全相同：被毁坏的村庄和被打死的人，我看到了八具尸体。

我一生中见过很多尸体，但是这些尸体日常生活中的样子令我震惊。因为他们不是在战场上被杀害的。不是，而是像狗一样被试用步枪的人打死的。

司机小心翼翼地开着车，时而感叹道：

"瞧，好像是头死驴；不是，还是个人。"他很难过，他的性情是司机的性情。司机都是神经质的。

后来我又看到三具尸体，但是他们的双脚已经被聚拢在一起，这是有人效仿库尔德人的风俗用尸体做成了路边的装饰。一具尸体的脸上有只猫竖起了背上的毛，用自己的小嘴笨拙地撕咬着尸体的面颊……

然而我们超过了炮兵——这是从索洛日布拉克前去换班的山地炮兵连。身强力壮的骡子驮着井然有序的炮兵连。队伍的每个角落都露出库尔德人的器具和破衣烂衫——这是索洛日布拉克洗劫的战利品。

我就这样从炮兵连旁边经过，检阅了我所负责的部队。

我来到了阿凡。

狭窄的山间缝隙略有拓宽。两个毡帐，两三间木板房，一些土窑，一条小河，棕黄色的羊群。四周是光秃秃的山脉。在山的那一边是库尔德人。

在山的边缘是我们的前哨工事。

我和团长交谈了一会儿。我记得，这是一个非常受士兵尊敬的人。他告诉我，因为与库尔德族人之间的仇恨激化，士兵们，或者是部分士兵，烧了三个库尔德人，他们是这里地方自治供给站的和平工作者，我不记得他们是死是活。只是因此现在人们更怕库尔德人了。

顺便说一下，团里一部分人支持社会革命党，另一部分人则支持布尔什维克，我不记得确切的票数了。

我来到团里，对他们说："同志们，在来你们这里的途中，我看到八具尸体。你们为什么杀人？"有人回答我说："你数错了，应该更多呢。"我告诉他们："我没有能力发号施令，也不想请求你们：我只是通知你们——你们，不管有什么样的决定，都不能离开这里，直到允许你们这么做为止。路途遥远；如果你们愿意，那就自己承担没有驳船的风险，——你们试试看吧。全员撤退很快就会开始。"之后我便离开了。我不知道，是因为我还是他们自身的原因，他们一直坚持到了大撤退。

接下来我便往回返，路上看到了库班人的队伍。他们马匹的状况非常糟透，只能梦想牵着它们走了。他们应该先行回后方去，因为骑兵撤离会减少我们饲料的消耗。我回到乌尔米耶。在这里有人告诉我，复员工作已经开始，根据普尔热瓦利斯基①的命令，遣返

---

① 米哈伊尔·阿列克谢耶维奇·普尔热瓦利斯基（1859—?）少将，当时任哥萨克方面军总司令。

三十岁以下的士兵。

与此同时，非常奇怪的是，一些被遣返休假的人却又返回部队，他们说俄国现在状况不好，非常不好。

从基辅的哥萨克拉达①来了一个像木杆一样个子高高的哥萨克人，他的脑袋很小，用推子剃的头。他是哥萨克军队的政委。

俄国开始回到最初的状态。我们心怀敌意地接待了这个哥萨克。可是他没有感到窘迫，而是走过来坐在我们跟前，就着糖喝茶，自己认真考虑着什么。

我认为，他的使命是加速库班人撤离。

库班人急于回家。我记得驻扎在城里的一支队伍动身的那个日子。他们邀请了乐师，弄到一大罐葡萄酒，蹲下去不停地跳舞②，跳了两个小时。

随后，他们艰难地上马出发了，已经像没有喝醉的人一样。

对面站着波斯人，温和地看着他们。

其实，参与洗劫季利曼的还有黑海人③。

司令部的警卫工作已经由亚述人承担。此时，高加索集团军的各军中只剩下了司令部。

在集团军委员会中出现了布尔什维克——巴布里什维利，还有一个牙医和水手萨尔特科夫。

在工作方面，舰队是靠不住的，然而它却需要撤离。

_____

① 这里指的是西南方面军哥萨克部队的拉达。
② 俄罗斯、乌克兰等民间舞中有一种步法，跳舞时蹲下去轮流向前伸两腿。——译注
③ 指的是黑海骑兵团的士兵，黑海骑兵团是高加索第一骑兵军的一部分。

舰队里有人在耍阴谋。一名叫哈特奇科夫的军官，拉拢了支持自己的一支队伍，建议把所有的船只合并为一支舰队，也就是说，把铁路和地方自治联盟的船只并入军事船只当中，然后留在波斯运输私人货物。

他提议暂时在两个海岸之间运输葡萄干和水果干，同时运载一些公家的货物。

然而，部队已经在撤离，这就是说，现在的问题仅仅在于夺下船只而已。

当然，这件事可能会让哈特奇科夫发大财，因为波斯有黄金。

出于这个意图，虽然我军当时还不曾有过选举行为，哈特奇科夫还是让自己成功当选为舰队队长。

我们与这一企图进行了激烈的斗争，委派了自己的工作组，但是舰队委员会却声明，它不归我们陆路势力管辖。

我们把此事上诉到里海舰队中央委员会，它便调回了萨尔特科夫和哈特奇科夫。

根据我从波罗的海舰队政委片凯蒂斯①那里得到的消息，哈特奇科夫后来参与了我国里海舰队移交给英国人的工作②。这样一来，他从事工商业的志趣得到了应用。

部队已在逐渐撤离。本打算把司令部迁到湖对岸的铁路沿线，

---

① 维克托·伊万诺维奇·片凯蒂斯，中央选举委员会所属的海军革命委员会的成员，海军总司令部政委的助手。
② 1918年7月31日反布尔什维克暴动后，里海舰队的部分船只留在了巴库，此次暴动后英国部队进入巴库。

但是却不能这样做，不能增加部队撤往后方的压力。

随着部队撤离，外汇兑换问题再次升级。即将撤离的外贝加尔人逮捕了集团军委员会新任主席塔季耶夫同志，他是在集团军代表大会上当选的，是个非常正直的、虔诚信仰世界革命的人。

外贝加尔人要求给他们按照九沙伊换一卢布的汇率兑换外币。他们奔到州长那里，而州长则用棍棒威胁着商人，拿到了这样的汇率。塔季耶夫才被放了出来。

* * *

在我们的战线上，停战问题不是很棘手。我们几乎没有与敌人交火。冬天的风把我们和土耳其人从山上吹进了山谷里。只有个别地方的前哨警戒队还在坚守。

土耳其军队的状况很不好，吃的只有炒面粉，他们没有想过要发动进攻。彼得格勒政府已经与土耳其人签订了停战协定①。

需要促成停战的局面，关于此事我们已经接到边区苏维埃的命令。

我们派出飞机去土耳其人那里，从空中撒下建议开始谈判的传单。此外，还发了无线电报。总的来说，最需要协商的是停战线问题。

---

① 此处不准确。俄国与土耳其的埃尔津詹停战协议是 1917 年 12 月 5 日由高加索方面军的外贝加尔委员会和司令部签订的。

土耳其人通过无线电用德语回复了我们，建议去摩苏尔会谈。

前去会谈的人有埃恩①团长、塔斯克和萨尔特科夫，集团军委员会准备好了要把萨尔特科夫派往任何地方，只是要远一点。

我不喜欢萨尔特科夫以及他的自以为是和纨绔习气。

我留下与塔季耶夫管理军队事务。我有一种感觉，这是我以前从法国斗争中感受到的。你与一个比自己强大许多倍的人战斗。还抓着他的手，还在抵抗，但内心已经放弃了。你抵抗着，但没有了呼吸。

有必要来描写描写我们的障碍。

塔季耶夫轻松一些。他收到一封偶然出现在我们这里的电报，就像对待俄国在柏林提出和谈建议的消息那样，这封谈及大街上人们流下高兴泪水的电报现在已经被遗忘，在收到这封电报以后，他用带有格鲁吉亚口音的低沉声音对我说："您会看到，我们的革命将拯救世界。"

此时，8月9日午夜12点，我在写作。

匈牙利②被推翻了。庄家从桌子上搂走了我们的赌注。

我头痛，一整天都想睡觉，我严重贫血，如果我突然猛地从椅子上站起来，就会头晕，就会摔倒。

我只能在夜间写作。我知道这意味着什么。这就像是灯油已经燃尽，可是到了夜里，油灯却无法抑制自己的燃烧，然而此时燃烧

① 尼古拉·弗兰采维奇·埃恩（1879—1972），少将，当时任团长，哥萨克集团军第七独立军司令部作战处处长，后来任巴拉圭集团军的中将。
② 匈牙利苏维埃共和国于1919年3月的革命后建立，同年8月被协约国部队推翻。

着的已经是灯芯了……

我的生活曾经就是这样。

清晨，你在一个白色的小房间里醒来。严寒被热气穿透没用腻子镶嵌的玻璃窗吹走了。但是太阳照耀着。人们用杨树木柴点起小铁炉子，屋内变得温暖、舒适，弥漫着树脂的气味。

这是一天中最美好的时刻。

你起了床，收到一堆电报，谈的都是一件事：要求立即撤军与不准离开的混乱。

个别队伍已经逃到了朱利法，它们试图出其不意地迅速溜回俄国。

出现了交通阻塞现象。给我们运送给养的列车被拦截住了；货物被扔下去了；列车则半路折返。

逃跑的还有季利曼工兵连。

我诅咒了它途经的轨道，并把它阻拦下来。

我们与当地的波斯组织进行了各种谈判。

有一个比较有代表性的例子，说明波斯人有点傻气而又狡猾：

当我们的人前往摩苏尔谈判的时候，波斯州长则建议取而代之的是把谈判安排在乌尔米耶，他十分犹豫而又认真地说，波斯方面想要曾经附属于它的城市巴格达。遗憾的是，我们不能把巴格达拱手相送。艾索尔人则坚信，塔斯克在摩苏尔要么会被打死，要么会被作为人质送到君士坦丁堡。

在等待塔斯克的时候，我们去了波斯人那里做客。

有一天，我被叫到当地的民主党阿尔山·达马云家里。我们穿过一些院落，走了很长时间。一个仆人提着灯，弯着腰，陪同着我们。最后一个通道的墙壁两侧站着一些仆人，他们穿着粗糙的鞋子和寒酸的半军事化的波斯制服，朝我们的脚下抛撒着鲜花。

我们走进了房间。

房间里点着多盏双灯芯的灯，对此我们已经生疏了（在波斯几乎看不见"月亮"那样的喷灯），耀目的光刺痛了眼睛。墙壁上挂着五颜六色的挂毯。

客人们穿着燕尾服和白得惊人的衬衣，戴着黑色波斯小帽，坐在那里与法国使团的军官聊天，这些军官身穿的灰色紧身制服是用上好的纯呢子做的。

室内悬挂着一盏带蜡烛的吊灯，是水晶吊灯，灯的底部是人工玻璃球，内部则是银球。

用细棉布做的还没洗过的白色桌布沙沙作响，展示着自己的印章和没有撕去的商标。

他们，即委员会委员们——所有人都是士兵——和我，都脏兮兮的，衣着破旧，疲倦不堪，而最重要的是，我们是有过错的。

晚宴开始了。玻璃窗内，本地的大型乐队演奏着唢呐曲《思乡》。

桌子上摆放着漂亮的瓷器和水晶制品。在波斯有很多漂亮的瓷器。

桌上还有舒斯托夫或萨拉杰夫的白兰地①、液态酸奶以及数不

---

① 根据十月革命前俄国最著名的白兰地生产厂的名字而来：工业贸易公司"尼·列·舒斯托夫及其儿子们"自1899年起管理埃里温的白兰地工厂；企业家达·扎·萨拉杰夫（萨拉吉什维利）是俄国第一个生产白兰地的人。

143

尽数的各种佳肴。

人们发表了演说……省长愉悦地眯着眼睛说："乔赫，乔赫，亚克希。"① 译员是亚美尼亚达什纳克党人，他可爱而又近乎荒唐（他引以为傲的是，他曾经参加过一个小组，该小组一度带着炸弹占领奥斯曼银行以确保亚美尼亚获准自治②，他们带着小手提箱和炸弹，是被法国欺骗性的担保引诱出来的），——译员随心所欲地翻译着这些演说，把自己的所有想法和希望都生硬地加入进去，甚至兴奋得喘不过气来。

我的邻座给我翻译了自称社会民主党人的党派的纲领。

该纲领的第一条是"不能取消农奴制度"。我向一位同志核实了他的翻译，原来确实如此。

接下来的几条是有关与赤贫做斗争的。

我手举酒杯站起身来。我看着自己褴褛的弗伦奇式军上衣的袖子开始讲话，不时地中断发言，停顿很长时间，此时译员便低声翻译。

我首先谈到，我们并不需要从波斯获取什么，只是希望它能幸福，我还说，我们虽然有过一些洗劫行为，但仍然最为尊重这个国家。

在讲话结束时我心情大为不悦，并祝愿波斯进行社会革命。

---

① 土耳其语的音译，意思是"一切，一切都好！"
② 1896年，一队达什纳克楚琼党的武装分子占领了伊斯坦布尔的奥斯曼银行，他们以炸毁大楼相要挟，要求宣布土耳其的亚美尼亚区自治。警察逮捕了这些武装分子，但是经过一些外国外交官的斡旋，对这些人的处罚改为驱除出境。

唢呐还在吹奏着乐曲《思乡》。

另外一个晚上我是在阿迦-佩特罗斯住处举办的宴会上度过的，这是为马尔-西门获得圣弗拉基米尔颈授勋章而举办的。

去佩特罗斯的住所需要穿过一些长长的通道，每个通道的末端都连接着一个黏土建筑，路通到这些建筑的门口便转了弯。

这样的宅院是无法突袭攻取下来的。

在最后一个院落里，有一群鸭和鹅。这几乎是在每一个波斯人的住所都能看到的。

家禽清脆的嘎嘎叫声最初常常在夜里把我吵醒。

佩特罗斯住的院子里没有成群的家禽。

一只孔雀在墙头上蹲着，它冷得蜷缩成一团——已时值深夜。它那沉重的、即便在月光下也十分华丽的尾巴，在漂白的黏土上显得尤为突出。

受邀的只有亚述人。

仆人们穿着彩色袜子，走路都静悄悄的。

风吹起了窗上的细棉布。

瓦德博利斯基来了。总的来说，他过着深居简出的生活，不大出门。

瓦德博利斯基用"颤抖的双手"漫不经心而又恭敬地主持了授予勋章仪式。

他对东方有自己独到的深刻理解，他在这里也受到尊重。

激动的牧首面色红润，眼睛发亮，他已经满头白发。头发完全是银白色的，可是他只有 26 岁。

后来库尔德人辛科用欺骗的手段把他引诱到自己的驻地并杀害了他。[①]

在大厅里，步枪摆放在枪架上。

义勇队员回家的时候，被解除了武装。

所有的人都忧心忡忡。

关于艾索尔人我花费如此之多的笔墨，是因为我认为可以利用他们创造出力量。

确切地说，我没有找到能够创造出力量的其他源泉。

此外，我们应该去挽救那些把自己的命运与俄国联系在一起的人。

我想要知道的是，该如何创造传奇。

佩特罗斯或者一个当东正教牧师的艾索尔人，似乎就是有一次在省长接见的时候像云游修士似的，一直在说没必要生那些艾索尔"穷人"的气的那个人，对我说：

"您知道吗，我们的妇女们去了瓦德博利斯基那里，对他说：'我们把自己的丈夫交给您了；但是请您下令杀死我们吧，只是不要留给波斯人屠杀'。"

当然，没有人去瓦德博利斯基那儿说这些话；但是大家都认为听到有人说过。

亚美尼亚人和艾索尔人给我们提出以下建议。他们要求我们留

---

① 本杰明·马尔－西门 1918 年 3 月 3 日被杀一事，什克洛夫斯基在下文中还会重复提到三次。

下两个团为中坚力量，以它为核心组建国家义勇队。我们却无从派出两个团。

然而，武器和教官是可以提供的。

我们还有武器储备，教官可以由许多军官和士官留下担任，这些人已经毫不期待俄国能给自己带来什么好处了。

对于这种在张皇失措中仓促组建军队的做法，我是支持者。

俄国军队一向非常不情愿提供武器，但是我知道办法。

只需让整个支队休假，例如枪支库支队，它离开以后，就可以拿到武器了。

我顺便来谈谈武器。士兵中流传着一种非常肯定的说法，说是下达了携带枪支撤离的命令。大家都说，现在不准许没有步枪的士兵返回俄国。

我一再要求准许放行携带武器的士兵，边区苏维埃的回应则是下令解除复员军人的武装。可是应该如何解除他们的武装呢？

我考虑到不管怎样步枪都会被士兵们带走，便建议允许把它们带走，但是需要在每个士兵的证件中记录，此人持有某一编号的步枪以及子弹数量，并且他应该到自己所在乡的苏维埃登记这些信息。

我希望这么做，是为了减少出售步枪的情况发生。

步枪，而且是俄国步枪，在东方是贵重之物。起初，一支步枪卖两千到三千卢布，一颗子弹在市场上卖三卢布，而在卡梅尔柳车站，相同的子弹要值一瓶白兰地。

为了比较这些价格，我以被我军士兵从波斯和高加索绑架来的妇女价格为例。

譬如说，女人在费奥多西的购买价格，非处女十五卢布，处女四十卢布。

既然这样，为什么不卖步枪？

大炮也被卖掉了。但是，话又说回来，现在你以此能惊动得了谁呢？

我没有获许登记带走步枪的情况，而是受命要反对士兵把枪支带走。

不管怎样，为国家义勇队提供的武器是能够弄到的。

亚美尼亚义勇军的组建者是斯捷潘尼扬茨同志，他是集团军委员会前主席，后来担任过为政委传令的军官。

在与斯捷潘尼扬茨刚认识的时候，他给人不是很成熟的印象。

他出生在俄国，似乎与当地亚美尼亚人的联系并不密切。

然而事情一旦涉及保护自己的民族，他立刻就在我的面前成长起来了。看着他的果敢和权威，我甚为惊讶。

亚美尼亚人有那种大概在犹太人那里才能遇到的东西——民族纪律性。

达什纳克党人住在曼努萨里扬涅茨的房子里，就像在自己家里一样。

房子的主人甘愿为斯捷潘尼扬茨效力。

当他们需要召集亚美尼亚逃兵的时候，便张贴以下告示："你们，亚美尼亚逃兵们，我们命令你们在某日之前报到，未到者将在某日前被杀。"

当然，近亲可能就会打死没有报到的人。

因组建问题，马尔-西门与佩特罗斯之间发生了龃龉。

但是最终他们言归于好，佩特罗斯成为马尔-西门的参谋长。

佩特罗斯焦急不安。"这不是战争，乌尔米耶仍在坚持，格尔德克却没有！"然而，部队已经撤离了格尔德克。他便往格尔德克派出了自己手下的几十人。

人们撤走了，丢弃了储备，丢弃了武器、白糖——大量的白糖。

我们把所有抢劫到的财物运回库尔德斯坦。

我想把我们无法带走的库存送给正在组建的部队。

他们可能会设法运走它们的。那么财产尚在我们的朋友手中。

顺便说一句，因组建义勇军一事，我最终与返回的塔斯克产生了分歧。

他说，组建义勇军，而且还是如此仓促地组建，会产生像维德王子①那样的冒险家。我心里很不痛快，因为当时根本找不到其他办法。

塔斯克以俄国、以我军尽可能全部撤离回国为目标。我的目标则是当地。

倘若我身边哪怕有一个亲近的人，倘若我没有向往回到那些图书馆去，我就会哪里都不去，就会留在东方苟且偷安。

东方还有一个特点，让我迁就着它：这里没有反犹太主义。

---

① 德国王子威廉·维德（大公威廉一世），1914年被协约国任命为在第一次巴尔干战争之后宣布独立的阿尔巴尼亚的执政者；但是他执政时间不长（第一次世界大战开始前的六个月），而且是虚设的（阿尔巴尼亚实际上是协约国的保护国），第一次世界大战开始后维德逃离了阿尔巴尼亚。

军队里已经在议论，什克洛夫斯基是犹太人，告诉我这件事的是一个犹太军官，他就职业而言是我的同志，刚刚从军事学校毕业，我是在司库员那里遇到他的。

然而，犹太人在波斯并非处在可能遭受打击的地位，其实就像在土耳其一样。

他们在这里似乎使用的是起源于阿拉米语的语言，与此同时，俄国高加索地区的犹太人使用的是鞑靼人的一种方言①。

英国夺取耶路撒冷的时候②，一个亚述人的代表团到我这里来过，带来了十磅白糖和奥拉马尔的葡萄干，还说了这样一些话。

是的，还要先说两句。餐桌上摆放着茶点，因为不管怎样也应该款待客人。

"我们的人民和你的人民将再次生活在一起，比邻而居。的确，我们曾经摧毁了所罗门圣殿③，但是后来我们把它修复了。"

他们就是这样说的，他们认为自己是亚述人的后裔，而我是一个犹太人。

说实话，他们错了——我不是纯正的犹太人，他们也不是亚述人的后裔。

就血缘而言，他们是有阿拉米人血统的犹太人。

---

① 大多数高加索山区的犹太人和塔特人（住在高加索地区的印欧民族，信奉犹太教）的语言是塔特语（波斯语的方言）。
② 当时耶路撒冷是土耳其的领土，英国军队于1917年12月9日占领此地。
③ 公元前586年，巴比伦国王尼布甲尼撒二世在耶路撒冷拆毁了犹太人的圣物——雅赫维（或耶和华）神殿（所罗门神殿），后来该神庙得以修复。严格地说，古代亚述人（阿卡德人）是与巴比伦人（苏美尔人）十分接近但又不完全相同的民族，什克洛夫斯基提到的亚述人认为自己是古亚述人的后裔。

但是在谈话中能明显感受到传统的连续性——这是当地各个民族的一大特色。

城市里极不安宁。醉酒的士兵在游荡，夜里朝空中打枪，他们天生就是洗劫的胚子。

有一天夜里，一个波斯人循着灯光跑到我这里来，追他的是两名带着步枪的士兵——他们喝醉了。

我不得不亲自带上左轮手枪，把波斯人送到了家。

常常会发生一些奇怪的事情。一天早晨，我们这里——塔斯克当时仍在摩苏尔会谈——来了一些赤着脚、穿得非常脏的人——他们当中两三个人带着步枪。

"你们是什么人?""我们是禁闭室的犯人。""是谁放了你们?""自己来的。"可是哨兵们却说:"犯人决定去找你们，我们怎么能阻拦他们呢。"犯人中有被判处服苦役的。

他们是有苦可诉的。禁闭室里很脏，污秽不堪，使得犯人们冬天砸碎了窗玻璃，但是没有玻璃又很冷。没有浴室和换洗的内衣。他们坚持了很久，坚持了好几个月，一直都没有审讯。

第二天我们去核实了犯人名单。原来，谁想抓人谁就抓人:既有侦查员，也有反间谍机关，既有各个队伍的指挥官，也有司令官，还有集团军委员会。

或许可以说，人被抓来以后，就都被遗忘了。这不是因为残忍，而是因为管理混乱以及对人的不爱惜。

库尔德人单独关押着。他们被囚禁在地下室。称之为库尔德人的地下室。这是光线不足、气味浓重的幽暗的房间。里面关押的是库尔德人，他们犯的主要是间谍罪。

一些库尔德人还带着孩子，显然，他们没有可以寄养孩子的地方，孩子便与父亲一同坐在监牢里。

最令我诧异的是为什么犯人们没有四散而逃。

我确切地知道，守卫们是不会朝他们的脑袋开枪的。

然而他们并没有四散而逃。显然，他们仍然有一些法律意识。

* * *

驻波斯军队方面立宪会议的选举结果大致如下。社会革命党获三分之二的选票，布尔什维克获三分之一的选票；孟什维克和立宪民主党人分别获得几十张选票。

立宪民主党人所获选票微不足道，原因在于，在人数不多的支队里，只有一两百人，大家相互之间非常了解，如果某位军官投票给立宪民主党人，那么就可以肯定地说，全部军官都是立宪民主党人，而在那样的时代，这是相当危险的。

* * *

我一直在描写的，除了困苦还是困苦。对此我已经厌倦了。

难道那时在我们数十万人的军队中就完全没有美好和光明的一面吗？

是有过的。然而，我军的状况，一切幻想、自我防卫的缺失，深深的沮丧，把全员消极怠工作为结束战争的手段——所有这一切突显的不是人们美好的一面，而是最糟糕的一面。

当然，犯有过错的不是俄国人民，或者说人民的过错并不是第一位的。

我认为，每一支军队处于这种环境下、在这样的时刻都会这样做。

我们已经委任了驻码头特派员。他们要监督轮船装载情况。这些人虽然非常艰难，但是并没有四散离去。

医疗队伍也出色地执行着任务。

在所有的部队中，都有一些人在做着一些事，他们认为这些是大家共同的事。

但是，军队并不是依靠人们自我保护的本能来维持生命的，它生病了，而生病的人很少能表现出他们优秀的一面。

可圈可点的是，士兵之间的关系很好——对于对方而言，他们都不是狼。

然而最重要的是，人们虽然表现不佳，但是仍然在等待着撤退的命令，还在忍耐着，实际上已经没有什么能阻止他们了。

路途中还需要忍耐，所有的巨大忍耐都是为了"回家"这个词。

我谈这些还是离开本题了。

我下令销毁城里所有的酒。对于正式颁布的法律，我并不太感兴趣，但手头上是有的，因为去年我们的当局已经禁止酿酒……将酒销毁的是由波斯人以及我们的一些委员会委员组成的特别委员会。

在头号酒坊中销毁酒的时候，就在一个姓贾帕里泽的人的家旁边，沟渠里的水变成了粉红色，一大群人目不转睛地看着深红色的火焰从又大又丑陋的灰色房子的墙里跳跃出来。

在销毁酒的时候没能避免争吵。

这里散发中浓重的酒味和金钱的味道。酗酒现象有所减少，但是并没有完全消除。有人把酒从湖的左岸偷偷运来。

与此同时，全国的饥荒还在加剧。

在街上看到奄奄一息的人已经是司空见惯的事了。

人们往往会因指挥部厨房里扔出的一些垃圾而打斗起来。

午餐前我们的院子里总是聚集着许多饥饿的儿童。

一次清晨，我起床打开临街的门，有个软软的东西掉到了旁边。我俯身看了看……我的门口放着一个死婴。

我想，这是一种哀怨吧。

妇女代表团去一个领事那里，想要些东西。可是他能有什么办法？不知他是哪个国家的领事，大概是出产蓝羚羊①的国家的领事。

我注定要看到、也看到了波斯人给乞丐布施：两个葡萄干或者一颗杏仁。

美国使团做的事情比较多——实际上也只有它在喂养着居民。

谢德博士这个头发花白的老人、代表团团长那里，常常来一些运载银币的骆驼驮运队。

我不知道我们俄国人在饥荒方面犯有多大的罪。

我们的罪过极有可能在于，我们以战争而促生了难民，因驱逐

---

① 蓝色羚羊并不是蓝色的，它们灰色的毛在强烈日照下呈现蓝灰色，以致以讹传讹，让没见过的人以为它们是披着一身蓝毛的哺乳动物。它们原产于南非草原，因罕见的蓝灰色，而遭到灭种的命运。——译注

居民而妨碍了田地耕种，还有最重要的是，弄乱了灌溉系统。

这里所有的田地只有经过人工浇灌才能有所收成。

田地用小土堤分隔成小块，每块地里都要灌满水。

用水灌溉时要严格遵守一定的顺序，这是当地约定俗成的惯例，也是严密详细地拟定好的。

我们的军队受到以自己利益为重的个别地主的影响，有时军队自身试图建立公正的秩序，便干涉这种分配。

结果某些田地没得到灌溉。

除此之外，这一年总体看来似乎就是个歉收年。

我们这边还征用了大麦——小麦是我们从俄国运来的——而在居民粮食供应方面我们却毫无作为。

英国人可能就不会这么做，他们会设法弄到粮食去喂饱饥饿的人们。

然而，波斯人却认为，我们比英国人更好。

"你们是抢劫，英国人是吸血。"

这个时候，在我军所辖区域内有些地方开始不承认我们集团军的苏维埃，甚至不承认我的权力，其实我本人也并不清楚我的权力来源。

大不里士脱离了我们，还试图召开自己的军队代表大会。随后，霍伊也脱离出来，宣布独立自主，但是很快就改变了主意。

至少我收到了那里发来的关于它遭到洗劫的电报。

我军预计这样进行撤退：一部分部队应该步行朝朱利法方向进发，另一部分则从索洛日布拉克出发，例如可以沿湖右岸行进，包括从乌尔米耶前往大不里士方向。先行撤离的部队应暂时驻扎在指定地点并保护道路，以便后面的部队顺利通行。

如此一来，预计需要保护的道路岂不就是至彼得罗夫斯克①的全程吗？

这样的行军就是所谓的"滚动式行进"。

当然，此事一无所成。

就连首批派出的团队都在尽可能地远离波斯。

许多人都想去斯塔夫罗波尔省。

有一个师比较顺利地撤离了——我忘记了它的编号。它是按照行军队列行进的，列车走在中间，没有一个人掉队。

根据三十岁以下士兵全部复员的命令而自主撤离的人们当然也都在竭力远离波斯。他们还偷走了我们的列车。我们的列车都带有特殊的刹车系统，却在罗斯托夫附近被偷了。

在舍里弗哈涅—萨菲扬支线上只剩下了四辆列车。

而朝朱利法方向行进的似乎还有高加索集团军第四军的部队。

给我们运送军粮的列车遭到了拦截。

司令部仍在履行职责，但是已经信心不足。还有什么可以相信的呢？

令我们非常意外的是，斯捷潘尼扬茨的妻子领着孩子来到了乌尔米耶。她带来了一些报纸。这是一个非常典型的俄国高等女子学校学生。她带来了相当狭隘而又乐观的布尔什维主义的气氛。然而

---

① 确切地说是彼得罗夫斯克港，现名为马哈奇卡拉。

她的所作所为并不是特别有说服力。

我没有看到最重要的东西：革命的高涨；也许我那时错了，也许我现在也错了；一直以来，我看到的都是低落，干劲的低落。

革命不是在走上坡路——而是在走下坡路。

至于这种低落是怎样形成的，几乎是无关紧要的。

但是，如果当时我们被问及："你们支持谁，卡列金、科尔尼洛夫还是布尔什维克？"我和塔斯克都会选择布尔什维克。

然而，一部喜剧中的丑角在回答"你喜欢被绞死还是被分尸"这个问题的时候却说："我喜欢汤。"

塔斯克一直没有回来。一次我们收到埃恩发来的无线电报，其中列举了土耳其提出的休战条件。埃恩请求瓦德博利斯基批准。他得到的回复是——请签署吧！

塔斯克回来了。他好像是骑马回来的。军队的崩溃也影响到了汽车：没有给他派车。

土耳其人把他送到了舍伊欣-格鲁辛，他从那里沿着电报线路步行回来，电线杆都被锯断当木柴了，只剩下四排电线在灰尘中延伸向远方。

土耳其人看到，我们并没有派人去接自己人。我们让人看起来已经不是军队了。

我现在来转述塔斯克讲的一些片段。

对于束手无策的人而言，经历和平谈判是一件痛苦的事情。

他们前往土耳其人那里时，那些人在山隘口迎接了他们。

对于土耳其人而言，和平就是幸福。他们亲吻了我们的人，高

157

兴得喜笑颜开。

土耳其士兵衣衫褴褛而又瘦削，微笑地看着他们……

他们取道著名的拉万杜兹峡谷，这是我们预计攻击摩苏尔要走的路径。

这是一个边缘齐整的幽深峡谷。瀑布如同白练从一处山壁的边缘直泻而下。水撞击在岩石上碎成朵朵水花，像喷泉一样向上飞溅，掀起层层叠叠的泡沫。

他们途中去了阿尔达比勒，这是一个四周建有高墙的圆形城市。城里只有一条街道——广场在它的正中间。

他们来到了美索不达米亚。开始看见成群的马匹，它们瘦弱不堪，背部鬃毛蓬乱。汽车不得不在马匹的尸体之间躲闪着向前走。

他们抵达了摩苏尔。德国人当时是我们和土耳其人的主宰，他们不冷不热地接待了军使，并且马上提出签署停战协定，协定中包括立即肃清波斯①以及其他一些条款。

当然，我们应该肃清波斯，我们也知道一定会撤离这个国家，但是却不想按照德国人的指令这么做。

遗憾的是，我现在不记得德国提出的所有条件了。

一些事情可以根据第比利斯的报纸回想起来；我军司令部的档案，我想是下落不明了。

全部细节可以根据德国报纸或者从叶夫列姆·塔斯克那里获知。

---

① 摩苏尔谈判的目的是确定俄国和德国驻土耳其部队在波斯疆域内的占领区，谈判是以埃尔津詹停战为基础进行的。

土耳其人的代表，也是个非常热情的代表，他是哈利姆帕夏①。

哈利姆帕夏在东方声名显赫。他就是在撤出埃尔祖鲁姆时②把四百个亚美尼亚婴儿埋葬地下的那个哈利姆帕夏。

我想，这按照土耳其语的意思就是"砰地关上门"吧。

然而，需要与这个外表非常漂亮的人进行谈判。

土耳其人为和平而感到高兴。哈利姆帕夏痛苦地说，他们已经迫不得已地打了十年的仗。

顺便说一句，塔斯克得到了他的接见。

一个犹太医生坐在地板上，弹奏着类似竖琴的乐器，唱着歌。

哈利姆帕夏在最动人之处用手指打着节奏，跟着歌唱，还给歌者端来一杯伏特加。

歌者便亲吻了主人的手。

哈利姆帕夏欣喜地谈到废除债务一事："这太好了，这我喜欢；我们也不想偿还。"

城里有一些俄国战俘，在一名德国士兵监视之下畏畏缩缩地鱼贯而行。

我们的人试着与他们交谈。一些囚犯怀有君主制思想，另一些则倾向于保守的共和制……

军使要回来的时候，从亚美尼亚绑架来的妇女冲到他们跟前，抓住马腿和马尾巴喊道："带上我们吧，杀了我们吧。"他们却一言

---

① 土耳其中将，第六集团军司令，该集团军部分队伍被派去协助土耳其集团军第四军。
② 埃尔祖鲁姆是土耳其亚美尼亚的最大中心，1916年1月俄国部队在尤登尼奇的指挥下占领该地。

不发地离开了……

在抵达布列斯特之前，我们的人不得不忍受着布列斯特和约①。

我告诉塔斯克我要走了。他没有争辩。

艾索尔人非常难过，我自己也非常舍不得离开，但是我觉得在彼得堡能够做一些事情，而要留下就必须永远留下，因为我不想和军队一起走。我的波斯之行已经接近尾声。

已经十二月末了。

* * *

在公元一千七百多年的时候，好像是在叶卡捷琳娜一世统治时期——对它们来说这并不重要——形形色色的老鼠从中亚草原成群结队、搭帮结伙地蜂拥向欧洲迁徙。

它们的队伍密集而又沉着。来自世界各地的猛禽在它们头顶盘旋，数千只丧生，数百万只丧生——却有数亿只继续前进。

它们来到伏尔加河边，跳进河里游了过去。河水冲走了它们，整个伏尔加河一直到阿斯特拉罕满是尸体，但是它们游过河去，踏上了欧洲大地。

它们侵吞了一切，同时它们还分散开，隐蔽了起来。

---

① 布列斯特和约是苏维埃俄国和德国、奥匈帝国、保加利亚和土耳其签订于1918年3月3日在布列斯特—立陶夫斯克（现名为布列斯特）签订的。德国兼并了波兰、波罗的海各国、白俄罗斯局部等地，获得了60亿马克的战争赔款。苏维埃俄国接受了这些侮辱性条款，目的在于保护苏维埃政权。1918年10月德国革命开始后，苏俄政府废除了这个条约。

我随着一小群人坐上了开往格连吉克的驳船。

一个疲惫的士兵是警卫长，他认出了我，还讲起刚才的团队是如何过去的。

战士们在驳船上坐好以后，想要把弹药盒扔到船外去，说这些盒子妨碍他们，而且反正也用不着。他们勉强被劝说住了。

铁驳船里挤满了人。人们躺着，几乎一言不发，等待着汽艇。

汽艇来了，它钩住我们的船起航。

我坐在甲板上。

格连吉克渐渐远去。发动机轰隆隆地响着。

灯亮起来了，它在水中的倒影摇曳不定。

我们来到舍里弗哈涅。这里已经聚集了一大群要去俄国的人，他们来自乌尔米耶湖的各个码头。

在铁道线上停着四节车厢，里面人满为患，板簧已经压弯，全都奔拉着。

我不顾一切勉强挤了进去。车厢是旅客车厢，然而却破烂不堪。

距离火车出发不知道还有多遥远。

有人和我交谈起来。他们是某团侦察队的士兵。我知道这些人，他们以搜索羊群的英勇行为而声名远播。

这个侦察队由被赦免的刑事犯组成；我知道他们是如何把身受重伤的战友从炮火中背回来的。

我们小声地谈论着库尔德人，这也是我最后一次听到有人说库尔德人是敌人。

天已破晓。列车顶上笨重的鸽子们在翻来覆去，这是爬到上面的乘客越来越多了。

天已大亮。听见司乘员的喊声："同志们，你们这是去送死，列车不能这样超载；快下来，同志们！"

我们对此充耳不闻，就像莫尔多瓦人一样。

蒸汽机车终于开来了，我们便被拉走了。

我们顺从地拥挤着、忍耐着，来到了萨菲扬车站。

在萨菲扬车站我们换乘了列车。地方自治联盟的供给站仍然在提供服务。

人们用行李车编成一列火车。带制动装置的车厢早就被偷走了。

我们动了身，车厢咣当咣当的声音越来越大，它们互相催促着，飞奔着，推搡着，好像试图要超越对方。

大家都坐着，身体朝向自己的袋子。

快速掠过的里程标使道路有了韵律。蒸汽机车则慌乱地鸣着汽笛。

在这个斜坡上，在这个通向朱利法的可怕的斜坡上，颠覆事故非常频繁。如果一列火车在弯道时出轨，那么摞起来的车厢就会堆积成十俄丈高的小山。

我们抵达了朱利法。

在这里，来自第四军的一大批人与我们这批人会合。黑压压的一群人等待着火车。

火车开来了。我们没有用牙齿相互撕咬，我们没有。我们压缩成一块块砖坯似的挤进了车厢。

神经兴奋一直伴随着这样的迁徙，让大家变得坚忍不拔。

在亚历山德罗波尔近郊，不知是隧道还是电线打死了坐在车厢顶上的人。

在这里，我们这批人与萨拉卡梅什来的人会合在一起。

几乎穿越了整个亚洲的老鼠可以说上几句。它甚至不知道，它是否走出家门的那一只。

在亚历山德罗波尔，许多士兵坐上开往萨拉卡梅什或者埃尔祖鲁姆的空车，以便在那里开辟出一条通往前线的道路，然后返回俄国。

车站仍完好无损。铁道线被催了眠，车站已经淡出人们关注的中心。

我遇见一些认识我的士兵，和他们一同上了火车。

我到达了梯弗里斯，或者更确切地说，到了纳夫特卢克（换乘点）。没有让我们进入梯弗里斯，因为害怕它遭到洗劫。

我步行去了城里。

梯弗里斯正处于兵荒马乱的岁月。城市的边界很快就没有了防御能力，现在它已经是一座失去了保护的城市。

土耳其人的入侵是明天要面对的现实，我们军队的危险则是今天的现实。

人们在四处奔忙。

一方面，专门医疗委员会放走了驻防的全部俄国士兵；另一方面，当然无法到达前线的报纸却要求士兵们在前线等待民族部队的到来。

前线却空虚了，因士兵的离开而空虚了，就像多风的秋日里塔夫里达宫的花园因叶子脱落而变得光秃秃的。

民族主义——亚美尼亚的、格鲁吉亚的和穆斯林的，甚至偶尔还有此地的乌克兰的民族主义——在所有的街道上都充斥着形形色色花朵般鲜艳的帽子和裤子，而在报纸上则满是沙文主义的词句。

只是看不到大俄罗斯民族主义，它的表现形式为满含怨恨的消极怠工。

我记得在街上看到过一个俄国厨娘；她看着一些部队，或者确切地说是一队杂牌军走在街上，她说：

"怎么，骑到俄国脖子上了，现在你们自己试试看。"

外高加索政府的组建，正如我在前线已经看到的那样，让士兵们归家的心情更为迫切，也给了他们新的理由。

然而，组建政府并非出于喜悦，而是出于绝望。

在对待布尔什维克方面，当地居民则尽量效仿布尔什维克的方法。

当方面军代表大会中布尔什维克的选票超过半数的时候，这个代表大会就分裂了，不到半数的那部分则被各民族的行政当局承认拥有合法权力。①

但是，当然，从此匆匆路过的集团军召开的方面军代表大会也并非具有权威性。

民族部队的组建情况如下。

---

① 在高加索集团军第二次边区代表大会上，350 个代表中有 160 个是布尔什维克，布尔什维克和左翼社会革命党人在代表大会上占多数，因此本次会议要求在外贝加尔建立苏维埃政权；他们在新选举的高加索集团军边区苏维埃中也占多数。但是，1917 年 12 月 27 日，边区苏维埃中的右翼部分在外高加索委员会的支持下占领了边区苏维埃的所在地，宣称自己是边区苏维埃，苏维埃中的左翼则宣布自己为高加索方面军革命军事委员会，随后转移到了巴库，并从那里指挥部队撤回后方，创建了红军的部分队伍。

城里到处都是军官。甚至在基辅，在斯科罗帕茨基①那里，我也没见过这么多的银肩章。

基干士兵队伍很难组建起来。格鲁吉亚人那里事情进展得特别不顺利。

在格鲁吉亚军队中，具有充分战斗力的只有孟什维克基干党员组建的红卫军队伍。

不管怎样，亚美尼亚军队——的确是匆忙组建的义勇队——还是特别迅速地丢失了埃尔祖鲁姆要塞②。

事情很复杂，原因在于亚美尼亚人和格鲁吉亚人之间存在很多有争议的问题。

他们之间的领土划界几乎是不可能的。

与此同时，对大家有危害的穆斯林部队组建起来了，其人员从作战角度而言都极为出色。

大家对他们持怀疑态度，但是却又毫无办法。高加索则取得了自决权。

"俄国"这出戏剧落幕了③，每个人都急于拿到自己的帽子和外衣。

---

① 帕维尔·彼得洛维奇·斯科罗帕茨基（1873—1945），沙皇军队的中将，1918 年 4 月当选为乌克兰盖特曼和"乌克兰国家"的领袖，是国内战争时期乌克兰反革命活动策划者之一。
② 1918 年 2 月俄国军队撤离波斯和土耳其的亚美尼亚以后，在俄国军队所属的志愿义勇队基础上组建的亚美尼亚集团军特种军的队伍曾经试图守住埃尔祖鲁姆，但是 1918 年 3 月 12 日土耳其军队占领了该地。
③ 该句用了瓦·罗扎诺夫的《当代启示录》（1917—1918）中的《神曲》一章的引喻，这一章中写道：铁幕哗啦啦、嘎吱吱地尖叫着落在俄国历史的舞台之上。"演出结束了。"观众站起身来。该穿上毛皮大衣回家了。人们环顾四周。可是，既没有毛皮大衣，也没有家。

格鲁吉亚的军事要道被印古什人和奥塞梯人所占据,他们截获了一些汽车,用它们组成编队。

切尔克斯人从山上下来,袭击了一百多年来一直守在自己土地上的捷列克河流域的哥萨克。格罗兹尼被围困。

从杰尔宾特山上下来的人向彼得罗夫斯克进发。鞑靼人一直觊觎着暂时由穆斯林常规部队守卫的巴库铁路。

在伊丽莎白波尔①以及其他可能的地方,鞑靼人屠杀亚美尼亚人。亚美尼亚人屠杀鞑靼人。

有人在屠杀穆甘草原上的俄国移民。

在梯弗里斯的俄国中心,渺小破落的中心,想要派出装载武器的列车前往穆甘。

但是,在梯弗里斯拥有部队的乌克兰人则声明,百分之七十五的穆甘移民是乌克兰人,俄罗斯人给他们派送武器是强制俄罗斯化政策的体现,因此便拦截汽车,逮捕了他们。

穆甘移民被毫无阻拦地赶尽杀绝,以至于现在甚至通过全民投票的方式都无法确定他们的民族属性。

沿途对待路过的俄国纵队的态度就是这样。起初它们并没有受到惊扰。

穆斯林有时拦住火车,要求交出亚美尼亚人。由于这个原因,有时候会打起仗来。后来从波斯传来谣言,一方面,我们的人从车内放枪以及我们明显的软弱刺激了波斯人的胃口,他们便开始组织

---

① 苏联时期称之为基洛瓦巴德,现名为甘贾。

166

要颠覆这些俄罗斯纵队。但是，我要先讲完我军是如何撤离波斯的。

在 12 月或 11 月末我曾到过基辅，去过盖特曼的部队，结果我偷走一辆装甲车和一辆装载着机枪的卡车参加了红军。但是，关于此事和在克列夏季克大街上发生的奇怪的枪击事件，以及其他许多怪异的事件，我以后再讲。

总之，在这里，在基辅，我找到了塔斯克。他躺在没有暖气的公寓里，费力地说他得了极其严重的心绞痛。

他对佩特留拉分子和盖特曼分子①怀有同样强烈的憎恨。看到这样一个精力充沛的人无所事事，是很奇怪的事。

下面的事就是他告诉我的。司令部转移到了铁路沿线。在我们的部队要撤离乌尔米耶的时候，波斯的哥萨克袭击了我们。参加战斗的还有部分居民。加入我方进行战斗的是艾索尔人。阿迦-佩特罗斯在犹太山上架起大炮，摧毁了部分城市。波斯的哥萨克被杀得精光，而且，什托利杰尔——他们的指挥官——和他的女儿阵亡，什托利杰尔的女婿开枪自杀。

在山区，我们的部队被库尔德人包围，此时我军部队已经民主化，并且遵循选举制度，但是各团人数剧减。在狼门附近我军数辆列车被焚烧。在它们的火光中可以看到，几个进攻者从我军某个被打死的士兵身上夺下步枪，为了这支枪，他们之间打了起来。

太阳升起来以后，整个地区到处都覆盖着尸体。

士兵们没有什么可以用来点篝火，便在内衣和地毯上洒上汽油，

---

① 指的是 1918 年乌克兰反革命首领斯科罗帕茨基军队的士兵或军官。

然后点燃。

谈到内衣我要说几句。我们当初几乎眼含泪水请求军需处要为军队弄到内衣。当时内衣相当缺乏。我们得到的回复是没有。可是现在却什么都有了。

后来，我们抵达仓库时看到，原来那里是有内衣的。我们问："这是什么?"回答说："这是应急备品。"

这是墨守成规的应急备品。

现在也把它们点燃了。

面粉和黄油是有的。士兵们便掀掉房顶上的铁皮，在这些铁板上烤薄饼。

没有列车——便把油罐车从站台上推下来。

没有蒸汽机车。为了弄到它们，塔斯克亲自带着两个连的士兵去了亚历山德罗波尔，那里好像给了八个或者十个。

需要再返回去。士兵们说："不想回去。""为什么不想? 要知道同志们都等着呢。""不想回去。"司机们则说，即便没有士兵保护，他们也会设法把蒸汽机车开回去。

蒸汽机车开始鸣笛，士兵们阴郁地列队站在一旁。蒸汽机车开动了，突然有人喊"上车"，立即就有很多声音喊起来："上车! 上车!"整个人群冲上了慢慢开动的机车。

蒸汽机车运到了。

此时，又发生了一件不幸的事。装载炸药的几节车厢被扔进阿拉斯河里，随后有人往里面投掷了炸弹，想要把鱼震昏。发生了特别可怕的爆炸。

爆炸杀死了几百人，而这种意外是很少见的：又高又陡的河岸把大爆炸反弹出去了。

几天后，塔斯克乘坐加挂在蒸汽机车后面的一节车厢前去侦察道路。

库尔德人蓄意颠覆了火车。尽管附近村民常常被劫持为人质，库尔德人仍旧常常颠覆火车。

塔斯克乘坐的车厢被炸碎，而他本人被震伤。他很快恢复了意识并被带到车站，但是，他却失去了说话的能力。

部队出发了，没有带上他。

他决定不佩戴红十字会的标志，而是聘请了一个向导，领着他绕过亚美尼亚山区。

在山区，他们两人遭遇了库尔德人的袭击。亚美尼亚人在从前线回来的一些士官们的指挥下，正确布设了警戒岗哨。他们对我们的人非常不信任，让押送队押送两人进了一个村镇。

村镇里都是半嵌在山壁中的平房。我们的人被安排在一个这样的平房中过夜。这里还烤着羔羊；角落里一个女人在生产。

我们的人经过一系列的磨难，走过大约三百俄里的山路，再次走上了铁路线，他们沿着架空线，又走了不到三十俄里的路程。

在这里，他们被鞑靼人抓住了，但是队伍的头领放他们走了，于是他们又进入了亚美尼亚地界。

俄国的《长征记》，或者更确切地说是《返乡记》①，就这样过去了，就这样结束了，几万人像色诺芬的战友们那样沿着库尔德斯坦的各条道路撤离，而且也选出了自己的长官。

不论库尔德人是否起源于色诺芬的卡尔杜赫人，他们从前的习俗仍保留下来了。

但是，想方设法回家的士兵们的精神却发生着变化。也许，这一切都是因为，色诺芬的战士是职业军人，而我们的士兵则是由于不幸才当的兵。

还有一个故事，非常简短的故事。

三个星期以前，我在从彼得格勒开往莫斯科的火车车厢里遇到了一个驻波斯军队的士兵。

他给我讲了有关爆炸的更多细节。

爆炸发生后，士兵们被敌人包围，他们边等流动列车边做了一件事，即收拾并用碎块拼合战友们被炸碎的尸体。

收拾了很长时间。

当然，许多人尸体的各个部位都弄混了。

一名军官走到排成长长一列的尸体跟前。

最边上的尸首是用剩下的身体部位拼合起来的。

它的躯干是身材高大的人的。它上面却安了个小脑袋，胸前是一双大小不一的小手，两只都是左手。

---

① 什克洛夫斯基讽刺性地模仿色诺芬描写公元前 401 年希腊军队从巴比伦撤退的作品《长征记》的名称。

军官凝视了许久，然后坐在地上开始哈哈大笑……哈哈大笑……哈哈大笑……

在梯弗里斯——我现在回头接着讲我走的那条道路——犯下了一桩罪行。

一列装甲火车被派到某地解除士兵们的武装①，它用机枪扫射，杀害了好几千人。

这列装甲火车一般沿着铁路线行进，在某种程度上它是独立自主的，可是它却被指控多次杀戮。

我挤进一节车厢前往巴库。

整个车站已经被炸成了碎片。

显然，它遭到了长时间的猛烈袭击。

车站里没有水。

毁坏的痕迹随处可见。

我现在还记得另外一条道路：经过库辛山隘通往季利曼方向的商路。

这条路线经过库尔德可汗辛科的地盘……

我曾经驾驶汽车在夜间前往那里。道路两侧满是人骨。

两三个骨架上还残留着一些血淋淋的块肉。

野狼的眼睛在低低地照在地面上的车灯下闪闪发光。每个骨架旁边都有三对狼。一对个头稍高，另一对稍矮。这些狼心满意足。

---

① 指的是 1918 年 1 月 12 日发生的所谓"沙姆霍尔事件"，格鲁吉亚孟什维克的装甲列车支持的木沙瓦特分子袭击了沙姆霍尔车站装载着从高加索战线归来的部队的军用列车，打死了近 2000 人，受伤的俄国士兵多达几千人。

回来的时候，我的汽车在季利曼附近抛了锚，停在绘有浅浮雕的岩石旁边，那上面描绘的显然是塞琉古王朝时代①的一些骑士。

我固执地步行往前走去。月亮已经在照耀着。商队夜里是不从这里走的，它们害怕遭到抢劫。

我一路走来，听着小河的流水声，时而在河的上方攀爬，时而沿着河水前行。

我边走边回想着儿童读物上描绘商队之路的那些图画。

而事实上，这些道路的标记只有马匹和骆驼的骨头。

我们的军用列车走的道路也有这样的标记。

翻倒的那些车厢在某处程度上正确测试了道路。

乘车的军官们都已经不佩戴肩章了。

从巴库开始我就一直坐在列车顶上。尽管我紧贴在通风口上，可还是非常寒冷，内心也极不平静。

在霍萨夫－尤尔特车站附近我们得知，所有的水塔都被摧毁了。

我们便用小锅盛水倒进蒸汽机车里。

站长已经累得疲惫不堪，他像是在沙漠中迷了路一样，主动取水的浩荡人流令他震惊。

他告诉我们说："切尔翁的列车（我可能弄错了名字）刚刚开到旁边。你们要是想坐，就去坐吧；但是我建议别坐。"

我们当然去坐了。我得以进入车厢里面。窗外弥漫着暴风雪。车厢里则一片黑暗。

---

① 公元前 312—前 63 年在中东和近东地区的王朝。

列车突然遭到了袭击。

箱子，背包，所有的东西都飞了起来；但不是飞向地板——整个地板上都铺着由人组成的马赛克——而是飞向人们的头部。

火车停了下来。

几乎所有人都在车厢里安静地坐着，因为怕丢掉自己的座位。

我走出车厢，问道："怎么了?"有人说是火车颠覆了。

原来，在我们前面还行驶着另一列火车。

这列火车上缺少些东西，似乎是木柴。司机便留下列车去了车站。

列车长忘了设立警示灯。

我们便撞到了后面的几节车厢。

在我们的蒸汽机车前面，堆放着许多桩板和竖起的车轮。

传来马匹哀怨的嘶鸣，有人在呻吟。

大家都奔向火车头："蒸汽机车完好无损吗?"蒸汽机车冒着热气，发出嘶嘶的声音。第二个想法是清理道路并继续前行、前行。撞毁在我们面前的，大约有五节两轴车厢。

一个带有铁骨架的美国产大型载货车厢没有撞毁，只是直竖起来。可以看见里面有亮光。

我们问："人活着吗?""人都活着，只有一个人脑袋打破了。"
必须把道路清理干净。

然而所有的人都是独立行动的人，——应该由谁来发号施令呢?
我们站在那里，观望着。

列车长打破了僵局。他开始指挥。

从乘坐前面火车的哥萨克那里弄到了一些绳索，开始把车厢往两边推。在清理道路的时候，只保护了两条道路中的一条——回家的路。

干活的人并不多，但格外卖力。一副副车轮在猛力拉拽之下变得整齐。

人们使劲摇晃着，把直竖起来的车厢推到一旁。从残骸中拉出伤员。

此时，蒸汽机车驶到前面的列车前，它便开动了。

尝试开动我们的列车。它尖叫起来，但还是开动起来。

汽笛声响起。我们在各个车厢巡视。在黑暗中人们都坐着不动。"我们在走吗?""我们在走。"

清晨，我们抵达切尔翁娜娅车站。

这里已经开始出现哥萨克的集镇。

在站台上看到了白面包。

四周无数松散开的烟柱如同郁郁葱葱的树木向上挺立着。

村庄在燃烧，集镇在燃烧。

头发灰白的哥萨克背着别丹式步枪在车厢里穿行，向人们讨要子弹和步枪。

年轻人还没有赶来，集镇几乎手无寸铁。

的确，最近哥萨克洗劫了一个村庄，从那里赶回来家畜，但是现在他们自己遭到了抢劫。

他们召请一些猎人留下来保护。每日提供二十五卢布的补助。

两三个猎人留了下来。

当山地炮兵一连几天从我们面前经过的时候，恰好车臣人正在进逼。

居民们跪着请求炮兵连稍作停留，用炮火赶走敌人。但它却急于赶路。

我们也匆匆而过。几乎没有人携带武器。

我们继续行进。白天的烟柱、夜晚的火柱包围着我们的道路。俄国在燃烧。

我们途径彼得罗夫斯克、杰尔宾特，然后又路过一些集镇。

俄国在燃烧。我们在逃跑。

在罗斯托夫附近，在季列霍茨卡娅车站，我们这队人分散开去：一些人绕过顿河去往察里津，另一些人则一直往前走。

经过顿河哥萨克部队的地盘时非常安静。人们蜷缩着身体坐在火车站。一些立宪民主党人仔细观察着士兵们。有人在卖报纸，那上面刊印着收到德国数百万资金的收据，签名是季诺维耶夫、高尔基、列宁。①

我们穿过了此地。在科兹洛夫②附近听到了枪声。有人朝着什么人开了枪。但是没有人离开火车。我们都在逃跑。

---

① 早在 1917 年 4 月，右翼刊物便指责布尔什维克与德国合作，7 月 3—5 日布尔什维克政变失败后，出版物就这一话题展开广泛讨论。其中，根据某位姓叶尔莫连科并于 1917 年春天以间谍身份被逮捕的准尉的说法，列宁与"其他德国间谍"受命破坏"俄国人民对临时政府的信任"；此外还说他们的活动得到了财政援助，而且"军事新闻检查机关已经确定，德国间谍机构和布尔什维克领导人之间频繁就货币和政治问题进行电报交流"。虽然什克洛夫斯基在此提到的"收据"极有可能是当时报纸上的谣言，但是文献证明，布尔什维克为了自己的需求的确使用了德国政府划拨的资金。

② 即现在的米丘林斯克。

老练的站长不给我们提供蒸汽机车。我们便找到执勤的蒸汽机车，扣留了它。人群中的一个司机则自告奋勇。他只是一直在抱怨不知道路线图。我们出发了——抵达了目的地。逃亡者的上帝是伟大的。我们驶进了莫斯科。这是莫斯科吗？白雪堆积如山。寒冷。寂静。无数弹孔的黑洞，墙壁上的密密麻麻的弹痕。我匆忙赶往彼得堡。

已是一月。我下了火车，穿过熟悉的车站。

火车站前耸立着雪山和冰山。

这里安静，可怕，荒凉。

命运是无法逃脱的，我抵达了彼得堡。

我要暂且搁笔。今天是 1919 年 8 月 19 日。

昨天，在喀琅施塔得港，英国人击沉了"亚速海回忆"号巡洋舰①。

一切都还没有结束。

---

① 在尤登尼奇准备第二次进攻彼得格勒的时候，英国舰队于 1919 年 8 月 18 日夜间袭击喀琅施塔得，击沉了"亚速海回忆"号巡洋舰，该舰为潜水艇的基地。

第二部　书桌

我起笔于 1922 年 5 月 20 日的赖沃拉（芬兰）①。

当然，我并不遗憾，我亲吻了，也吃了东西，还看到了太阳；遗憾的是，我虽见证过，也想要引导某些事件的走向，然而一切都按其自身轨道发展。我遗憾的是，我在加利西亚打仗，和装甲兵一起在彼得堡四处奔忙，还在第聂伯河上战斗，却什么都没能改变。因此，我此刻坐在窗前看着从身边经过的春天，不去过问明天会安排什么样的天气，这不需要经过我的允许，可能因为我不是本地人，我想，我本应该让革命也这样从我身边走过吧。

当你像石头一样坠落的时候，你无须思考；② 当你思考的时候，就无须坠落了。我把这两件事混为一谈了。

驱使我的原因，与我无关。

---

① 赖沃拉即现在列宁格勒州的罗希诺。1948 年前名为赖沃拉。1917 年 12 月 1 日，以列宁为首的人民委员会同意芬兰独立，赖沃拉－罗希诺划归芬兰。1939—1940 年爆发苏芬战争，根据 1940 年 3 月 13 日生效的苏芬和平协议，该地重新划归苏联。——译注
② 此处引用巴·斯宾诺莎写给席勒的信中（1674）对自由的定义："我认为自由是这样一种东西，它仅仅出于自己天性的需要而存在并且发挥着作用……我认为自由不在于自由的决定，而在于自由的必要性……石头由于推动它的外在原因而进行了一定数量的运动……接下来，假定石头在继续运动的同时会思想并且意识到它在尽可能努力地继续它的运动。这块石头……就会想，它具有最大程度的自由，除了它想要的那种原因以外，它不是由于某种其他的原因在运动。人的自由也是如此，人们都夸耀自己拥有自由，自由仅仅在于人们意识到自己的愿望，但并不知晓其中的缘由以及到底是哪种力量决定了这种缘由。"

驱使别人的原因，与他们无关。

我只是一块坠落的石头。

一块坠落的同时会点燃一盏灯以便看清道路的石头。

1918 年 1 月中旬，我从波斯北部来到彼得堡。我在波斯所做的事情，都写在了《革命与前线》一书中。

我的第一印象是人们如何扑向我带去的白面包。

随后的印象是，城市一片沉寂。就像爆炸之后的时刻，一切都结束了，一切都被撕得粉碎。

就像一个被爆炸掏出内脏的人，却依然在说话。

请想象一下由这种人组成的社会吧。

他们坐着说话。却无法呐喊。

1918 年的彼得堡给我的第一印象就是这样。

立宪会议解散了。

前线不复存在。到处都敞开着大门。

连日常生活都不正常了，只剩下了零星的断片。

我没见过十月革命，我也没见过爆炸，如果有过爆炸的话。

我直接陷入了深渊之中。

就在这时，格里戈里·谢苗诺夫①的一个信使来找我。

我以前在斯莫尔尼宫见过格里戈里·谢苗诺夫。

这个人个头不高，穿着军便服和肥大的裤子，但是好像衣服并

① 格里戈里·伊万诺维奇·谢苗诺夫（1891—1937），1904 年革命运动的参与者，原为无政府主义者，后来加入社会革命党，1917—1918 年为社会革命党中央军事委员会的领导人之一。

不合身，他的额头严重后倾，小小的鼻子上架着一副眼镜，嘴巴也不大。他正用童声高音说着话，样子谨小慎微。他用自己的童声高音开导着人们。他的上嘴唇有些短。

他是个愚钝而又适合从政的人。不善言辞。例如，他要是看到你和女人在一起就会问："这是您爱的女人?"他说得一点都不生动，就像办公室职员说："有需要寄走的文件。"我不知道这么比方是否好理解。如果不能理解，您就去找谢苗诺夫谈一谈，他不会令您厌恶的。

就在这时，那个信使来找我说：

"请你在我们这里组建装甲部吧①，我们被彻底击败了，现在正收拾尸骨呢。"

的确，我们被打败了。

支持立宪会议的游行示威部队没能冲出重围。

回来的只有一支十五个人的小分队，举着"无线电监听员队伍拥护立宪会议"的标语。

然而，几个月以来，一个约有十辆汽车的装甲营在向彼得堡缓慢地驶来。

---

① 按照格·谢苗诺夫的说法，"立宪会议解散以后，党（社会革命党）的军事工作仍在继续，各部队中的宣传和组织工作为了提高效率按照部门分出几类；成立了以下部门：红军部，技术部，装甲部，指挥部，地区部。在这些部门中任职的也有非我党成员，他们总体上支持我们的立场。各部门的领导人由军事委员会任命……装甲部开展工作的地点在第五装甲营，在米哈伊洛夫斯克车库的汽车装甲车间。（完全支持我们立场的装甲营一段时间后改组。）该部较为积极的人员有：维克托·什克洛夫斯基，装甲战专家；上尉克尔列尔，别尔格曼（拉·瓦别尔曼）是装甲车间的装甲兵，卡尔霍夫斯基是第五装甲营委员会主席，还有两个士兵——一个来自车间，另外一个来自第五营。该部门的领导人是什克洛夫斯基，他的助手是别尔格曼。"

它艰难地、一步一步地缓慢前进，它只有一个想法——在立宪会议召开前抵达彼得堡。

我没有在这个营工作过。在我们营也有机会弄到汽车。但是没有人手，没有能发出号召的人。

曾经有一次，人们等待的汽车没有开出来。谈论来争论去，最终也没下达命令。

横跨大街悬挂的标语是"立宪会议万岁"，人们手持这样的标语走上街头，一直走到路德会教堂街和铸造厂大街的街角。①

就在这里，有人开始朝他们射击，他们却没有还击，而是扔下标语逃走了。

一些看守院子的人后来用标语上的木棍做了许多扫帚把儿。

这一切我都没有参与，我写的这些都是听别人说的。

但是扫帚把儿我亲眼看见过，就是从标语上拿下来的那些。

到了彼得堡以后，我加入了一个委员会，它的名称我不记得了。它应该是从事文物保护工作的，设在冬宫里。

卢那察尔斯基②就是在这里接见访客。

我好像是被派到了尼古拉·米哈伊洛维奇③的宫殿，那里管事

---

① 指的是 1918 年 1 月 5 日的和平游行，其口号为"全部政权归立宪会议"。参与游行的有工人、士兵、学生、职员、有产者；据各方面消息，在布尔什维克对游行队伍的扫射中死者多达 20—100 人。

② 阿纳托利·瓦西里耶维奇·卢那察尔斯基（1875—1933），苏联国务和党的活动家，作家，评论家，苏联科学院院士。——译注

③ 尼古拉·米哈伊洛维奇（1859—1919），大公，著名历史学家。

的人是洛济米尔①同志，他是一个穿着短上衣的栗色头发的年轻人。

执勤排装备的是大马士革的武器，波斯的细密画放在地上。在角落里我看到一幅圣像画，是以天使长米哈伊尔的形象描绘帕维尔大帝的。这可能是博罗维科夫斯基的作品。②

用报纸包起来，又拿细绳捆好。

抢劫的事并不多，更多的是占领了敌对的城市并驻扎在各个住宅中的部队的普通愿望，它们想要按自己的方式使用被丢弃的家什：用非常好的地毯堵打破了的窗户，用椅子生炉子。

出入冬宫的人很多。可是有时冬宫又空旷无人。这就意味着，这个时候布尔什维克的事业不顺利。知识分子暗中对抗着，在街上卖报纸、凿冰。

他们寻找各种各样的工作。

有一段时间，所有的人都制作巧克力。

起初，他们用工厂出售的可可脂煎所有能煎的东西，可是后来学会了制作巧克力。他们还卖过馅饼。开过小吃铺。这是那些比较富裕的人，而此后这一切仍在继续，一直到春天。

然而最主要的是，这实在令人痛心。

于是，有人来找我说："我们准备起义，我们有武装力量，请您给我们组建一个装甲营吧。"

---

① 帕维尔·叶夫根耶维奇·洛济米尔（1891—1920），与布尔什维克密切合作的左翼社会革命党人。1917 年末起任彼得堡驻军需仓库政委，什克洛夫斯基提到他显然与此相关（革命军事委员会当时设在斯莫尔宫）。
② 弗·博罗维科夫斯基没有类似画作。

我结识了一个人，他以前管理过一个抵达彼得堡的装甲营。

我所在部队的士兵都很喜欢我；我狭隘的政治眼界，我一直以来希望一切立刻变好的愿望，我的战术——而不是战略——所有这些让我成为士兵所理解的人。

我在装甲学校当过教官，从早上七点到下午四点的时光都是与士兵一起度过的，我们相处得很友好。我向卢那察尔斯基递交了一份或许让他很吃惊的特别郑重的辞呈，此后便开始组建装甲营。夺取装甲车的任务——就事情的实质而言——是可能完成的。为此，在装甲车旁边需要有自己人，最好所有装甲车旁边都有，但是——无论如何——需要有个人能协助给车加油并将车发动起来，预先把它们准备好。此后就需要来人夺下装甲车。

装甲车已经几易其手。

二月革命时它们被抢走。7月3—5日布尔什维克把它们据为己有，我们的司机乘坐带有白铁装甲的"奥斯汀"教练装甲车到来以后，又从布尔什维克手中抢夺过来。他们使用了恐吓手段。

十月期间，当所有的人都惊慌失措且持中立态度的时候，布尔什维克再次夺去了装甲车。

装甲营中的"右翼"队伍本应该在士官起义前①夺下装甲车，但是独立行动的士官生却抢先将它们截获了。

---

① 什克洛夫斯基以此指称尼古拉耶夫工程学院和弗拉基米尔学校士官生们1917年10月29日的行动：凌晨5点，尼古拉耶夫工程学院的士官生夺取了米哈伊洛夫斯克驯马场，从那里偷走了几辆装甲车，可是他们并不会使用。临近傍晚，此次行动被镇压下去，参与其中的大部分士官生四散而逃，其余人被解除武装，遭送彼得罗要塞。

我们司机学校的支队在费利坚克列雷茨①的指挥下，乘坐卡车进入米哈伊洛夫斯克驯马场，但是迟到了半个小时。

　　由此看来，这件事情在技术上是可行的。

　　我去了我先前的司机们那里，哪里有装甲车，他们就在哪里：在米哈伊洛夫斯克驯马场，在卡缅内岛的滑冰场，在装甲车修配厂。后来布尔什维克不止一次地将装甲车从一个地方转移到另一个地方，例如，有一段时间把它们集中在彼得保罗要塞。但是，我们的人一直跟随着自己的装甲车，如果要把他们调离，那么我们就再派出其他人。

　　问题在于，在司机当中布尔什维克很少，几乎没有，因此装甲部队任命的第一批政委要么是无关的人，要么就是钳工或者清洁工。

　　司机是工人，然而他是特别的工人，是独自工作的工人。他不是乌合之众当中的一个人：他会使用动力强大、装备特殊的装甲车，这让他变得容易冲动。车内设定的四十和六十马力使人变成了冒险家。司机是骑兵的继承人。除此之外，我的很多司机都强烈地热爱着俄国，对俄国心怀无比之爱。正因为如此，我在装甲部队里总有自己人。

　　接下来要做的是"包围车库"，即我们租下车库周围的住宅，以便分成小组，然后能神不知鬼不觉地出去并进入车库。

　　我们接下来想干什么呢？

---

① 亚历山大·彼得洛维奇·费利坚克列雷茨，上尉，什克洛夫斯基在后备装甲营服役时的战友。

185

我们想要开枪。想要击碎玻璃。我们想要打仗。

我不会制作巧克力。

此外，司机们也不喜欢才刚刚开始成熟起来的政委。他们给他开着车，心里恨着他。

他们想要开枪。

在组织的其他部队中情况更糟。原来的军队已经不复存在了。

我在冬宫委员会时，曾到各个团接收最后一批博物馆遗失的文物。

多数团队陆续拿来物品后就四散而去了。有一个组织，我认识其中一个叫菲洛年科的人，派来了他们自己的人……

这些团队有沃伦团、普列奥布拉任斯基团，还有一个团，我忘记名字了，以及独立的谢苗诺夫团；补足这个团编制的人我并不认识，但是他如此高明，该团在加入尤登尼奇①方面之前一直没有解除武装。②

我所属的那个组织认为自己是无党派的。这一点总是被强调。它很可能是立宪会议保卫委员会的残部③，所以其中的人员都由部队任命，而不是由各政党委派。谢苗诺夫特别强调这个组织是无党派的。

各团补充编制的工作进行得相当顺利。

---

① 尼古拉·尼古拉耶维奇·尤登尼奇（1862—1933），步兵上将，国内战争时期俄国西北部反革命主要组织者之一。——译注

② 这里的信息不准确：5 月 29—30 日加入尤登尼奇方面的是第三步兵团。

③ 指的是"保卫立宪会议联盟"，1917 年 11 月末成立，1918 年 1 月前实际上就已经停止活动。

当布尔什维克要求这些团队交出武器时，他们拒绝了。

夜里布尔什维克打来了。

各团并没有驻扎在一起，而是非常零散，有的营在这儿，有的营在那儿。不是所有人都在团里过夜，很多人回家睡觉，这样更舒服些。布尔什维克的部队好像接近了沃伦团。

哨兵喊了"荷枪列队"，但是之后并没有人进行武装反抗。

让沃伦团丢盔弃甲的部队是布尔什维克吗？[1]

这让我想起了拉丁语课堂书面翻译练习中的一个例子："解救罗马的禽类是鹅吗？"

或许，这些部队并不是布尔什维克。至少，派去攻打沃伦团的装甲车上的司机根本不是布尔什维克。沃伦团和普列奥布拉任斯基团分道扬镳了。沃伦团的士兵在离开前炸毁了营房。原来军队的尾巴被彻底革除了。

红军开始创建，同时解除了红色近卫军的武装[2]。组织决定在红军中安插自己人[3]；决定派去两种人：能给长官留下好印象并在同志中间享有威望的坚定而又机敏的人，以及能用一堆抱怨降低士气的爱哭鬼。

想得倒是非常巧妙。

然而，似乎却是无人可派。

---

[1] 众所周知的只有1918年春天解除了与布尔什维克对立的普列奥布拉任斯基团的武装。社会革命党人曾试图利用此次解除武装事件发动起义，但是未果。
[2] 红色近卫军的部队是布尔什维克在十月革命期间以及国内战争初期组建武装力量的基础。在1918年1月决定建立红军以后，红色近卫军的部队开始解散。
[3] 社会革命党中央军事委员会的红军分部指导在已经建立的部队中进行秘密活动。

重要的是，我们的人担任了司令部的一些职务。

这样一来，便可知悉红军在做什么，但是此外大概也做不了更多的事情。的确，组建过一支自己的炮兵部队。然而，我却不知道联络方式，我在忙着装甲车的事。我们等待着采取行动，不止一次地约定过日期。我记得有一次日期是 1918 年 5 月 1 日，之后又有一个日期：拟定由全权代表会议组织罢工①。

罢工失败了。

而我们在预定采取行动的夜晚聚集在各个住宅里，喝着茶，看着自己的左轮手枪，派传令兵去车库。

我想，女人生孩子要是生到一半不生了，都比我们做这件事容易。

在这样紧张的状态中人还能苟全是极其困难的，他们通常会变质，会糜烂。

预定的日期都过去了。

我想，此时组织已经几乎没有武装力量了，战士大约还有二十人。还有一些部队应该加入进来，然而所有的人都知道——除了他们不想知道的时候——这是完全没有希望的。

策划阴谋是令人厌恶的、阴险的、隐秘的、肮脏的勾当：人们往往在地下室见面，在黑暗中甚至都不知道遇见了谁。

---

① 名称为"工厂全权代表特别会议"的组织，是孟什维克和社会革命党于 1918 年 3 月中旬成立的。在 3 月 13 日以社会革命党人叶·贝尔格为主席的第一次会议上通过宣言，呼吁不承认与德国签订的和约，要求人民委员会辞职，尽快召开立宪会议代表大会并移交全部政权。

需要指出的是，我们与萨维科夫分子毫无关联①。

在此期间，我们时而遇到"承认立宪会议"的各种无名组织，时而碰到某些部队的指挥官，他们说他们的人要去反对布尔什维克。就这样，我们遇到了地雷营，该营对布尔什维克如同"水手"一样持反对立场②。

这些人通过船舶组织建立起联系，而与我们似乎是通过他们驻地前的工厂工人建立了关系。当然，他们也可以像装甲兵那样发动武装行动，但是布尔什维克却成功地解除了他们的武装。在解除武装时，派来的支队没能拉开炮栓，谁都不会拉；他们便用大锤击打炮尾。也就是说，这些人不是专业水手；布尔什维克并不认为他们极其可靠，可以差遣。他们也还非常弱小，但是却倒向了他们那一面。

布尔什维克非常强大，他们的任务明确而简单。

当时还没有组建红军，但是新军队的风气已然形成。

这段时间，军队里结束了完全没有纪律的局面。雇佣的都是非军职人员。

当时部队好像直接加入了附近的苏维埃。

总的来说，这是地方政权和地方恐怖时期。

---

① 当时这样称呼地下军事组织"保卫祖国和自由联盟"的成员，该组织由鲍·萨维科夫于1918年2月组建，其目的是"推翻现有政府和强权政权组织……维护国家利益"。与持有"民主反革命"立场的社会革命党中央军事委员会不同，鲍·萨维科夫的"联盟"旨在联合右翼资产阶级和军事集团。

② 早在1917年，波罗的海舰队的水兵就形成两极分化：驻扎在赫尔辛福斯的战列舰和巡洋舰的队伍集体支持布尔什维克，而以雷瓦尔为基地的驱逐舰队伍则支持社会革命党。

任何人都可能被当场处决。

在彼得格勒地区，部队里一个小红军偷了同志的靴子。

他被抓起来并判处枪决。

他不相信。急得直哭，但哭得并不厉害。这么做主要是出于礼貌。他以为是在吓唬他，就想让人们满意。

他被带到皇村中学的花园里枪决了。

随后尸体被放在马车上，让小红军成了伴送者——像给酒鬼做伴一样——并送到了彼得保罗医院的停尸房。

人们做这件事的时候没有丝毫的愤恨之情，他们令人感到恐怖，但对俄国而言却是应时的。

他们继续使用着私刑，把窃贼扔进丰坦河的那些私刑。

一个士兵给我讲过私刑的事。

"那时死人还在说话呢。"他说。

"死人怎么会说话呢?"

"意思是，马上就要被打死的那个人在说话。"

您瞧，事情多么不可逆转。

这时我被叫到肃反委员会，因为菲洛年科找过我。

菲洛年科这个人我现在不喜欢，当时也不喜欢，但是我记得，在前线的时候我曾经靠着他在车里睡过觉。这个人爱发脾气，不甚友好，而且也不可靠，他住在彼得堡，用的是别人的姓或者好几个人的姓。

他被盯梢了，有人老是跟踪他。

他来找我，在我这儿吃了饭，喝了咖啡，第二天我住处旁边就站着大约八个肃反工作人员。

我从他们身边走过时，向他们点头问候。他们回应了我。

我被叫到肃反委员会，奥托①审问了我。

我被问及是否认识菲罗年科。我回答说认识，并承认他来找过我。

又问我："为了什么?"我回答说，他是来询问有关黄道十二宫的事儿。这非常奇怪，然而却是事实。

菲罗年科对占星术感兴趣。

侦查员让我提供证词。

我给他讲了波斯的事。他听着，押送人员以及另外一个被带去审问的囚犯也都听着。

我被放走了。我是一个职业讲故事的人。

我父亲被捕了②，也是很快就被释放了。好像总共关了两个月。

与此同时，局势发生了变化。起初革命充满了自信。后来却遭到布列斯特和约的打击。

我不止一次地期待奇迹发生。要知道布尔什维克相信奇迹。

他们创造着奇迹，但奇迹创造得并不成功。

您是否记得，在童话里魔鬼是怎么把老人变年轻的：先是把人烧死，然后让他恢复年轻。

随后，受魔鬼怂恿的学生就着手创造奇迹：他会把人烧死，但

---

① 彼得格勒肃反委员会侦查员，以杀害摩·乌里茨基案而出名。
② 鲍里斯·弗拉基米尔罗维奇·什克洛夫斯基，教师，革命前开设过"商贸学校"和数学方面的"成人训练班"。

191

是不能让人变得年轻。

然而，在布尔什维克开辟了前线且没有签订和平协议的时候[①]，他们很长时间一直相信会发生奇迹，但是被烧死的人却没能复活。

于是毫无设防的前线上来了德国人。

在签订布列斯特和约之前，布尔什维克通过电报与所有有影响力的苏维埃都联络过，讨论是否签订条约的问题。

所有人的回答都是不签。符拉迪沃斯托克尤其果断。这看起来极具讽刺性。

条约最后还是签了。

很显然，由于好奇这件事传开了。

奇迹还是没有发生，这一点人们早就都知道了。

值得指出的是，在人民宫[②]举行的一次大会上，当德国人已经开始进攻解除武装的俄国时，季诺维耶夫央求尚未解除武装的原军队的几个团残部"为祖国"而战，甚至没加上"为社会主义"的字眼。

他们这些布尔什维克很天真，他们在重新评估原来军队的力量。他们相信"近卫军"。他们认为，人们深爱着"祖国母亲"。

但是它已经不存在了。

---

① 1918 年 1 月 28 日，前往布列斯特——立托夫斯克的苏维埃代表团团长列·托洛茨基发表声明指出，苏维埃俄国停止战争，让军队复员，但是不签订和平协议。德国代表团团长里·屈尔曼回复称，"俄国不签订和约会致使临时停战协定自动终止"。一周后，这一警告成为现实，2 月 18 日奥地利—德国军队开始发动全线进攻。
② 即在原来以沙皇尼古拉二世（建于 1896 年）名字命名的人民宫的所在地。

即便是现在，在他们出租企业并扩大商人数量之际①，他们仅仅改变了信赖的对象，却依然相信着奇迹。

如果您今天去涅瓦大街，去如今美丽的、天空蔚蓝的彼得格勒的各条街道，去彼得格勒那些绿草茵茵的大街，当您看到这些被叫来创造奇迹的新人们，那么您就会看到，他们会做的只是开咖啡馆而已。

只有格列别茨卡亚街和普什卡尔斯卡亚街的街角处留下了被射穿的有轨电车的电线杆。

如果您不相信发生过革命，那就去把手伸进被射穿的洞里②。洞很宽，电车杆是被三英寸口径的子弹射穿的。

不管怎样，如果整个俄国就只剩下了国界线，如果它仅仅成为一个空间概念，如果俄国什么都没剩下，然而我还是知道，没有罪过，也没有罪人。

而我的过错在于，我不会像忽略天气那样忽略生活，我的过错还在于，我几乎不相信奇迹——在我们当中有一些人，他们想在革命爆发的第二天就结束革命。

我们不相信奇迹。

奇迹不会发生，信心也创造不出奇迹。

转了一圈以后，一切又都回归了本位。

---

① 指的是自 1921 年春天开始苏维埃俄国实行的"新经济政策"。
② 此处以使徒托马斯的话为典故，托马斯在试图证明基督身体复活的时候说："我如果不看到他手上的钉痕，把指头放进那钉痕，再把手放进他的肋旁，我就决不相信！"（《约翰福音》20∶25）。

然而"本位"已不复存在。

我的司机同志们想在彼得堡涅瓦河大街上与德军交战。

形势发生了变化。

人民委员会搬到了莫斯科。①

人们觉得，工作的重心应该转移到那里或者伏尔加河流域。

但是我不能去伏尔加河，因为我的组织还没有转移。

此时我还在忙着装甲车的事情。

因工作的关系我不得不会见一个军官，我不知道如今他在哪里。

他有一双极其美丽、干净的眼睛。

他伤得很惨：他没有了一块颅骨，多处受伤，双手和双脚愈合得不好。

在战斗中（可能是1916年），他被迫随同火炮装甲车追赶装甲列车，这是不对的，因为装甲列车"整个来说"，就像布尔什维克所言，比汽车马力更大。装甲列车开始逃跑，这也是不对的。

---

① 1918年3月10至11日的夜间，苏维埃政府由彼得堡迁到了莫斯科，随后社会革命党中央委员会也迁到莫斯科，但是维·切尔诺夫后来回忆，"由于莫斯科布尔什维克的狂热并不低于彼得格勒，在立宪会议的党团中……就产生了将立宪会议转移到乌拉尔—伏尔加地区的想法"。社会革命党第八届会议于1918年5月7—14日在莫斯科举行，通过了准备武装起义的计划。据格·谢苗诺夫回忆，很快便"开始派遣积极的工作人员去边境地区——西伯利亚、乌克兰、波罗的海沿岸地区。军事工作中心转移到了萨拉托夫。顿斯科伊前去主持此项工作。同时派往那里的还有维克托·什克洛夫斯基领导的我们的秘密装甲营"。什克洛夫斯基以前从事社会革命地下工作的同事伊·达舍夫斯基在1922年的诉讼案中证实："曾经试图组织爆破工作。做这件事情的是什克洛夫斯基，他被派到萨拉托夫组织夺取装甲汽车的工作。但是这种想法不知为何被放弃了，于是什克洛夫斯基在三个助手的协助下在阿特卡尔斯克组织爆破工作。什克洛夫斯基从地雷爆破连弄来相当数量的火棉，但是他没来得及实施自己的建议，因为他发现被跟踪，不得不藏起来。"他还回想起什克洛夫斯基的一个建议是"炸毁所有朝大家不认同的方向（乌拉尔方向）行驶的列车"。

汽车追赶着列车驶入火车站的站台，但这里已遭到炮火袭击；于是司机便用沉重的汽车撞破车站小吃部的大门，从桌子上压过去，又穿过第二扇大门，开下楼梯，一边朝着骑兵部队扫射，一边穿过广场撤离。

他受的是军事教育，但是见多识广，顺便提一下，他善于鉴定艺术品，也就是说，他知道一件物品好还是不好。

我和他关系非常亲密——他是一个很善良、很诚实的人。

在他守卫的一个场所，他发现了"加尔福尔特"火炮装甲车的骨架，它像废物一样被扔掉了。我们随即从几个车库拿来废弃装甲车的零部件，修理好了自己的装甲车。

司机们甚至从敌人那里偷来一门三英寸口径的带栓的大炮、两挺机枪、一些子弹和弹带。这是非常难以做到的，因为子弹很重，需要把它们藏在外套或者毛皮大衣里面，每次只能拿两个，这样它们才不会互相碰撞发出声音。

炮栓就是这样拿给我的。来了一个身材矮小的司机。他从口袋里掏出一个射击后用来从炮筒里掏弹壳的叉子（我不知道这个叉子的学名），递给我问："维克托，这是炮栓？""不是。"我说。"那这个呢？"他把肚子吸回去，从腰带下掏出一个很沉的大物件。这个是炮栓。他怎么能把肚子吸回去——这令人费解。

我们把装甲车装配起来，甚至还坐在上面满院子跑来跑去；虽然以我们支队的经验利用它占领任何车库都是一件完全可能的事情，但是最终并没有动用它。

我们修理装甲车是在露天地里，在光天化日之下进行的，当然，

195

也因此才没有被捕。

这就意味着，我不能离开。

这时我们却惨遭破坏。组织不能多年存在，当然也就渐渐地暴露了。

我们是那么不谨慎，甚至召开了一些整个组织的会议，还演讲、辩论。

组织的"红军部队"在尼古拉耶夫大街查抄时被抓。在沙发上找到了一些伪造的履历表。

此时谢苗诺夫已经去了伏尔加河。

列佩尔被捕了①。在他的记事簿上找到了所有的地址和姓名，是用暗语写的，但是肃反委员会两小时后就解读出来了。

我哥哥也在工作地点（在红军部队）被捕了②。

我逃走了，在市郊住下，不是住在房间里，而是住在屋子的角落里。

我的证件是委员会用某一部队的公文用纸出具的。

这时组织里出现了较为右倾的趋势；我们与人民社会党关系亲

---

① 罗·罗·列佩尔，社会革命党中央委员会军事组织的领导人，1918 年 6 月 10 日在彼得堡被捕。

② 尼古拉·什克洛夫斯基参与反布尔什维克阴谋一事，格·谢苗诺夫也曾经提到过："为军事战略目的，彼得格勒被我们划分为一些区域——即一些"警卫队"，并且成立了领导武装行动的作战指挥部。每个'警卫队'都有一名由军事委员会任命的警卫长……在我们发动武装行动的时候，警卫长应该根据作战指挥部的命令指挥部下的行动……彼得格勒区的警卫长是什克洛夫斯基（维克托·什克洛夫斯基的哥哥）。"

密起来，其中伊格纳季耶夫起了很大的作用。①

组织分散开来：一些人经由沃洛格达去了阿尔汉格尔斯克，另一些人则去了伏尔加河。

我建议夺下监狱——他们说这不可行。

我就住在小黑河②的一个花匠家里。

这是饥荒时期。我自己也吃得不好，然而却没时间去想这个。

花匠家吃椴树叶和蔬菜的茎叶；在这个住宅的一个单独的小房间里住着一个老教师。我是去运走她尸体的时候才知道有这么个人的。她是饿死的。

这个时期许多人因饥饿而死。不要以为此事发生得特别突然。

人善于在自己的处境中产生许多不同的情绪。

我记得，在波斯令我非常吃惊的是，在城里，失去家园的库尔德人住在城墙附近，他们选择的那些地方，哪怕墙上只有个小凹洞，哪怕这个凹洞就只有四俄尺。

显然，他们觉得这样更暖和。

人饥饿的时候就这样活着：什么都得吃，还想着什么更美味，是煮过的蔬菜茎叶还是椴树叶，甚至还为这些问题而焦躁不安，就这样静静地沉浸于各种情绪之中而苟延残喘着。

---

① 指的是与"复兴俄国联盟"之间的关系，该地下组织 1918 年 3 月成立于莫斯科，联合了人民社会党、社会革命党、孟什维克以及部分立宪民主党人。"联盟"的目的是推翻布尔什维克、召开立宪会议、以 1914 年的边境线重建俄国（的确不包括芬兰和波兰）并继续战争。弗拉基米尔·伊万诺维奇·伊格纳季耶夫（1887—1935 年后）是人民社会主义派的领导人之一。弗·伊格纳季耶夫在社会革命党诉讼案中证实了因成立"联盟"事宜与什克洛夫斯基之间的联系。
② 彼得格勒的北郊。

这时彼得堡在流行霍乱，但还没有人吃人的现象。

确实，传说一个邮递员吃了自己的妻子，但不知道这是不是真的。

周围一片寂静，阳光充裕，可是饥肠辘辘，饥饿难耐。

早上喝的是黑麦咖啡。街上有卖糖的，七十五戈比一块。

可以喝一杯咖啡，要么不加糖要么不加奶；同时买这两样东西钱是根本不够的。

街上有卖黑麦饼的。我们吃的是燕麦粥。燕麦在砂锅里煮过，然后用绞肉机——"使用机器"，那时是这样说的——绞压几次——这是比较难做的事儿，之后再用筛子过滤一下，就得到了燕麦糊。煮燕麦糊时要看着，不然它就会像牛奶一样溢出来。

在磨燕麦之前，要从燕麦里挑出"黑东西"——我不知道那是什么，但很可能是某种杂草的籽粒。

为此要把燕麦摊在桌子上，全家人把杂物从里边挑出来。就这样围着燕麦要忙活一整天。

用马铃薯皮可以做出一种烙饼，非常不好吃，薄薄的，像波斯烤饼一样。每人只分给一个面包的八分之一，有时候一天分给四分之一。偶尔分点鲱鱼。

分发的这些鲱鱼按官方说明，吃之前需要去掉肢端——头和尾，因为它们已经开始腐烂了。

我们已经不再预定发动武装行动的日期了；在东部的某地捷克

人发动了进攻，雅罗斯拉夫尔起义已经打响①。我们这里还没有动静。

我还没把自己的战友们解散。

是的，我们在一起更容易坚持下去，因为我们分成了五六伙，每伙由五到十个有多年友谊或者亲戚关系的人组成。那时无事可做。

我记得，有一次让我弄到一辆带篷的车，显然是抢劫要用。是谢苗诺夫让我弄的。

我把这事和一个司机说了。

他去了一个不认识的邻居的车库，挑了一辆车，打着火，坐进去就开走了。

然而抢劫计划并没有实施。

这个司机的命运很是奇特。他住的房子的主人是一个上了年纪、完全衰老的女人。她很爱护他，还给他吃糖煮水果。结果他娶了她。

与老女人的婚姻是许多冒险活着的人们的命运，我见过数十个这样的例子。

我总是为他们而感到忧伤。我们甚至清楚地知道这一点，并且相互警告——"不要吃糖煮水果"。

在这件事上，透露出一种疲倦或者对安宁的渴望。

总之，冒险主义终结于堕落。

_____

① 1918 年 5 月末，由奥地利军队的战俘组成的捷克斯洛伐克军声明反对布尔什维克并很快占领了车里亚宾斯克、新尼古拉耶夫斯克、奔萨、托木斯克、鄂木斯克、萨马拉、克拉斯诺亚尔斯克和符拉迪沃斯托克；7 月，该军主力开始进攻伏尔加河流域，占领了辛比尔斯克，然后占领了叶卡捷琳堡。雅罗斯拉夫尔的反布尔什维克起义是萨维科夫的"保卫祖国和自由联盟"组织的，从 1918 年 7 月 6 日持续到 21 日。

我记得，从波斯回来后我遇见了自己的一个学生。

"您在做什么？"

"抢劫，教官先生，您想不想指定一个住宅——分给您百分之十！"

煞有介事的建议。

这个人后来被枪杀了。

司机就是司机。

对于这样的勾当，就像征用酒水那样，也就是半抢劫，几乎所有人都可能去做。法律已经取消，一切都做了修改。

当然，也不是每个人都热衷于此事。

我认识一些司机，他们就这样留在自己的车里，除了自己的车上的煤油什么都不拿，他们深爱着俄国，心系着它，夜不能寐。

这些人往往都娶了年轻的妻子，有了孩子。

堕落的确存在，但是唯独没有发生在司机当中。

有一次，我去朋友克某那里。

他告诉我说："你知道吗，刚刚我这儿来了一伙熟人。他们要撬棍。我说'给你们长的？'，他们用手指着说，'不，给我们这样的'。'你们需要撬棍，你们就说：给我们撬棍。可是干什么用呢？''撬柜子！'"

于是一些人在撬柜子，一些人去了东方的弗兰格尔和邓尼金那里，还有一些人被枪杀了，另外一些人则令人难堪地痛恨着布尔什维克，并因此没有苟且偷生。

相当多的人投靠了布尔什维克。

我指的是革命群众，是那些大体上在执行命令的人，而并非下达命令的人。

而我坐在小黑河边，写我的文章，题目为《情节编构手法与一般风格手法的联系》①。我在一张小圆桌上写。把供我参考的书籍放在膝头。

有人来找我，说让我去萨拉托夫，还给了我车票。

留在彼得堡只能是自取灭亡。有人一直在寻找我。我便离开了。

我把克某和之前管理过营里事务的那个人留下接替我。克某没有被捕，后来装甲车在他那里被发现以后，他顺利地去了南方。

他说，顿涅茨煤田区需要实现矿区国有化。然而军官们还是把它交给了白军。

我不知道邓尼金的志愿军是怎样接管它的。

我离开了。

司机们四散而去。之后他们就从我的视线中消失了。被捕的同志们都被枪杀了。我的哥哥也被枪杀了。他不是右派。他比四分之三的"红色指挥官"超千倍地热爱革命。

他只是不相信布尔什维克会让已经燃尽的俄国复活。他留下了两个孩子。对他而言，志愿军是难以接受的，它好像在极力让俄国倒退。

他为什么抗争？

我没有说出最重要的缘由。

---

① 什克洛夫斯基的这篇文章发表于1919年。

我们有过英雄。

无论我们还是你们都是凡人。我现在就来写一写，我们是什么样的人。

哥哥是在乌里茨基①死后被处决的。

他在奥赫塔河旁边的靶场被枪决。

参与枪决他的有他团里的一些士兵。这是参与处决他的那个军官告诉我的。

后来被一些特派人员杀害了。

原来是他的团队在执勤。

哥哥表情非常平静。他英勇就义。

他的名字是尼古拉，他27岁。

在枪决时可怕的事情是从被杀者身上脱下皮靴和外套。也就是强迫他脱下来，在他死亡之前。

1922年5月20日。

我在继续写作。

很久没有写过这么多了，就好像准备死亡似的。此刻心里满是忧伤，天空悬着一轮红色的太阳。已是傍晚。

我去了莫斯科。秘密接头地点定在瑟罗米亚特尼基。但此地很快就暴露了。

---

① 摩西·索洛莫诺维奇·乌里茨基（1873—1918），彼得格勒肃反委员会、北部地区内务人民委员部主席，1918年8月30日被劳动人民社会党成员、作家列·坎涅吉谢尔为了给被肃反委员会枪杀的军官朋友报仇而打死。为了回应这一恐怖行为，彼得格勒枪决了一批囚犯。在1922年的诉讼案中，社会革命党被指控参与筹备谋杀摩·乌里茨基。

我在莫斯科见到了利季娅·科诺普列娃①，她是一个面颊绯红的金发女子。沃罗格达的口音。那时她思想已经左倾。顺便说一下。她说，在她当乡村教师的那个村子里，农民们都认可布尔什维克。

关于沃洛达尔斯基②之死，我一无所知，这是谢苗诺夫单独安排的。只是在1922年3月谢苗诺夫的供词中我才得知，是谁杀了沃洛达尔斯基。

我来到了萨拉托夫。带的是假证件。靠这种类型的证件已经失败过多次。

萨拉托夫的组织是有党派的，它是社会革命党的组织。

它主要的任务是往萨马拉转移人员。

但是显而易见，它还有发动地方起义的打算。

我意外地来到萨拉托夫，在几个极其复杂的秘密接头地点忙得晕头转向，这些地点每周都有几天会发生变化。

这并未妨碍它们在间谍活动的帮助下遭到破坏。

在萨拉托夫住着许多人。

主持军事组织工作的是一个疯疯癫癫的人，他的名字我忘了，我知道他后来去了萨马拉，被高尔察克的士兵在暴动时刺杀了③。

---

① 利季娅·瓦西里耶夫娜·科诺普列娃（1891—1937），社会革命党的恐怖主义者，格·谢苗诺夫的战友和妻子。
② 弗·沃洛达尔斯基（原姓名摩西·马尔科维奇·戈尔德施泰因）（1891—1918），彼得堡《红色报》的编辑，北部地区出版、宣传和鼓动事务委员；1918年7月20日被社会革命党人谢尔盖耶夫打死。1921—1922年格·谢苗诺夫承认，他作为社会革命党军事委员会成员组织了这次谋杀。
③ 遭受相同命运的是社会革命党人鲍·莫伊谢延科，他于1918年10月24日被白军军官残暴地打死，但是此事不是发生在萨马拉，而是在鄂木斯克。

我们住得很隐蔽，但也很简陋，所有人几乎住在一间屋子里。

我没能住进这个地下室，那里住的人太多了。

我被安排在萨拉托夫市郊的一所疯人院里，离城市大约七俄里。

这是个安静的地方，四周环绕着没有围栏、灯光闪耀的大花园。

我在那里住了很久。

有时候，我不记得为什么，我会睡在萨拉托夫郊外的干草垛上。

在干草上睡觉身上痒酥酥的，而且你马上就会习惯农村的景观。

夜里你睡醒了，往高爬一点，观赏星星闪耀的幽暗天空，思考生活的荒谬。

接二连三的荒谬看上去理由相当充分，但不会发生在星空下的田野里。

我在那里的时候，奥地利俘虏被遣送回了家乡。他们当中很多人都不想回去。他们已经习惯了异乡的女人。女人们都哭了。

周围一些村子里发生了起义，这就意味着不会有人供应粮食了；那时红军已经坐着卡车来了。

每个村子都是单独起义的。萨拉托夫的委员会也是单独安置的。

屋子在半地下室。

年长的一些人住在另一个地方。

大家常常出城去山里商量事情，但是有一次出发以后，发现所有人坐的是同一辆电车。

城市空空如也，但是粮食很多。红军戴着宽檐帽走来走去，连他们自己都害怕自己的制服。

也就是说，红军害怕自己的帽子，因为他们认为，帽子——若萨马拉方面发动进攻——会妨碍他们躲藏。

伏尔加河几近干枯。从陡峭的河岸上看得到沙地和一条条水带。岸边一些市场里的店铺空空荡荡。

在萨拉托夫，我感觉自己身体不太好。我很快就被派到阿特卡尔斯克了。

阿特卡尔斯克是个小城，全是平房：有两座石砌的建筑——这是以前的市杜马和中学。

城市分为两个区，其中一个叫耕地区，居民在那里耕作。

如此一来，这里只有一半是城市。

而在苏维埃大楼——以前的中学——对面，摆放着几门大炮，要是耕地区发生"农民起义"，就可以用它们来扫射。

街道都是没铺的路面。

屋顶上盖着薄石板。面包每磅五十戈比。看到在街上吃面包的，就知道那是彼得堡人。

市场里所有的店铺都已停业。几个女人在叫卖小小的"香梨"。不知是什么人在上演着《格里沙及其勾当》的一幕幕。

城市中央是一个茂密的花园，晚上人们在里面散步。

花园中间有一个小的馆所，里面有苏维埃食堂：可以在这里就餐，但是没有刀叉，只能用手。

这里供应肉类，甚至还有啤酒。服务员从帝国主义战争开始就再没洗过澡。

在耕地区有一些粮食垛。

城市里人们能吃得饱，但是吃得特别不好，油是菜籽油，味道让人难以忍受。

整个城市里人们都穿着同一种颜色的衣服——带白色花纹的蓝色衣服，发下来的时候就是这样。

总之，所有的东西都被征用了，包括桌子上的茶勺。

所有的东西都极其缺乏。也可能原来所有的东西就都缺乏。只是以前过得稍稍富足一些。

我安顿下来，也就是说，有人通过苏维埃给我弄了一间屋子，在一个鞋匠家里。

鞋匠有两个儿子，以前有工作，在市场上还有个店铺；他曾被当作资本主义的代表逮捕，坐了牢，之后很可笑，他被放了出来，只是不能干私活。

他就这样悄无声息地活着。

我通过关系得到了使用军用物资方面的代办人的职位，该类物资"不宜使用自己的名称"，也就是说不能根据其直接用途进行使用。

这是一些旧靴子、旧裤子、旧铁器以及各种各样的废品。

我需要接收这类废品，将其分类并送到萨拉托夫。我还建议在阿特卡尔斯克设立维修店。

有人给我提供了一些粮仓，里面满满地堆着旧皮鞋和各种破烂儿。

我带着自己的房东和他的儿子们，又雇了几个人，我们便开始干活儿。

非常奇怪的是，这份活计让我产生了浓厚的兴趣。

我和鞋匠们住一起，中间就隔了一块有裂缝的隔板，我睡在木沙发上，夜里臭虫肆无忌惮地扑到我身上，这让我痛苦万分。

此事似乎并没有暴露出来。房东却注意到了，便让我从沙发转移到小条凳上睡觉。

我已经把自己当作鞋匠了。

有时我被叫到当地的肃反委员会，它几乎每天要检查所有的外来人。

我被逐项审问：您是谁，战争前、战争期间以及从二月到十月之间是干什么的，等等。

我证件上的职业是技师，便被问及一些专业问题，例如机床部件的名称。

我那时知道这些。我表现得非常自信。

遗失自己是好事。忘记自己的姓，抛弃自己的习惯。想象出一个人，觉得自己就是他。假如不是书桌，不是写作，我可能就永远不会再成为维克托·什克洛夫斯基了。我写了《作为风格现象的情节》① 一书。我把引文需要的书籍拆成一页页的，变成一张张单独的纸片带来了。

我不得不在窗台上写作。

我仔细看过自己的——伪造的— 证件，在家庭状况变化一栏中找到了一个黑色印章，上面写着某某人某某日死于奥布霍夫医院的字样。我和肃反委员会之间可能会出现一个不错的对话："你是这

---

① 这部著作未完成，其个别章节（关于罗扎诺夫、塞万提斯和斯特恩的部分）发表于1920—1921年，副标题是"摘自《作为风格现象的情节》一书"。

个人吗?""是我。""那为什么您已经死了?"

城里来了一些能带两普特东西的人：这是一些职员和工人，苏维埃允许他们每人为自己带来两普特面粉，有过这样的许可。

他们挤满了所有的县城。

后来许可取消了。

有一个人开枪自杀了。他没有面粉就无法活下去。

一个军官来找我，他是和妻子一起从亚罗斯拉夫尔逃来的①。他和妻子都受了伤，他们把伤口遮掩起来。

起义后他去过莫斯科，躲藏在救主大教堂旁边的灌木丛里。

他吃了很多面包，面色特别苍白。

他绝望地说，亚罗斯拉夫尔设防了。

我常去城里的花园就餐，那里根据委任状提供餐食。

没有叉子，要用手抓着吃。餐食里有肉。

那里有个连托夫斯卡娅中学②的中学生，我和他交了朋友。他抱怨说，在他们学校社会主义者很少。

他那时十七岁左右，加入了讨伐队。

现在他遇到了麻烦。

在巴兰达城③附近，他枪杀了不应该杀死的十三个人，人们便对他十分不满。

---

① 此事在反布尔什维克起义被镇压之后。
② 彼得堡连托夫斯卡娅中学（未来的现实主义艺术协会会员、文学家阿·韦坚斯基、列·利帕夫斯基和雅·德鲁斯金在此学习过，该校因此而出名。)。
③ 1962年以前是萨拉托夫州的地区中心，现在的加里宁斯克。

他决定寻找另外的安身之地。

侦察兵从伏尔加河对岸转移到了我们这岸，有一次还意外占领了沃利斯克，红军当时已经从那里撤离了。

由于害怕暴风雨，阿特卡尔斯克的队伍也逃跑了。

他们带上自己的物品逃到了峡谷里。

侦察兵却不能进攻萨拉托夫，因为他们只剩下了十五个人。

而顿河哥萨克从另一个方向发动了进攻①，但是他们的武器装备很差，从伏尔加河对岸来的人说，白军经常用只装有一粒子弹的教练弹射击，就像打靶训练中要照准目标射击一样。红军战士们也是这样对我说的。

所有的一切都变化无常。

据说，哥萨克人总敲击哐啷哐啷响的东西，他们想要弄出射击声来。

装甲兵参加了战斗和镇压，但是我无法和他们取得联系。

那里没有我的学生。

在阿特卡尔斯克，我听说了谋杀列宁和乌里茨基被杀的消息。②

萨拉托夫那里再次遭受失败，所有人都被逮捕了。

我到了以后就偶然得知了这件事；但我还是下定决心去一处住

① 1918年夏，萨拉托夫省处于两股白卫军队伍的夹击之下，从东面进攻的是立宪会议委员会伏尔加河流域的人民军和乌拉尔哥萨克的部队，从西面进攻的是克拉斯诺夫将军率领的顿河哥萨克部队。
② 1918年8月30日，芬·卡普兰朝列宁开枪并致其受伤。1922年在审理社会革命党人的诉讼案时，蓄意谋害列宁的指控几乎是最主要的罪状。但是，芬·卡普兰及其小组当时是否属于社会革命党，至今仍然未能证明。此外，最近有说法认为，谋害列宁的不是芬·卡普兰，而是科诺普廖娃。

所，我知道，在那里能弄到证件。

我的证件——我觉得它失效了。

我来到那里。到处空空荡荡的。一个仆人给我开了门。

一只大刺猬在地板上爬来爬去，用笨重的爪子敲打着地面。主人被带走了。我不知道他后来是否见过自己的刺猬。

我反复搜寻，找到了一张证件，便跳上有轨电车，也就是在那个时候我乘坐石油列车去了阿特卡尔斯克。

在那里我收集到一些自己的著作，根据这些著作，我曾撰文《情节编构手法与一般风格手法的联系》（这篇文章如同吉卜林描写鲸鱼的童话中所说的那样："请别忘了吊带，吊带!"①），我通过邮局把它们寄往彼得堡。

而我本人则去了莫斯科。

我穿得很怪异。我穿着雨衣、水兵衫，戴着红军的帽子。

我的战友们说，我简直就像蹲监狱了一样。

与我一同乘坐加温车的有来自巴库的水兵，还有一些难民，他们随身带着十口袋的面包干。这是他们的所有口粮。

我到了莫斯科，失败的消息得到了证实，我决定去乌克兰。

我在莫斯科买染发膏的时候，钱和证件被偷了。

我去找一个同志（他不搞政治），在他那儿染了头发②，弄成了

_____

① 出自英国作家吉卜林（1865—1936）的童话《鲸鱼的咽喉为什么很小》。

② 指的是语言学家、文艺学家罗曼·雅可布逊（1896—1982）及其位于鲁宾斯基大街3号的住所（与全俄肃反委员会相邻）。雅可布逊后来回忆说，什克洛夫斯基来他那里的时候带的是名为戈洛夫科夫的证件。

雪青色。我们大笑不止。我又刮了胡子。然而在他那里过夜是不行的。

我去另外一个同志①那里，他把我带到了档案室，锁上门说：

"如果夜里搜查，你就簌簌作响，装作你是文件。"

我在莫斯科做了一个简短的报告②，题目为《诗歌中的情节》。

在莫斯科，我又遇见了面颊绯红的金发女郎利季娅·科诺普列娃；她很不满意地说，党的政策是不正确的，人民不支持我们。我还遇见了一位上了年纪的女士，她一直对我说："我们都做了什么呀，什么都没做成!"第二天她们俩就都被逮捕了。

萨拉托夫的组织在有奸细活动之前就失败了。谢苗诺夫在莫斯科的波克罗夫斯克门旁边的咖啡馆里被捕。③ 在被逮捕时他曾予以还击。他随地都在腹部挎着大毛瑟枪。他被送到了监狱，在院子里又拿出一把小毛瑟枪，射伤了内奸。

他受到了审讯，并根据特赦令被宣告无罪④。

我前往乌克兰。

很多人都去了那里。在库尔斯克所有的人都要服役：要是哪个

---

① 事实上，这个人还是罗曼·雅可布逊，他把什克洛夫斯基藏在了莫斯科语言学小组的房间里。据雅可布逊回忆，什克洛夫斯基是"左翼社会革命党人，炸毁了一些桥梁。我把他安置在沙发上并对他说：'如果有人来，你就装作你是文件，然后就簌簌作响!'"

② 人所共知的只有什克洛夫斯基的报告《长篇小说的历史》，是1918年在与诗歌语言理论研究会近似的科学协会莫斯科语言学小组中做的。

③ 此事发生在1918年10月22日。

④ 对格·谢苗诺夫的特赦令在1922年社会革命党诉讼案的资料中也有提及。什克洛夫斯基当然不可能知道，谢苗诺夫当时是因阿·叶努基泽的担保才被释放的，此后不久，格·谢苗诺夫便同意与军事侦察机构，可能就是全俄肃反委员会合作。

老妇人在街上走着，那她就是在委员会的某个部门供职。在库尔斯克我弄混了接头暗号，吓坏了很多人。

人们从库尔斯克或是奥廖尔转乘到列戈夫，然后抵达热罗博夫卡，而在这里所有的人都下了火车，步行前往乌克兰。

人们毫不设防地走着，很多人一起走，所有人的肩上都挎着小包裹。

一些士兵迎面走来，他们叫住我和一个穿着特别长的军大衣的个子矮小的犹太人。

"跟我们走！"

我们便跟着走，然而不是往车站的方向走，而是走向了田野。

我们走进了洼地，那里很寂静，风也不刮了。

我身上穿的是一件腹部破了洞的皮夹克：在战争中一次发动冲锋时我穿着它被射穿了。

我常常用手指抠这个小洞。

而皮夹克已经破旧不堪。我曾经穿着它躺在所有的汽车下面。

夹克外面是一件旧的军大衣改成的短外套，还有一件高领毛衣。

有人对我说："脱下来！"

一个士兵若有所思地看着我说："您，同志，换了衣服的那个，您身上带钱了！"

我掏出钱给他看，我身上带着五百沙俄卢布。

"不，不止这些，您有一大笔钱，它们被封起来了，还是放在靴筒里了，还是……"

他长时间地给我讲人们是怎么藏钱的，还仔细检查了我的行李。

他满怀敬意地看着我说："请您还是告诉我，您把钱藏哪儿了，我很想知道！"

我说："我没钱。"

"那穿上衣服吧！"

我穿上了衣服，他则去检查那个犹太人，随后打开了我的行李，但是漫不经心地检查着说：

"啊，行李里什么都没有，我知道，谁都不会在行李里放东西，所有的都放在自己身上。"

然后，他打开了所有的行李，我的以及另外一个人的，强行拿走了他想要的东西。这一切做得悄无声息，心平气和，甚至毫不气恼。平常得就像是在商店里一样。

他拿走了我的那点钱和破了洞的夹克。

洼地里十分寂静，我和那个士兵谈到了第三共产国际——当他脱掉我的靴子的时候，我们的谈话才开始——谈到了乌克兰，然后他送了我们很短的一段路程。

我们出发了，途中遇见另外一个士兵，但是我们的向导对他说："检查完毕！"然后指着田野的方向对我们说："瞧，你们就朝着那片杨树走！"

下着雨，脚下是耕地，我步履艰难地走了很久，我的同伴走丢了，远处人们在耕地，看见他们我很诧异。

现在我才知道，即便在两条战线之间，即便冒着枪林弹雨，也是需要努力劳作的，而对那些急匆匆地东奔西跑的人，也不必感到惊奇。

我走到了铁丝网前，那边是德国士兵。

在德国人眼前行走是多么艰难啊！①

我搜罗了自己知道的所有德语单词，对哨兵讲了。他放我过去了，我便来到一个叫科列涅沃的小村庄，那儿堆满了行李，聚集了大量难民。

这里有很多发黄的面包、红肠和蓝色的打成碎块的糖。

我们在一个简陋破旧的小房子里坐下喝茶；我和一个从俄罗斯光着脚逃出来的军官喝的是加糖的茶，还吃了面包。

我本人知道所有类似红豆汤的东西②，请不要提示！

我来到哈尔科夫，去了亲戚家。

在哈尔科夫我见到了哥哥叶夫根尼·什克洛夫斯基③医生。

一年后他死了。

他当时驾驶载着伤员的列车；列车遭到了袭击，伤员被殴打。

他开始解释说不可以这样做。革命前他曾成功制止了奥斯特罗夫城的暴动。在这里却是不可能做到的。他被痛打了一顿，衣服被扒掉，然后被锁进一个空车厢里带走了。

一个医士给了他一件大衣。

---

① 乌克兰当时被德国军队占领。

② 暗指《圣经》中以扫出卖自己长子名分的情节。《圣经·创世纪》的第二十五章中写道：有一天，雅各熬汤，以扫从田野回来累昏了。以扫对雅各说："我累昏了，求你把这红豆汤给我喝。"因此以扫又叫以东（"以东"就是"红"的意思）。雅各说："你今日把长子的名分卖给我吧！"以扫说："我将要死，这长子的名分于我有什么益处呢？"雅各说："你今日对我起誓吧！"以扫就对他起了誓，把长子的名分卖给雅各。于是雅各将饼和红豆汤给了以扫，以扫吃了喝了，便起来走了。这就是以扫轻看了他长子的名分。——译注

③ 叶夫根尼·鲍里索维奇·什克洛夫斯基（1881—1919），妇科医生。

他被带到了哈尔科夫，在这里他给亲戚们寄去一封便函。

亲戚们很长时间一直多方寻找。他们找到了他，央求把他送进医院，他在医院里因所遭受的毒打而死去，当时他的意识完全清醒。他本人感觉到自己的脉搏在逐渐停止跳动。

临死前他号啕大哭。

害死他的是白军或者是红军。

我不记得了，确实不记得了。他的死是不公平的。

他死时三十五岁。年轻时曾被流放，逃了出来。在巴黎毕业于科学院建筑学部。

回到俄国后，他当了医生。是个诸事顺遂的外科医生。在奥特医院①工作。

有一次，我顺路去了火车站，便决定去基辅住几天。我从火车站离开，没有告诉任何人。

基辅人很多，俄国的资产阶级和知识分子们都在这里过冬。

我在哪里都没有像在基辅见过这么多的军官。

在克列夏季克大街上随时都能遇到"弗拉基米尔勋章"和"圣乔治十字勋章"②。

城市热闹喧嚣，饭店林立。

我看见一个乞丐从包里掏出一块面包，递给了车夫的马。

马却把头转了过去。

---

① 皇家妇产临床学院，其院长为德米特里·奥斯卡罗维奇·奥特（1855—1929）。
② 指佩戴弗拉基米尔勋章和圣乔治十字勋章的人。

那时，乌克兰聚集着全部的俄国资产阶级，被德国人所占领，但是德国人不能完全榨干乌克兰。

一些街道上飘扬着三色旗①。这是基尔皮乔夫②、凯勒尔伯爵③以及好像名为"我们的家乡"④的志愿军部队的指挥部。

在一条街上悬挂着一面以前从未见过的旗子。好像是黑黄相间的，而窗户上则挂着尼古拉和亚历山德拉·费奥多罗夫娜⑤的肖像，那是阿斯特拉罕军队的使馆。

几乎见不到盖特曼的军队，但是俄国军官队伍每天从这里经过一次，他们是从盖特曼的宅邸换岗回来的。他们有自己的制服，上面带小小的帽徽和窄窄的肩章。

站岗的德国人穿着为哨兵特制的厚木底大靴子。

当我还在四处辗转的时候，冬天来临了。

这个城市是俄罗斯人的城市，根本见不到乌克兰人。

出版了俄罗斯人的报纸，我记得其中有与《日子》⑥有些类似的《基辅思想》⑦以及《老泼妇》⑧。

---

① 即俄罗斯国旗，那时乌克兰已经有了自己的黄蓝两色旗。
② 尼古拉·利沃维奇·基尔皮乔夫（1850—1919），将军，1918年11—12月担任保护基辅的基辅军官志愿军部队的指挥官。
③ 费奥多尔·阿尔图罗维奇·凯勒尔伯爵（1858/1865—1918），少将，领导防守基辅免遭佩特留拉部队进攻，被佩特留拉分子射杀。
④ 可能指的是为南方白卫军招募志愿者的组织"我们的家乡"。
⑤ 即沙皇尼古拉一世及其妻子亚历山德拉·费奥多罗夫娜皇后。
⑥ 彼得格勒的报纸，"社会主义思想的机关报"，1912年开始出版，1918年被布尔什维克关闭。
⑦ 乌克兰发行量最大的俄文报纸，1906年出版，1919年被布尔什维克关闭。
⑧ 幽默报纸，其编辑部成员包括作家阿·阿韦尔琴科、伊·瓦西列夫斯基（涅-布克瓦）、列·尼库林、彼·皮利斯基等人。1918年7月在彼得格勒被布尔什维克关闭以后，在基辅又恢复出版。

当然，《基辅思想》以前就出版了，但是它生不逢时，这是属于《老泼妇》、彼得·皮利斯基[1]和伊利亚·瓦西列夫斯基（涅-布克瓦）[2]的时代。

我觉得，现在他们仍然在某个地方出版着《老泼妇》（《吃到苦头》就是它）。

有一个小酒馆，好像叫作"独眼吉米"[3]，里面有阿格尼夫采夫[4]和列夫·尼库林，后来尼库林当过波罗的海舰队政治部主任，现在则是阿富汗使团成员。[5]

在这里我还遇见了社会革命党的一些成员，当时他们与以斯坦凯维奇为首的俄国复兴联盟有密切联系。[6]

德国人要完蛋了，他们被我们的盟国打败了，这一点已经能感觉到了。

也就是说，在它覆灭前还存在着斯科罗帕茨基政权，因而从这点来看需要采取一些行动。

佩特留拉分子离开了乌克兰。[7]

---

[1] 彼得·莫西谢耶维奇·皮利斯基（1876/1878—1942）散文家，批评家。

[2] 伊利亚·马尔科维奇·瓦西列夫斯基（笔名为涅-布克瓦，1882—1938），专栏作家，批评家。

[3] 卡巴莱酒吧剧院，1918年创建于彼得格勒，名字为"比-巴-博"。

[4] 尼古拉·雅科夫列维奇·阿格尼夫采夫（1888—1932），诗人，"独眼吉米"的创立者和撰稿人之一。

[5] 列夫·韦尼阿米诺维奇·尼库林（1891—1967），作家，在基辅被布尔什维克占领以后去了彼得格勒，1919—1920年在那里主持波罗的海舰队政治部的政治教育工作，1921年随同苏联外交使团到过阿富汗。

[6] 弗拉基米尔·别涅季克托维奇·斯坦凯维奇（1884—1968），人民社会党人，十月革命后退党；他并没有进入"俄国复兴联盟"领导层，但是参与过它的活动。

[7] 指的是乌克兰起义组织，其领导人是著名的乌克兰社会民丰党的活动家佩特留拉。

但是复兴联盟，甚至整个俄罗斯人的基辅，除了布尔什维克外，仍然受到我们盟国意志的束缚。

在基辅，盟国意志的体现者是一个领事的名字，他好像住在敖德萨，姓埃诺①。

埃诺不希望乌克兰的政治形势发生变动。

德国已经发生了革命，德国人建立了苏维埃，确实，是一些右翼分子②，他们也做好了撤离的准备。

为德国运送油脂和糖的列车已经从乌克兰出发了。他们还偷走了俄罗斯军队的汽车，那是极好的"帕卡德"汽车。

德国人的撤退不像是逃跑。

在乌克兰还有以下武装力量：在基辅有军官们支持的斯科罗帕茨基——军官们自己也不知道他们为什么支持他，但埃诺是这样命令的。

佩特留拉带着整支部队驻扎在基辅周围。

在基辅还有一些德国人，他们受法国人指使支持斯科罗帕茨基。

这样一来，至少应该把情况从旁观察清楚。

基辅也有城市杜马，以它为中心的是与当地工人密切联系的俄国社会主义者小组。

他们想进行民主革命，但是埃诺不允许。

在远方——"压制你们所有的人"——是饥饿的布尔什维克。

---

① 埃诺，副领事，法国侦察部队上尉，1918 年 11—12 月代表协约国作为"有特殊权力的领事"住在基辅，后来去了敖德萨，1919 年 3 月从那里被召回法国。

② 在十月革命期间，德国也效仿俄国建立了工人和士兵苏维埃，但其中成员多数不是"左翼"代表，而是社会民主党和"独立"的代表。

我意外地被邀请加入装甲营。起初我去了要塞，去了斯科罗帕茨基的部队。

在那里，他们问我这个从俄罗斯来的人，布尔什维克是否会反抗，一个下级准尉想知道的问题则是，布尔什维克的马匹是否钉掌。

我沿着桥走出要塞，我现在不记得自己那时为什么笑了。

一个路过的一簸毛①停了下来，看了看我，很真诚地赞叹道："瞧这个狡猾的犹太人，骗了人，在这儿笑呢。"他的声音里有的只是赞叹，毫无反犹太主义的意味。

但是我没有直接投奔斯科罗帕茨基，而是选择了第四汽车装甲营。

这一支队是俄罗斯人组成的支队，所有那些人都是司机，但是他们更具有布尔什维克主义思想倾向。外国的气氛使他们的布尔什维克主义思想更加坚定。

周围听到的都是俄语。

我受到热情接待，然后被派去修理汽车。

与我同时加入这个营的还有几个军官，他们和我抱有同样的目的。

佩特留拉分子已经包围了城市，可以听见炮击声，夜里可以看见射击的火光。

当时正值冬天，孩子们在各个斜坡上滑着雪橇。

我在基辅遇到了许多熟人。一些人十分紧张不安，另一些人则

---

① 对乌克兰男人的一种轻蔑的称呼。

219

对一切都已经司空见惯。他们谈论着前几次革命中发生的恐怖活动。

最卑劣的是乌克兰人：他们把布尔什维克当作俄罗斯人、把俄罗斯人当成布尔什维克枪杀了。

一个我熟识的艺术家（达维多娃①）曾经对我说，与她住在一起的一个朋友的丈夫和两个兄弟在花园里被枪杀了（乌克兰人都是在花园中进行枪杀的）。

她去找到了亲人的尸体，但是却无法安葬他们。

她把尸体背回了达维多娃的住处，放到沙发上，就这样和尸体在一起度过了三天。

佩特留拉分子在街上走着。军官们不知道因为什么和他们打了起来，德国人奉命制止他们打仗。

基辅到处是打破的窗户。在窗户上看到的常常是胶合板，而不是玻璃。

在此之后，又有各类人十余次地占领过基辅。

当时一些咖啡馆还在营业，阿尔曼德·杜克洛在一个剧院里表演过，他是个预言家，非常有远见。

我去看过表演。

他猜中了写在纸上交给他助手的那些名字。但是大家最感兴趣的还是他的预言。我记得一些问题。它们都是一个类型的。

"我在彼得堡的家具还完好无损吗？"很多人都这样问。

---

① 娜塔莉亚·米哈伊洛夫娜·达维多娃（1875—1933），画家，20世纪初俄国抽象派艺术的至上主义派别的代表人物马列维奇（1878—1935）的拥护者，"至上"小组的组织者，后来移居法国。

"我看到了，是的，我看到它了，你们的家具，"杜克洛一字一顿地说着，蒙着双眼摇摇晃晃地在舞台上走着："它完好无损！"

一次有人问道："布尔什维克会来基辅吗？"

杜克洛保证他们不会的。

后来我在彼得堡遇见过他——那是一件多么愉快的事情啊！——他当时在一支红军队伍的文教部门当上了有远见的人，端上了红军的饭碗。

我在这里没有去看过他的表演，也不知道人们都问了他什么问题。但是我知道，"风往南刮，又向北转，不住地旋转"。①

奇怪的风习顽固得如同片状格氏链②，久远得如同排着的长队，其中最奇怪的是，对面包的关注等同于对生活的关注，保留在心底的所有东西似乎都是相同的，一切都是相同的。

像有冰碴的水不可能高于零摄氏度一样，装甲营的士兵就本质来说都是布尔什维克，却由于为盖特曼服务而鄙视自己。

然而，要对他们宣讲什么是立宪会议，我却不会。

我有一个朋友，我毫不隐瞒，他是一个犹太人。就所受教育而言，他算是一个艺术家——却没有学历。

他和水兵们住在赫尔辛福斯，而在担任沙皇时期的军职时却当了逃兵，我现在很后悔在六月曾为劳合·乔治发动过进攻③。

---

① 迂喻法，出自《圣经·旧约》中的《传道书》第一章第六节。
② 一种铰链，其各个环节只能在一个平面内自由活动，目前在一些闸门上仍有应用。
③ 俄国军队6月进攻的目的之一是把德国军队从西部战线吸引开，当时英法联军在该战场作战。大卫·劳合·乔治（1863—1945），1916—1922年任英国首相。

于是，这个艺术家在彼尔姆州当上了布尔什维克，负责征收税款。

他还说："要是讲我们做过的事情，那真是比宗教法庭还糟糕。"几个农民抓到他的一个助手以后，就把几块木板压在这个助手身上，然后在木板上来回滚动装着煤油的铁桶，直到这个人死掉。

可能有人会对我说，这与本文毫无关系。可是，于我而言这是怎样的事情啊！我就应该在内心承受这一切吗？

那我就给您说一件有关系的事情。

地主斯科罗帕茨基的政权奄奄一息的时候，他本人逃到了柏林①，可是他空无一人的宅邸仍保留下来了。

顺便谈谈斯科罗帕茨基这个人。

斯科罗帕茨基被选为盖特曼。

他当时住在基辅一个楼梯很平常的普通住宅里。

有个人在楼梯上走着，在找什么人，阴差阳错地按了斯科罗帕茨基家的门铃。女仆打开了门。

这个人问：

"那个人住在这里吗？"

女仆平静地回答：

"不，这里住着沙皇。"

她便关上了门。

这也没有任何意味。

_____

① 斯科罗帕茨基 1918 年 12 月 14 日逃到了柏林。

于是，在斯科罗帕茨基政权的最后一些日子（他当时已经不在这里，而是逃往了柏林，有人保护着他），白军——好像是基尔皮乔夫的反间谍组织——抓捕了一个姓伊凡诺夫的乌克兰人（一个大学生），而那些基尔皮乔夫分子的军官们本人也都是大学生。

白军抓住他，再三审问，长时间用通条抽打，直到他死去。

我们下不了决心发动政变，因为害怕俄国人之间相互反目。基辅的社会革命党人还相当多，但是该党头脑发昏，强烈不满与复兴联盟之间的关系。[①]

这种关系即将走到尽头。

虽然我直截了当而又确切地说明我是干什么的，可是第四汽车装甲营的士兵们仍然认为我是布尔什维克。

从我们这里调走装甲车派往前线，最初去的地方很远，去了科罗斯坚，后来就直接去城郊，甚至去基辅城里，去波多尔区。

我用糖浆黏住了盖特曼军队的汽车。

我是这样做的：把砂糖或者是一些糖块扔进油箱，糖在那里逐渐融化，并随同汽油一起流进喷油嘴（这是一个细细的定径孔，经过此处燃料进入混合室）。

在汽化时糖遇冷凝结，并堵住定径孔。

可以用轮胎气泵吹净喷油嘴，但是它又会被堵上。

但是汽车还是开了出去，然而很快它们就被送到了我们作业范

① 1918年秋，德国爆发革命，高尔察克开始逮捕社会革命党人——立宪会议召开以后，一部分社会革命党人开始表现出对旨在与资产阶级团体结盟的领导者的政策不满，这些不满情绪导致党内出现新的分歧。

围以外的卢基扬诺夫兵营。

人们吃得很好，还有伏特加喝。

在城市周围，夜里总是闪现射击的火花。

复兴联盟在克列夏季克街有自己的队伍，但是联盟没有为其补足编制，总的来看，它极其没有信心。

军官和大学生应征入伍。

在大学里，许多学生也由于一些原因被枪杀或打死。[1]

盖特曼分子已经得知格里戈里耶夫叛变[2]，但是他们仍然心存希望，主要是寄希望于法国人的空降兵[3]。

又预定了一些起义日期。最后决定，城市杜马将做好准备，而我们则支持杜马。[4]

夜里，我召集一队人马，尽管城市周围炮火连天，还是有十五个人随我而去。其他人则说他们是值日兵。

装甲车不在这里，它们在卢基扬诺夫的指挥部。

我劫下一辆卡车，在上面安装了几挺机枪。本丘日内（司务长）

---

[1] 11月14日，斯科罗帕茨基下令，禁止集会和示威游行，关闭高等教育机构，进行宵禁。在同一天，学生举行游行抗议，在驱散过程中，8人死亡，12人受伤（基辅出版物如是报道）。

[2] 尼古拉·亚历山德罗维奇·格里戈里耶夫（1878—1919），首领；1918年在斯科罗帕茨基部队任职，但是12月时转而支持佩特留拉分子。

[3] 1918年11月，法国人在敖德萨、赫尔松以及其他港口空降士兵，有一段时间支持斯科罗帕茨基政府，但是当其灭亡不可避免时，转而支持佩特留拉分子。

[4] 什克洛夫斯基在这里以及下文中描写他参与了反对盖特曼的武装起义，该起义发起者是乌克兰执政内阁——集体性组织机构，由在野的乌克兰左翼政党（社会民主党，社会革命党，社会主义者——主张乌克兰独立者）组建。佩特留拉是执政内阁成员，他于11月14日在白采尔科维签署起义呼吁书。根据什克洛夫斯基在本书中的讲述，他根据"俄国复兴联盟"的决定参加了起义。

想通知指挥部，我切断了电话线。

我前往克列夏季克街，复兴联盟的部队本应在那里。然而却空无一人。但是我得知，志愿兵已经来过，想要逮捕那些人。

我去了兵营，那里有我们的部队：一个拉脱维亚同志坐在那里。他手下的人已经做好准备，但是他不知道该做什么。就在这时，我们的人占领了卢基扬诺夫兵营，逮捕了指挥部全体人员。

但是当时我们对此一无所知。

原因在于，杜马没有做好准备，也没有下定决心。我们的指挥部没有事先通知我们就解散了。为了找它，我寻遍了所有的住处。到处都杳无人迹。我便遣散大家，自己去了博尔谢戈夫卡车站的格列捷尔工厂。工人们都守在那里，他们想进城，但是就口号问题起了争执。所以，尽管他们已经准备好了乐队，还是没有去成。

佩特留拉白天进了城。①

在基辅主持组织工作的人员有：一个穿着高筒皮靴、样子专横的极端右翼分子，一个年岁很大的人以及一个后来成为布尔什维克的乌克兰人。

佩特留拉分子列队进了城。

他们有炮兵。士兵之间用俄语交流。百姓成群结队地迎接了他们，彼此之间还故意高声地说："盖特曼分子说过，来的是匪帮，这哪里是匪帮——这是真正的军队。"这些话是用俄语说的，就是为了让这些人老实规矩些。

---

① 此事发生在 1918 年 12 月 14 日。

可怜的人们，他们是那么想要表达自己的赞赏。

我穿过冰面从俄国前往芬兰的时候，在冰面上渔民的小棚子里遇见一位女士；我们便结伴而行；我和她上了岸以后，我们被芬兰人拘捕，而她则一直夸赞着她看到的离我们大约十俄丈远的芬兰。

但是往往还会有更大的痛苦，它通常产生于一个人经受长时间的折磨之后，因此他已经"震惊"，即已经"失去理智"——在用拷刑架拷问时才说"震惊"——而这个人备受折磨，周围都是寒冷干硬的木头，而行刑者或其帮凶的双手虽然并不柔软，却是有温度的人的双手。

这个人便把脸颊靠近那双有温度的手以示亲热，而它们却是要抓住他折磨他。

这是我的噩梦。

佩特留拉分子进了城。城中出现了很多乌克兰人；以前我在团队文书中已经见过他们。

虽然我们这些具有俄罗斯文化素养的人在内心深处敌视各种"方言"，但是我不会取笑乌克兰人。我们太爱取笑乌克兰语了。我无数次听到有人说："萨莫佩尔波佩尔纳莫尔多皮斯纽"[①]，意思相当于："汽车开往照相馆"。我们不喜欢不是我们的东西。而屠格涅夫的"格拉耶，格拉耶，沃罗巴耶"[②] 并非出于爱才想出来的。

但是佩特留拉作为一个民族英雄——文书笔下的英雄，我们办

① 原文中为乌克兰语的音译。——译注
② 屠格涅夫长篇小说《罗亭》（第二章）中引用的乌克兰民歌。

事员们也很赞赏他。乌克兰人来了，占领了城市，似乎他们并没有抢劫，而是开始美化城市，挂上了法国和英国的国徽，并且热切期待着盟国的大使。而士兵们解除了志愿兵的武装，把他们的法国装甲兵头盔给自己戴上。

志愿兵们则被关进了教育博物馆；随后有人投了一颗炸弹①，那里面装的是达那马特炸药，传来巨大的爆炸声，很多人被炸死，房子的玻璃四处飞溅。

我在军队里待了一些日子。

我们这里来了几个新军官，其中包括本丘日内，他原来是乌克兰人。

他们告诉我，他们非常害怕布尔什维克。而实际上他们的军队就是布尔什维克的。

军队像水一样流动着，给自己选择了政治的河床，斜面朝向莫斯科。目前却正在乌克兰化。

在这些日子里，在基辅所有的硬音符号都消失了。

上头命令把牌匾换成乌克兰语的。

并非所有的人都懂乌克兰语，无论在我们部队里，还是外地派来的乌克兰人，谈论技术问题用的都是俄语，时而加上一句"好吧"或其他的乌克兰话。

---

① 佩特留拉分子占领基辅后，俘虏们被安置在教育博物馆（弗拉基米尔大街 57 号）。各类证据表明，博物馆中共安置了从 600—800 至 2000 名军官，其中一部分人获释，一部分人则被送到德国，另一部分人则被关进监狱并在布尔什维克占领基辅后遭枪决。伊·爱伦堡在《人们，年代，生活》一书中回忆过博物馆爆炸一事。

又听见了"格拉耶，格拉耶，沃罗巴耶"。

多么糟糕的修养啊！

上头命令一天内把全部牌匾换成乌克兰语的。

这做起来很简单。需要把硬音符号换成软音符号，把字母"и"换成"i"。

人们孜孜不倦地干着活，到处都立着梯子。

更换完毕。当着志愿兵的面让硬音符号有了自知之明。

对了，我忘记写我们的居住状况了。我先是住在一个律师的浴室里，这里不能住了以后，便搬到一个以前秘密接头的住宅，而现在需要接头暗号才能够进入，然而过夜要收取大约五卢布的费用。但是这里可以睡觉。几乎没有人有钱，我也是从军队领取薪俸。几乎没有人有第二件衬衫。

大家也都很疑惑，虱子是从哪儿来的，突然间长到这么大？

这群人很好：我记得一个长着棕黄色大胡子的人，他是白俄罗斯的前部长，我不知道他姓什么，我们大家都叫他别洛鲁索夫。他是个非常善良的人。

大家都特别讨厌复兴联盟。党对自己军事组织的态度很不友好，军事组织对党也一样。

许多人通过一些关系进了"瓦尔塔"① ——警察局，这是武装事件，因为往往有暴徒一队队地持枪开战。

---

① 乌克兰语的音译，意为"警卫队"。

我尝试在一家报社工作①，但是我的第一篇评论文章就被彼得·彼利斯基做了修改，我很生气，便没让文章刊登出来。

在编辑部，我得知高尔察克查禁了乌法会议。②

告诉我这件事的是个胖女人，她是出版商的妻子，她还说："是的，是的，取缔了，要这样做，布尔什维克好样的。"

我晕倒在地板上。像是被打死了。这是我这辈子第一次也是唯一一次晕倒。我不知道立宪会议的命运让我如此担心。

此时我党严重左倾③。你走在科列夏季克大街上，遇见一个同志，问：

"有什么新消息吗?"他回答说："是的，我要承认苏维埃政权!"他是那么高兴。

可以一而再、再而三地阻止俄国的国内战争。当然，可以把此事归咎于布尔什维克。然而他们不是发明出来的，而是被发现的。

在我们的大会上，右派说："我们要转向文化工作。"——而用党内的行话来说，转向文化工作的意思就如同军队里说"立正，吸烟"。

"完蛋了""死胡同"——这就意味着需要做些什么，于是你做

---

① 指的是《老泼妇》报。
② 1918年11月中旬以前，乌拉尔、西伯利亚和远东的政权掌控在由"立宪会议成员代表大会"组建的执政内阁手中；执政内阁设在乌法，主要由社会革命党人组成。11月18日前陆海军部部长高尔察克将军发动政变，建立军事独裁政权，自封"俄国的最高执政者"；乌法"代表大会"成员被逮捕。社会革命党的领导认为这次暴动是"民主制的惨败"。
③ 这一倾向在1919年2月6—8日于莫斯科召开的社会革命组织的会议上也有所反映。在此次会议上，否决了与布尔什维克以及"资产阶级反动势力"的一切协议，决定临时放弃与布尔什维克进行武装斗争。根据什克洛夫斯基的叙述来看，当时基辅的社会革命党范围内也存在同样的倾向。

的事情根本没有因果关系，要是用我们的语文术语来说就是：属于另外一个语义序列。

我也发表了演说。我的工作很无趣，我是一个头脑迟钝的人，我也是属于另外一个语义序列，我就像是人们用来凿钉子的茶炊。

我讲过："我们将承认这个极其可恶的苏维埃政权！

正如所罗门审判时所说①，我们不需要半个孩子，就把他交给别人抚养，让他继续活下去！"

有人对我大声喊："他会死的，他们会打死他的。"

可是我该怎么办？这盘棋我只往前看到了一步。

党否定了自己的军事组织。格尔曼②建议它（组织）改名为"立宪会议保卫联盟"，并召集一些人去了敖德萨。

另外一些人打算去顿河与克拉斯诺夫③作战。

而我打算去俄罗斯，去我那亲切又可怕的彼得堡。

人们都已疲惫不堪。

达达尼尔海峡已经开放④，等待着法国人，相信着盟国。

然而人们已经不再心怀希望——但是那些拥有财产的人，还是应该抱有一些希望的。

---

① 源自《圣经》中的情节。两个母亲来找所罗门王，她们住在同一个房子里。一位母亲的孩子夜里死去，她便把另一位母亲的孩子换到自己身边来。所罗门说："把婴儿切开两半，一人一半。""孩子活着的那个妇女非常担心自己的儿子，她对王说：国王呵，把活着的孩子给她吧，请不要杀孩子！"

② 伊万·雅科夫列维奇·格尔曼，社会革命党中央委员会军事组织成员，曾经在基辅工作过一段时间。

③ 彼得·尼古拉耶维奇·克拉斯诺夫（1869—1947），中将，当时当选为顿河哥萨克首领并攻打察里津。

④ 1918年10月30日土耳其与协约国签订合约之后，达达尼尔海峡通航。

据说，法国人已经在敖德萨登陆，他们用架子把城市的一部分隔离起来，在这些标志着法国新殖民地边界的架子中间，甚至连猫都不敢穿过。

听说，法国人有一种紫色光，它可以使所有的布尔什维克头晕目眩，关于这种光线，鲍里斯·米尔斯基[①]还写了一篇小品文《病美人》。美人即是旧世界，应该用紫色光来治疗它。

人们以前任何时候都没有像当时那样害怕过布尔什维克。从空荡而又昏暗的俄国吹来黑色的阴风。

有人说，英国人——讲这件事的人们并没有生病——已经把一群学会了所有军事队列规则的猴子空降到了巴库[②]。人们说，这些猴子是无法用宣传彻底说服的，它们无所畏惧地冲锋陷阵，它们定能战胜布尔什维克。

人们还用手臂从地面往上一俄尺来比量这些猴子的身高。据说，在占领巴库时有一只这样的猴子被打死了，于是它便在苏格兰战争音乐声中被埋葬了，苏格兰人还放声大哭。

因为猴子军团的教官们是苏格兰人。

从俄国吹来黑色的风，俄国黑色的斑点也在扩大，"病美人"在喃喃呓语。

人们打算去君士坦丁堡。

如果不是在这里，那么在哪里我可以讲一个真实的故事呢？

---

① 鲍里斯·谢尔盖耶维奇·米尔斯基（1892—1955），新闻工作者，主要为一些讽刺刊物撰稿。

② 1918 年 8 月起，巴库被英国人占领。

我从俄罗斯来的时候，顺路去了一个工厂主那儿，他是个烟商，或者可以叫作企业主。

这个人在彼得堡有一些家具，有人请我帮忙转告他，他的家具丢了。

我顺路去了这个人那里。他的桌子上放着果冻，还有饼干、蛋糕、白面包、糖果和巧克力，孩子们坐在桌旁，他有整洁的内衣，还有妻子，家人谁都没有被射杀。

这里还坐着一个著名的俄国幽默作家①。

作家说："在每一栋楼房、每一个院子和住宅里都有被杀死的布尔什维克人之前，俄国是不会建立起秩序的。"

这个烟草工厂主心情平静。他的钱都换成了外汇。他说："您知道在维尔诺我的工厂里一个女工能挣多少钱吗？"作家不知道。工厂主告诉他说："每天五戈比起，您知道吗，所以我一点也不奇怪他们会造反。"（或者，可能他说的是"我一点也不奇怪他们会不满"，我没能一字不差地记住。）

这个人并没有生病。

总之，德国人在街上卖一些精巧的小工艺品，但是却从乌克兰运走油脂，还有粮食以及我们的汽车，汽车是我熟悉的"帕卡德"和"锅驼机"汽车。

德国人的列车由警卫们看管，他们穿着带有羊皮领子的毛皮长大衣。

① 很可能是俄国作家阿·阿韦尔琴科（1881—1925），他当时在基辅。

我想起来，德国人在"那场战争中"撤退的时候，他们没有忘记在离开时清扫办公室的地板。

我被邀请去一个女士家里做客，她知道我要离开了。这个女士住在铺着地毯、摆设着古老红木家具的房间里；我觉得家具和她都非常美。她打算去君士坦丁堡，她的丈夫住在彼得堡。

她请我帮忙带些钱到俄罗斯，好像是一千零七卢布——这在当时是一大笔钱。

衣着难看令人非常痛苦。

在"那场战争"中，我还是个年轻人，喜欢汽车，但是当你走在涅瓦大街上的时候，无论春天还是女人都已经像春天那样轻盈而美丽地穿上了漂亮的衣服，当有了春天和女人的时候，尤其是有女人的时候，穿得脏兮兮地走在街上是非常痛苦的。

在基辅，肩上扛着汽车链条走在衣着光鲜的人群中间也是很痛苦的。我喜欢丝质长筒袜。然而在彼得堡，在那个亲切而又可怕的地方，是不会痛苦的，在那里，即便你背着一个大大的黑口袋，哪怕里面装的是木柴，那么你也仅仅会为自己的强壮而感到骄傲。但是彼得堡现在也有了丝质长筒袜。

这个女人让我感到窘迫。我从她那里拿了钱，在一个厚厚的勺子和刀把儿上钻了孔，把那一千卢布纸币放了进去。

现在全部问题就在于怎样去彼得堡。我在基辅又逗留了几天，在市杜马一所黑漆漆的空房子里迎接了新年，吃了香肠，但是没喝伏特加。

在街上我遇到了一个从德国逃回来的战俘，跟他换来了衣服和证件（证件只有一页纸），我把自己的衣服给了他，觉得这样就可以走了。

我去一个画家那里道别，她仔细打量后对我说：

"这样很好，但是不要看任何人的眼睛，他们会通过眼神认出你的。"

就这样，我混入了饥饿而又肮脏的战俘队伍。

奥地利的战俘穿着各种式样的军人的破旧衣服，德国的战俘则穿着制服上衣，袖子上镶有黄色条纹，有的则带着彩色镶条。

德国的战俘比奥地利的战俘更加虚弱。

我体验了在板棚里过夜。

可怕的是，我看到一些战俘竟然直接尿在了板铺上。

在周围，你听到的话题都是无止无休的乞丐般的生活所衍生出来的。你听到人们都在谈论妓院。

大家很认真地说，捷列先科①在基辅给战俘建立了一个妓院，妓院里侍候人的都是穿白色长袍的女人。凡是来客都先给洗澡。

这并非厚颜无耻的话题，这些人只不过是梦想着能有一个好的、干净的妓院而已。他们在整个基辅寻觅着这样的妓院，他们坚信一定会有，并且相互询问着地址。

总之可以说，我在军队里听过的关于女人的最下流的话是："没有娘们儿，无论伙食多好，还是觉得缺点什么。"

---

① 米·捷列先科是基辅人，作为科学和文艺事业的资助人而在基辅广为人知。事实上，1918 年春天他离开彼得保罗后去了欧洲，再没有回过基辅。

还有一段道听途说的俘虏的故事——讲的是一个前往俄国的战俘，遇见了自己的妻子和一个被俘的匈牙利人去他的家乡。

士兵先是摘下匈牙利人的金表——方式很平和，接着扒去他的外衣，脱掉他漂亮的内衣，随后夺去了他的皮箱，最终打死了他。

可是他要把妻子带到俄国，并对同伴们说："我要追问出来，她都卖了什么，卖给了谁，然后就杀死她！"

这个故事发生在俄罗斯以外就很复杂，也就是说具有传奇色彩，从中可以看出，所有被妻子卖掉的牲畜的价格是按照战前标准换算的！

我们乘车动身了。

我穿着衣服，和战俘们在各个方面进行了一下比较，区别仅仅是我夹克衫里面穿着毛衣，脚上穿的是皮靴。

我们在乌克兰行驶了很长时间，德国人夺去了我们的蒸汽机车，我们沉默着；我从来没见过像战俘这样备受折磨的人。

我们睡在车厢里，临近早晨的时候，有几个人冻死了。加温车没有炉子，而取代烟囱的是车厢顶棚上的小窟窿，地板上也有许多窟窿。我们用砖砌成支架，盖上折断的缓冲器，用油渣生火。途中分发了一些液体食物，但是没有餐具。

我惊讶地看到，一些战俘因为没有手提饭盒，就从脚上脱下带木头鞋底的鞋子，把它当成餐具递给分发食物的人。

我们走到了边境，在这里我们被告知，需要再步行十五俄里左右就到俄罗斯的火车站了。

我们一路走着，木鞋敲得咚咚作响，我们路过一些农舍，有人

235

给我们端来一些吃食，问我们是否所有的人都走过去了，这里许多人的亲戚被俘或者像他们说的那样："可能被俘"。

如果流落到无人居住的岛上，我不会成为鲁滨逊，而会是一只猴子，我的妻子如是说；我从未听到过更准确的判断。我没有特别难过。

我善于流淌，而在变化之际甚至可以成为冰块和蒸汽，能渗入任何鞋子里。我和大家一起走着。

我把裹在身上的毛毯给了旁边的人。

我们回来了。到了俄罗斯。

一辆火车停在那里——是装甲车，上面有一行红色题字"消灭资产阶级"：字母耸立着，因此便如同腾空而起一般，而装甲车已经蹭坏了，里面空空荡荡的，它必定是要去基辅的。

火车停在那里。我们挤上车。车里很冷。和我们一起乘车的还有一些拿着袋子的残疾人：当时在俄国允许残疾人携带食品，这对他们来说如同特别待遇一样。残疾人挤上车，费力地爬进三个支架的加温车，他们的肚子塌陷得厉害。他们穿得很好。拿着袋子的残疾人、俘虏们沿着黑漆漆的钢轨前往俄罗斯。俄罗斯在那些人和其他人以及许多别的事物之间写上了加号，结果便培育出布尔什维克。我们乘车前行。

每个人都发给了一条斜齿鳊，没有面包。我们啃咬着。油脂断了，食不果腹。

战俘们不交谈，不打听。我们一旦抵达——什么都会知道。

在列车编组中有些车厢装着棺材，棺材上用树脂写着草体的黑字：

棺材运回

如果你死了，就会被运到库尔斯克，埋在"被火烧过的树林里"。而棺材则会运回去。要珍惜包装材料。

我们到了一个车站，看见了一辆旅客列车。上面挤满了人，密密麻麻的。大家从窗口爬进去，可是这很危险，会有人在你往里爬的时候脱下你的靴子。

我最初坐在缓冲器上；车厢顶上人太多了；俄国就像鞋匠用的擦线蜡一样慢慢流向某个地方。

我做了一个螺旋式降落，身子一旋进入车厢，挤到里面。找个地方坐下，搔着痒。

一个人坐在我前面。他问话。我回答。他说："您怎么就这样进来了呢，其他人可以，而您应该感到羞愧。"

我避而不答。

他说："我知道您是干什么的!"

"干什么的?"

"您是一个彼得堡的钳工，也可能是维堡地区的。"

我由衷钦佩地对他说：

"您这是怎么猜到的呢?"

"这是我的专业，我是库尔斯克肃反委员会的。"

的确，他穿着毛皮大衣，手表是金的，但是他并未嫌恶我，还宽慰我。

我继续乘车前行。

237

我坐的还是战俘专列。这时已经到了库尔斯克城外。有一个士兵从上面弄湿了我的袋子，而袋子里有二十磅左右的糖。许多战俘都带着糖。

夜里我们来到了莫斯科，城市漆黑一片，火车站有人在烧书，而周围挂着一些带有金色字母的宣传画。我们夜里穿过城市。非常可怕，城市完全是空空荡荡的。

我们来到一个小胡同，躺在木板床上过夜。

墙上有一幅宣传画，画着一个人，那个人的领口和腋下都是虱子。他的目光非常专注。

早晨我拿到了约瑟夫·维连奇克名下的一些证件，一条单裤、一件像是粗呢上装的衣服、一套内衣、一个糖勺，还有 20 卢布的钱，是一张黄色科伦斯基票子。

我去一位语文学家同志①那里。他见到我很高兴，安排我躺下睡觉，虽然他还没有得过斑疹伤寒，但是他不怕虱子。

后来他得了这种病，在生病期间他忘了自己的姓。

我们坐着交谈，用柜子最上层的隔板、装蝴蝶标本的小箱子以及窗檐烧着壁炉。

我去了一趟克雷连科那里，转交给他一封他妹妹从基辅写来的信（我是在基辅认识她的）。②

---

① 指的是罗曼·雅可布逊。

② 尼·克雷连科于 1919 年初担任全俄中央执行委员会革命法庭的主席，1922 年在社会革命党人的诉讼案中担任国家公诉人。叶莲娜·瓦西里耶夫娜·克雷连科（1895—1956），画家，舞蹈家，自 1924 年起是美国社会活动家和文学家马克斯·伊斯曼的妻子。

我对他说，没有人会是胜利者，但是需要言归于好。

他赞同我的话，但是他说，他们是胜利者。他还说，很快就不会有肃反委员会了。我还见到了克雷连科的母亲，她住在奥斯托任卡街的花园里。

我回到了营房，与战俘队伍前往彼得堡。我们出发了。

在车厢里我摘下帽子，而我的脑袋特别引人注目，就在那时已经秃顶，额头特别宽大。

我摘下帽子，躺在上铺，车厢里还进来一些人，他们不是俘虏。我们和他们吵了起来。我的声音洪亮。

我从上铺下来，坐在长凳上。车厢是三等车厢，不是加温车，但是却灯火通明。

突然，一个穿着白色衣领坐在我面前的人对我说：

"我认识你，你就是什克洛夫斯基！"

我打量了一下，在他的胸前发现了一块蓝布。密探们守在我住处周围的时候，戴的就是这样的标志。我也认出了这个人的脸，他当时通常站在角落里。

即便是现在，当我写到这里时候，我仍激动得声音嘶哑。虽然我再没听人提起过肃反委员会的制服，可是我非常清楚地记得那种蓝色布条。

我回答道："我叫维连奇克，刚被俘归来。我不认识您，您看看我的同伴们，我和他们在营房住了三年。"

战俘们不知道怎么回事，他们以为说的是乘车权的问题，有人便漫不经心地在上铺说道：

"自己人，别纠缠了。"

车厢是木制的，里面亮堂堂的，我却觉得空气稀薄。

我对那个密探说：

"既然我们认识了，就让我们一起喝茶吧，我有糖！"

我爬到上铺，把袋子拿下来，放下后拿起水壶，去隔壁的车厢打开水，我什么都没想，便穿过整节车厢来到乘降台上。

在乘降台上，我放下茶壶，走上踏板，向前一跳就逃跑了，跳下来时我的腿狠狠地撞到了枕木上。

如果我撞上的是道岔，那么它可能就会把我摔死了。

于是我看到了火车的后灯。

风雪轻轻地飞旋着。我的大衣留在了车厢里。我离开钢轨朝一侧走去。这里风雪飞旋着，什么都看不见，我又去了另一侧。那里是公路。

我开始沿着公路走。这件事发生在克林附近。

我一直走，来到一个村庄。敲了敲一户人家的门。他们让我进去了。我说，我中途下车后没赶上火车，我在奥地利有一份正经工作，想买一件好的薄羊皮短大衣。他们便以 250 卢布的价钱卖给了我。

我买了一双毡靴，为此我卖掉了高领毛衣，它马上就被放进炉子里烤了个透。我身上的虱子实在太多了。

然后我喝了茶。茶叶是用桦树的树瘤做的，没有滋味，也没有香味，一个颜色。这种树瘤即使煮一年也不会缩小。

我雇了一匹马，凌晨时把我送到了邻近通往莫斯科方向的车站。

在这里我坐上近郊列车，来到彼得罗夫斯克－拉祖莫夫车站，然后坐着蒸汽火车抵达了莫斯科。

高尔基当时正在莫斯科，我是通过《新生活》和《年鉴》认识他的。

我去找阿列克谢·马克西莫维奇，他给雅科夫·斯维尔德洛夫写了一封信。斯维尔德洛夫并没有让我在前厅等他。他在一个铺满地毯的大房间里接见了我。

雅科夫·斯维尔德洛夫原来是个年轻人，他穿着呢子短外套和皮裤。

此时正是乌法会议解散和沃尔斯基小组出现的时期。① 斯维尔德洛夫毫无疑心地接见了我，我告诉他，我不是白军，他并没有详细询问，而是给了我一封用中央执行委员会公文用纸写的信，他在信中请求撤销什克洛夫斯基的案件。

这段时间里，我还是在试图离开莫斯科之前，就遇见过拉丽萨·列伊斯涅尔，她热情地接待了我，还问了我能否帮助她把费奥多尔·拉斯科利尼科夫从雷瓦尔抢回来②。我还结识了革命军事委员会的一位成员。

---

① 在高尔察克逮捕了立宪会议的乌法代表大会成员以后，其中的部分社会革命党中央委员会成员（弗·沃尔斯基、康·布列沃伊等）转入地下。他们在乌法一直等到红军进入该市，并于1919年开始与乌法革命委员会就联合反对高尔察克事宜进行谈判，此后在莫斯科与中央执行委员会代表团（经俄共布中央委员会批准）谈判；结果是，通过了赦免社会革命党以及其他党派、社会革命党放弃与布尔什维克进行武装斗争的决议。弗拉基米尔·卡济米罗维奇·沃尔斯基（1877—1937），社会活动家，后来被社会革命党领导人指责与布尔什维克有联系。

② 费奥多尔·费奥多罗维奇·拉斯科利尼科夫（1892—1939），政治活动家，1919年12月率领"斯巴达克"号驱逐舰前往爱沙尼亚进行侦察活动，被英国人逮捕，在雷瓦尔监狱待了不长时间以后被遣送到伦敦，5个月以后他被用19个扣留在苏俄的英国军官换了回来。列伊斯涅尔与什克洛夫斯基革命前就认识，当时是拉斯科利尼科夫的妻子。

我当时因循怠惰，对布尔什维克非常友好，赞同用装甲车攻击雷瓦尔，以便尝试占领监狱。

这件事情没能实现，因为应该和我一起去的水手们（在戈里茨指挥下）分散在各处，多数人去了扬堡①取猪肉。一些人则感染了斑疹伤寒。

后来费奥多尔·拉斯科利尼科夫被英国人换了些东西。

此时我和列伊斯涅尔则前往彼得堡，带着给她签署的不同寻常的委任状。②

她是海军政委，海军总部的政委。

与此同时，高尔基带着我的案件经多方奔走得到了中央委员会释放大公们的承诺③；他已经相信恐怖活动结束了，并认为大公们将会在他的文物委员会工作。

但是他上当受骗了；在我前往莫斯科的那天夜里，大公们被彼得堡肃反委员会处决了④。尼古拉·米哈伊洛维奇在被枪杀时还抱着一只小猫。

---

① 列宁格勒州金吉谢普市1922年前的名称。
② 据后来罗曼·雅可布逊回忆，列伊斯涅尔当时只给什克洛夫斯基带来一纸公文，"如果我没记错的话，是托洛茨基签的字——'凡欲加害持此公文者必将惩办'。"但是，什克洛夫斯基也可能指的是雅·斯维尔德洛夫用全俄中央执行委员信笺写的便函。
③ 1919年1月高尔基向人民委员会请求释放一些皇室成员，但是，据其同时代人回忆，"高尔基带到彼得格勒一份为他们作担保的书面许可，可是他刚一走，莫斯科就电话指令尽快处决他们。"
④ 1919年1月29日，关押在彼得保罗要塞的大公尼古拉·米哈伊洛维奇、德米特里·康斯坦丁诺维奇、帕维尔·亚历山德罗维奇、格奥尔基·米哈伊洛维奇被枪决，以此作为"红色恐怖的秩序"和对"在德国恶意杀害罗扎·卢森堡和卡尔·李卜克内西同志"的回应（苏联出版物如是报道）。

我到了彼得堡，去斯莫尔尼宫找叶莲娜·斯塔索娃，她在肃反委员会工作①，我的案件由她办理；我来到她的办公室，递给她一封便函。斯塔索娃是个瘦瘦的金发女子，一幅文绉绉的样子。长得很漂亮。她对我说，她会逮捕我，雅科夫·斯维尔德洛夫的便函不具备命令的效力，因为肃反委员具有自主权，或者她好像是这样说的：

"斯维尔德洛夫和我，我们俩都是党员，他不能命令我。"

我说，我并不怕她，只是请求她不要吓唬我。斯塔索娃非常亲切而又认真地对我解释说，她没有吓唬我，只是要逮捕我而已。但是她并没有逮捕我，而是放我走了，没有问我的地址，还建议我不要去找她，可以通过电话联系。我出来的时候后背已经湿透了。隔了一天我给她打了电话，她告诉我说，案子已经结束了。她的声音听起来非常满意。

由此可见，肃反委员会想要在 1922 年逮捕我，是因为我在1918 年做的一些事情，它没有想到，这宗案件会因根据萨拉托夫诉讼案的赦免②和我本人的出现而了结。我不会提供与自己以前的同志有关的证词。我另有职业。

1919 年初，我来到了彼得堡。那是一段可怕的野蛮时期。我手

---

① 这里不是很准确。叶莲娜·德米特里耶夫娜·斯塔索娃（1873—1966）当时在俄共布中央委员会任秘书，全俄肃反委员会成员和彼得格勒肃反委员会的工作人员为雅科夫列娃，后来她曾在教育人民委员部工作。

② 指的是 1919 年最高法庭审理的"右翼社会革命党萨拉托夫组织的案件"。什克洛夫斯基这里所说的"赦免"很可能指的是苏维埃政府 1919 年 2 月 26 日关于社会革命党合法化的决定。但是，这远非对所有的党内成员的赦免：如果某位社会革命党人得到了赦免，他应该签署一份声明，说明自己将受到本政党放弃使用武力反对苏维埃政权这一决定的约束，然而在政府做出上述决定的一个月以后，镇压再次复燃。总的看来，什克洛夫斯基签署了这样的声明。

下的人还做出了雪橇。

最初人们只是在人行道上拖着一些物件和袋子，后来便把一块木板紧紧绑在袋子下面。冬天快结束的时候便做出了雪橇。

住房条件非常差。这个城市还没有走向新的生活。还不能建设新的楼房。也不会建造冰屋。

最初人们用家具给老式炉子生火，后来就不再生炉子了。而是住进了厨房里。东西分为两类：可燃和不可燃的。1920—1922 年期间，新型住房已经出现。

这是一个小房间，里面有炉子，它之前被称为小铁炉子，安着几节炉筒子；在炉筒子的连接处挂着几个小白铁盒子，用来接滴落下来的焦油。

人们用小铁炉子做饭。

在过渡时期人们生活得糟透了。

睡觉的时候穿着大衣，盖的是地毯；尤其是那些住在有集中供暖系统的房子里的人都冻死了。

公寓里的人们也都冻透了。

在家里，几乎所有的人都穿着大衣；为了暖和些还在大衣外面系上一根绳子。

人们还不知道，为了活下去应该吃奶油。人们只吃土豆和面包，吃面包时非常贪婪。伤口没有脂肪不能愈合，我们划破了手，手就会溃烂，包伤口的破布也随之腐烂。

人们用无情的斧头砍伤了自己。对女人已经提不起兴趣。都成了性无能的人，女人们也没有了月事。

晚些时候出现了一些爱情故事。一切都是裸露着的，毫不设防的，好比敞开的时钟一样；和男人生活在一起，是因为住在同一个公寓里。梳着粗辫子的姑娘们往往在五点半的时候委身于人，因为电车六点钟收车。

一切都在该发生的时候发生了。

我有一个朋友①，在大学的时候都说他具有天才的全部特征，他住在自己破旧房间正中的四把椅子之间，椅子上盖着粗帆布和地毯。他钻进去，哈着气，住在里面。还把电灯也拉了过去。在那里他写了关于马来语和日本语同源的著作。就政治信仰而言，他是一个共产党员。

水管爆裂了，厕所冻住了。更可怕的是人根本无处可去。我的另一个朋友，不是盖着地毯的那个，他说，他非常羡慕不知羞耻的狗。

太冷了，人们烧书取暖。在昏暗的文艺工作者之家②里躲避寒冷；吃别人的残羹剩饭。

有一次突降严寒，极度寒冷，似乎这样的严寒还从未有过，就像《圣经》故事中的大洪水一样。

人们都冻坏了，就要死掉了。

但是却刮起了温暖而湿润的风，于是已经完全冻透的楼房在这种暖空气中把墙壁染成了银白色。整个城市一片银白，而此前呈银白色的只有亚历山大纪念柱。

---

① 指的是叶·波利瓦诺夫。
② 彼得格勒的文学组织，自1918年末起帮助穷困作家，尤其是免费提供食物，坐落于今天的涅克拉索夫大街上，1922年关闭。

突显出来的稀疏斑点是各个楼房里为数不多的生着火的房间那漆黑的墙壁。

我家里的温度是七度。有些人来我这儿烤火，睡在炉子周围的地板上。在此之前我拆毁过一个孤零零的板棚。是司机们叫我去拆的。他们给我的雪橇钉上了铁条。他们靠盗窃来的煤油生活。

就这样，冰雪消融的天气开始了。我走出家门。暖和的西风迎面吹拂。

我看到一个朋友①迎面走来，他戴着长耳风雪帽，肩上披着厚毛围巾，还戴着别的什么东西，他后面有个雪橇，雪橇上是一卷线和他的女儿。

我叫住他说："鲍里斯，好暖和啊！"他自己却已经浑然不觉。

我去了格热宾②那里烤火，还吃了饭。我在他那里的时候，国家出版社给格热宾寄来了一封梅列日科夫斯基的信，信中请求革命政府（苏维埃政府）支持他（梅列日科夫斯基）这个永远拥护革命的人，希望政府能购买他的文集。文集当时已经卖给了格热宾。和我一起读这封信的还有尤里·安年科夫和米哈伊尔·斯洛尼姆斯基③。我能够做到把一份手稿同时卖给两个出版商，但是却不会写这样的信。

---

① 鲍里斯·米哈伊洛维奇·艾兴包姆（1886—1959），文艺学家和批评家，诗歌语言理论研究会成员。
② 津诺维·伊萨耶维奇·格热宾（1877—1929），出版家，漫画家。
③ 在作家罗曼·鲍里斯索维奇·库利（1896—1986）的回忆录《我带走了俄国》中，斯洛尼姆斯基也曾讲过这件事。尤里·帕夫洛维奇·安年科夫（1889—1976），画家，回忆录作者。米哈伊尔·列昂尼多维奇·斯洛尼姆斯基（1897—1972），作家。

不停地有人死去，人们用手拉小雪橇运走尸体。

后来人们便把尸体随便丢弃到空着的住宅里。安葬费用太高了。

我有一次去拜访几个老朋友。他们住在一条贵族街道上的一栋房子里，最初他们用家具生炉子，接下来用的是地板，后来则搬到了隔壁的公寓。这简直就是伐林体制。

在这栋房子里，除了他们，一个人都没有。

在莫斯科能吃得比较饱，但是更加寒冷和拥挤。

在莫斯科的一栋楼房里，驻扎着一支部队；给它拨了两个楼层，但是它并没有全部使用，而先是住在了下面的那层，后来那一层烧光了，才又搬到了上层，还在地板上往下层房间打穿了一个洞，锁上下面的房间，而把这个小洞当厕所使用。

这件事情持续了一年。

这与其说是肮脏龌龊的行为，还不如说是从新的角度充分利用了各种东西的作用以及身体虚弱所致。

没有钉掌的双脚，没有防滑钉的双脚，难以在可恶的压平了的大地上轻快地走动。

耳朵里轰鸣着，你因压力过大而失聪了，你跪了下来。可是脑子里却一直在想着《情节编构手法与一般风格手法的联系》。"请别忘了吊带！"此时我已经写完了这篇文章。鲍里斯也写完了自己的文章。奥西普·布里克则完成了论及语音重叠①的文章，我们于1919

---

① 奥西普·布里克的文章《语音重叠》早在1917年就已发表于《诗歌语言理论文集》第二卷中。

年在青年艺术出版社出版《诗学》① 一书，共十五个印张，四万个字符。

我们常常聚会。有一次我们聚集在一个被水淹了的房间里。我们坐在椅子的靠背上。在黑暗中聚在一起。随着敲门声，谢尔盖·邦季②走进了黑暗的前厅，他带来两个椴木板箱，用绳子绑在一起。绳子深深地勒在他的肩膀上。

我们点燃火柴。看到他的面容（留着大胡子而又年轻）很像从十字架上抱下来的耶稣。

我们从 1917 年至 1922 年在一起共事，创建了一个学术流派，往山上推着石头③。

我的妻子（我于 1919 年或 1920 年结婚，结婚时接受了妻子的姓科尔季，但是我却没有耐住性子，现在仍署名什克洛夫斯基）住在彼得堡区。

那个地方很偏远。

我们决定搬到彼得堡。

一个年轻的共产党员邀请我们去他的住处。

他住在兹纳缅斯克大街。

就出身而言，他是在顿河畔罗斯托夫附近拥有矿井的律师的儿子。

---

① 《诗歌语言理论文集》第三卷（1919）名为《诗学》。青年艺术出版社是由弗·马雅可夫斯基组建的。

② 谢尔盖·米哈伊洛维奇·邦季（1891—1983），后来成为俄罗斯著名的普希金研究专家。

③ 希腊神话故事中，西西弗斯因在天庭犯法，被罚推一块石头上山，每天他都费力地把石头推到山顶，但晚上石头就会滚下来，于是第二天又要把那块石头往山上推。西西弗斯所面临的似乎是永无止境的失败，他的劳动似乎是徒劳无益的。——译注

十月革命后，他的父亲去世。叔叔开枪自杀。他留下一张字条："该死的布尔什维克"。

他现在独自一人生活。这是一个优秀而又诚实的青年。我非常喜欢他房间里的红木书桌。

我们一起料理家务，有面包的时候吃面包，吃马肉。卖掉了自己的一些东西。我卖自己东西的时候会比他轻松很多。我很少感到惋惜。天冷的时候，我就在他的住宅里来回走动，用斧头敲打家具，然而他却很悲伤。

尤登尼奇开始发动进攻①，这个共产党员被动员起来，派往前线。

巴什基尔人都跑掉了，他朝他们投掷了炸弹。

他的肩部在冲锋时受伤。

他被送到军医院，伤口由于缺乏营养一直不能痊愈。

后来稍稍有些愈合。

他便又去了前线，这次前线就在圣彼得堡近郊。在连博洛沃村附近的某个地方②。

绿军③发动了袭击。随后转移至离彼得堡更近的地方。

他待在指挥部。得了斑疹伤寒。躺在病房里，屋顶在滴水，有些病人精神失常，他们钻到床底下说着胡话。

---

① 指的是尤登尼奇部队在春夏之交进攻彼得格勒。
② 圣彼得堡以北 40 公里的卡累利阿地峡地区。
③ 称呼的是在俄国内战争和武装干涉期间一些不想在军队服役而躲在树林里的人。非常有名的绿军是由红军和白军中的逃兵组成的。

小伙子的心脏已经要停止跳动了。

心脏就要停止跳动，因此需要注射樟脑。樟脑却没有了。

一个·助理护士或者护士急得在病房里团团转。小伙子英俊潇洒，有着草坪网球运动员的外形，宽宽的胸膛。她给他注射了樟脑，那是医院里仅剩的、最后的几小瓶樟脑。他康复了。

芬兰行动起来了。我们需要做出最后的努力。

"同志们，我们要做最后的努力！"托洛茨基呼喊着。

这个共产党员去了前线。那时下着雪。到处是白雪和云杉或者松树。一次他和同志们骑着马在这样的雪地上走啊走啊。

随后他停下来，下了马，坐在一块石头上。在叙事诗中，坐在石头上表达的是人的绝望（参见维谢洛夫斯基，第三卷）①，他坐在一块真正的石头上哭了起来。然后他与朋友们继续前进。

一个同志跳上马，骑着它跑回住处取可卡因。

需要做出最后的努力。这个共产党员被带到前线攻打波兰。

最初发动了进攻，后来被切断了。他被俘虏。他扔掉了自己肃反工作人员的证件。他是一名肃反工作人员。

证件被找到了，但是照片毁坏得厉害，已经认不出这个共产党员了。

俘虏们遭到殴打，并在早晨决定执行枪决。夜里站岗看守俘虏的犹太崩得分子放走了他们。他们逃跑了，却被另外一支队伍俘虏。

---

① 讽刺性地引用研究中世纪叙事诗的科学院院士阿·维谢洛夫斯基的著作（其文集第三卷研究的是意大利文艺复兴时期的文学）。

在这里他们遭到殴打，但是没有被枪决。

他们被囚禁起来，在监狱关押了一年。而在这一年当中，士兵们都没说他是肃反工作人员。

这一点我必须写。

有人路过的时候，从背后偷偷地递给他一瓶罐头说："拿着吧，同志。"

士兵和军官们也给他吃的东西。波兰人很残忍地打他，主要是打小腿肚子：他们说，打在小腿肚上是看不见的。

天太冷了，他冻伤了手指。手指便被切除了。

被俘的红军护士被强奸，波兰军官把梅毒传染给了她。她和他们住在一起。

她也传染了别人，后来便服吗啡自杀了。她留下一张字条："为传染而卖淫"。

而我，一个艺术理论家，我，这块坠落着往下看的石头，我知道何谓理由！

我不相信有这张字条。

如果我也相信的话，那么请告诉我，难道我需要让波兰军官染病吗？

他长期遭受毒打。后来布尔什维克用天主教司铎把他换了回来。

此时，我们在彼得堡都以为他已经死了。

他回来了。头戴尖顶帽来找我，一个默不作声的勤务兵跟在他后面。

他的背已经驼了。惊恐地四处张望着。在新经济政策时期他走遍了整个俄国。

夜里他睡在我的沙发上。

我夜里经常梦到炸弹在我怀里爆炸。

有一次我身上发生过这样的事儿。

我夜里有时还会梦见天花板掉下来，梦见世界坍塌了，我跑到窗前，看到空荡荡的天上漂浮着月亮的最后一块碎片。

我对妻子说："柳霞，别担心，穿好衣服，世界终结了。"

共产党员睡得很不好，他在梦里呼喊着，哭泣着，幻想着。

我很可怜他。

他住在彼得堡近郊的一个小镇上，他没有多少钱；但是在镇子里可以用面包换到伏特加，女中学生们则从事卖淫活动。

我觉得，晚上睡在他旁边是很可怕的。

在我逃离俄国之前的几天里，我收到了这个共产党员的来信。他蹲进了监狱。

特别处与省肃反委员会起了争执，这个共产党员在肃反委员会的间谍监视他的时候抓住了他，当街痛打了他一顿。

共产党员被逮捕，被指控犯有十六宗罪行，其中包括他从俘虏中逃出来时（赤身裸体），私自拿走衬衫和军便服。

这就是有关这个共产党员的一切。现在他已经被释放。

这个时候我正挨饿，我因饥饿而去了谢苗诺夫斯基大街上的汽车学校当教官。

这所学校的情况是，大家要自己扛食物。一辆汽车都没有。教室里也没生火取暖。支队的生活都集中在小卖部周围。发放面包，每天一俄磅，还有鲱鱼、一丁点儿黑麦、一块方糖。

你回到家，很害怕看到这些小份的定量食物。它们好像是在嘲笑。有一次发了牛肉。它的味道多么令人惊奇啊！就好像是第一次尝到女人的滋味。完全是一种新事物。还发过受过冻的土豆，有时也会在教育人民委员部的合作社里看到①。土豆很多，它是那么柔软，用手指就可以捻碎。冻土豆应该在水槽下用冷水冲洗，最好用木棍搅拌。土豆之间相互摩擦，泥污就洗掉了。然后用它做碎肉马铃薯泥饼，但是必须放很多辣椒。还发过马肉，有一次发了很多——想要多少就拿多少！它几乎还在滴着血，人们就拿走了。

我们用鲸油煎马肉，也就是把它称为鲸油，但这可能是鲸蜡②(?)，它对于润肤膏而言是个好东西，但是却会凝结在牙齿上。

我们用马肉和黑麦粉做成小块焖牛肉。有一次弄到了很多面包，便邀请了一些客人，用马肉和面包招待大家，想吃多少就吃多少，不用购物票，还发给每个人两颗糖果。

客人们心情愉悦，只可惜他们没有带妻子来。

此时《诗学》一书已经出版，是用特别薄的纸张印刷的，比厕纸还薄。没有找到别的纸张。

出版物上交给了教育人民委员部，而我们则按一定的比率拿到了报酬。

---

① 在国内战争期间，教育人民委员部曾对学者和艺术活动家予以物质援助。

② 鲸蜡是从鲸鱼头部提取出来的一种似蜡的油脂，用于化妆品中。

这个时候书店还没有关闭[1]，但是教育人民委员部四处推销书籍。就这样过了大约三年。

书籍印刷的册数非常之多，一般来说不少于一万册，常常多达二十万册；几乎都是教育人民委员部印刷的，它拿了书稿并送到中央印刷厂[2]。

中央印刷厂再分派给省印刷厂以及其他印刷厂。

结果在俄国根本就看不到书了。例如，寄送到戈梅利九百册星空图。放哪儿呢？只能闲置着。

在萨拉托夫，我们的这册书分发给了各个红军阅览室。而大量出版物丢弃在仓库里。就这样搁置着。特别是宣传性图书，最终都被用来吸烟了。在一些城市，比如说在日托米尔，三年里谁都没见过一本新书。

况且要出版就出版各种各样的书籍，这还不算宣传性图书。

令人吃惊的是，国家比个人愚蠢得多！出版商能找到读者，读者也能找到书籍。个别手稿也能找到出版商。但是，如果这件事加上了国家出版社和印刷局，那么只能得到一座座书山，就像列姆克《在沙皇统帅部的二百五十天》[3] 一书中的勃朗峰，——这是一些错送到儿童收容所的书籍，是滞销的图书。

曾经听说过一些非常令人难以置信的故事！有人在收集牛奶。

---

[1] 早在 1917 年 11 月布尔什维克就已经开始在莫斯科进行图书贸易的市有化和国有化，彼得格勒则于 1919 年 12 月开始。

[2] 全俄中央执行委员会直属的中央印刷品供应和发行局，成立于 1918 年，一直存在到 1921 年。

[3] 此书出版于 1920 年。米·列姆克（1872—1923）历史学家，政论家。——译注

命令把牛奶在某日前送到某地。可是没有容器。他们便把牛奶倒在地上。事情就发生在特维尔近郊。某实物税收集委员会主席（共产党员）就是这样给我讲的。最终找到了容器，几只鲱鱼桶。把牛奶倒进去运走，运来后却倒掉了。看着特别令人难过。鸡蛋也是同样的情形。想想看，两三年来彼得堡吃的只有冻土豆啊！

人的一生需要代入一个公式并做出相应调整，公式是事先准备好的。然而我们吃的却是烂土豆。

1915 年我曾在工学院附属的空军学校任职；有一次我们收到了一份文件。

这份文件看上去相当严肃，以通令的形式印发到所有学校和所有连队。文件中写道："坚决监督，确保飞机机械师能够区分'守护神'发动机的汽油管和机油管。"

这样的命令仿佛是在给所有的村庄寄发一份通令，让人们不要混淆牛和马。然而，原来这并非故弄玄虚。

简单谈谈"守护神"旋转式发动机。"守护神"是非同寻常的、不可思议的发动机。它的曲轴静止不动，各个汽缸却在旋转，而螺旋桨固定在汽缸上面。

我不想马上就给您讲解这种机器的各个零部件，我只想简单地说，其中的机油管和汽油管都要通过曲轴。

这种发动机（现在几乎已经没有人使用它了，只用"莫诺苏蓬"或"龙"发动机）使用，或者确切地说曾经使用的润滑剂是蓖麻油。附着在发动机上的油特别多，在离心力的作用下甚至可以通过汽缸盖上的阀门抛洒出来。

如果来到这种发动机运转的地方，那么你就有被溅得满身是油的危险。

发动机散发出蓖麻油燃烧的甜味和浓烈的香味。

这样一来，这种发动机的机油消耗接近汽油消耗的一半。确切的数字我不记得了。我们的机械师常常混淆这些油管。于是机油便通过曲轴流到发动机的焊口，并通过活塞上的阀门进入压缩室，汽油则沿着机油管通过曲轴流到连杆，从这里再通过活塞销像润滑油一样流到汽缸壁上。想象一下，发动机在运行。它们把汽油当作了润滑油。它们仍在运行，因为它们是经过大约计算的，毫不节约，"快点来吧"，而汽油最终还是流到了自己该去的地方，于是就发生了爆炸。这样一来，它们只能运行五分钟。

随后，机器上的钢就变成了腐臭之水的颜色，活塞卡住了，机器便永远停止了运转。

找来一些法国机械师，他们看了看，我不知道他们陷入了昏厥还是痛哭起来。于是便发来了这个通令。

布尔什维克进入了已经衰弱的俄国，但他们不是中立的，不是，他们是特殊的组织杆菌，但是来自另外一个世界，另外一个维度。（这就像是以复式簿记为基础，用鱼类和鸟类来组建国家）。

但是，落入布尔什维克手中的机械以及他们可能会深陷其中的机械是如此地不完善，竟然可以反方向运转。

润滑油能代替燃料。

布尔什维克曾经坚持过，现在坚持着，并且仍将坚持下去，这得益于他们所操控的机械不够完善。

不过，我对他们的看法是不公正的。聋子才会如此错误地认为跳舞的人是疯子。布尔什维克有自己的乐曲。

所有的插叙都建立在一种手法之上，这种手法在我的《诗学》中称之为延宕。

齐赫文斯基教授①在被逮捕前不久告诉我："占领了格罗兹尼以后，我们立刻发了一份电报，说明石油应该从哪些油源地、不应该从哪些油源地运出。我们的电报根本没人在意。油罐车中泵满了石蜡含量非常高的石油，运送到了彼得堡，这里天气更冷，石油凝固了，无法从油罐中流出来。从前这样的石油只在里海东岸地区使用。现在我们的油罐车都被占用，我们无法将它们清空返回，运输便停止了。油罐车里的石油几乎需要抠出来，不知道接下来拿它怎么办。"

这样的事情每天都能听到。就来讲讲一个汽车企业里人们的所作所为吧。有人会问，俄国怎么准许这样？有一个流浪的故事，是北非的布尔人讲卡菲尔人②的，也是俄国南部的犹太人讲乌克兰人的。

买主在接收一个土著居民的袋装面粉。对他说："你不会记账，所以你拿来一袋面粉，我就给你一个二十戈比的新硬币，最后每个二十戈比硬币我会付给你一卢布二十五戈比。"这个土著居民带来了十袋面粉，可以得到十个二十戈比的硬币，但是他舍不得把这些硬

---

① 米哈伊尔·米哈伊洛维奇·齐赫文斯基（1868—1921），化学家，1921年因"塔甘采夫案件"被捕，8月24日被判处枪决。
② 卡尔菲人是18世纪布尔人对操班图语的南非各族的称谓。

币还回去，它们全都是新的，他便偷着留下了两个，只还了八个。卖主因此"赚到"了二卢布十戈比。

俄国偷窃了自己很多的二十戈比硬币。每个列车上偷了一点儿。它毁了一些工厂，但是却从它们那里得到了生产靴子用的传动带。

而现在的情况是，一切都还没有结束，它还在一点一点地偷窃着。从雷瓦尔开往圣彼得堡的列车没有一辆是完好无损的。人们就靠这个活着。

所以，对于我在俄国看到的一切奇怪的事情，我既不会把它们融合在一起，也无法把它们联系起来。

让自己的内心痛苦，谈论已经过去的事情，这样做很好吗？

因此，在做出判决时不要传唤任何证人。我只能讲讲自己，而那也并非我的全部。

我在写作，但是陆地不会离我而去，我不能像狼一样迷失在思想的森林中，迷失在我所创造的词语的森林里。陆地是不会消失的，生活就在周围，而周围不存在词语的海洋，它的边缘也没有向上卷起。思想在大地上奔驰着、奔驰着，但是它却无法起飞，就像没有按照标准造的飞机一样。

灵感的暴风雪并不想约束我的思想，上帝也不会把巫师从大地上带走。我舔舐着嘴唇，上面没有泡沫。

而这一切都是因为我不能忘记审判，忘记明天即将在莫斯科开始的那个审判。①

———————————

① 社会革命党人的诉讼案开始于 1922 年 6 月 8 日。

生活之流中充斥着属于不同体系的不连贯的片段。

只有我们的衣服，而不是身体，把生活中这些零散的时刻连在一起。

意识照亮了只有用光明才能连接起来的片段，如同像探照灯照亮一片云彩、大海、一处海岸、森林，而并不顾及民族界限。

但是疯狂却自成体系，在睡梦中一切都是相互关联的。

我现在带着自己生活的断片来面对共产党员们连贯的意识。

然而我的生活也是用自己的疯狂连接起来的，我只是不知道它的名字。

而你们是我近些年的友人，我和你们携手并肩，在朴实而又感人的彼得堡那些散发着大海气息的街道之间，我们酝酿着自己的著作，而它们似乎是任何人都不需要的。

我来继续勾勒自己生活的纵剖面。

临近春天的时候我得了黄疸，似乎是因为食用汽车连食堂（付费的）的劣等油脂中毒。

我变成了十足的黄绿色，鲜艳得像金丝雀一样。眼睛也是黄色的。

我不想走动，不想思考，不想动弹。需要弄到一些木柴，这些木柴需要自己打回来。

天气很冷，姐姐给了我一些木柴①，还给我一些掺着亚麻籽的黑麦面包。

---

① 什克洛夫斯基的姐姐叶夫根尼娅·鲍里索夫娜·什克洛夫斯卡娅（1892—1919）。

她住处的昏暗令我很惊讶。这里没有铺设铠装电缆①。

在漆黑的儿童房里，在汽油蜡烛——这是一个金属圆筒，里面有石棉线，就像一个大的打火机——的光线中，安静的孩子们坐在那里等待着。

两个女孩：加利娅和玛丽娜。

几天后姐姐突然去世。我惊慌失措。

我的姐姐叶夫根尼娅是我最亲的人，我们的容貌非常相像，而她的想法我也能猜到。

把她和我区别开来的是忍让和绝望的悲观情绪。

她 27 岁时辞世。

她有一副好嗓子，学习过，想唱歌。

不必哭泣，要爱活着的人！

一想到有些人已经死了，可是你甚至没来得及对他们说一句温存的话，心里是多么难过。

人们却都孤独地死去。

不要哭泣。

1919 的冬天彻底改变了我。

在冬末时我们大家都受了惊吓，决定逃离彼得堡。

姐姐在生命垂危之际曾发呓语说，我要离开这里并带上我被杀害的哥哥的孩子。

可怕的是，我的姑母饿死了。

————————————

① 即没有铺设禁止切断的电缆。

我的妻子和她的妹妹决定去南方；我应该在赫尔松赶上她。

我费尽周折得到了一个出差的机会。基辅刚刚被红军占领。[1]

妻子离开了。那天似乎是 5 月 1 日。

我在此后一年中没见过她，邓尼金发动了进攻，切断了南方[2]。当时已是春天。城里痢疾肆虐。

我躺在医院里，角落里一个梅毒患者奄奄一息。

医院很不错，于是我便在这里开始写回忆录的第一本书：《革命与前线》。

已是春天。我在沿河街上散步。像往年一样。

夏天里我继续写作，圣灵降临节那天我在拉赫塔的别墅写过。

玻璃被沉重的炮击声震得颤动不已。整个喀琅施塔得烟雾弥漫，在和"红山"炮台对射[3]。书桌也在抖动。

妈妈做了馅饼。她用绞肉机磨碎了小麦，因为没有面粉。孩子们很喜欢别墅，因为他们在这里有一些菜畦。

这不是坏事，这是生活的惯性，它能让人活下去，而日复一日地活着就能医好伤口。

早在秋天就在涅瓦大街的"世界文学"出版社开设了一个译员

---

[1] 1919 年 2 月 5 日，红军占领了基辅，该城自 1918 年 11 月起受乌克兰执政内阁（佩特留拉占领基辅后组建的）控制。

[2] 1919 年夏天，邓尼金的部队开始"远征莫斯科"，从顿河出发，占领了北高加索、克里木，走上了察里津、巴拉绍夫、白城、叶卡捷琳诺斯拉夫、赫尔松这条路线。

[3] 1919 年 6 月，在尤登尼奇进攻彼得格勒期间，在喀琅施塔得的"红山"和"灰马"炮台爆发了反布尔什维克起义，但是很快被镇压了。

训练班。①

不久它简直就成了文学训练班。

在这里讲过课的有尼·斯·古米廖夫、米·洛津斯基、叶·扎米亚京、安德列·莱温松、科尔涅伊·楚科夫斯基、弗·卡·希列伊科②；后来邀请了我和艾兴包姆。

我有一群年轻的、非常优秀的听众。我们研究长篇小说的理论。我与自己的学生们共同撰写了一本有关《堂吉诃德》和斯特恩的著作。我从来没有像这一年那样工作过。我与亚历山德拉·韦克斯勒③就长篇小说中典型的重要性进行了争论。

从一部著作到另一部著作，从一部长篇小说到另一部长篇小说，以及看到它们本身就在扩展着理论，这是非常愉快的。

我们很快就从涅瓦大街搬进了铸造厂大街上穆鲁济的公寓楼房。④

训练班已经脱离了"世界文学"出版社。

这所公寓非常富丽堂皇，是东方的建筑风格，有大理石楼梯，所有这些放在一起非常像浴池。炉子生火用的是孟什维克的图书，

① 这个训练班附属于"世界文学"出版社，开设于1919年6月；什克洛夫斯基在这里讲授"文学理论"课程。

② 米哈伊尔·列昂尼德多维奇·洛津斯基（1886—1955），诗人，翻译家。安德列·雅科夫列维奇·莱温松（1887—1933），芭蕾舞历史学家，批评家。弗拉基米尔·卡季米洛维奇·希列伊科（1891—1930），东方语言学家。

③ 亚历山德拉·拉扎列夫列夫·韦克斯勒（1901—1963年以后），当时才刚刚开始创作的作家，自由哲学协会的办公室主任，后来移居德国和以色列。

④ 供出租的公寓楼房，归阿·穆鲁济所有，位于铸造厂大街、柯罗连科大街和彼斯捷尔大街的交汇处，以建筑奇特和房客众多而闻名，著名房客有梅列日科夫斯基、吉皮乌斯、伊·布罗茨基等。

这是某个俱乐部留下来的。

入秋后尤登尼奇发动了进攻。①

从彼得保罗要塞朝着斯特列利尼亚射击。

要塞就像是一艘烟雾中的轮船。

一些街道上用木头和沙袋建立了防御工事。

里面似乎没有抵抗的武装力量，而外面，依我现在看来，似乎也没有发动攻击的兵力。

这时一些逃兵坐着电车进了城。

于是进行射击，而射击都射到了空气中，如同天空中的云彩一样。

在国内战中互相攻击的是两个真空。

没有红军和白军。

这并非玩笑话。我见过战争。

白军像烟雾般围在城市四周。城市躺卧着，如同在梦中一样。

谢苗诺夫团突然发动筹备了三年的叛变。

我的一个战友来找我，他说：

"听我说，什克洛夫斯基，据说，芬兰人也要进攻我们，不，我不同意让第三个帕尔戈洛沃②征服我们，我要去当机枪手了。"

城市被围困，吃的只有白菜；但气压计的指针慢慢地超过了零刻度，风从彼得堡方向吹来，白军便四散而逃了。

---

① 尤登尼奇最后一次进攻彼得格勒是在 1919 年 10—11 月。
② 芬兰人在彼得格勒北郊的居住区。

新的冬天到来了。

我在彼得堡购买钉子，把它们带到农村换面包，我靠这个生活。

一次乘车的时候，我在车厢里遇见一个炮兵战士。我们交谈起来。他带着自己那把三英寸口径的手枪已经多次被俘，要么是被白军，要么是被红军。他本人说："我知道一件事——我的事业就是被俘。"

这个冬天我一直在训练班和《艺术生活》报社工作，玛丽娅·费多罗夫娜·安德列耶娃邀请我去的报社①。报酬微薄，但有时会发长筒丝袜。但是我要用什么填满回忆录中的这个冬天，就像生活中它已经被填满一样？

我决定在此处谈谈阿列克谢·马克西莫维奇·彼什科夫，即马克西姆·高尔基。

此人个子高高的，梳着平头，有点驼背，蓝眼睛，看起来很坚强，我和他还是 1915 年在《年鉴》杂志社认识的。

在写下有关高尔基的一切文字之前，需要说明的是，阿列克谢·马克西莫维奇几次救过我的命。他向斯维尔德洛夫为我作担保，给过我钱，当时我已经做好了死的心理准备，而我最近一段时间在彼得堡的生活，就是在他创立的几个机构之间度过的。

我写这些不是在描写一个人，而只是记录我人生历程中的事实。

我经常去高尔基家。

我是一个爱说俏皮话的人，也喜欢听别人讲笑话，而高尔基家

_____

① 该报 1918 年开始发行，是人民教育委员部戏剧处彼得格勒分部的机关报（直到 1922 年；1923—1929 年变为周刊）。玛丽娅·费多罗夫娜·安德列耶娃（1868—1953），演员，革命前是高尔基的妻子；当时任戏剧处委员。

里总是充满了笑声。

那里对生活的态度具有特殊的程式化的基调。对它的否定颇有讽刺意味。

像是在托尔斯泰《童年》的主人公家里与继母谈话的腔调。

高尔基在《新生活》上发表过一篇描写一个法国军官的文章①，这个军官在战斗中看到他的队伍人越来越少，便喊道："死人们，站起来！"

他是一个法国人，相信漂亮话。而死人，是因为许多人在战场上受到惊吓而趴在地上，在枪林弹雨中无法站起来——死人因此才能挺身而起。

具有英勇精神的法国人的信念和无畏是完美的。而我们却口吐脏话在死亡线上挣扎。不论我们还是法国人都害怕可笑之物，但是我们也惧怕伟大之物、时髦之物，并视其为可笑之物。

于是我们便在笑声中终结。

高尔基的一生是漫长的一生，在俄国作家当中，可能只有他当年把仲马主人公的时髦带进了俄国，因而在他早期的一些作品中死人们便能复生。

高尔基的布尔什维主义是讽刺性的、对人缺乏信心的布尔什维主义。我所理解的布尔什维主义并非某个政党的附属物。高尔基从来没有加入过某一政党。

死人不能带去冲锋陷阵，但是可以把他们摆成垛，而在垛与垛

---

① 《不合时宜的思想》中的一篇文章，1918 年 5 月 1 日出版。

之间铺上小路，撒上沙子。

我离题了，但是一个人的所有组成成分都在其自身以外。他本身就是各种力量的交汇之地。

人民可以制造出来。布尔什维克相信，材料并不重要，重要的是形式，他们希望输掉今天、输掉履历，而赢得历史的赌注。

他们想要制造一切，为的是让太阳按照时刻表升起，在办公室里出现好天气。

生活的无政府主义，它的潜意识，树木非常了解它该如何成长那样的事——他们却不明白。

世界在纸上的投影并不是布尔什维克偶然犯下的错误。

最初他们相信，公式与生活是吻合的，生活的形成靠的是"群众的主动性"，然而依据的却是公式。

如同死了的犀牛和猛犸象一样，现在俄国有这样一些词语——这样的词语很多！——"群众的主动性""地方政权"和"不割地不赔款的和约"的顽固维护者，孩子们则取笑着那些已经死去而尚未腐烂的怪物。

高尔基是一个真诚的布尔什维克。

现在谈谈"世界文学"出版社。没有必要让俄国作家去写他想写的东西，而是应该让他翻译经典作家的作品，翻译所有经典作家的作品，要让所有的人都去翻译，让所有的人都去阅读。大家读完了，就什么都知道了。

无需数以百计的出版社，只要一个格热宾出版社就足矣。出版社的目录够看一百年了，这是一百个印张的目录，用英文、法文、印度支那文和梵文出版的。①

所有的文艺理论家，所有的专栏作家，在奥尔登堡本人和亚历山大·伯努瓦的监督之下②，如果记住这些提纲，那么就会出现许多书柜，任何一个人要是读完所有书柜里的书，就无所不知了。

这里既不需要英雄主义，也不需要对人们有信心。

让死者不必站起来，有人会为他们安排好一切。

高尔基与列宁的会面不是没有缘由的。

但是对于俄国知识分子而言高尔基就是诺亚。

在"世界文学"出版社、"格热宾出版社"、"艺术之家"③这些诺亚方舟中，人们在大洪水中得救了。

人们得救不是为了反革命，而是为了俄国的文化人不会绝迹。

布尔什维克为了知识分子接收了这些集中营。没有赶他们走。

如若不这样的话，知识分子可能就会堕落，做事完全敷衍塞责。那么布尔什维克就会得到一些半死不活的人——都是下流胚，但是统统归其所有。

因此，高尔基在思想观念上是不对的，而实际上却很有益处。

他的方法是把精力充沛的人联合起来组成一些小组——选出利

① 1919年《世界文学》目录以几种语言在彼得格勒出版，规模很大。
② 谢尔盖·菲奥多罗维奇·奥尔登堡（1863—1934），东方学家，俄罗斯科学院院士。亚历山大·尼古拉耶维奇·伯努瓦（1870—1960），画家，艺术史学家，美术评论家。
③ "艺术之家"是彼得堡艺术工作者的组织（1919—1920），尤其是为文化活动家们安排了广为人知的公共宿舍。许多回忆性作品和文学作品都描写过"艺术之家"中的生活和氛围；其中女作家奥·福尔什（1873—1961）的小说《发疯的轮船》的主人公之一就是什克洛夫斯基。

未人①。在他离开前最后一个这样的小组是"谢拉皮翁兄弟"②。他总是能给人们带来好运。

高尔基是完全不相信人类的。

高尔基爱的并不是所有的人，他爱的是那些作品写得出色或者工作出色的人……

不，我既写不下去，也无法入睡。

从窗口就可以看见白夜，还有秋播作物地上空的曙光。

放到森林里过夜的马匹的铃铛发出清脆的响声。

托－洛－年……托－洛－年。

托洛年是隔壁的芬兰人的姓。

不，我既写不下去，也无法入睡。

从窗口可以看见白夜，还有秋播作物地上空的曙光。

而在彼得堡天空中守护着的是引文女神、海军总部大厦的尖塔。

从艺术之家的窗口望去，我的妻子看到了绿色的杨树和喀山大教堂圆顶后面的朝霞。

而这里有个托洛年……

我是不会幸福的。

我不会很快就坐到自己房间里的石桌旁用没有茶托的杯子在朋

---

① 引喻，出自《圣经》，利未人是一群在以色列人中被神特别挑选出来侍奉神的人："你从以色列人中选出利未人来，洁净他们……这样，你从以色列人中将利未人分别出来，利未人便要归我。"

② 1921年成立于彼得格勒的文学团体，其中某些成员是"世界文学"出版社翻译训练班，即后来的"艺术之家"文学训练班（什克洛夫斯基自1919年12月起在这里授课）的学生。该文学团体的主要成员有：米·左琴科、伊·格鲁兹杰夫、叶·波隆斯卡娅、韦·卡维林、尼·吉洪诺夫、康·费定、弗·伊凡诺夫、列·伦茨、尼·尼基京等。

友的围绕中喝加了糖的茶，也不会很快就看到桌子上杯子留下的圆圈。

鲍里斯·艾兴包姆和尤里·特尼扬诺夫也不会来找我，不会谈论什么是"韵律句法图形"①。

房间孤零零地漂浮着，像是"美杜莎之筏"②，而我们正在探求艺术的主导思想，如果某人怪异地摇晃一下脑袋，那么就意味着他的思想有所进展。

柳霞则会说，"他咬掉烟嘴了"；这是因为只有坐骑动身的时候才会这样晃动脑袋和嘴巴。

哦，石桌上杯子留下的圆圈！

还有我们的小铁炉子的炉管冒出的烟雾！我们的房间充满了祖国的烟雾。

这是亲爱的柳霞的 1921 年！

你盖着毯子和虎皮熟睡着，虎皮是在苏维埃商店里买的，它是从哪一家流出来的？我们把它的头部剪了下来。

弗谢沃洛德·伊万诺夫则买了一张北极熊皮，给自己做了以蓝色呢子为衬的毛皮大衣：重二十五磅，几乎就要用海军总部大厦尖塔上的镀金长针来缝了。

你盖着虎皮熟睡着。

---

① 奥·布里克在诗歌语言理论研究会中研究的诗学概念。
② 法国画家杰利柯的画作，画的是一艘在轮船毁灭之后剩下的小木筏，登上小木筏的一百多名乘客中仅十五人生还。

柳霞起了床，用中央银行的文件生炉子①。从长长的炉筒中，就像从吸烟人的鼻孔中一样，升腾起的烟雾如同纤弱的爬行动物。

你起了床，登上毡靴，爬上楼梯去堵那些小窟窿。

日复一日。你无法把楼梯搬出房间。

你是找不到砌炉匠的。他在城里是最有用的人。城市安装着防寒设备。大家都选择住在城市。我们一直没能给斯洛尼姆斯基安装炉子。

他一直竭力讨好砌炉匠。砌炉匠称他为米沙——整栋房子的人都叫他米沙·斯洛尼姆斯基。大家都很赞赏他，因为他总是喝酒，但是却喝不醉。

可是却没有炉子。而阿赫玛托娃住处有个大理石壁炉。

我跪在炉子前，用斧头劈着木柴。

生活得不错，用面孔感受着生活的道路。

最后一块糖总是很甜。它单独包在纸里。

爱情是美好的。

然而墙外却是深渊，还有汽车，以及冬季的暴风雪。

可是我们正在乘坐自己的木筏航行。

就像灰烬中最后的火星，不，不像灰烬中的火星，而是像漆黑的煤炭的火焰。

而这里是托-洛-年。一个词——芬兰。

---

① 战时共产主义时期成为垃圾的国家银行的档案被大量用作燃料，诗人奥·曼德尔施塔姆（1891—1938）的随笔《毛皮大衣》（1922）和作家阿·格林（1880—1932）的短篇小说《克雷索洛夫》（1924）对此都有描写。

整个地球都被开垦了，而且几乎都十分顺利。

签证；和平：篱笆，边界，旁侧的俄罗斯别墅，还有布尔什维克——布尔什维克党——布尔什维克党员——布尔什维克党员们，这样的字眼充斥着众多的报纸。

这是他们被从俄罗斯排挤到了这里。

因此，我们看到，高尔基是用怀疑、虔诚和讽刺制造出来的——是为了成为胶合剂。

生活中的讽刺，如同文学史中的演说术，可以把一切都联系起来。

这取代了悲剧。

但是，在高尔基那里，所有这一切都不是在陆地上，而是置于高空，不过这一切并未因此而扩大。

这就像身为观察员的军官们坐在观测气球篮筐底部玩的纸牌游戏；高度为一千六百米。

高尔基是非常伟大的作家。所有这些外国人——罗兰们，巴比塞们，以及具有书商的讽刺精神并进退自如的阿纳托尔·法朗士——不知道他们可能会有多么伟大的同时代人。

就根基和成就而言，高尔基是非常伟大的、几乎无人知晓的有较高文人修养的作家。

论科甘们和米哈伊洛夫斯基们①。这是一篇文章的标题。

---

① 彼得·谢苗诺维奇·科甘（1872—1932），俄罗斯文学评论家，批评家。尼古拉·康斯坦丁诺维奇·米哈伊洛夫斯基（1842—1904）俄罗斯社会学家、政论家、文学评论家、民粹派分子。

已婚的人常常会在妻子面前产生一些想法，之后他们改变了主意，却什么都不对她说。

可是此后当她不了解你最珍视的东西时，你就会非常惊讶。

然而你却连最显而易见的事情也不和她谈论。

目前我住在赖沃拉（芬兰）。

在这里人们生活得就像住别墅的人一样，原来，现在竟然要认真地生活。情况很不好，非常糟糕。

我没什么书籍可读，我读的是近二十年来的旧杂志。

特别奇怪的是，它们用俄国自由主义的历史取代了俄国文学的历史。

佩平①则将文学史归入民族学史。

还有过他们，别林斯基们、杜勃罗留波夫们、扎伊采夫们、米哈伊洛夫斯基们、斯卡比切夫斯基们、奥夫夏尼科—库利科夫斯基们、涅斯托尔·科特利亚列夫斯基们、科甘们、弗里奇们。②

他们扼杀了俄罗斯文学。

他们就像来观看一朵小花，为了便利坐在花上面的人。

普希金、托尔斯泰在俄罗斯文学中因超出人们的认识范围而安

---

① 亚历山大·尼古拉耶维奇·佩平（1833—1904），俄罗斯文艺学家，彼得堡科学院院士，他在《俄罗斯民族学史》（1890—1892）中大量使用了文学中的例子。

② 瓦尔福洛梅·亚历山德罗维奇·扎伊采夫（1842—1882），俄罗斯政论家和评论家。亚历山大·米哈伊洛夫斯基·斯卡比切夫斯基（1838—1910），俄罗斯批评家，文学史家。德米特里·尼古拉耶维奇·奥夫夏尼科—库利科夫斯基（1853—1920），俄罗斯文艺学家，语言学家，彼得堡科学院名誉院士。涅斯托尔·亚历山德罗维奇·科特利亚列夫斯基（1863—1925），俄罗斯文艺学家，彼得堡科学院院士。弗拉基米尔·马克西莫维奇·弗里奇（1870—1929），文艺学家，艺术理论家。什克洛夫斯基在这里故意把不同文艺学流派的代表列在一起。

然无恙，如果他们被注意到了，那么就不会被放过。

要知道科尼①并非毫无缘由地指出，普希金对我们而言的可贵之处在于他预言了陪审团审判。

技艺崇拜在俄国不曾有过，而俄国就像一个笨重的、肥胖的乳母，在睡梦中忘却了高尔基。

只是在最近一些作品中，特别是在谈论托尔斯泰的著作中②，高尔基才能够不为米哈伊洛夫斯基写作。

托尔斯泰是艺术大师，也是对女性怀有怨恨的人。托尔斯泰根本不能成为圣人的一面，首次被写进了书里。

帕夫连科夫的自传性图书③非常可恶，所有这些典型都带有同样的光晕。

所有的人都优秀，所有的人都贤德。

可恶的庸才，消灭人与人之间差别的股份公司。

我认为，在科学家之家④我们吃掉了一个非常伟大的作家。这是俄罗斯的英雄主义——躺到水沟里，让武器可以从水沟上通过。

然而高尔基的心理不是手艺人的心理，不是鞋匠的心理，也不是木桶匠的心理。

他不是靠这个活着，也不是靠他会做的那些事情活着。他活得

① 阿纳托利·费奥多罗维奇·科尼（1844—1927），俄罗斯法学家和社会活动家，彼得堡科学院荣誉院士。什克洛夫斯基这里指的是他 1921 年就普希金逝世 84 周年发表的演说（以《普希金的社会思想》为标题发表）。
② 指的是高尔基的《回忆列夫·尼古拉耶维奇·托尔斯泰》一书，1919 年于彼得格勒出版（后来再版时更名为《列夫·托尔斯泰》）。
③ 帕夫连科夫的出版社出版了自传性系列图书《杰出人物的一生》（约 200 分册）。
④ 科学工作者的组织，1919 年在高尔基积极参与下成立，该组织曾提供食品援助。

很茫然。

人们却围绕在他的身边！

让我们回到 1920 年。

时值冬日。天气寒冷。妻子离我很远。妻子们都不在身边。大家都独身而居。天气寒冷。严寒填满了那些日子。大家用一些小块布料缝制布鞋。点燃瓶子里的煤油，用碎布塞住瓶口。这就代替了白炽灯。可以有一些幽暗的光线。

我们仍在工作。

我们要活到最后。我们的负荷越来越多，而一切都是最重要的，就像衣服一样，生活一直都是如此，在它身上什么都看不到，就像在足迹中看不到人带走的脚一样。

只是痕迹时深时浅。

我在"世界文学"出版社的训练班授过课，讲过《堂吉诃德》。有五六个学生，女学生戴着黑色手套，为的是不让人看到冻裂了的手。

我身上没有虱子，无聊才会生出虱子。

快到春天的时候，我和一个人决斗过。①

犹太人的天性爱吵闹，令人厌烦。这是伊利亚·爱伦堡的天性——模仿者的天性。

犹太人丢失了自己的颜面，现在仍然在寻找它。

暂时只好扮着鬼脸。然而，犹太的资产阶级在三十岁以后意志

---

① 同时代人都记得这次决斗，其中叶·波隆斯卡娅留下了关于这次决斗的回忆录（《辽阔大地》，1964 年第 6 期）；谈到这件事的还有韦·卡维林的长篇小说《爱吵架的人，或者瓦西里岛的晚上》，什克洛夫斯基便是其中的一个主要人物。

十分坚强。

总的来说，资产阶级就是意志极其坚强的。

我知道一栋房子，住在里面的人在整个俄国革命期间一直吃加调味汁的肉，穿丝袜。

他们非常害怕，父亲被带到沃洛格达挖战壕，后来被捕，被赶去挖坟墓。他挖了。但是逃了回来，还在什么地方赚了钱。

房子里的炉子旁非常温暖。

这是一个普通的圆炉子，把木柴放进去，它就随之变得很暖和。

然而这不是炉子，这是资产阶级制度的残余。它是昂贵的。

在新经济政策时期，彼得堡商店的橱窗里贴着许多标签。摆放着苹果，苹果上方就贴一个写着"苹果"的标签，糖的上方就贴着"糖"。

很多很多的标签（这是 1921 年）。但是有一个标签最大：

*1914 年式样白面包*①

炉子就是 1914 年式样的。

我和一个画家②到这个炉子前去过。他画过我的肖像；那上面我穿着毛皮大衣和毛衣。

沙发上坐着一个女孩③。沙发很大，盖着绿色的丝绒。像是铁

---

① 即革命前的质量的面包。

② 指的是尤·安年科夫（1889 — 1974），1919 年他曾为什克洛夫斯基画过肖像（首次登载于 1922 年的画册《肖像》中）。

③ 指的是娜杰日达·菲利普波夫娜·弗里德江特（1899—?）作家，翻译家，当时是个新演员和女诗人，尼·古米廖夫进修班的学生；后来她曾经回忆："我和什克洛夫斯基有过恋爱关系，就像和雅可布森也有过恋爱关系一样。"后来她移居国外，并以"娜杰日达·克拉莫娃"的笔名广为人知，布罗茨基的诗歌《致娜杰日达·菲利普波夫纳·克拉莫娃九十岁生日》（1994）就是献给她的。

路的长椅。

我忘记了犹太人。

现在，只是请您不要以为我在开玩笑。

就是在这里坐着一个犹太人，他非常年轻，曾经富有，也是1914年的式样，而最重要的是，他打扮得很像近卫军军官。他是女孩的未婚夫。

女孩是资产阶级制度的产物，因此特别美丽。

必须拥有很多丝袜和一些有才华的人围绕在周围，才能形成这种修养。

而这个女孩是很有才华的。

她什么都明白，因此什么都不想做。

所有这一切要复杂得多。

外面是如此寒冷，冻住了睫毛，冻住了鼻孔。严寒像水一样渗入到衣服里面。

到处都没有一丝光亮。我们一连几个小时坐在黑暗中。简直无法活下去。已经说好了去死。但是没来得及。春天临近了。

我尾随着这个人。

起初我想去他的住处杀死他。

因为我讨厌资产阶级。也许我是嫉妒，因为我有小资产阶级思想。

如果我再遇到一场革命，我会把他撕成碎片。

我们白白受了这么多苦，而一切都没有发生变化，这是不对的。

只剩下了富人和穷人。

但是我不能杀人，所以我要求和这个人决斗。

我也是半个犹太人和模仿者。

我要求决斗。我有两个证人，其中一人是共产党员。

我去找一个司机同志。我说："给我一辆汽车吧，不用带弹药，要有篷。"他夜里用破损的零部件装配了一辆汽车。是军队卫生救护用车，"杰弗里"牌的。

清晨七点我们到索斯诺夫卡河对岸去，去有树桩的地方。

我的一个学生①套着手笼跟随着我们，她是一名医生。

我们相距十五步进行对射；我射穿了他口袋里的文件（他侧身侧得厉害），而他根本就没有打中我。

我去坐车。司机对我说："维克托·鲍里索维奇，如果您愿意。我们可以用汽车轧死他。"

我回到家里，下午睡了一觉，晚上在训练班讲了课。

春天已经临近。白军撤离了乌克兰。

我去寻找妻子。

为什么我写了这件事？

我不喜欢陷在坑里的动物。

这话出自关于落入坑里的各种动物的童话故事。其中有熊、狐狸、狼，也许还有羊。它们没有吃掉对方，因为它们都在坑里。

当饥饿代替警察站在十字路口，知识分子便宣布全面和平。

---

① 指的是叶丽扎维塔·格里戈里耶夫娜·波隆斯卡娅（1890—1969），女诗人，"谢拉皮翁兄弟"和"诗歌语言研究会"的成员。

未来主义者和科学院院士，立宪民主党人和孟什维克，有才华的人和才能平平的人，一起坐在训练班里，坐在"世界文学"出版社，在文艺工作者之家排着队。

　　这里混乱不堪。

　　我一直试图不改变生活的节奏，我不希望生活在坑里。我没有与任何人和解。我爱过，恨过。一直都没有面包。

　　对我来说，这个故事还有别的作用。

　　可以期望有人把我杀死。

　　因此我坐在厨房里写作，这里最温暖。妈妈厨房里的桌子总是清洗得非常干净。当你在餐桌旁边写作的时候，小橱柜妨碍着你。你像女人那样坐着，双腿放在两侧。

　　我在这段时间写了很多，写了一张又一张，一页又一页。

　　在决斗前我已经完成了主要的著作《作为风格现象的情节》。它是一部分一部分地发表的。也是一个片段一个片段地写成的。但是您找不到黏合之处。

　　我写着，吃着兔肉。

　　到春天的时候，彼得堡运来了几火车宰杀的兔子。

　　到处都在发放兔肉，街上人们都拿着兔肉，住处煎着兔肉。

　　后来人们还戴上了兔皮帽子。

　　文艺工作者之家发放的也是兔肉。大家排着队。分给一只半兔子。我们排队领取兔肉。而这只兔子那时候好多天都在排队。

　　这是一只重要的兔子，有名的兔子。

　　这是亚历山大·勃洛克在排队。

想必我在自己的笔记中不能说明这只兔子的重量以及什么是口粮。它是伟大的，是最重要的一个问题。

顺便说说协约国。

我需要到乌克兰去。

我把自己所有著作的全部版权卖给了格热宾。后来我并没有交付手稿。得到了大约四万卢布。

随后我开始寻找出差的机会。

苏维埃体制教会了大家厚颜无耻地对待公文。

如果按规则生活，那么可能就会遇到暗中对抗。

人们以迫不得已的方式生活着，但是也有苏维埃的理由。

人们都由公文指派任务，整列整列的火车凭借伪造的证件运行着。

而这些人一直都是工人、知识分子和职业共产党员。

我接到了恢复与乌克兰关系的出差任务。这是我费尽周折才得到的。所有的人都想去。但是在离开莫斯科以后的路途中并没有人问起此事。

临行前我见到了谢苗诺夫，他来为左派进行宣传鼓动工作。我们看法一致，虽然不太熟识，一切都已经消失在了过去。他骄傲地给找有一袋面包干，这是亚历山大工厂的工人给他的。

他说他要去德国，以免在工作中遇到原来的同志。

我则动身前往乌克兰。

到莫斯科时一切正常。

从莫斯科到哈尔科夫也还顺利。

在哈尔科夫，我通过熟人弄到了有权乘坐全乌克兰出版社车厢的公文。

我去了车站。火车停在某条铁路线上。铁路线非常脏。

我费力地找到自己的车厢，里面有几包报纸和两个当列车员的中学生。

一个是列车员，而另一个是他的同学。

这是两个可爱的孩子，他们坐车主要是想去买面粉。

火车呼啸着。有人敲打加温车。然后他们爬到角落里，把钱塞进列车员手里。

爬进来的人带着委任书。

火车坐满了人，像一根红色的香肠。突然，它既没打铃也没驶到车站跟前就动身开走了。

可是我没有车票。

但是问题并不在车票上。

人们坐着车，停下来，下了车，继续前行。

最初的几昼夜我们行驶了十一俄里。更多的时候是坐在火车旁边的草地上。

在车厢里有一个大肚子犹太人。

在一次令人厌烦的临时停车时，他把我叫过去，突然请求我把他装着钱的腰带系在自己身上。

我无所谓。

我朝着自己的明星行驶，我不知道它是否在天上，（或者）这只是田野中的灯笼。而田野里风在吹拂。

我不知道是否要抢走这些老年犹太人装钱的腰带。可是他说话声音极低，吓得直流汗。腰带最后系在了我身上。里面装的是一些克伦斯基票子。腰带非常大，像是软木做的，是救命用的。

此事出乎意料，但是我忍耐着。侧身躺着很不舒服。

在漆黑的角落里，一个黑头发的乌克兰人在讨好一位脸色十分苍白的小姐。

他们热烈而高雅地说着乌克兰语。

火车缓慢爬行着。

跟它有什么关系呢？

中学生列车员详细询问大家，什么东西在哪里值多少钱。

原来，尼古拉耶夫和赫尔松附近面粉便宜得多。

还告诉了他们一些类似这样的事情，而他们突然开始唱歌：

"光荣的大海，神圣的贝加尔湖。"似乎是这样唱的。

总的来说，有些不太合时宜，但是他们的演唱中充满了快乐。

而火车缓慢地爬行着。

而乌克兰之旅是漫长的。

和我们一起乘车的还有一些水手。他们带着装"长袍"的大篮筐。按照水手们的说法，意思是装着衣服。当有狙击部队出现的时候，水手们就拿上他们的编织筐窜进黑暗之中。白色的编织筐很快就消失不见了。就是说，水手们躲进了灌木丛中。

坚强的人民。

在草原上的某个车站，火车停了三个昼夜。也许是四个昼夜。

波兰人从基辅发动了攻击。①

我们穿过了被炸毁的桥梁。是用树木修好的。它们还会再次被炸毁。

现在来讲讲马赫诺。②

有一次，车厢里进来三个人。

一个穿红裤子的人奔来走去，让我们出示证件。他说他是近卫军团的军官，也是当地肃反委员会的人。

的确，他戴着软软的军官帽。另外两个人马上坐在加温车敞开的门口，把腿垂到铁路路基上。他们拿着毛瑟枪。火车行进着。

我也坐到了门口。

风吹拂在脸上。

邻座开始悄悄和我说话。

"您为什么要把证件给这个爱扯谎的人看？我是上司。他没有权利过问我。"

我说：

"我哪里知道，我无所谓。"

"您总是这样。"

我们交谈了很久。

乌克兰悄悄地沿着轨道在我们旁边前进。

"在邻近地区，"邻座说——他还说出了那个地方的名称，"抓住

---

① 1920 年 4 月 25 日波兰人开始在西南战线发动进攻，奠定了苏联波兰军队的基础。5 月 6 日，波兰军队占领了基辅。
② 马赫诺的无政府主义部队当时正与红军交战。

了一个土匪。我当时正往那里去，他有很多钱，大概都藏起来了，而那些傻瓜把他抓住枪毙了。钱下落不明。"

我说：

"可是您怎么知道钱的事儿？"我问的是关于刑讯的事。而我的心在痛。

"有些办法。"邻座礼貌地回答，他并未否认这个问题。

我们沉默了一会儿。他黯然问道：

"您认识高尔基？"

"认识。"我说。

"您说，为什么他没有马上和我们一起走？"[①]

"您刑讯拷问，"我说，"大地被毁了，难道您不明白，您会很艰难吗？"

这是真正的交谈，毫不矫揉造作。

我的记忆力很好。

如果记忆力差一些的话，我晚上就会睡个好觉。

和我说话的这个人，看上去像个士官，像个巡逻员，可是他却需要高尔基。

临走前，我在彼得堡艺术之家的白色大厅里的一面镜子前办了题为《谈斯特恩的〈特里斯舛·项狄传〉及长篇小说理论》的讲座，大厅里人满满的，大家因形式主义的方法而兴奋着。

朋友们的眼睛闪烁着喜悦的光芒。我觉得自己身处于非常理解

---

① 指的是高尔基在1917—1918年对布尔什维克持反对立场。

我的一群人中。我愉悦地照着镜子。

无论是我，还是这个巡逻员，我们都身处于乌克兰这片海洋之中，这里的火车像老黄牛那样一步步不辞辛劳地走着，我们俩都是城市居民。

我决定离开这列火车，换乘另外一辆快些的。

我们和一个犹太人坐到开往尼古拉耶夫的火车高高的煤堆上。

与我们在同一个水平面上，在蒸汽机车顶上或者煤水车上架着一挺机枪。是科利托夫斯基机枪。我们继续行进。

我们夜间也在行驶。到了早晨我们都像鬼一样黑乎乎的。

我们的火车赶上了我们。我们又坐了回去。

我中途换乘了几次车，带着斑疹伤寒患者转道去了赫尔松。斑疹伤寒患者有两个人，他们在路上生了病，恳求我们不要赶他们下车。要把他们送到家。

赫尔松的街道安静而又宽阔。

街道宽阔是因为它们就是这样修建的，绿色是因为种植了树木，而安静是因为港口没有正常运营。

起重机无所事事地停在那里，折叠式帆布艇上的船帆被吹掉下来。风吹散了布丝就离开了。

港口设施被遗弃。

这个似乎见证过十六届政府的城市，此时却空空荡荡的。

我在阿廖什基①找到了妻子。我还是在童年时就听说阿廖什基

---

① 自 1928 年更名为楚留宾斯克。

是个最偏远的地方。我从未想过会到这里来。

这是第聂伯河右岸的小城。到处是茅草的屋顶。

面包和脂油还比较多。糖却一点儿都没有。

有一个月我一直躺在吊床上。就像是开了花的野蔷薇。

我是 5 月 1 日来的。一切都开过花，都已经凋谢了。

妻子病得厉害。

在我和她分开生活这一年里，她非常艰难。

白军在的时候她没有谋到工作。没有棉衣，靠卖一些东西生活。目前在阿廖什基剧院工作，报酬低得荒唐。她在缝合起来的布袋上画布景。

她告诉我，白军在赫尔松的时候她是多么苦闷。

他们在一些主要街道的路灯上把人吊死。

他们把人吊死，还把死者留在那里吊着。

孩子们放学路过，聚拢在路灯周围。站在那里。

这样的故事不只是赫尔松才有的，据说普斯科夫也发生了这样的事情。

我想我是了解白军的。在尼古拉耶夫，白军以盗匪活动为由枪杀了翁斯基三兄弟，其中一个是医生，另一个是律师——是孟什维克。尸体在街中央放了三天。第四个兄弟弗拉基米尔·翁斯基，是我在第八集团军时的助理，当时参加了叛军。现在他是布尔什维克。

白军出于浪漫主义情怀而把人们吊死在路灯上，把人们枪杀在大街上。

他们还这样吊死过一个叫波利亚科夫的男孩，因为他组织了武装起义。① 当时他十六七岁。

男孩在他去世前高呼："苏维埃政权万岁！"

由于白军是浪漫主义者，所以他们在报纸上评论说，他死得像个英雄。

但是他们却施以绞刑。

波利亚科夫成了当地青年的英雄，以他的名字创建了当地的共产主义青年团。

白军撤离了，他们组建了几支青少年队伍，他们还是在冬天的时候撤退的，驳船冻在了第聂伯河里。酷寒的冬天，温度达到零下二十度。伤员在不断死亡。男孩子们四散而逃。后来他们被父母伪装成女人带到了城里。

当白军撤走后，大家都松了一口气。但是白军走后来的不是红军，而是另外一支部队，我不知道它是什么颜色。

他们来了，但是没有劫掠，因为城市有工会在管理，还有一些武装力量。

随后来的是红军。当地居民称，他们现在比第一次来的时候聪明多了。

我躺在吊床上，睡了一整天，吃了饭。我什么都不明白。

妻子病着。

突然出现了一些骚动。城里出现了一些士兵。有人开始收拾行

---

① 这里指的是 1919 年 11 月 20 日按照斯拉谢夫将军的命令在尼古拉耶夫枪毙 61 名布尔什维克地下组织成员的事情。在牺牲者当中有共青团领导人哈扎诺夫和马尔特。什克洛夫斯基这里提到的波利亚科夫是俄共（布）尼古拉耶夫地下临时委员会成员。

装。开往赫尔松的轮船停航。码头上很快搭起了牲畜上船用的跳板。

人们赶着牲畜飞快地穿城而过，这样赶牲口是不可以的，它会受到损伤的。显然，人们在逃跑。

医院也骚动起来。我意识到人们是在溃逃。我去打听发生了什么事，我去了赫尔松。

在赫尔松朋友们告诉我，弗兰格尔突破了前线①，正在发动进攻。在彼列科普驻扎了很长时间的红军部队已经瓦解。他们的防线被突破，所以他们在溃退。

我赶紧坐船返回。码头旁已经沸腾了。

人们拼命往船上挤。岸边东西堆得像一座座山一样。有个政委手持左轮手枪，从另一个人那里夺下一条小船。

妻子不能走路。我勉强把她背到岸边。我到村子里去找船，找到了一条，我们从多沼泽地的柴卡，也许是康基，穿过苔草和灌木朝赫尔松驶去。

临近傍晚，阿廖什基被切尔克斯人的侦察队占领。

跳起了列兹金民间舞。白军是适合跳舞的人。

我们乘船来到赫尔松岸边。有人不让我们上岸，甚至还朝我们开枪。他们说："你们在制造恐慌。"我们恳求一个哨兵放我们过去。

第聂伯河在逃亡，而它有两个河岸——左岸和右岸，右岸的人是右派，左岸的人是左派。

所有这一切，可以看作是随波逐流。

---

① 1920年6月6日，弗兰格尔将军的部队从克里木开始发动进攻。

左岸是没有设防的。除了肃反委员会的一个营，没有任何武装力量。

但是右派没有进攻，把第聂伯河作为侧翼对他们来说是有利的。

开始动员工会。谁都不去。开始党内动员。似乎去的人也寥寥无几。

而大炮已经有了。我喜欢城里大炮的轰鸣和马路上弹片的跳跃。有大炮的时候是非常好的。

看来，我们今天就会交锋，打上一仗。

妻子住在医院，她病得很重。我常去看她。

宣告对孟什维克党人和右翼社会革命党人进行党内动员。赫尔松的社会革命党组织是合法的。

此前不久，在赫尔松进行了苏维埃选举。孟什维克和社会革命党人大约占了一半。

在苏维埃第一次会议上，在听完肃反委员会地方营的贺词之后，共产党人宣布，苏维埃决定向列宁、托洛茨基和红军寄去贺信。孟什维克则声明，他们不会祝贺列宁和托洛茨基，但是会关注⋯⋯

接下来的，大概是⋯⋯"既然⋯⋯那么⋯⋯"

总之，他们同意了在贺信上签字。

但是共产党人是机灵的家伙。他们把俄共布的党纲拿来作为苏维埃的指令。孟什维克不赞同这个纲领。于是他们便被开除了苏维埃。

进行动员工作的是他们的地方委员会，也没有什么热情。支持动员的只有当地各个党派的领导人，其中包括我在第一届彼得格勒苏维埃的同志弗谢沃洛德·温格罗夫，他在当地工会组织任职，还有佩切尔斯基同志。[1]

响应孟什维克动员的主要是当地的大学生，大约有十五人。

社会革命党人可以动员的，除了委员会以外还有少数工人。

我没能克制住，便报名加入了孟什维克。我的确加入他们当中，为的是能与熟人在一起。

在动员会上我骂了人。我们都被召集起来，坐着四轮大马车前往右翼的捷金卡村，距离赫尔松约四十俄里。

这对我来说是很难过的事情。我希望在城里或城市附近参加战斗，以便有机会去看望妻子。

但是我已经不是第一次坐上我不知道要开往哪里的列车了。动员社会革命党人的是米特克维奇同志，他是个坚强而又狭隘的人。在战场上他是一名军官，是个爆破手。在当地的社会革命党小组中，他是个非常有影响力的领导者。该小组是合法的，但是它站在党内多数人的立场上。

我们出发了。

我们走过空荡荡的田野。超过了载着犹太人的四轮大马车，他们逃离了白军——逃离了未来的大屠杀。

犹太人去了利沃沃农业移民区，他们聚集的人数如此之多，所以在那里没有遭到殴打。

---

[1] 弗谢沃洛德·谢苗诺维奇·温格罗夫，孟什维克，执行委员会和彼得格勒苏维埃士兵委员会成员。佩切尔斯基可能指的是雅科夫·鲍里斯维奇·佩切尔斯基，孟什维克。

我本人没有去过这个移民区。据说，那里的农业比较薄弱。房子都是光秃秃的，没有菜园。可是风俗却与众不同，是利沃沃所特有的。

例如，人们成群结队地乘坐轻便双马敞篷车去做买卖，像马赫诺一样。

在轻便双马敞篷车上，也像马赫诺那里一样，安放着机枪。

在利沃沃周围，反犹太人运动少于其他地方。为什么——我不知道。

我们坐车进入捷金卡。

这是一个大村庄，有一座教堂，教堂旁边有个钟楼，钟楼上有个观测兵，下面安放着一门三英寸口径野炮。

街道很宽，傍晚来临时，连长在街上乘车来回游玩，可以让三驾马车在街上转弯，而无须放慢速度。

这简直不是街道，而是飞机场。

各式各样的房子矗立在街道两侧。一些房子是旧礼仪派教徒的。人们大体上是混杂而居，好像是说乌克兰语，而总的来说这里是新罗西亚①，是俄国各族人杂居的地方，没有自己的语言，没有歌曲，没有装饰，但是人们的生活"模仿德国人"，房子上面都是瓦房顶。

人们每天都要吃肉。

我当时在研究萨克雷。随身带着他的小说。②

我们很寂寞。这个连队是俄罗斯的连队。是彼得堡的连队，人

---

① 18 世纪后半期至 20 世纪初俄罗斯南部和乌克兰西部的历史地区，位于黑海北岸草原地带。——译注
② 指的是长篇小说《名利场》（1848）。

们时常想起彼得堡，"虽然挨饿，"大家说，"可是饶有趣味。"

晚上大家都嚷嚷着"去祈祷"，于是便唱起来："这是我们最后的决战。"

您以为，是我写的这行文字？我只是唱了它而已。

我不久前去过柏林附近的一个城市，返回时碰上了罢工。没有电车，没有马车，我又不懂语言，于是便根据东南西北的方位步行返回克列伊斯特大街上自己的住处①，然而人们迎面而来，人群密集，还有的人骑着自行车。并没有发生其他的事情，只是人很多，可是我的心却跳跃起来。这是一颗破碎的、失望的心。这颗心我应该一直用牙叼住，而它却撒欢儿似的朝着人群跑去。

这是巨大的力量。

战士们唱着歌，除了《国际歌》以外，还唱《瓦良格》，用的曲调是"主啊，请拯救你的人"，② 他们主要由战俘组成。

都是极为熟悉的人。

不是共产党员，不是布尔什维克，而只是俄罗斯士兵。他们热情地接待了我们。

他们非常痛苦的是，他们一直令人厌烦地逗留在乌克兰，这里显然没有人需要他们。在这里总是与所有的人发生冲突。

他们说："这个乌克兰要是没有煤炭的话，就让它见鬼去吧，我们西伯利亚的粮食并不少。"

---

① 什克洛夫斯基来到柏林后的第一个住处是克列伊斯特大街 11 号。
② 俄罗斯东正教举荣圣架节时唱的祭祷歌："主啊，请拯救你的人/祝福你的财产，/祝福我们的皇帝取得胜利，/祝福尼古拉·亚历山德罗维奇……"等等。

然而这里有些人也常常打架斗殴。

乌克兰人，或者确切地说，那些住在捷金卡的人，这些移民对我们还是有耐心的。

他们给我们吃的是肉、酸奶油、猪肉。如果可以的话，他们会拿我们去喂猪吧。

院子里停放着割草机。马被我们赶走执行军事任务去了。居民非常贫穷。甚至没有装粮食的袋子。没有什么可用来装运粮食。

饥饿是早就策划好了的。

有一次夜里白军来了。是农民带他们来的。白军在夜间袭击了我们。我们坚守在各个小木屋里。双方开了火。于是白军又撤回了自己白色的右岸。

在夜里的事件中，双方都朝对方开了枪。我静静地守在自己的岗位上，我更多的时候是在一座桥旁站岗。检查所有人的证件。

我戴着细麻布的宽檐帽子——农民们称之为小礼帽，穿着一套用呢子窗帘做的带水手服大翻领的绿色衣服，一件用优质结实的拼接布做的素色大衣，带着一个背囊扣环。

在彼得堡人们并不感到惊讶，可是农民们却特别痛苦。

不知是男人，还是小姐。

有一次我去侦察。

我们先是沿着河岸向左走了大约十五俄里。

前线上人迹罕见，一俄里大约有三个人。

在那里，我们遇到了披着黑色斗篷的高加索骑兵。他们装模作样地俯下身，在马上与我们说话，沿着岸边疾驰。在黑漆漆的木屋周围一个人都没有。

而第聂伯河寂静无声，没有备好的船只。

我们坐上一条破船，弄到了像牙签一样的船桨。

我们划船出发，却开始下沉，这些船已经千疮百孔，而我们却还携带着机枪。划到静悄悄的浅滩——我们下了船。

我们踩着砍倒的粗硬芦苇走去，脚在木屐中直打滑。

我们继续往前走，碰到一些带斑点的奶牛，摸上去像丝绸一般舒服。

我们走到一条小河边，不知该怎样渡过河去。胡乱扯了一阵子废话，便派出了侦察队。侦察队没有回来。我们聚拢在一块儿，抽着烟，骂着自己的上司。

我们的一个士官开始和我谈起通讯的重要性。我们抽着烟。三脚架的机枪立在沙滩上，就像一把椅子。我们没有设警戒岗哨。印象中人们都没有把打仗这事当真，而是突然把战斗撂到了一旁。

河水变成了粉红色，我们走进温暖的水里，解开沉重的船只，开始坐船往回走。

我们乘船回到了岸边。一路上都在用帽子往外舀水。

大家都不把打仗当真。

我到过很多地方，见过各种各样的战争，一直以来我都觉得自己是个毫无用处的人。

我也从来没见过如此可怕的事情。活下来的人寥寥无几。

而战争源自于双方的无能。

也许这样的事情只会发生在俄国。我非常苦闷。便写了申请，说明自己不懂步兵军事知识，而懂得装甲兵的技能，至少会爆破作业。当时需要爆破手，我便被派到了赫尔松。

我忘了说，为什么我完全没有必要留在捷金卡。我没有步枪。当时步枪普遍缺乏。

我出发了，我坐上一辆四轮大马车，和我一起坐车的还有囚犯。有两个。

一个囚犯是高大笨拙的当地警察局长。另外的囚犯是个矮小温和的逃兵。

我配备的武器是一根通条，但我并不是一个人，与我同行押送囚犯的还有一个从战俘中来的小战士。他有一支步枪，甚至还装有弹药。

他的双腿疼痛难忍，他既不能坐在马车上，也不能在旁边步行。只好勉强蹲在后面。

一个囚犯焦躁不安，他在捷金卡遭到毒打，被指控投机倒把，甚至叛变。他告诉我们，他是无辜的。

他个子高大魁梧，而四周都是草原。草原对面就是河流和白军，草原上的红军比石像还少见。你就是想见都见不到。

而草原已经不是光秃秃的，它因草木生长而变得密不透风；一个连、一个团都能隐藏起来。

年纪幼小的押送员一直劝解这个囚犯说，在赫尔松他就会被释放。

可是他却往自己的步枪上给我递眼色：他是在说，是要枪决的。周围都是草原。似乎囚犯可以袭击我和残疾押送员并逃跑，但是囚犯却说，他是无罪的，他会像被扣押人员一样坐在马车上。

我不理解他，就像不理解俄罗斯一样。

就这样，我们把他带到了赫尔松。

而另一个囚犯是个小伙子，如果第二天不枪杀他的话，那么很可能第三天就会释放他。

我抵达了赫尔松。

在赫尔松大炮开火已经成为常事。

唯一紧张和害怕的是市场。

但是毫无关系，市场还在买卖，牛奶不会因大炮而变酸。

城市里人们仍在生活和交易。

一些墙壁上悬挂着被枪决的人。每天十五个人。定量分配。

而最后五个人的名字是犹太人的名字。这是在打击与反犹太主义运动做斗争的活动。

大炮安放在城里。非常舒适。但是，扎巴尔卡郊区的妇女们不让在那里布防炮兵连。

当然，她们是对的。要从这里经过的有白军、红军和许多其他没有颜色的军队，都会开火射击，然而一切都会过去，扎巴尔卡却是要留下来的。

开始组建爆破队。米特克维奇不日即可到达。

我把对爆破队员的要求给各个团队寄去，从共青团中挑选了几个小伙子。

组建工作开始。

我在古老的要塞里找到一处房舍。在一些废弃的仓库中寻找爆破材料。然而达那马特炸药已经运走。看起来特别仓促。我吃惊的是，大炮却没有运走。

大炮很多。有海军炮、远程炮。我们却不会使用这些大炮，没有图表和透明分划板。我们用专门的大炮朝飞机扫射，但是却没有命中。飞机每天早上飞来。在蔚蓝的天空中是白色的。队形非常整齐。

它们飞旋着。然后突然一阵狂轰滥炸。就像击打铃鼓一样。投下炸弹。我正在起床。这就意味着已经七点了，需要生上茶炊。空袭此时仍在继续。

随着刺耳的尖叫声，从城市里缓缓升起一架红色的飞机。

它渐渐爬上天空。那些白色飞机便要飞走。

它们开始互相对射。那些白色飞机朝着前省长的房子扫射。那里驻扎着军事委员会，旁边是炮兵连。

白色飞机使用三英寸口径野炮射击。它们投弹更多。整栋房子被打出许多洞，但是里面人们仍在工作。而我则到岗位上去。

如果作战的话，那么就应该这样。在国内战争中犯不着假装这是真正的战争，而且从城市里更便于作战。

米特克维奇队巧妙而又坚定地组建了队伍。

他和我一样，也参加了五人哨卡队，驻守在第聂伯河边。周围都是怀有敌意的农民。红军（在这种情况下是社会革命党人）占领了一处阔绰的房子，装作房子很多的样子。所以留下一个人守在门口，不让任何人进到里面去。

米特克维奇已经习惯了和这些人一起作战，他把他们带到了赫尔松。

他对事业有着自己的向往，坚定而固执地爱上了自己的队伍。就像鲁滨逊会爱上每一个冲上岛屿的白人女子一样。

我一生中见到过很多人，特别是犹太人当中，有很多昔日未曾被权力沾染过的人，他们醉心于自己得到的工作。

在俄罗斯，在零下十度左右的情况下，如果让年龄差距为一岁到二十岁的一个男人和一个女人居住在同一所住宅里，那么他们就会成为夫妻。我不知道还有什么事实会比这更令人难过。

如果让不曾有过丈夫的女人得到一个男人，她就会缠住他不放。

总的来说，人类不过是代用品而已。米特克维奇吃饭、喝酒、睡觉都是在部队里。我也一样。

我把自己的一些孟什维克朋友从捷金卡叫到部队来。他们是技术学校的学生。他们来的时候非常疲惫、悲观，受了惊吓。在我离开后的第二天，哥萨克的营地以及河对岸的地区遭到过袭击。

袭击的是一支小股队伍。农民们问了他们一个严肃的问题：

"你们什么时候才能结束？"

总之，对于俄国革命而言，让感兴趣的旁观者介入是必要的。

温格罗夫心脏不好，他常常刚躺下，马上又爬了起来。人们翻越围栏，穿过村庄。白军在慢慢撤退。此时我军要攻击阿廖什基。这是最简单的计划。但是却无异于拿脑袋去撞墙。召集了一些人，多数是水手，坐上两艘船，逼近了阿廖什基。双方打了起来，我军闯了进去。白军后撤，从侧翼打击我军。我军溃逃。横渡小河支流时淹死了很多人。人们扔掉靴子和外套。夜幕降临，我军残部返回时浑身湿透，几乎赤身裸体。我军还被赶出了哥萨克营地。但是并非所有人都安然返回。温格罗夫坐上一条小船，带着几个士兵和一个护士离开了岸边。但是并未登上另一侧河岸。河水冲来了护士的尸体。

我们以为温格罗夫牺牲了。到处找他，派出侦察兵到对岸去。什么都没找到。

他的妻子就像石化了一样。

学生们来我的队伍的时候都悲伤而又沮丧。

在离开那里的前一天，他们所在营队接到命令，再次发动进攻。

营队几乎已经完全散去。它有些惊慌失措了。

下令进攻。队伍坐上"哈尔科夫"号平底轮船。临行前发放了半磅白糖。完全像送葬一样。糖是稀罕物。不会无缘无故发的。"哈尔科夫"号默默地航行着。人们躺着。沉默无语。

幸运的是轮船搁浅了，在浅滩上滞留了很长时间便返了回来。但是进攻取消了。我们驻扎在要塞里，那里相当干净。有床铺，也有席子。还有电话。米特克维奇牢牢地约束着知识分子，我则为他们感到难过，此外，我在任何人面前都没有过错，因此不会因某人去欺负谁。

我前往尼古拉耶夫。没有达那马特炸药。我开始组配炸药。结果是，我运回来一车厢的谢克里特炸药——一种挪威产的炸药——以及照明弹和烟幕弹。

我们在带有可燃成分的烟幕弹捆包袋上发现了缓燃导火线。

于是我们便开始了《鲁滨逊漂流记》式的爆破活动。

学习投掷炸弹。埋炸药包。制作导火线。

士兵们越来越聪明，变得骄傲自大起来。达那马特炸药和汽车改变着人的性格。

每到晚上我便和士兵们做分数计算。

俄国境内到处是前线，波兰人也在发动进攻，我的心在呻吟，像现在一样呻吟着。

在所有这些我无法理解的忧伤之中，在从天而降的、有一次曾落到在第聂伯河游泳的人群里的弹片当中，很容易平静地说：

"分子越大分数就越大，因为这意味着份数较多；分母越大分数就越小，因为这意味着切分的份数较少。"

这无可争议。

而我不知道有什么比这更无可争议。

桌子上放着酸涩的青苹果和野生的小樱桃。四周的花园都上了锁，它们都已收归国有。

然而人们并不会去采果子，只有士兵们在偷：军队总是吃尚未成熟的水果。如果亚当是一名军人，他可能就会吃天堂里的青苹果。

总之，我在做算术题。我们受命炸毁第聂伯河支流上的一座木桥。

大桥妨碍浮动炮兵连渡河。

我不知道木桥能否炸毁。

这座桥中间的桥孔造型非常美观，由几层木板构成，都是用橡木钉穿孔。

我们拆掉了桥面上层的木板。

战士们干得非常漂亮。

一个士兵个头高大，特别强壮，他是那么高大，以至于身上的肌肉都无法突显出来，原来他是桥梁工人。

他拆卸着枕木——就像在嗑葵花子。

学生们也在工作，他们非常努力。

士兵们因为他们是犹太人而不喜欢他们。却原谅了我的犹太人身份。

我对士兵而言是个怪异的人。

现在人们都坐在直通桥上，做着同样的工作，相互责备着。

而我们当中的一个犹太人来自共青团。他好像姓布拉赫曼。

他是一个志愿者。有必要在这里跟大家分享我记忆当中的一件事。

在索洛日布拉克市（在库尔德斯坦）的一条街道上，这个城市从前以出产板材、毛皮和孔雀而闻名，有一次我看到一群士兵。

他们在欢快地用靴子，用笨重的靴子踢着一只尾巴上绑着装煤油的铁盒的波斯猫。

猫时而装死，像死猫一样躺着，时而突然拼尽全力向一旁跳跃，但是铁盒拖住了它，此时士兵们便用靴子猛踢它的腹部，使它身体绷紧，悬在空中。

猫的主人是个波斯人或者库尔德人，他站在旁边，不知道该怎样从士兵手里抢回自己的猫。

婆罗门在我们的队伍里就是这只猫。

他来打仗的目的是迅速挤进指挥官训练班。但是他被客气地揭穿了，并且被告知——"要好好当兵"。决议上也写着："强令当兵"。

本来这就是正确的。

婆罗门害怕炸弹。

他被强迫投掷炸弹。他学会了。人们对他却并不满意。他浑身脏兮兮的，长满了虱子，腹股沟的伤口已经化脓，敷上了烟叶。

这是反犹太主义运动的活生生的、现实的宣传画。

但是他备受折磨！

我们准备炸毁大桥。把炸药安放在桁架上。在中间挂上装着炸药的肠形物。接着引爆炸药。

我记得可怕的爆炸声响起的那一刻。大桥已经裂开，但是残桥断片仍旧悬在空中。

突然边缘上的一根原木起火……

一分钟后火焰吞噬了整座桥梁。

可是我们并不想这样，妨碍我们的只是中间的桁架。

宏伟的大桥是许多年前建的，大约十俄丈高，此刻如同一堆劈柴燃起熊熊大火。

可怜的米特克维奇！

大桥在燃烧——像是在抗议一样。而我也参与了对俄国的破坏。

整个赫尔松的人都聚集在岸上。他们非常高兴。要知道在俄国人们有时就会这样高兴："布尔什维克没有柴烧，俄国这个冬天会冻死的。"狡猾的、蟑螂一样的民族，它相信自己的生命力，并且认为："布尔什维克会冻死的，而我们却可以设法挨到春天。"

这个民族还知道，其人数众多。火焰托举着大桥。仿佛要把它带到天空中去。

在大桥旁边，一些士兵手持消防水龙带站在水里。我不知道他们从哪里弄到的。他们往桥上浇着水。一刻不停地埋头苦干。

衣服上冒着烟。围观的人群在岸边——多数是妇女——非常高兴："它都烧成这样了啊，就这样了，它有什么好看的？把俄国都烧了吧。"可是我们却有自己的担忧：碎块有阻塞航道的危险。

米特克维奇撑着小船钻到桥下。

他不想让坍塌的碎块绊在桥桩上堵塞航道。可是大桥完全烧毁了。

我们愁眉苦脸地回到家。要知道烧毁了多少树木啊！

那一年已是 1920 年，而不是 1917 年，已经不是火灾年了。

我们回到赫尔松。

我记得，那一夜城里的口令是"无畏战舰"。我们只管安心地住着，住在一个古老要塞的战壕里。我们投掷着炸弹，有时一次会点爆两普特的谢克里特炸药。

爆炸是令人愉悦的。你点燃导火线，迅速跑开，卧倒观望。

大地在眼前渐渐膨胀。

气泡每一秒都在胀大，它在逐渐挣离土壤。黑色烟柱腾空而起。它牢固。坚硬。庞大。随后它变得松软起来，消散在树木间，如同黑色冰雹一般落到地面上。

就像马儿嘶鸣那样悦耳。

我们的爆炸材料不是太好。

需要教会人们迅速撤离。

弗兰格尔人周围的大地胀起了气泡，气泡已经在渐渐脱离土壤。

它会蓦然地升到空中！

无论如何，那时在撤退中需要炸毁一些桥梁。我们奉命在一周内训练好人员。

我们没日没夜地工作着。

必须学会在不能正常作业的环境下作业。例如，在没有缓燃导火线的情况下进行爆破。

在这种情况下，可以插入一个手榴弹雷管（导火管），并在导火管的保险销上安上连接索进行引爆。

拔出保险销，导火管的引信开始燃烧，三秒钟后就会爆炸。

我们有德式手榴弹。这些手榴弹里面，引信的针簧由保险握片固定住，而保险握片则由保险销固定住。

拔出保险销，把保险握片握在手里，把它贴到弹体上，然后抛向空中，保险握片翻转，引信开始燃烧。于是便爆炸了。

我们也是这样做的。在装有谢克里特炸药的铁罐中插入导火管，在保险销上固定一根细绳，然后藏在土丘后面，拉动绳索。

我们等待了三秒钟。一片寂静。

我们再次拉动绳索。那时肃反委员会也不请自来地到了我们这里。可是没有爆炸。也许导火管坏了？根据规定，在这种情况下不能去爆炸失败的地方。似乎需要等半小时。这是非常明智的。

但是静默的时间好像足够长了。众人起身去爆炸现场（失败的地点）。

我们正向前走着，突然米特克维奇蹲在地上说："什克洛夫斯基，烟！"

的确，导火管安静地释放出三秒钟的烟雾。也就是说，它突然着起火来。还剩下两秒钟，可能只剩一秒钟。我跳到谢克里特炸药跟前，扯下导火管往旁边扔去，它在空中爆炸了。

我自己则跌坐在地上。已经无法动弹。士兵们从地上站起来。用不着卧倒了，因为弹坑不够所有人使用。一个士兵走到我跟前说："瞧您，您可能会被炸伤的！"

临近傍晚，整个队伍都是同样的看法。十有八九会发生这样的事情。我们没有把导火管固定在炸药包上的导线，用导线固定可以避免导火管和保险销一起被连接索拔掉。

我们用一些石头压住导火管。可以看到，一块小石头先是妨碍了保险握片翻转，但后来不知何故石头掉落下来。于是导火管便燃烧起来。

我的妻子天天问："你不会被炸伤吧？"

我穿着用窗帘做的绿色衣服。

清晨走在公园里。

公园中央有棵橡树，橡树下有个坟墓。每个政府都会从这个坟墓中把别人的尸体挖出来，再埋进去自己人的。

如果我被炸死，我想，会把我葬在那里吧。

士兵们会为我求情吧，他们非常爱我。

赫尔松的沙子是热的，很烫脚，没有靴子：你穿着带有绳带的木屐。

衣服是贫穷僧侣们才穿的。当你穿着这样的木屐走路时，那么每一步都好像有人在拉着你的腿。

但是大家都这样走路。

于是整个赫尔松到处都是木屐的声音。

你就这样走在赫尔松街头。满眼的绿色。你来到市场。

市场——时而进行贸易，时而因白军扫射而处于恐慌之中。

人们用黏土罐卖牛奶。牛奶浓稠，用文火煮过。我喝牛奶、吃杏仁，最初用的是格热宾支付的四万卢布，但是这些卢布很难兑换。有一万卢布（我带的是四张纸币）没有人肯兑换。或者换成"伙家"①，那种带有中国文字的面值为千的钱币，可是却没有人要这样的钱。为兑换一万卢布我支付了两张"伙家"。还不得不出卖一些随身物品。我卖了大衣。随后卖了用麂皮沙发做的优质皮裤。"世界文学"训练班的所有学生都知道这条裤子。我烧掉了沙发上的木头。

我吃杏仁、喝牛奶。然而市场上却发生了争执。为什么犹太人买猪油？按照他们的规矩，他们不应该买猪油。俄罗斯人都还不够用呢。而犹太人的信仰就是这样的。他们为什么要违背自己的信仰？

你带着牛奶回家。你从公园里走过。有绿树和阴凉的地方有些冷，草坪上面则有太阳。你走着，心不在焉地想着自己的事情。

想的是奥波亚兹。奥波亚兹——它的意思是：诗歌语言研究会。

想的是对我而言像分子和分母一样清楚的事情。你思考着，因而变得心不在焉。我被炸伤也是因为心不在焉。这件事就是这样发生的。

我们没有足够的导火管。

---

① "伙家"是俄国人对中国人的藐称，是汉语"伙计"的歪曲用法。——译注

305

然而需要导火管，非常需要。既是以备撤退之用，也为了销毁白军朝着我们扔过来的炸弹。这些炸弹有时自己不能爆炸。

我从尼古拉耶夫带来一些德国的白色药柱。它们保存在火药库里，而我以为这是导火管。米特克维奇肯定地说不是。的确，它们里面似乎有安放缓燃导火线的孔洞，但是孔洞太大了，可以伸进去一个小拇指，而且它的边缘无法压紧。

我让人用烟幕弹给我做了一个缓燃导火线，跑到山沟边做试验。

那是美好的一天。青草翠绿，天空蔚蓝。远处有几匹马和一个男孩。四周是废弃的壕沟，里面有一些幽暗狭窄的通道，通道里面有什么——无法得知；也许只有黑暗。

我开始把导火线往药柱里安插，而药柱像是预备班学生用的圆形金属文具盒，厚度相当于三戈比硬币的周长，长度为四分之一俄尺。导火线在孔洞上固定不住：线太细了。我用纸把它缠住。估算出两秒钟的时间。为的是不必乏味地等待。

我点燃一支香烟。缓燃导火线不是用火柴点燃，而是用香烟。一切都按规则进行。我点燃一支香烟，把药柱擎在手里，拿着香烟向它俯身下去。我不记得接下来的四分之一秒里的细节了。

可能我不小心点燃了缠绕着缓燃导火线的纸张。

纸被风吹向我手的方向，它向上升起，烧焦了，翻转过来，而空气中爆炸声不断。药柱在我手里爆炸了。我勉强来得及稍稍想到《作为风格现象的情节》一书——我死了，谁能把它写完？

似乎又传来雷鸣般的爆炸声，石头还没有落到地面上。而我已经倒在了地上。我看到几匹马向田野飞驰而去，男孩也奔跑着。四周的青草沾满了飞溅的鲜血。绿草上面的鲜血红得惊人。我的双手和外衣都碎成了一片一片的，满是窟窿，衬衫被血液染成了黑色，透过凉鞋的皮带可以看到，我的双脚已经被砸破，脚趾脱臼，向上竖起。

我趴在那里尖叫着，尖叫声已经穿透了爆炸声，而我的右手撕扯着青草。

我觉得，士兵们一分钟后就跑了过来。他们听到爆炸声说：

"真是这样啊，什克洛夫斯基炸伤了!"他们赶来了马车。动作非常迅速。当时他们正在买这辆车上的马铃薯。他们的伙食不好，他们买马铃薯晚上煮着吃。

跑过来的是排长和马特维耶夫，就是那个大个子，他们开始把我往车上抬。而我也已经缓过神来。来了一个叫皮克的学生，他简直吓死了。他们把我抬到马车上，把我那顶带软檐的亚麻小礼帽塞到我脑袋下面。

米特克维奇来了，他脸色苍白，就像那天大桥着火时一样。他气喘吁吁地朝我俯下身。

我耳边仍回响着雷鸣声。全身发抖。但是我知道应该怎样表现自己，这是无所谓的，尽管吃饭时我无法用双手握住勺子。

我对他说：

"请您听取汇报：交由我进行试验之物是威力极大的导火管。爆炸发生过早，可能是移除缓燃导火线的外壳所致。请利用这些导火管!"

一切做的都像在最好的房屋里那样，符合规则。

有伤员应该如何表现的规则。甚至还有垂死之人该说什么的规则。

我被送往医院。

一个学生，是个士兵，他坐在我的脚边，触摸着它们，看我是否发冷。

我被送到医院。大家与护士争吵了一阵子。

一切都在照例进行。我躺着，悲伤地辨认着一些东西。我被放到桌子上。清洗干净。

我四肢支撑着的身体在颤抖。这种情形我还从未遇到过。

它在微微颤抖。不是双手，不是双脚，不是——而是身体。

走过来一个女人——她是医生。

她是从圣彼得堡来的熟人。我已经八年左右没有见过她。我们开始相互交谈。

在这个时候，已经给我刮了胡子，这是包扎时必要的。

我和这位熟人谈到俄国伟大的诗人韦列米尔·赫列布尼科夫。

我被包扎到腰部，然后平躺到床上。

第二天妻子的妹妹①来了。我嘱咐过天亮前不要惊动任何人。

她看着我。用一根手指摸摸我。稍稍放下心来。

她去告诉柳霞说，我的手和脚都还在。

至于我会被炸伤，事先就已经预知。

总的来说，我生活得就像是在执行某一生产计划。

---

① 娜塔莉娅·格奥尔吉耶夫娜·科尔季。

我伤势严重，双腿和胸部都进了弹片。

左臂射穿，手指撕裂，胸部有弹片。

全身划伤，像被爪子挠的。大腿上撕掉一块肉。

一只脚上的几个脚趾碎裂。

我体内的弹片无法取出。要想取出弹片，需要做一些切口，而这些疤痕就会使腿部皮肤拉紧。

那些弹片是自己出来的。

你走着路，感到有些刺痛。内衣有点儿吱吱响。你停下来，看了看——一个小小的白色弹片从伤口钻出来竖立着。

你把它拔出来。伤口便慢慢愈合。

但是不要再谈伤口了。

我躺在那里，散发着腐肉的气味。正是炎热的时节。

士兵们来看我。他们亲切地看着我。陪我说话。

米特克维奇来了，他说，他在给司令部的报告中写道：

"多处非穿透性受伤，多达约十八处。"

我同意他的话——数字准确。

士兵们给我带来了青苹果和酸樱桃。

躺着很热。我的左手绑在一个小铝格栅上。自己的全身像是被煮了一样。

我右手边安置了一个伤员——个子高大的男人，但是身体已经不完整，他右腿骨盆以下都没有了。

他的胸部健美，瘦削的双手很好看。

这个人是当地的共产党员，叫戈尔班①。他的腿是很早以前锯掉的，这次他又受了重伤。

他因土地规划工作与一个农艺师乘坐皮艇。

他也许和农艺师吵了架，打了起来。农艺师用枪口抵住他开火。击中了下巴，伤了舌头。

然后农艺师把戈尔班扔到路上。从上面朝他开枪。

打穿了他的阴囊、胸部、手臂后离开。

戈尔班在阳光下躺在地上。躺了很长时间。他在血泊中发出含混不清的声音。

载着一些农夫的大车从旁边经过，没有带上他。而他什么话都说不出来。农夫们都要去忙自己的事情。

临近傍晚，警察把戈尔班捡了回来。

他无论如何都不想死。他呻吟着，在病床上翻来覆去，气喘吁吁。

一位白发苍苍的医生朝他俯下身，每隔半小时给他喷洒一次樟脑。还有人给戈尔班灌生理盐水。显然，所有的人都真诚希望他能活下来。

他活了下来。他的医生出去了一会儿，回来后亲切看着他，仿佛是他自己生下了这个一条腿的人。

最初他不能说话，都是别人替他说，而他则发出含混不清的声音予以肯定。

---

① 可能指的是谢·伊·戈尔班，国内战争时期乌克兰的活动家。

戈尔班的职业是铁匠。他像社会革命党人一样，服过苦役。挨过很多打。

1917年他被释放。来到了赫尔松。

他当着德国人的面从主街上绑走了正在溜达的奸细，带到自己人那里。在那里杀死了奸细。

但是德国人抓住了戈尔班，也想把他杀死。

他解开皮夹克，从里面跳了出去。

皮夹克留了下来，而他游走了，就只穿着靴子和裤子。

他在水中被打伤，但还是游了回去。

他住在草原上。他不在房子里过夜，在草地里你是找不到他的。

后来他打过德国人、希腊人（有一段时间希腊人占领了赫尔松①）和白军。

他的腿再次被打伤。没有人给他包扎。

因为在马赫诺那里，例如队伍里的斑疹伤寒患者在撤退时都是自己走路的。

戈尔班的腿几乎是用几把折叠小刀截断的。

截腿的时候，需要切开肌肉，把肌肉用压圈拉到旁边并锯断骨头。

否则骨头以后还会磨破残端。

如果您不喜欢这样的描述，那么请不要吵闹，比如说，我走在

---

① 1918年11月，在黑海沿岸登陆的协约国远征军中也有希腊军队（以及什克洛夫斯基后面提到的英国军队）。

柏林街道上看到残疾人就会感到惭愧。

给戈尔班做的手术操作有误，所以送到真正的医生那里时，不得不完全截断他的这条腿。

在此后的战斗中，他不得不用绳索把自己绑在马上，侧面安上一根拐杖，以便有东西可以支撑。

他还打过很多仗。

他后来已经是在尼古拉耶夫的时候告诉我，他是怎样占领车站任人"哄抢"的。这意味着：谁想拿多少就拿多少。

"要知道每个人都能得到东西，也许是一个柠檬和一套内衣，这很有趣。"

他讲了如何杀死乘坐火车的难民。有一列火车的人他全都杀掉了。只留下一个体重约十普特的犹太女人。因为这很罕见。此后他开始从事土地规划工作。

他的计划是把每十个村庄联合为一个大农场，耕地和仓库分开，而机械和维修放在一起。

这给人的印象是，他对此事很在行。

他面带幸福的笑容谈着自己：

"我现在也是个富农……仅仅粮食我就有那么多……到我这里来吧，教授，可以吃杏！"

来看戈尔班的人很多，他们坐在这儿，陪着他说话。来看我的则是队伍里的学生、士兵……

这些片段便组成了赫尔松如何防御德军的故事，然而却完全是真实的。总的来说，我在这本书中所写的一切都是事实。连姓氏也从来没有更改过。

士兵们撤离了前线。他们坐在火车里面、火车上面、火车底部。一些人留在了铁轨上。

但是在俄国人的上帝——伟大而仁慈的上帝——的庇佑之下许多人返回了家园。带着步枪返回的。

人民仍然对自己存有信心，革命仍在继续。

人们来到了赫尔松。港口不能正常运转。在赫尔松无事可做。人们便到市杜马去。

那里有一些有文化的人——决定举办"民族讲习班"。

赫尔松城外和城里都有城墙。士兵没人需要，城墙也没人需要。那就让士兵铲平城墙吧。

城墙士兵们铲得马马虎虎。他们与杜马发生了口角。杜马就秘密集会，决定把德国人叫来。

这被称为"阶级自觉"。

来的德国人数量不多，他们占领了城市。

士兵们热爱俄国，虽然已经从前线离开，但是他们聚集起来，打败了德国人。然后要去消灭杜马。

杜马里人们非常害怕，但是有一个人马上想出了办法，他从圈椅上拿起红色天鹅绒靠垫，把保险箱钥匙放在上面带给围攻者。

"我们投降——请接受城市的钥匙!"

而士兵们听说过"城市的钥匙"。

他们完全糊涂了。接过钥匙，便放杜马议员回家了。

然而此时出现了一些独裁者，这些独裁者是一些逃犯，其中有一个是逃亡的罗马尼亚牧师。赫尔松疏散来了许多罗马尼亚人。甚至国王都应该来过这里了。

三个独裁者骑着马走在人行道上。

而部队在进攻城市。但赫尔松尚未举行大会，没有选出军官。人们决定"独立自主"地御敌。革命仍在继续。

如果德国人发动进攻，有人便会往城里派出一些汽车，在车上吹起喇叭，男孩子们也在城里奔跑，敲着门喊道："德国人，德国人!"

此时大家便拿起武器，跑上战壕击退德国人。

最先进攻的是奥地利人①。他们投降了，他们只能这么做。总的来说，我觉得与一个无人领导的城市打仗是件难事。

此后来的是德国人。德军的一个团像是个煤球。它不明白不应该与自由的人们打仗。

在此之前，来自乡村的农民曾与德国人作战。

但是农民们没有了信心，他们离开时说："你们没有好好安排。"主人们都在，他们都担心房子——他们有东西可丢。农民们却不着急。德国人发动了进攻。

市民们在城市附近、在城里、穿过城市战斗。他们躲进了一个要塞。德国人也占领了这个要塞。开始建立秩序。

德军已经不允许在人行道上行车。

他们到处搜查武器，甚至连污水池也不放过；一旦发现，便烧毁房屋。

---

① 1918年4月4日奥匈第11师从第聂伯河右岸进攻赫尔松；第二天结束时城市被占领。

正是此时戈尔班杀了人。这发生在盖特曼时期。

打败德国人的是法国人。斯科罗帕茨基逝世。乌克兰历史上最糟糕的时期结束。

但是，除了德国人，还有法国人。

他们也有自己的"阶级自觉"。他们决定占领乌克兰。

由于在这件事上他们只想牺牲少量的法国人，所以便把占领赫尔松的任务委托给了希腊人。

乌克兰经历的政府，我认为总共要多达二十个。

但是谈到在赫尔松的希腊人，人们十分愤怒：

"垃圾大军。"

"他们的骑兵骑的是驴。"

这里还有英国人以及其他人，至于美国人嘛，这些人还行，都说——他们还算是人。

希腊人占领了这座城市并开始害怕。他们如此害怕，以至于驱逐了各个街区的全部居民，用他们装满了第聂伯河边的粮仓。

把人关起来，也并没有那么可怕。

有一次却点燃谷仓，烧死了很多人。

火场上堆放着形形色色的人肉块。格里戈里耶夫开始进攻[1]。他缩小城市的包围圈，使得战场就在邮局附近。

格里戈里耶夫部下发起冲锋，爬过院墙，占领了城市。

希腊人撤离了，他们把伤员留在我住过的那个医院里。

---

[1] 1919年5月，首领格尼·格里戈里耶夫的部队突袭占领赫尔松。

人们早上坐着雪橇来到医院，去找医生。

医生是头发灰白的乌克兰人戈尔边科①。

他是个伟大的医生，在赫尔松很多人都是他治愈的，而医院里几乎所有的工作人员都是以前受过伤的人。

格里戈里耶夫部下来到医生那里说，现在他们要杀掉所有受伤的希腊人，但是没什么可担心的，雪橇已经备好，尸体会被带走并扔进要塞的井里。的确，要塞里有一口井。直径长两三俄丈，如果你躺卧在井边往里面看，墙壁渐渐汇合在一起，就像铁路上的轨道一样，而终点不是井底，而是黑暗。

但是戈尔边科医生没允许把受伤的希腊人投进这口井，他们便活了下来。

这个人很有意志力，可能因为他是一名外科医生的缘故。他还当着我的面保护过一个人。曾经有人送来一个受伤的敌方密探，就安置在我旁边。密探被手榴弹伤得致命，在他爬过我军阵地的时候，手榴弹扔到了他身上。

这人身材高大，留着棕黄色胡子。原来，他是跑到白军水兵那里的逃犯。

他已经处于濒死状态。双手不停地揪着被子，一直气喘吁吁地说："哦，妈妈，亲爱的妈妈！哦，救命啊，东正教信徒们！"

从肃反委员会来了一个水兵，他梳着黑色刘海，衣领开得很低。

---

① 米哈伊尔·德米特里耶维奇·戈尔边科（1870—?），外科医生，赫尔松省自治医院的住院医师。

其他水兵的胸部都裸露着，而他的胸部看起来像祖胸露背的领口。

他一条腿支在椅子开始审问。

"嗯，怎么，你说，你出卖了我们许多兄弟吗?"

看来，这些人以前就熟识。

棕黄胡子的人在床上辗转反侧，他呻吟着，给他注射了樟脑，他直勾勾地望着前方，而他的手指却一直在动。

黑刘海的人很快就走开了。

但是门口来了一些士兵。

"把他交给我们吧!"

他们想杀死他。

护士向我转过身，窘迫地耸耸肩："您看,"——但是戈尔边科医生赶走了士兵，就像轰走母鸡一样。

"我是医生，这是我的事。"

到了晚上，棕黄胡子的人变得安静了，他死了。他被抬进了小教堂。

我们病室的轻伤员都跑去看他。

他们翻动着他的尸体。

士兵们回来告诉我说，"白军"通常都很胖，而他却很高大。在工学院的炉子里焚烧拉斯普京的尸体之前也是这样，剥去他身上的衣服，翻动着他，用砖块来测量。

可怕的国度。

在布尔什维克到来之前是可怕的。

我心里特别难过。

然而白军在进逼。

在赫尔松已经露出了苗头。在我们这侧河岸上一直起义不断。

夜里下令把病人运往尼古拉耶夫。

戈尔班不想去。

来看他的一个朋友，是当地苏维埃的主席，他说："应该去，不然可能会被杀死的，四周农民都在暴动。"

夜里我们被带走了；士兵们都很不情愿地离开，他们相信戈尔边科能治愈他们。我们被抬到大车上，送往火车站。

在火车站我们被转移到车厢里，放在地板上。

凌晨列车挂在蒸汽机车上便出发了。

我就这样离开了赫尔松，没有见到妻子。

太阳炙烤着。没有人护送我们。轻伤员照顾着那些不能走路的人。没有水。

不知什么地方有人在打枪——这是哪个村子发生了暴动。

村子暴动时，村子里便敲响警钟，人们为防御军队，就会急急忙忙奔往各个方向。

四周是田野，田野上都是草垛，草垛后面都是士兵，他们正在向村子发起进攻。

第二天就会攻下村子。然而，村外是另一个村子，不知何时它也会敲响警钟。

田野广阔，士兵散兵线不知是在进攻，还是在休息。

没有地方需要急着赶去。散兵线如同叉子齿一般稀疏。

近旁驶过一列红色列车。车内的地板上满是受伤的奔萨红军战士，戈尔班因暑热而胡言乱语着，我冷漠地旁观着自己的遭遇。我是——一块正在下落的石头——艺术史研究所的教授①，俄国形式主义方法（或者形态学方法）流派的创始人。我此时犹如一根不带线的针，丝毫不留痕迹地从布上穿过。

有人朝列车射击，在电线杆没被锯倒的地方电线发出嗡嗡的声音。有人从车内向外射击。

但是道路并没有毁坏，临近深夜时我们抵达了尼古拉耶夫。一些载有伤员的列车继续缓慢向前行驶。

这是我看到的最后一次交火，接下来将会天下太平。这意味着还可以在这里暂作停留。

白军进攻第聂伯河右岸，企图在罗斯托夫附近登陆。

在尼古拉耶夫和赫尔松地区没有红军的武装力量。所有的机构都遭到破坏并疏散走了。

我们在尼古拉耶夫的医院稍事休息，之后又被安置到火车上，送往某个地方。

途中，受伤的水兵们恢复了正义感并组成了防御队，他们出卖"工作服"并大声地叫喊着。

找旁边躺着的是红军炮兵指挥官，被飞机炮弹炸伤了双腿。他床边放着一双马鞍皮革做的黄色靴子。这是为了安慰他才给他缝制

① 此处引用了斯宾诺莎的说法。什克洛夫斯基1920年10月9日当选为俄国艺术史研究所（即后来的国家艺术史研究所）语言艺术史系文学理论部的教授（同时选入的还有阿·别雷、尼·古米廖夫、维·日尔蒙斯基、列·谢尔巴）。

的。停车时他总是呻吟着一只脚穿上靴子，另一只脚穿上便鞋。

然后他去和小姐们散步。他总是很快就能找到她们。

四周躺着的都是伤员，他们说着一些胡话，轻轻地呻吟着。

火车走啊走啊，最后停在了伊丽莎白格勒①。我们被抬下车，送往犹太人的医院。炮兵指挥官已经躺下。他的双腿出现坏疽，黄色靴子摆放在床边。

我拄着双拐走路。

在这里有必要写清楚我的家谱。

维克托·什克洛夫斯基的父亲鲍里斯·什克洛夫斯基是数学教师，他至今仍在任教，母亲瓦尔瓦拉·卡尔洛夫娜·什克洛夫斯卡娅，未出嫁时姓本杰利；她的父亲卡尔·本杰利直至生命尽头也没去过俄国教堂，甚至为自己孩子举行教堂葬仪的时候也没去。他的许多孩子都死了，依照法律他们都是东正教徒。

我的外婆与自己的丈夫一起生活了四十年，但是没学会说德语。我也不会说德语，此事十分遗憾，因为我目前住在柏林。

卡尔·本杰利俄语说得不好。他非常懂拉丁语，但是最喜欢打猎。

总之，瓦尔瓦拉·卡尔洛夫娜·本杰利出生于彼得堡，父亲是斯莫尔尼贵族女子中学园丁、文登②的牧师之子卡尔·本杰利，他十七岁时未经父母允许娶了一位皇村助祭之女安娜·谢瓦斯季扬诺

---

① 即苏联时期的基洛沃格勒。
② 拉脱维亚城市采西斯在革命前的名称。

夫娜·卡缅诺格拉茨卡娅。卡缅诺格拉茨卡娅出身于玉器厂工匠之家。我母亲的表兄弟卡缅诺格拉茨基①生前一直是约翰·喀琅施塔得②时期的助祭。

我的父亲鲍里斯·什克洛夫斯基是纯正的犹太人。

什克洛夫斯基家族来自乌曼，在乌曼屠杀中惨遭杀戮③。

此后幸存者逃到伊丽莎白格勒，这正是火车载我和红军伤员抵达的地方。

我的曾祖父住在伊丽莎白格勒，他非常富有。

据说，他临死前留下近一百个孙子和曾孙。

我父亲大约有十五个兄弟姐妹。

我祖父很贫穷，在自己哥哥那儿当守林人。

男孩子们长到十五六岁，就会被送出去自谋生路。

当他们谋到生路，家里人就会把其他兄弟都打发到他们那里去。

对女孩子们来说，则为其挑选街上卖艺的男孩子，但必须是纯正的犹太人，然后把女儿（十六岁的少女）嫁给他，并且培养他，让他当药剂师的学徒，而后成为药剂师。此外就帮不上更多的忙了。

家庭非常和睦，而且大多数都很幸福。

我的祖母快六十岁时学会了说俄语。

---

① 德米特里·伊万诺维奇·卡缅诺格拉茨基于 1898 年举行的助祭按手仪式，自 1878 年起在喀琅施塔得的圣安德烈·佩尔沃兹万内教堂供职。
② 约翰·喀琅施塔得（伊万·伊利奇·谢尔盖耶夫，1829—1908），教会的传教士，神学作家，大司祭，圣安德烈·佩尔沃兹万内教堂的堂长；被俄国东正教会尊为圣者。
③ 1768 年起义的乌克兰哥萨克在占领乌曼（当时为波兰领地）以后实施的大屠杀，某些资料显示，一天当中就杀死两万犹太人和波兰人。

她总是喜欢说，她前六十年是为孩子们而活，现在是为自己而活。

家里人告诉我，我父亲很早就结婚了，是在他十八岁那会儿，当他领着第一位妻子和刚出生的儿子来到伊丽莎白格勒时，祖母正在用母乳喂养自己的最后一个婴儿。

孙子哭的时候，祖母为了不叫醒年轻的妈妈，便把他抱过来，用母乳把他和自己的女儿一起喂饱。

祖母常去国外，到住在伦敦的儿子伊萨克·什克洛夫斯基①那里去，给儿子读自己的回忆录。

她的回忆从保姆和父母讲述贡塔②开始，到马赫诺结束。

书是用土话③写的，她给我翻译了其中的一些片段。

书写得平心静气。她不再喜欢俄国了。

也曾有过美好的瞬间。当时军官和哥萨克进屋抢劫。祖母把戴着订婚戒指的手藏起来。军官说："别担心，我们不拿订婚戒指。""可是我们拿。"哥萨克说完从她手上摘下了戒指。

近几天我才得知，祖母在伊丽莎白格勒因肺炎去世，享年八十六岁。信是从乌克兰经由丹麦给我寄到芬兰的。

她在城市灭亡中辞世。现在伊丽莎白格勒饥荒严重。

我还读了她去世前几天写的信。

---

① 伊萨克·弗拉基米洛维奇·什克洛夫斯基（笔名季翁涅奥，1864—1935），政论家，批评家，自 1896 年起长期居住在国外。
② 伊万·贡塔（？—1768），乌克兰哥萨克占领乌曼时的领导人之一，塔·谢甫琴科的长诗《乌克兰哥萨克》中的主人公。
③ 即犹太语。

她写道，日子很艰难，不过她仍会勇往直前。我相信她去世时仍然没有绝望。

我最后一次见她是在1920年。当时我从军医院出来，住在她那里。

住宅已被洗劫一空。几十个匪帮途经城市，进行了数次的抢劫。我来记下其中的一种方式。这是一种温和的大洗劫。

有组织的抢劫者来到集市上犹太人的店铺里。他们排成一队。他们宣称："全部商品按战前价格销售。"接着几个人便站到钱柜后面收钱。

过了一个小时或者一个半小时，商店的东西都卖光了，售货款转交给了店主。

店主可以拿着这些钱去另外一个售货亭，在那里用它们买白面包。

然而较多的还是寻常的抢劫。

有时在洗劫的时候抢劫者会查看证件，他们不去惊扰那些改信基督教的人。有时会留下结婚戒指。

家具、钢琴都被搬了出去。仆人的箱子也被抢走了。

他们还杀人，多半是把人带到火车站。

然而犹人人躲藏起来，不知怎么会允许他们这样做。

有一次，埃利瓦尔佳工厂的工人制止了大洗劫。

城市不止一次独自在古老的要塞旁边与进犯的匪帮战斗。

祖母告诉自己的孙子们要去和匪帮搏斗。

然而工人们对待犹太资本家总是摆出一副阴沉的面孔，不让犹太人同他们并肩作战。

现在城里一片寂静。

小铺已经上锁。市场上仍在买卖，但被恐惧笼罩着。

我在那里的时候，面包禁止自由出售，但是市内也不安排发放食物。甚是令人不解。

深夜，我的两个表兄弟来了。

他们做着一些生意。他们是夜里坐马车来的。

他们去市里买了带油脂的猪肉皮、面粉，然后他们带上我，拿着所有东西一起坐火车去哈尔科夫。

他们在各个车站都跑下车，买了几袋苹果、几篮西红柿。他们说的是土话，但不是犹太语，而是水手们说的话。"沙马季"的意思是"吃"，还有"给""拿""粥"等意思。他们把食品运到哈尔科夫是为了"沙马季"，而不是出售。我们换乘了几次车，一直坐在顶棚上。

在宣传点我起初睡在地板上过夜。但是有个布琼尼的战士把桌子上的地方让给了我。我睡着了。列宁和托洛茨基从墙上望着我。还有马克思著作和《红色报》① 中的题词。

两个兄弟则睡在外面看着东西。

我抵达了哈尔科夫。

我和西红柿被带到舅父的房子前，我的妻子从里面走了出来，

---

① 俄国共产党（布尔什维克）彼得格勒委员会 1918—1920 年期间的机关周报，发行到 1939 年。

她穿着红色印花布连衣裙和木屐。她在我之后离开赫尔松，但是没赶上我坐的火车。她在尼古拉耶夫找过我。随后又来到哈尔科夫。她想从这里返回伊丽莎白格勒。

在哈尔科夫我在粮食人民委员会逗留了两天时间，获准携带两普特食品去彼得堡。

一个星期后我们回到了彼得堡。

城市四周泥炭沼泽在燃烧。

太阳被烟幕笼罩。

我和柳霞发生了争执。她说天阴沉沉的，我却说是晴天。

我是乐观主义者。

我们到这里时几乎一贫如洗，连内衣都没有。

彼得堡是继乌克兰之后给我留下物品丰富的印象的城市。

在彼得堡，我住在石头岛上的疗老院里。体重增加了十磅。我感觉到从未有过的平静。

总的来说，与白卫军的积极斗争目前还没进入俄国知识分子的计划，不过当我因出差而受伤返回时，没有人感到惊讶。

我是否受人爱戴？人们最终是否会对白军失望？没有人用这些问题来打扰我。

弹片很容易地就从伤口中逐渐脱落出来。天很热，但是房间的窗户朝向涅瓦河。

我享受着床上的用具以及盘中的午餐。

彼得堡和苏联外省之间的差别远大于彼得堡和柏林之间的差别。

现在我来讲讲没有重大事件的生活——苏联的日常生活。

我安居在艺术之家。

我没有住处。便拿上我的东西，把它们放到儿童推车里，推着它来到艺术之家，东西中最重要的当然是面粉、米类和几瓶葵花子油。我去艺术之家未经行政当局许可。

我住在一条长走廊的尽头。这条走廊被称为皮亚斯托夫斯基小巷，因为它的尽头紧挨着诗人皮亚斯特①的门。

皮亚斯特穿着格子长裤——格子很小，白黑相间——踱来踱去，把手弄得咯咯直响，朗读着诗歌。

有时候他读得非常好，但是读到中间突然停下来，沉默上半分钟。在这样一些间歇的时刻，皮亚斯特自己也好像失踪了似的。

另一条走廊的名称是"冬天的猴舍"。它很像猴舍：所有的门都发黑，头顶上是小炉子的炉管子，总的来说很像。还有上楼的铁楼梯。

然后是爱丽舍②厨房。

整个厨房铺着蓝白相间的瓷砖，炉灶在中间。厨房干干净净，但是蟑螂很多。一只小猪仔在瓷砖地面上走来走去，轻轻地哼哼着。他吃的都是蟑螂，但是并没有胖起来，于是就把它卖掉了。

我旁边的猴舍里住的是米哈伊尔·斯洛尼姆斯基。

这个时候他还不是小说家。他在为《文学沙龙》这一著作做准

---

① 弗拉基米尔·阿列克谢耶维奇·皮亚斯特（皮亚斯托夫斯基，1886—1940），诗人，回忆录作者。

② "爱丽舍"一词源自于希腊语，代表着人们对于美好生活的最高向往。——译注

备。刚刚完成高尔基的传记。①

如果他有面包，他就会狼吞虎咽地把它吃掉。稍远一点住的是亚历山大·格林，他阴郁而又温和，就像刑期刚到一半的苦役犯一样。格林坐着写中篇小说《红帆》，小说质朴而又美好。

我在狭窄的床上觉得很挤。我已经有点饿了。只好吃一份荞麦粥。日复一日。我经常呕吐。

此处没有书桌，在这件事上我是美国人。我想要一张桌子。这个要求完全吓住了艺术之家。但很快就让我迁居到了楼上的房间。房间里有两个朝向莫伊卡河的窗口。

喀山大教堂的圆顶就在不远处，杨树梢头绿意盎然。

房间里所有的东西都特别硕大。隔壁房间里有个洗脸盆。在这里我过上了更好的生活。

我还有在乌克兰时剩下的白糖。我吃糖就像吃面包一样。如果您没到过 1917 年至 1921 年的俄国，您就无法想象身体和大脑——但是并非智慧，而是身体的一部分——是多么迫切地需要白糖。

它们需要白糖，就像需要女人一样，它们耍着滑头。带回家几块白糖是多么难啊！做客的时候，如果餐桌上偶然放着一个装着糖的罐子，就难以做到不抓起所有的糖放进嘴里嚼光。

需要糖和黄油！面包不是那么有吸引力，但是我在这几年的生活中心里一直想着面包。

据说，糖和脂肪是大脑工作所需要的。

---

① 米·斯洛尼姆斯基的文学研究著作没有出版。

关于苏联的里海拟鲤，将来可能会有诗人描写它就像描写吗哪①一样。这是饥饿者神圣的食物。

这年秋天，我被选为艺术史研究所教授。我对此欣喜异常，我喜欢研究所。我这一生只能抽空写作。十五年来，我不会分辨时钟，现在勉强记得各个月份的顺序。不知何故，我就是无法理解它们。但是我以自己的方式写了很多东西，阅读了大量小说，我完全了解自己的事业。

我让斯特恩在俄国重生，善于赏析他的作品。

我的朋友艾兴包姆离开彼得堡前往萨拉托夫的时候，曾经向自己的朋友，一个英语教授②要一本斯特恩的《项狄传》在路上看，那个人对他说："算了吧，无聊透顶。"现在对他而言斯特恩却是一个有趣的作家。我让斯特恩复活了，我懂得他作品的结构。我还阐明了他与拜伦之间的关系。

究其根本而言，形式主义方法非常简单。即回归到技巧上来。其中最值得注意的是，它并不否定艺术的思想内容，但是认为所谓的内容也是一种形式现象。

思维与思维也是对立的，就如同词与词、形象与形象的对立一样。

艺术就本质而言具有讽刺性和破坏性。它复活了世界。它的任务是创造出不相称现象。它通过对比创造出它们。

---

① 犹太教、基督教《圣经》故事中的"天降食物"。——译注
② 指的是维克托·马克西莫维奇·日尔蒙斯基（1891—1971），著名的文艺学家和语言学家。

新的艺术形式通过低级艺术形式的典型化创造出来。

普希金来自于画册这种小型艺术，长篇小说源自于恐怖故事，后者类似当代的平克顿的故事①。涅克拉索夫出身于轻松喜剧。勃洛克诞生于茨冈人的浪漫曲。马雅可夫斯基来自于幽默的诗歌。

所有的一切：无论人物的命运，还是发生事件的时代，所有的一切都是形式的理据。

形式的理据比形式本身变化更快。

举个理据的例子。

十九世纪初期的标准被长篇小说和长诗中构建框架的故事破坏了。

斯特恩的《项狄传》没有写完，斯特恩的《感伤的旅行》中断于色情场所，也是在那部《感伤的旅行》的中间，插入的故事与丢失手稿的理据之间毫无关系；果戈里笔下，《什邦卡和他的姨妈》中也有同样的理据；拜伦的《唐璜》、普希金的《叶甫盖尼·奥涅金》、霍夫曼的《公猫穆尔》②都没有完成。再举一个例子：时间交替。与所谓的浪漫主义（这个概念是不存在的）相符合的是时间交替。常见的理据是故事。

也就是说，事件又从小说中间折返回来，其方式为阅读找到的手稿、梦境或者人物的回忆（奇奇科夫，拉夫烈茨基③）。这种手法的目的在于抑制。正如我前面所说，理据是故事、手稿、回忆、装

---

① 关于侦探纳特·平克顿的系列侦探小说，一直发行（多数情况下匿名）到1918年。

② 即恩·特·威·霍夫曼的长篇小说《公猫穆尔的生活观》（1820—1822）。

③ 奇奇科夫是果戈里长篇小说《死魂灵》中的主人公。拉夫烈茨基是屠格涅夫的长篇小说《贵族之家》中的主人公。——译注

订工人的错误（伊默曼①）、作者的健忘（斯特恩，普希金）、弄乱书页的猫的干预（霍夫曼）。

非具象艺术的问题②并不存在：只存在有理据的和无理据的艺术的问题。艺术的发展靠的是其自身合理的技巧。长篇小说的技巧创造出一种"类型"。哈姆雷特则是由舞台技巧创造的。

我讨厌伊万诺夫-拉祖姆尼克③、戈尔恩费利特④、各种类型的华西列夫斯基⑤、俄国文学的凶手（失败的）别林斯基。

我讨厌所有发表在报纸上的毫无意义的东西——讨厌当代批评家们。如果我有一匹马，我就要骑着它去践踏它们。现在我用自己的书桌腿践踏它们。

我讨厌折断了剑锋的人。他们毁了艺术家的创造。

您想想——科尼认为，普希金的意义在于他捍卫了陪审法庭！

黄油是人极为需要之物。我的小外甥女玛丽娜生病时，一直在要黄油，哪怕是一小片也好。

我也一直想要黄油和糖。

---

① 指的是《阿拉伯花纹中的故事》《巴龙·闵豪生男爵》的作者，德国作家卡尔·伊默曼。
② 非具象（没有具体形象的、抽象的）艺术是艺术中的一个流派，不使用传统的形式描绘周围世界。产生于1910—1913年，是立体派、表现主义、未来派分化的结果。1919年4月在莫斯科举行了"第十次·非具象创作与至上主义"国家展览会"。
③ 伊万诺夫-拉祖姆尼克（拉祖姆尼克·瓦西里耶维奇·伊万诺夫，1878—1946），批评家，政论家，文学史家；民粹主义者。
④ 阿尔卡季·格奥尔吉耶维奇·戈尔恩费利特（1867—1941），文艺理论家，批评家。
⑤ 概括性形象，至少暗指三个作家：列夫·马尔科维奇·华西列夫斯基（本名扬克利·列伊巴·莫尔德科维奇，1876—1936）、·伊·马·华西列夫斯基和伊波利特·菲奥多罗维奇·华西列夫斯基（1849—1920）。

如果我是诗人，我会写一首关于黄油的长诗，再把诗改编成扬琴曲。

在《圣经》里，在荷马那里，人们对油脂是多渴望啊！

彼得格勒的作家和学者们如今理解了这种渴望。

我在艺术史研究所授课。

学生们做得非常出色。天气很冷。研究所似乎有木材，但是没有钱把它们锯开。人都冻僵了。冻僵的还有祖博夫富丽堂皇的楼房的窗帘和石墙。办公室里打字员因严寒和饥饿而浮肿。

我们头顶上都是哈气。

我们在分析一些长篇小说。你认真地讲，而大家在听。

听我们说话的还有严寒和北极圈。这伟大的俄罗斯文化——它不会消亡，也不会屈服。

我面前坐着一个学生，工人出身。是个石印技师。

他一天天地变得愈发苍白。他最近做了关于菲尔丁①的报告。他的耳朵是透亮的，不是绯红色，而是白色。他做完报告回去时，倒在了街头。他被抱起来送进医院。饥饿难耐。我去找克里斯蒂②。

他却什么都不能提供。

伙伴们、学生们弄到了面包。大家去看他。

而他在医院里躺了一阵子，就从里面缓慢无力地走出来。他卖掉了书，清偿了债务，接着又常常去研究所。

————————————

① 亨利·菲尔丁（1707—1754），英国启蒙时期的作家。
② 米哈伊尔·彼得罗维奇·克里斯蒂（1875—1956），1918—1926 年任粮食委员会驻彼得格勒全权代表。

一个手推车工人把煤运到研究所，为此他每天得到两磅面包和五磅煤。他的眼睛像描过黑眼圈一样。周围几乎所有人都这样。

您不要认为您不需要艺术理论家。

人活着不是靠他吃的是什么，而是他能消化什么。人需要艺术，就像需要消化酶一样。

我在家里用纸张点炉子。

请您想象这座奇异的城市。

木柴是不发放的。也就是说，有个地方发放木柴，但是一千多人排队等着，是无法排到的。故意拖拖拉拉地办事，让人筋疲力尽，只得走了。反正也不够发的。

发的也只是一捆劈柴。

桌子、椅子、窗帘架、装蝴蝶标本的盒子都生炉子用了。

我的一个朋友①用藏书烧炉子。但这是一件可怕的事。需要把书撕成散页，再一块块地烧火。

他差点就死在了那年冬天，但是在他全家生病的那天医生来过他这里，让他们全都住在一个小房间里。

他们的呼吸使那里的空气变热，便存活下来。在这个小房间里，鲍里斯·艾兴包姆写了《年轻的托尔斯泰》② 一书。

我漂浮在这片寒冷的大海之中，像个救生圈。

缺乏某种文化习气是有所裨益的——我不难成为一个爱斯基摩人。

---

① 鲍·艾兴包姆。
② 该书于1922年在彼得格勒出版。

我去了同志们那里，我让他们精神振奋；我可以在任何环境下思考。

让我们回到烧炉子的事情上来。

我住在叶利谢耶夫①的卧室。角落里有个大炉子，上面画着松鸡。

这所房子以前是中央银行。你从银行要来钥匙，一进入房子，就开始晕头转向。

房间，房间，朝向涅瓦大街的房间，朝向海洋街的房间，朝向莫伊卡河的房间。保险箱敞开着，整个地板上都是文件、收据簿、文件夹。我用文件夹烧了将近一年的炉子。

的确，艺术之家有木柴，但是却非常潮湿，没有文件夹就无法生起炉子。

于是，你徘徊在空荡荡的房间里，在文件中仔细翻找。

不知为什么头晕目眩。不知为什么特别恶心。

到了晚上，你背对着炉子，坐在叶利谢耶夫的一个拼花面小圆桌旁边唱着歌。

我喜欢工作时唱歌。诗人奥西普·曼德尔施塔姆因此称我为"快乐的皮匠"②。

---

① 格里戈里·格里戈里耶维奇·叶利谢耶夫（1858—1942），以前是连锁食品店、"巴伐利亚"啤酒厂（现在为"红色巴伐利亚"）以及艺术之家所在地建筑的所有者。

② 1924年《感伤的旅行》再版时在"快乐的鞋匠"之后曾加上过"大路上来的教授"。奥·曼德尔施塔姆在随笔《毛皮大衣》中留下了对艺术之家时期的什克洛夫斯基的评价："什克洛夫斯基是新彼得堡最有激情而又才华横溢的文学批评家，他取代了楚科夫斯基，是真正的文学装甲车，满身热烈的火焰，极富语文学的敏锐以及十足的文学气质。"

333

周围已经形成了一些生活风俗。

科学家之家根据一些绿色卡片给我们每人发一个袋子和一个木碗，我们已经添置了雪橇。

总之我们适应了生活。

多数人同时在几个地方任职，处处都得到口粮。我们因这些口粮而遭受指责。我本人从未同时得到过两份口粮，然而因粮食而指责人们是非常不好的。人们都有孩子，而他们也要吃饭。

此外，某些人还有精神上的饥渴和食物崇拜。

有一次我去看望某位相当知名的作家，他当时不在家。我与他满头白发、眉毛乌黑的妻子交谈起来。她告诉我："这个月我们吃了二十五磅猪肉。"

她因吃了猪肉、因他们有猪肉而非常看重自己。她鄙视那些没吃过猪肉的人。

那时吃这种猪肉的人很多。

我过得相对轻松，因为部分木柴是从艺术之家得到的。

猪肉我没吃过，也不想吃。

在房子下层的大厅里举行一些音乐会。

在天花板上雕着一些爱神像的房间里住的是阿基姆·沃伦斯基①。

他穿着外套和帽子坐着，读着教父们的希腊文著作。

---

① 阿基姆·利沃维奇·沃伦斯基（海姆·列伊博维奇·弗列克谢尔，1861—1926），芭蕾舞批评家，文艺理论家；什克洛夫斯基《感伤的旅行》中的《尾声》部分就是献给他的。

晚上他在厨房里喝茶。

我的事情是安排人们住进这栋房子。我们分成两派：贵族派往往试图压缩"住艺家者"——艺术之家的居住者——数量，而我则在楼里四处转悠，找到住宅并让一些新人住进来。

来了一些新人。

弗拉季斯拉夫·霍达谢维奇肩上披着一件破旧的毛皮大衣，脖子包扎着。

他有一枚贵族徽章，与密茨凯维奇的徽章相同[1]，他脸上皮肤下垂，面容苍白，毫无血色。

他住第三十号房间；向窗外能看到涅瓦大街。房间几乎是圆形的，而他本人就是巫师：

> 我坐在一间圆形的住房，[2]
>
> 从上到下被光线照亮，
>
> 仰望抹着灰泥的天棚上，
>
> 十六只蜡烛围成的太阳。
>
> 四周——一切都被照亮——
>
> 椅子、桌子还有床。
>
> 我坐在那儿窘迫地冥想，

---

[1] 在波兰徽章体系中，徽章没有单独的姓氏。

[2] 摘自弗·霍达谢维奇的诗歌《叙事诗》（1921）。

335

该把双手往哪儿安放。

棕榈树般的白色冰霜

在窗玻璃上悄然绽放。

怀表在背心的衣袋里

清脆地滴答滴答响。

　　他写诗的时候，干燥而苦涩的龙卷风吹着他。在他的血液中微生物不能存活。它们都会死掉。

　　在这栋楼房里，奥西普·曼德尔施塔姆向后仰着头走来走去。他当着众人的面写诗。每天都一行接一行地朗读。诗歌很是忧伤。每一行都是独立的。而这一切似乎是在开玩笑，那里面满是专有名词和斯拉夫词语。似乎写诗的人是科济马-普鲁特科夫①。这些诗近乎可笑。

为了欢愉请从我的手心里②

掬起些许阳光些许蜂蜜，

如此吩咐我们的是蜜蜂普西芬尼。

解不开那条未系牢的船只，

在毛皮大衣里听不见穿鞋的痕迹，

---

① 科济马-普鲁特科夫是俄国诗人阿·托尔斯泰以及热姆丘日尼科夫兄弟 19 世纪 50—60 年代合署的笔名。——译注

② 摘自奥·曼德尔施塔姆的诗歌（1920）。

无法克服浓密的生活中的恐惧。

给我们留下的只有不断的亲吻，

毛茸茸的，如同许多小小的蜜蜂，

飞离了蜂巢，在慢慢地死去。

约瑟夫·曼德尔施塔姆如同一只羊在楼里徘徊，像荷马一样在各个房间游荡。

他是非常健谈的人。已故的赫列布尼科夫称之为"光洁的苍蝇"①，阿赫玛托娃说他是最伟大的诗人。

曼德尔施塔姆对甜食的喜爱几近疯狂。虽然生活在非常艰难的条件下，没有靴子，忍受着寒冷的折磨，但是他仍设法养尊处优。

他的那种女人般的任性和鸟儿般的轻率并不算反常。他有真正的艺术家的积习，而为了在自己唯一的事业上获得自由，艺术家也会说谎，——他就像是一只猴子，如印度人所说，猴子不说话，为的是不受人强迫去工作。

楼下，尼古拉·斯捷潘诺维奇·古米廖夫挺直腰板踱着步。这个人意志坚强，他催眠了自己。在他周围常常有一群年轻人。我不喜欢他的学派，但是我知道，他善于以自己的方式培养人。他禁止自己的学生描写春天，说是不存在这个季节。您想想看，在大众诗歌创作中蕴含着多少黏垢啊！古米廖夫把诗人们组织起来。他把一些不高明的诗人培养成不错的诗人。他拥有对技巧的热情和大师的

---

① 这很可能不是韦·赫列布尼科夫说的，而是未来派诗人瓦·格涅多夫说的。

自信。别人的诗他也很懂，哪怕这些诗远远偏离他的轨道。

对我而言他是个异己，我写到他的时候也心情沉重。打死他是没有必要的①。任何人都不该这样做。我记得他和我谈起过无产阶级诗人，他在他们的训练班讲过课，他说：

"我尊重他们，他们写诗，吃土豆，坐在桌旁拿盐吃，他们特别难为情，就像我们拿糖的时候一样。"

古米廖夫平静地离开了人世。

我的一个朋友蹲了监牢，他是死刑犯。我们相互通信。这大约是三四年前的事。看守用手枪皮套把信件带出来。朋友写信给我说：

"我克制着内心活下去的愿望，我不准许自己想家。让我害怕的只有一点（显然，这是他的躁狂症）——我很害怕有人会对我说：'脱掉你的靴子，'——我有一双系带及膝的高筒靴（司机穿的），我怕弄乱鞋带。"

公民们！

公民们，不要再杀人了！人们已经不再害怕死亡！对于通知妻子丈夫的死讯，人们已经习以为常，也有了一些应对方法。

然而却没有丝毫改变，而是愈发变本加厉。

勃洛克死得要比古米廖夫痛苦，他死于绝望。

这个人本性上并不是唯美主义者：他以前创作的根基是复活茨冈人的浪漫曲，他在写作中使用平淡无奇的意象。

---

① 古米廖夫于 1921 年 8 月 25 日被枪决。据证实，他通过什克洛夫斯基的一个朋友和同事，即经历了 1922 年诉讼案的诗人拉·贝尔曼与社会革命党的地下组织有联系。

勃洛克的力量在于，他把各种最普通的抒情形式结合起来：他并非毫无缘由地从浪漫曲中选取诗歌的题词。

他并非机械的模仿者，因为他是典范。

他谴责古老的人类文化。谴责人道主义。议会。官员和知识分子。他谴责西塞罗，认可喀提林①。他接受了革命。

夏洛克上当受骗了。威尼斯法院判给他安东尼奥身上的一磅肉，但是不能带一滴血②。然而在不流血的情况下割下一块肉和进行革命都是不可能的。

勃洛克接受了流血的革命。他出生于彼得堡大学一所建筑中，能做到这一点是很难的。

谈到对革命的认可，我不打算援引《十二个》。《十二个》是讽刺性作品，像勃洛克在很多方面的讽刺态度一样。

我这里使用的"讽刺"概念不是指"嘲笑"，而是指同时接受两种不同的语言现象或者同一种现象同时对应着两种语义体系的一种手法。

对于弗拉基米尔·索洛维约夫的诗歌和他的哲学，以及莫斯科1901—1902年的曙光③，安德烈·别雷曾予以出色的论述，但并不是它们培育了勃洛克。

勃洛克像罗扎诺夫一样，也是复活。在罗扎诺夫的作品中复活

---

① 指的是勃洛克的文章《喀提林：世界革命中的一页》(1918)，在文章中，这个于公元前66—前63年为夺取政权而组织政治阴谋（被西塞罗揭露）的罗马大法官被描写成"罗马的'布尔什维克'"。
② 什克洛夫斯基讲述是莎士比亚的戏剧《威尼斯商人》(1596?)中的情节。
③ 指的是别雷关于勃洛克的回忆录，1922年4月开始在柏林的杂志《史诗》上发表。

的是我们称为小市民的东西——怀旧的房间，脏乱的房间；而他像对神圣的陋室一样，把复活"活气儿"看得高于灵魂。老百姓有时候会这么说：动物没有灵魂，有的是只是一口活气儿。

在勃洛克的作品中复活的是纯粹的抒情。千篇一律而又永恒的抒情主题。在意象以及词与词的组合方面，勃洛克是个粗浅的诗人。街头巷尾所歌唱的茨冈人的浪漫曲的主题，伟大的诗人普希金、阿波隆·格里戈里耶夫、费特都常常论证的这种形式——这种浪漫曲的形式再次被勃洛克奉为典范。

他像罗扎诺夫把收支簿和对积压在苏沃林那里的三万五千册图书的担心写进自己作品中那样①，敢于把粗俗的意象引进诗歌。

但是勃洛克并未把复兴形式并将其发扬光大的事业进行到底。被匠人所摒弃的石头没有成为屋角的头块石头②。他有时认为自己的主题既已发生变化，同时也是其本身，即它的一般意义。他在此之上构建自己的艺术。列斯科夫是天才的艺术家，在赫列布尼科夫之前就已经创造了表达深刻体验的语言，但使用这种语言时他没能超越理据。他仅仅在喜剧性的讲述体小说中引进了新的词汇；然而，在这个国度里又能怎么做？在这里别林斯基曾指责屠格涅夫在作品

---

① 指的是罗扎诺夫的《凋零的叶子》和《孤独的人》中的如下文字："我的生活簿（收支簿）抵得上'屠格涅夫致维亚尔多的书信'。这是另外一码事。但就是这样的天轴，实质上，诗歌也是这样。""烟蒂我还是要抖落掉的……'我很高兴使用'（第二次使用烟草残渣）。而我每年要卷一万两千支香烟，当然，这我并不需要。""五十六岁时我有三万五千卢布。但是'朋友'生病了……不知何故还是没有需要……""大约三万五千卢布养活着十一个人，其中有五个小孩和被疾病折磨了多年的妻子。"
② 对《圣经》中如下文字的转述："匠人所弃的石头，已成了房角的头块石头。"

中出场人物的谈话之外，在作者的话语中使用了"幼苗"一词。①

在我们这里人们不理解抽象艺术。

《十二个》是讽刺性作品。它甚至不是用四句头②的文体创作的，它用的是"因循守旧"的文体。用的是类似于萨沃亚罗夫粗俗的讽刺歌文体③。与基督同行的意外结局再次使作品熠熠生辉。你便理解了数字"十二"的意义。然而作品是具有双重含义的——其主旨就在于此。

勃洛克本人对革命的接受却丝毫也不含糊。旧世界崩溃的噪音蛊惑了他。

时间在流逝。很难书写1921年与1919年和1918年的不同。在革命最初的几年里，没有日常生活或者日常生活便是风暴。没有哪一个显要的人物未曾经历过信仰革命的时期。一段时期曾相信布尔什维克。然而德国、英国垮了，犁杖开垦了任何人都不需要的国界！天空像羊皮纸卷一样自卷成筒。

然而普遍习性的引力将被革命水平抛出的生命之石吸引到地面上来。

飞行变成了降落。

我们，我们当中很多人，当看到在新生的俄国不用钱就可以生活的时候都非常高兴。高兴得太早了。

---

① 在别林斯基所有作品中都找不到对屠格涅夫类似的评论。
② 俄罗斯民间顺口溜，多为四句。——译注
③ 指的是舞台讽刺歌手米哈伊尔·尼古拉耶维奇·萨沃亚罗夫（1883—1941），勃洛克确实非常喜欢他。

我们在红军的训练班里相信过。一些人相信得早些，另一些人相信得晚些。早在1918年2月一个雕塑家就对我说过：

"我常去冬宫，而他们从那里打出电话——往普斯科夫公社打——同志，请给我接通普斯科夫公社的电话！好的。直接找迈恩-里德。"

当尤登尼奇逼近彼得堡时，我父亲对我说：

"维嘉，应该到白军那里对他们说：'先生们，你们为什么和我们打仗？我们是和你们一样的人，只是我们自己劳动，而你们却想雇佣工人。'"

对勃洛克而言，所有这一切更为残酷。但是大地吸引着石头，于是飞行变为了降落。而革命的鲜血则变为日常生活。

勃洛克说："谋杀可以变成最糟糕的手艺。"

勃洛克遭遇了事业的毁灭，而他在其中注入了自己的灵魂。

革命前的旧文化他已经放弃了。新的文化还没有创建起来。

人们已经穿上了马裤。新军官们也如同老军官们一样手持马鞭。卡季卡公园被视为集中营①。然后一切都和以前一样了。

什么都没有做成。

勃洛克死于绝望。

他不知道因何而死。

他患了坏血病，虽然他过得并不比别人差，他还患有绞痛病以及其他别的病症，他因过度疲劳而死。

---

① 1919年一些地方被强制隔离，一直持续到1929年6月变为劳改营，妓女也被监禁在集中营内。

从《十二个》开始他就再也没有创作过。

他曾为"世界文学"出版社撰稿，为某组历史画写过非常糟糕的作品《拉美西斯》①。生活已经将他拖了进来。但是他宁愿因绝望而死。

他去世之前神志不清。他曾设法出国。已经获得了许可。② 我不知道离开是否能有所帮助。也许，最好与俄国保持距离。他仿佛觉得已经在往外搬东西了。他正前往国外。

他有时候坐下来，为自己的藏书臆想结构特别的书柜。

而他的藏书已经售出。③

勃洛克逝世了。

他被抬到了斯摩棱斯克公墓。人很少。剩下的所有人都来了。

没有信仰的人埋葬了信教的人。我乘坐电车从墓地返回。有人问我埋葬的是谁。"勃洛克，"我说，"亚历山大。""亨里希·勃洛克？"人们再次询问。不止一次，而是多次。在一天中，人们反复这样询问。

亨里希·勃洛克是一个银行家。④

---

① 勃洛克创作的戏剧《拉美西斯。古埃及生活片段》（1919）是应历史画编辑委员会之约，该委员会在高尔基的倡议下创建于 1919 年 9 月，"世界文学"出版社的工作人员也加入其中。

② 1921 年 6 月勃洛克开始设法出国治疗；但是出国许可是在 7 月 23 日诗人逝世前两周才从中央政治局拿到的。

③ 1920 年初，勃洛克在搬到较为拥挤的住处以后，不得不售出自己的大量藏书（主要是复本）。

④ 信息不准确。显然，什克洛夫斯基这里指的是格里戈里·阿纳托利耶维奇·勃洛赫（勃洛克），他是革命前彼得堡的大银行家之一。亨里希是著名的金融投机分子亨里希·亨里霍维奇·勃洛克（？—1906）的名字，他在破产丑闻之后自杀。

343

勃洛克之死代表着俄国知识分子生活中的一个时代。最后的信心消失殆尽。

人们变得狠毒。如同狼一般看着自己的主人。只是没有他从手里抢过食物。

或许也变得更爱对方。更珍惜对方。

我们的文化无论好还是不好——我们都没有其他的文化！

勃洛克死了。埋在斯摩棱斯克墓地，埋在林间空地。在棺木前人们什么都没说。

第二年冬天已经夹杂着日常生活琐事。初冬我砌了炉子。炉筒长二十俄丈。你烧炉子的时候——很温暖。已经不再用从银行搬来的纸张，可以买到木柴。可以买一车。但是一车太贵。通常都买一袋木柴。一袋里面似乎有十五块劈柴。如果我弄错了，请您原谅我。通常都是干木柴。是桦木柴，如果木柴的树皮很白，那就不要买，这是新锯下来的。

每个星期都买木柴。你要用雪橇拉回家。

有人来抓我的那天夜里——是 1922 年 3 月 4 日——我已经在傍晚用雪橇把木柴拉到了房子跟前。我让他们在城里耽搁下来。

在此之前，我梦见过天花板落在我的身上。

我从警察桥上看到，我的房间和隔壁的房间——叶里谢耶夫的盥洗室（他常在里面骑无轮自行车①），一个带有四扇窗户的大房间——灯火通明。

_____

① 即室内健身脚踏车。

我看了看在不适宜的时候亮着灯的窗户①，没有上楼，而是悄悄地带着木柴去了熟人那里。就这样，从那时起我既没回过家，也没有去找过亲人。

那年冬天，我以作家的身份领到了科学院的口粮②，所以不必挨饿。我还有面包，客人来得不多的时候是够吃的，有美国的猪油，甚至还有芥末。运来食品的是芬兰人、捷克人。有一次从捷克人那里得到了大约十磅白糖！我不知道该如何表达我的兴奋！整个城市都轰动了。白糖，白糖，十磅啊！人们都在谈论这件事。我有糖的时候，便用勺子吃。大脑需要糖和脂肪，而且无论如何你都无法将它说服。此外还发放鸡肉，但发的更多的是鲱鱼。鲱鱼陪伴了我整个苏联时期的生活。

总之，房间里虽然经常有煤气味儿，但是并不寒冷，里面还有一些家什。也还可以工作。在这个时候我从事的是出版业。俄国的出版业是体育项目之一。我从事这一行业的时候还不需要钱。

我开始以这种方式出版。

弗拉基米尔·马雅可夫斯基帮助我出版了《诗学》一书，用的是从人民教育委员部弄到的钱。《罗扎诺夫》③ 这本小册子的出版还有一个有趣的故事。我曾在《艺术生活》报工作过。我当时已经离

---

① 韦·卡维林曾经回忆，什克洛夫斯基"看见了自己房间的灯光"，便问格·叶里谢耶夫以前的仆人、更夫叶菲姆·叶戈罗维奇："怎么了，叶菲姆，没有人在我那儿吧？""好像是有的，维克托·鲍里索维奇，您那里好像有客人。"（《结局》，1989）
② 当时苏维埃国家为科学和文化工作者提供的一种特殊形式的食品补助。
③ 该书1921年春于彼得堡出版。

开了编委会①。似乎是我们的编委会解散了。这种做法是正确的。我在报纸上刊发的作品都很奇怪。当然，我并没有在上面刊发反革命的文章（这样的文章我也并不想写或发表），但是发表了一些学术文章。文章本身是好的，但是不应发表在戏剧报上面。它们的位置应该在专门的刊物上。但是这样的刊物当时还没有发行。《艺术生活》的个别几期非常有价值。我记得鲍里斯·艾兴包姆的《论悲剧性》等一些非常好的文章，还有罗曼·雅可布森的文章，尤里·安年科夫的文章以及我自己的几篇关于《堂吉诃德》的文章；该报给了我工作的机会。

编辑部成员改变后，这份报纸变成了纯粹的戏剧报，但是它的辉煌时期也已经过去了。我给该报投过有关罗扎诺夫的一篇长文，有一个印张的篇幅。

这份报告我只在奥波亚兹宣读过。它的意义在于，不是把罗扎诺夫作为一个哲学家，而是作为一个艺术家来看待的。听报告的人中恰好有来自哈尔科夫的斯托尔普涅尔②。斯托尔普涅尔是俄国最睿智的人之一，他不善于创作，但是非常健谈。他被选为哈尔科夫大学教授，并凭票领取了带海狸皮领的毛皮大衣。他就是穿着这件大衣来圣彼得堡采购书籍的。他求见一个朋友又一个朋友，他们都不在家。夜幕降临。斯托尔普涅尔不急不慌且认为自己的行为十分

---

① 什克洛夫斯基于 1920 年 3 月 2 日至 5 日之间离开了该报编委会——显然，这是由于玛·安德烈耶娃坚持报纸要走戏剧专业化的方针并将"形式主义者"排挤出了报社。

② 鲍里斯·格里戈里耶维奇·斯托尔普涅尔（1871—1937），哲学家，黑格尔许多著作的首位俄语翻译者。

理智地走进一扇陌生的楼门，他爬到了顶层，盖着毛皮大衣躺下睡觉。一片黑暗。夜里，斯托尔普涅尔靠着睡觉的那扇门开了，走出来一个人，踩在了他身上，问道：

"这是什么？"

斯托尔普涅尔据实回答，虽然他很想睡觉："哈尔科夫大学的教授。"那个人用打火机的火石擦出火来，检查了证件，便让罗扎诺夫的朋友哲学家斯托尔普涅尔进了屋，让他睡在一个没有暖气的房间里。

《艺术生活》这个时候以一个印张的篇幅发行。

《罗扎诺夫》是以一些零星片段的形式问世的。在印刷厂我要求把活字版保存起来。尽管这样《罗扎诺夫》也没有在报纸上全部刊发完，于是我把它重新拼版，以小册子的形式刊印。这本册子是在不允许印刷书籍的时候问世的①。它很快便销售一空，而我则靠着它生活。我讲这件事是为了说明俄国出版社的特点。

我也不是一个例外。很多人都不花钱出版书籍。出版社对我们非常好。

向印刷厂致敬。排字车间很冷。铅字让手变得冰凉。这里烟雾弥漫。排字工人脑袋上都包着头巾。冷得印刷机的轴都冻住了，不能平稳地运行，而是跳动地涂着油墨。油墨……没有油墨，几乎是在用水印刷。然而书却印刷得不错。人们都很善于工作。在印刷厂

---

① 出版业中的"新经济政策"于1921年才开始施行，此前在国家的严格监督之下，俄国私人与合作的书籍出版实际上已经完全遭到破坏。

人们都很爱书，一个好的拼版工人绝不会出版拼版糟糕的书籍。善于工作的人们总是一些善良的人。

如果谢苗诺夫不是半个知识分子，如果他有自己的技能，他就不会去告密。然而他有的只是灵魂中的托里拆利真空和无所事事的双手，他什么都不会做，他很后悔没有讲过他也扭转了政局。

不，无论司机还是钳工都不会这样做。

书我已经出版了不少，当然，最多的还是自己的书。就在逃亡前我还出版了艾兴包姆十五个印张的《诗歌的旋律》。纸张是约诺夫①借给我们的。部分出版物的销售用于偿还全乌克兰出版社的金卢布，当然我们还应当支付纸张的费用。但不幸的是，不会工作的格里戈里·伊万诺维奇·谢苗诺夫妨碍了懂得自己职业的维克托·什克洛夫斯基的工作。

向印刷工人和工作中的整个俄国致意！

从出版书籍开始我生活得几乎很好了。清晨我用小炉子煮可可，可以给来找我的人们吃。我住的当然远不如生活在柏林的贫困人口，但油脂在俄国不知何故却比较昂贵，而且我们的黑面包要比德国的白面包还白些。

我在陈述自己的证词。我声明：我诚实地度过了革命时期。没有溺死过人，没有踩死过人，没有因饥饿与人打架。我一直在工作。如果我有自己的十字架，我会一直把它夹在腋下。在此期间我对俄

---

① 伊利亚·约诺维奇·约诺夫（伯恩斯坦，1887—1942），革命运动的参与者，诗人，出版活动家；当时主持国家出版社彼得格勒分社工作。

国革命只犯了一个错：在房间里砍过木头。因此下层房间里飞溅着墙上的灰泥。我还有足够的力气去砍柴，去熟人那里，还能砌炉子，帮助年轻诗人出版书籍，在印刷厂为他们做保证：

"这样的人是好人。"

我非常疲惫。白天躺在沙发上的虎皮下面睡觉。有时很难过，因为没有时间写作。书写得都很仓促。没有时间好好关心自己。说的比记录下来的多。

艺术之家的书桌很好。有大理石台面和弯曲的桌腿。

但是我没坐在它旁边写作，而是在角落的炉子旁写作。

深秋，我偶然遇见一个熟识的亚述人。

您还记得那些坐在俄国各个角落里拿着鞋刷的身材矮小的黑人吗？就是他们领着猴子在各个院子里走动。他们已经衰老，如同马路上的鹅卵石；这是一些艾索尔人——即山区的亚述人。

一次我走在街上，想要擦擦靴子。我走到街角的一个人跟前，他坐在锯断了腿的低矮的维也纳式椅子上，我没有看他，把自己的一只脚放在箱子上。

天气还不太冷，但是我已经戴上了白色的兔皮帽，汗水刺激着我的额头。

一只靴子已经擦干净了。

"什克洛夫斯基，"擦鞋工在我摘下帽子的时候说，"什克洛夫斯基。"他说完把鞋刷放在地上。

我认出他来——这是艾索尔人拉扎里·泽尔万多夫，他在波斯北部的亚述人军队指挥过骑兵连。

我环顾四周。

一切都非常平静，只有四匹黑马在阿尼奇科夫桥上朝着不同的方向用力。

艾索尔人，或者亚述人，住在美索不达米亚和土耳其的凡省、波斯的季利曼周围以及乌尔米耶和俄国的外高加索一带。他们分为生活在古老的尼尼微城①所在地，即现在的摩苏尔（麦斯林纱因此得名）周围地区的马龙派教徒②和詹姆士党、波斯人错误地称为"杰拉"的山区艾索尔人（实际上"杰拉"仅仅是山区亚述人中某个家族的名称）以及波斯的艾索尔人。

就宗教信仰而言，山区的艾索尔人是聂斯托里教徒，即不承认耶稣是神，马龙派教徒和詹姆士党改信天主教，而在乌尔米耶追求早期基督教精神，但想扑灭艾索尔人异端思想的，几乎是所有教派的传教机构：英国人、美国的浸信会、法国的天主教徒、东正教徒、德国的新教以及其他教派。

在山区没有艾索尔人的传教机构。在那里，艾索尔人生活在由祭司管理的村子中，几个村共同构成一个氏族-部族，由梅利克王公管理，而所有的梅利克都听命于牧首马尔-西门。

担任牧首之职的权利仅仅属于一个起源于上帝的兄弟西门的氏族。1918 年 1 月俄国士兵开始撤离返乡。对艾索尔人而言家园就在波斯，而他们也有的人来自土耳其，他们依然留在波斯，因为在家

---

① 亚述国的古城，为该国公元前 11 世纪至前 7 世纪时期的首都。
② 叙利亚隐士马龙（五世纪初）的信徒，曾有一段时期为基督一志论者，但是自 16 世纪起与天主教会合并。用叙利亚语做礼拜，主要住在黎巴嫩和叙利亚。

里会遭到库尔德人屠杀。

艾索尔人组建了自己的军队。还是在沙皇统治时期俄国人就招募到两个亚述人的营队。部分艾索尔人没有加入营队，而是组建了由一个久经世故的人——阿迦-佩特罗斯率领的游击队。

就是这个阿迦-佩特罗斯被我从第三边防团士兵手中救了回来，他们想要杀了他。

我的朋友阿迦-佩特罗斯！我们什么时候还会在这里，在东方相见？因为现在东方从普斯科夫算起，而以前是从韦尔日博洛夫①算起，它不断地通过印度扩展到婆罗洲、苏门答腊、爪哇直至澳大利亚的鸭嘴兽。英国殖民者刚一把鸭嘴兽放进装有酒精的罐子里，就在澳大利亚制造了西方。

不，我永远不会再见到阿迦-佩特罗斯了，我会就这样死在喀山大教堂对面的涅瓦大街上。

我在彼得堡的时候就是这样写的；现在预计死亡的地点变了：我会死在地铁这个飞驰的棺材里。

阿迦-佩特罗斯是个健壮的人，胸部异常发达，有点儿像故意凸显出来似的，胸前挂着擦得光洁如新的一级金乔治勋章。

阿迦-佩特罗斯在纽约的时候知是一个擦皮鞋的，或许他带着猴子在布宜诺斯艾利斯到处转悠过。

不管怎么说，他蹲过费城的监狱。此后在家乡的山上当过强盗；

---

① 韦尔日博洛夫（即现立陶宛的维尔巴利斯）是边境车站，在车站外是俄国和东普鲁士的分界线。

当过土耳其人的副省长，疯狂抢劫过这个地区；后来成了波斯的一个大人物。有一次在盛怒之下逮捕了乌尔米耶省省长，把他关进地下室，后来用这位沙赫①换了星形勋章才放了他。

在我们那里，他是使馆的编外译员，也指挥着游击队。

俄国士兵撤离返乡了，如同水泼在土里一般。他们留下许多武器。

艾索尔人武装起来。亚美尼亚人的民族义勇队也都聚集起来。

他们开始从波斯人手中抢夺武器。此时原来的恩怨产生了影响。

俄国人第一次撤离波斯时（1914年）②，当地的波斯居民便屠杀了留在这里的艾索尔人，因为他们支持俄国一方。

艾索尔人到美国使团的谢德博士那里避难，于是波斯人便在使团给难民烤制面包的面粉中撒入捣碎的玻璃和铁屑。人们接连不断地死亡，就像小池塘里的鱼被投进来的炸弹炸死一样。

阿迦-佩特罗斯的游击队进一步加剧了波斯人对艾索尔人的敌意，因为我们不为游击队提供食物，而他们自己又没有粮食，这些人多数都是外来人口。这就意味着要抢劫。

义勇队员们去各个集市，穿着印花布块缝制的裤子、皮靴，宽腰带下别着炸弹，波斯女人指着他们对孩子说："死亡来了。"

而我，我当时要是在波斯，就会干预这场争斗并且支持艾索尔人。

我也不知道为什么。

难道是因为我习惯了在伊斯梅洛沃大街光荣的纪念碑上看到土

---

① 某些伊斯兰教国家王公的称号。——译注
② 指的是1914年末俄国军队撤离伊朗的阿塞拜疆；丢弃的领土于1915年夺回。

耳其大炮？①

土耳其人可能会杀了我，非但不是错杀，而是确信无疑。

俄国人撤离时发生了冲突，波斯人袭击了最后一批即将离开的俄国人，艾索尔人则袭击了波斯人。

阿迦-佩特罗斯（我想起了他的姓氏——艾洛夫）把大炮架到犹太山上（它现在就在乌尔米耶城外）并摧毁了城市。

总的来说，艾索尔人懂得占领制高点的意义。

波斯方面参与作战的是波斯哥萨克人，他们曾经受过俄国教官的训练（您还记得利亚霍夫②吧），现在成了波斯反革命的主要力量。

在这些战斗中，他们不是党派的（沙赫的）代表，而是民族的代表。

统率波斯人的是什托利杰尔上校，他是一个在波斯宫廷非常有影响力的人，指挥亚美尼亚人和艾索尔人的是上校孔德拉季耶夫③以及在新组建的民族部队中留任的俄国军官和士官。

他们当中许多人目前仍留在美索不达米亚。他们散布在世界各地，好似草地上的一滴滴鲜血一样。

波斯人被打败了。什托利杰尔与女儿成了俘虏，后来被杀。

---

① 在伊斯梅洛沃团近卫军驻扎的三一大教堂旁边，用108门缴获的大炮炮筒建的纪念碑是为了纪念1877—1878年俄国—土耳其战争。
② 弗拉基米尔·普拉东诺维奇·利亚霍夫（1869—1919），中将，1906—1908年担任"波斯骑兵训练主管"；后来曾在北高加索指挥白军。
③ 阿列克谢·尼古拉耶维奇·孔德拉季耶夫，上校，自1916年起为波斯哥萨克师的教官；当时担任该师的代理参谋长。

开始解除波斯人的武装。

动用了炮兵部队，向每个村子发射了四五十枚炮弹。

波斯的村庄都是黏土建造的。

收缴了大约三万支步枪。

于是库尔德人辛科说：

"马尔-西门，到我这里来吧：我也想交出武器。"

库尔德人辛科驻扎在乌尔米耶和季利曼之间的库辛山隘。

库尔德人从未建立过国家，他们以氏族和部落的方式群居。

氏族在可汗统率下结合为部落。

辛科并非生来就是可汗。

他以机智和狡猾高升至库辛可汗的宝座，哄骗了想要拉拢部分库尔德人的前尼古拉·尼古拉耶维奇大公，从他那里得到了步枪，甚至还有机枪，他的声望进一步提高。

辛科一直在欺骗我们，我们因为他失去了储存在季扎·格维尔斯卡娅地区的干草。他答应提供骆驼，但是也没履行诺言。他已经不惧怕我们了。他说，四十个库尔德人就能驱散俄军的一个团。

阿迦-佩特罗斯经常建议在冬天攻打辛科部落，因为如果冬天将部落从房子里驱逐到山上，部落就会灭亡。

辛科给马尔-西门的信中写道："来吧，拿上武器。"

马尔-西门带着三百名骑手骑着从波斯人那里抢来的最好的马，带上弟弟，他自己坐上敞篷轻便四轮马车，前往辛科驻地。

护卫队进入了辛科的院子，马尔-西门和他的弟弟走进一栋房子。

库尔德人爬到屋顶上，库尔德人手中也有步枪。艾索尔人问：“为什么你们爬上屋顶?”那些人回答说：“害怕你们。”“为什么拿着步枪?”库尔德人不说为什么拿着步枪。马尔-西门的弟弟走了出来。

他责骂道：“没必要到这只狗这儿来，不会有好处的，想活着的人，我们回家吧。”回家是不行的，不能扔下牧首。艾索尔人留了下来。

所有这一切都不是我讲述的，而是拉扎里——他是在商队街的角落里擦皮鞋的，他曾是骑兵连连长和集团军委员会委员，就信仰而言是布尔什维克。他后来到我这里喝过茶。他来的时候很平静。我们正在进行奥波亚兹的会议。泽尔万多夫脱下沉重的大衣，坐到桌子旁边。他喝着茶。他不吃黄油，因为那时正是斋戒期。然后他问我的一个朋友：“什克洛夫斯基去哪儿了?”对他而言，我在圣彼得堡是很奇怪的。

拉扎里继续往下讲：

“马尔-西门自己跑出来，骂着人。”

身为教官的军官瓦西里耶夫下达命令“上马”，可是库尔德人从屋顶上齐射，像铃声一样，再一次齐射，然后是机枪扫射。

马匹陡立起来，人们叫喊着，一切都乱作一团。

能逃脱的人都上马疾驰而去，而更多的人还是留在了原地。

拉扎里落在了后面，他的马很高大，它很害怕……于是他最后一个跑出来。

您瞧，牧首徒步奔跑过来，他徒步跑着，污泥几乎没过了膝盖。

马尔-西门穿过泥泞徒步奔跑着，他没带步枪。

他的一只肩膀穿过胸部受了伤——在流血。伤口不大——可以治疗。"拉扎里，"牧首说着，拉住了马镫，"拉扎里，这些傻瓜把我扔下不管。"

拉扎里想要把牧首抱上马，他看到牧首的头部满是鲜血，于是马尔-西门向后倒下。

库尔德人从屋顶上破口大骂，不住声地大骂着。

他们齐射着，接二连三地齐射，而这齐射十分和谐，就像铃声一样。

拉扎里驱马前行，护卫队的余部穿过了库尔德人的军刀，在围墙旁边拉扎里骑的马被打死了，他自己也受了伤。

而那个人，另外一个坐在艺术之家对面的涅瓦大街和海洋大街的街角处卖鞋油的人，他也撤离了，离开时受了重伤。

他们跑到邻近的艾索尔人的村子说："牧首被杀了。"

人们最初并不相信，可是后来看到了许多伤口。

人们跑到乌尔米耶，集合了一万五千人的部队，急切地行军，然而从乌尔米耶到库辛山隘路途遥远，而且都是上山的路，从山隘到辛科的村镇也相距甚远，也全是山路。

部队夜里抵达。

人们寻找着尸首。

找到了牧首的尸体。

他衣服已被剥光，但是并没有被毁坏，库尔德人没有砍下他的头：就是说，他们没认出来。

屋顶上库尔德人仍在射击，射击。

到了早晨，艾索尔人杀光了村镇里的人。

可是辛科跑掉了。

他把金币撒在宫殿里。

战士们冲上去捡金币，而可汗则从秘密通道逃跑了。

马尔-西门的个子中等偏矮，戴着用头巾裹成圆形的毡帽，穿着长袍，如他所说，还戴着四世纪时的一个古老的阿拉伯的佩戴在胸前的十字架。

他的整个面颊绯红……红晕发暗而浓重，眼睛如同孩童一般，牙齿洁白，头发也是白的，是灰白的，他时年二十二岁。

他在战斗中总是亲自手持步枪发起冲锋，他只是抱怨我们给艾索尔人装备的三发子弹的法国列别列夫步枪没有枪口盖板，在白刃战中特别烫手。

他的内心极为质朴。

在我们撤离的时候，他向我们要步枪和火炮（给了他四十门大炮）以及所有梅利克王公们的准尉军衔或者授予准尉军衔的权力；他还想给自己要一辆汽车。

可惜并没有给他。

准尉的肩章会很好看吧，在一大群戴着毡帽、穿着用各种颜色印花布块缝制并在膝盖卜方用绳子扎起来的宽松裤子的人当中，在勇敢而天真的、由基督的兄弟西门的后裔马尔-西门统率的军队当中——准尉的肩章会很好看吧。

这话不是拉扎里说的。

艾索尔人失去了马尔-西门。

山隘里的雪很深：没到了骆驼的鼻孔。

但是雪在渐渐融化。

土耳其人通过山隘，抵达乌尔米耶附近。

康德拉季耶夫上校与艾索尔人和亚美尼亚的骑兵击败了土耳其人，俘获了两个营。

局势似乎有所改善。拉扎里向我抱怨阿迦-佩特罗斯说："你来到波斯人那里，但是阿迦-佩特罗斯的护卫已经站在那里了，阿迦-佩特罗斯从乌尔米耶运走了很多金币。"

他还抱怨说：

"阿迦-佩特罗斯更关心的是金币，他占领了前线的一个地段，他说他有三千人，而他只有三百人，土耳其人就突围了。"

山上驻扎着一个骑兵连。

人们清晨到河边洗脸。看见对岸有骡子和驮包。

那些人也来洗脸。

是土耳其人。

河两岸的人们都害怕对方。

如果艾索尔人看见土耳其人连夜穿过他们下方的峡谷，可能就会用石头把他们压死！

土耳其人突破了重围。

艾索尔人的大炮没有炮弹。

我们试图把炮火库运回俄国，但是却在沿途因它再也没有用处而扔掉了。

剩下了一些炮弹，但是却在兴奋地炮击波斯村庄时发射光了。

撤退到俄国是不可能的：道路被切断，况且土耳其人已经向梯弗里斯进发。

人们决定去巴格达找英国人。[①]

所有的艾索尔人和亚美尼亚人都动身出发了，统率亚美尼亚人的是斯捷潘扬涅茨——他是俄国的亚美尼亚人，彼得堡的大学生，后来当上了中尉，有一段时间担任过集团军委员会主席。

在波斯，他迅速而恰如其分地变得野性十足，原来他是个天生的领袖。

与他并肩而行的是他的妻子，一个俄国医学院女学生。共有二十五万人带着妇女和儿童走出乌尔米耶城。走在最前面的是俄国部队，后面是为俄国服务过的艾索尔人，两侧走山路的是由游牧的（山区的）艾索尔人组成的志愿兵。

中间则是带着妇女和儿童的老百姓。

根本没有道路，需要沿着土耳其的前线行进，或者准确地说，要从土耳其和库尔德的山脉旁边经过。

周围到处都是土耳其人，还有库尔德人和波斯人，许多凶狠的穆斯林，还有从岩石后面的射击，山岩之间的峡谷中的战斗，而山岩中湍急的溪涧流过岩石，还有山岩上掉落的岩石，连绵不断的山岩，波斯的山岩，就像泛着冷酷涟漪的石海上的巨浪。

再往前就是东方，从普斯科夫到生长着鸭嘴兽的澳大利亚，从

---

① 巴格达当时为奥斯曼帝国的组成部分，1917 年被英国人占领，1921 年前一直是不列颠委任统治地的行政中心。

新大陆到古老的非洲，东面的东方，南面的东方，西面的东方。

而此时捷克人正从东方向伏尔加河进发。

俄国人则从西方向东方迎着他们前进，而此时山民们下了山，与捷列克和库班河流域的哥萨克互相残杀。

此时塞内加尔黑人结束了德国的战役，正从法国乘船前往非洲。①

他们可能还唱着歌。

他们坐着船，唱着歌，边唱边想，可是他们在想什么呢——我不知道，因为我不是黑人。请耐心等待——他们会自己来讲。

从额尔齐斯河到幼发拉底河的整个东方都在打仗和厮杀。

艾索尔人在继续前进。因为他们是伟大的民族。

他们走出了峡谷，走在山路上。

他们没有水。十二天里都在吃雪。

马匹倒下了。

于是从一些老年男子那里抢来几匹马给年轻人。需要保护的不是个别人，而是整个民族。

随后又丢下老年妇女。

之后开始抛弃孩子。

经过一个月的远足，终于抵达巴格达的英国领地。

这一天的人数是二十万三千。

---

① 在法国军队中服役的还有其非洲殖民地（其中包括塞内加尔）的居民；塞内加尔散兵线 1918 年曾在俄国作战（是协约国远征军的一部分）。

英国人对人们说："请在我们这里的边境上宿营休息并盥洗三天吧。"人们便在波斯村庄中住下来。这一天是平静的。第二天夜里遭到土耳其人的攻击，波斯人从屋顶向营地射击。

被派去迎接人们的英国部队第一次看到右边、左边、后面都在射击，妇女和孩子在哭喊。

当营地乱作一团时，英国士兵们跳上没有马鞍的马，他们想快速跑开。

上校孔德拉季耶夫命令架起机枪扫射逃跑的人，就像射击敌人一样。英国人停了下来。

他们被告知："如果你们是来帮忙的，那你们就帮，要么我们就会杀死你们，因为一个月内我们走的都是难以通行的道路，因为大家都知道，对于商队来说在乌尔米耶和哈马丹之间是没有道路的，可是我们领着女人通过了这条路。因此，如果你们不帮我们，我们就会用机枪杀死你们，因为我们连续吃了十二天的雪。"

英国下了马，加入到散兵线中。

一场厮杀。

波斯人被赶出了村子，土耳其人遭到夹击并被赶进了山谷，人们既用机枪向这个山谷扫射，也用步枪朝山谷齐射。

没有人从那里走出来。

但是土耳其将军被俘获了。

人们对他说："为什么你要命令掳走我们的孩子，还把他们扔在地上？为什么我们没有更多的房子？现在我们要枪毙你。"

英国人说："不能打死俘虏。"

361

艾索尔人说："他是我们的俘虏。"

将军什么都没有说。

艾索尔人把他打死了，但并没有切下他的耳朵，也没砍下死者的头，因为艾索尔人中有一些曾为俄国服务过的人，而拉扎里是布尔什维克。

整个营地的人们都动身前往英国的领地并抵达那里。

在这里他们得知，来自美国的另一支艾索尔人的队伍正朝着他们这里开来。

在美国有很多艾索尔人，他们在那里甚至有两家报社。

他们得知从阿罗马尔到乌尔米耶的战役后，便放下鞋刷子，关闭商店，丢下生意，花重金向美国人购买枪支，前去为自己的故乡作战。

如果艾索尔人住在伏尔加河流域并且挨着饿，他们可能就会离开走到印度去。

因为艾索尔人是伟大的民族。

人们在等待这支队伍。

他们决定和它一起去尼尼微的英国人那里生活，这是古亚述国的一个地方，靠近摩苏尔，麦斯林纱由此而得名。

据说，那里有一些蛇，它们会跳跃，能穿透人的身体。

还有针叶林里的猴子，以及森林中的野人，而天气那么炎热，衣服被汗水浸透而无法晒干。

在带有围绕石制门轴旋转的石头门的地下室里，在填满土的地下室里有许多装着宝石的箱子。

因此英国人在那里进行发掘。

拉扎里没能去发掘。

有人来找他，把他当作布尔什维克逮捕了。

在俄国人离开前，他在军队苏维埃里是布尔什维克。

他们还逮捕了一些俄国军官和士兵。

他们坐下来思考——他们为什么要吃雪，为什么要去英国人那里。

拉扎里穿着一件非常漂亮的短上衣，上面带着宽宽的骑兵司务长的肩章，比普通的肩章要宽。

英国人把他当成了将军。

他被带到一个单独的房间。

他呈文要求为所有被捕者提供餐具。

这些都提供了。

还给了他十二托曼。

被捕的人们什么都没有说，但是都笑了。

第五天，为英国服务的一个俄国军官来看这个将军，他看了看说："你不是将军，而是骑兵司务长。"

而拉扎里回答说："为什么我在被俘的时候不能当将军，大家都这样叫我。"

最初他关在单人牢房里，后来被遣送到恩泽利，而在恩泽利获释，并受命前往俄国。

他前往巴库。

在巴库有许多白军，他们在召集民族部队，命令所有人与布尔什维克作战。①

他们招募了一支艾索尔人的队伍，但艾索尔人却把步枪放到地上。

他们不想打仗。

于是他们被遣送到连科兰岛。

连科兰岛位于巴库对面的海上。

它是多沙的岛屿，周围的海水都是咸的。

此前那里拘禁过被俘的土耳其人。

拉扎里有妻子。

我不知道我是否说过他是俄国子民，但是他在乌尔米耶也有一所位于法国使馆旁的房子。

房子很漂亮，灰色的墙壁之间有一个长长的通道，里面还有长满葡萄的院子，五彩缤纷的花格窗朝向院子。

屋顶上有一只孔雀。

孔雀有美丽的尾巴。

波斯的夜晚也很美丽。

火烈鸟在乌尔米耶湖上空盘旋着。

拉扎里是俄国子民。战争爆发以后，他在炮兵中服役。

他被带着前往波兰。当在各个部队中寻找译员时，又把他从波兰派到高加索前线。

---

① 9月，"按照土耳其的制式改革国家和军队"的木沙瓦特分子在土耳其第五师的掩护之下进入被英国人占领的巴库；11月17日英国人再次进入巴库；邓尼金失败后，他部下的许多军官被吸收到木沙瓦特党的军队任职。

拉扎里四年没见过自己的家人。

他离开时妻子已经怀孕。

他的家人不知道在哪儿，他想可能是在埃里瓦尼的亲戚家，乌尔米耶的房子被丢弃了，而他独自坐在连科兰岛上。

周围的海水是咸的。

布尔什维克从伏尔加河渡海而来①。而从彼得堡乘坐雷击艇来的有谢·阿·温格罗夫②的学生费多尔·拉斯科利尼科夫③；与他同行的有拉丽萨·列伊斯涅尔④。我们的生活完全被打乱了。和他一起来的还有诗人科尔巴西耶夫⑤；他目前住在艺术之家。他们把拉扎里从岛上带了回来。

他去了埃里瓦尼。

他去亲戚那里询问："妻子在哪里？"

亲戚回答说："我和你的妻子吵架了，不知道她在哪里，我想她是离开这个城市了。"

拉扎里决定去美国。

---

① 红军部队于 1920 年 5 月 1 日进入巴库。

② 谢苗·阿法纳西耶维奇·温格罗夫（1855—1920），文学史家，图书分类学专家，在圣彼得堡大学授过课。

③ 费多尔·拉斯科利尼科夫毕业于彼得堡工学院，后来在独立海军士官班学习过。什克洛夫斯基在这里提到费·拉斯科利尼科夫是谢·阿·温格罗夫的学生，所指何事不甚清楚。

④ 拉丽萨·列伊斯涅尔担任伏尔加河舰队政委的活动在弗·维什涅夫斯基的《乐观的悲剧》（1933）中有所反映。

⑤ 谢尔盖·阿达莫维奇·科尔巴西耶夫（1899—1937），当时是刚起步的诗人，1922 年 2月被暂时解除海军职务，派到"世界文学"出版社工作；后来成为海洋文艺作家，爵士乐的收藏者和宣传者。

他去市场买路上吃的香肠。

那里的香肠不是很贵。

市场里站着一个小男孩。

一个很漂亮的小男孩：长得很像他。

拉扎里问小男孩："你是谁的儿子？"

那个孩子回答说："谢苗的儿子。"

"就是说，不是我儿子。"

只是他的弟弟叫谢苗。

"你的妈妈是谁？""叶琳娜。"

拉扎里的妻子也叫叶琳娜。

"她在哪呢？"

"她在这里排队买肉呢。"

"你指一下。"

男孩领他过去——指给他看。

拉扎里站住了。

是个陌生的女人。

突然这个女人哭了起来：

"拉扎里，这就是我呀。"

她就立即跑开了。

拉扎里站在市场中间，他什么也没弄明白。

叶琳娜跑回了家。

谢苗在睡觉。

她抓住了谢苗的耳朵。

"起来吧，谢苗。这不是高兴的事儿吗？拉扎里来了。"

谢苗抓起房子里所有的钱给了叶琳娜。

钱一共大约有二十万。

他们俩一起朝拉扎里跑去。

第三个兄弟没有跑过去。

他有一辆敞篷轻便四轮马车。

在拉扎里去作战的这几年，他赚到了一辆敞篷轻便四轮马车。

他奔过去套好马车。

拉扎里站在那里，他什么都不明白。

他看见朝他跑过来的是谢苗，还有妻子和小男孩。

小男孩就是他的儿子，只是他和谢苗的孩子们一起长大，习惯了把自己当成谢苗的儿子。

因为四年是很长的时间，而乌尔米耶、波兰和巴格达是那么遥远。

跑到拉扎里跟前的是弟弟和妻子，后面是赶着马车的第三个兄弟，他戴着学生帽。

亚述人是不定居的民族。

马尔-西门的尊号是："东方和印度的牧首。"

的确，似乎是从七世纪起艾索尔人就分散到了世界各地。

他们到过日本，也到过印度的马拉巴尔海岸，还到过与中国接壤的突厥斯坦。

他们的字体是所有蒙古字体和朝鲜字体的基础。

在托博尔斯克附近有艾索尔人的坟墓。

艾索尔人从前不是徒劳无益地活在世上的。

现在他们却在世界各地当擦鞋匠。

拉扎里那时无事可做。他便把家搬到了阿尔马维尔，在这里有一个经过挑选组建的艾索尔人的公司，而他则去了莫斯科，后来又去了彼得堡。

彼得堡也住着一些艾索尔人。

这里有拉扎里，这里有马尔-西门的译员，这里有霍沙-亚历山大，在彼得堡甚至还有一个马尔-西门部族的亚述人，只是那个人不擦靴子，而是坐在床上读书。

拉扎里站在涅瓦大街和商队大街的拐角处。

彼得堡很冷。

涅瓦大街上刮着风。

商队大街上也刮着风。

而风往南刮，又向北转，不住地旋转。

下面就是拉扎里·泽尔万多夫本人的手稿；其中我只是打上了标点符号，修改了变格。结果它与我的作品极为相似。

拉扎里·泽尔万多夫的手稿

俄国人离开波斯后，重新组建起一支亚述人的部队；该部队的负责人是康德拉季耶夫上校领导的俄国人和亚述人的教官。

该部队于 1918 年 1 月 29 日在乌尔米耶组建。

召开了牧首马尔-西门和波斯省长艾特拉特·图玛伊出席的群众大会。

在大会上，波斯人建议亚述人交出武器。

亚述人拒绝了。

2月4日，在乌尔米耶市场上十六个山区的艾索尔人被打死，衣服被扒光。

随后邮局遭到袭击，伊凡诺夫中尉被打死。

1918年2月8日，乌尔米耶的所有波斯人都行动起来，包围了阿迦-佩特罗斯的总部。仗打了整整一夜，第二天早晨佩特罗斯给马尔-西门送去了情报。

马尔-西门回复说："不应该和波斯人交战。"

在这一天的十二点，军指挥部被包围，里面有部队的指挥官库兹明上校①。

库兹明上校将情报发给马尔-西门，请求援助营救困在指挥部的俄国教官。

波斯人闯进来喊："雅阿里，雅阿里。"② 就在这时，按照炮兵大队队长索科洛夫③上校的命令，在距离乌尔米耶三俄里的恰尔巴特山上架起四门大炮，在杰加林大门架起两门战地火炮。

朝着波斯人开了火。

尽管如此，波斯人还是冲进了指挥部的围墙。

---

① 尼古拉·亚历山大·库兹明（1872—?），上校，自1917年3月起临时担任亚述人的散兵营营长，1917年7月前同时担任卡尔斯要塞团团长。
② 波斯语的音译，意义为"啊，真主，啊，阿里"。
③ 无法确知的人物。可能泽尔万多夫指的是高加索第二散兵团指挥官尼古拉·米哈伊洛维奇·索科洛夫，或者是在高加索掷弹师服役过的斯捷凡·瓦尔福洛梅耶维奇·索科洛夫。

拉扎里·泽尔万多夫同志和几个卡尔斯的艾索尔人①跑到那里，抓起机枪和手榴弹，开始向波斯人和库尔德人射击。

炮兵连继续开火。

波斯人开始在街上四散而逃，无论他们往哪里跑，都会遇到亚述人的一个排，波斯人都受了伤，无一人幸免。整个晚上乌尔米耶城里都在抢劫，门被砸开，所有的波斯地毯和财物都被抢走。牧首马尔-西门一直向阿迦-佩特罗斯和库兹明上校发送通告，他说不应该交战，最好投降，因为我们是在他们波斯人的土地上，我们不是来和他们作战的，而是为了摆脱山区库尔德人的暴行。

双方进行了一场战斗。

2月12日上午十点，波斯人和库尔德人的残部向美国使团奔逃，在此任职的是谢德博士，他是美国的领事。

美国领事，还有俄国领事尼基京，以及一些亚述人的司祭开始在城里奔走，想要制服亚述人。

中午十二点，瓦西里耶夫中尉（卡尔斯的亚述人）和斯捷潘扬茨中将（亚美尼亚人-达什纳克党人）结束了与什托利杰尔上校指挥的波斯哥萨克的战斗。

什托利杰尔被俘虏。

亚述人没把他当作俘虏，而是把他当作俄国军官送往久利姆汉码头，在途中亚美尼亚人遇见了什托利杰尔，杀死了他、妻子和儿子。

---

① 根据 1921 的苏联—土耳其协议，自 1878 年起为俄国领土的卡尔斯州划归给土耳其。

2月16日亚述人的牧首从乌尔米耶前往季利曼，随行的还有他的一些教官。

2月18日他们抵达季利曼。从乌尔米耶到季利曼的距离是八十三俄里。

季利曼的波斯人已经得知乌尔米耶的波斯人和库尔德人被打败。牧首被召请到肯尼舍尔城与辛科进行会谈。

当时已经决定，辛科——似乎是——要与亚述人签订合约。

来参加这次会议的还有马尔-西门、牧首的兄弟阿迦-达维德以及由康德拉季耶夫上校率领的二百五十名精选出来的亚述人。会谈期间，库尔德人占据了所有的屋顶和有利的位置。

阿迦-达维德走出来说："不值得与这条狗交谈，"他带上两个亚述人离开了，剩下的骑兵都站在那里等候马尔-西门。

大约二十分钟后牧首走出来，孔德拉季耶夫上校便下令："上马！"

他们还没来得及坐到马背上，突然从屋顶传来的炮声和齐射声，像铃声一样。

站在那里的亚述人乱作一团：有的人在马上，有的人在马下，有的人永久地留在了这里。

他们即刻奔逃。

当场被打死的有扎伊采夫中尉、教官萨古尔·马特维耶夫以及斯科宾·图马佐夫。

剩下的人沿着大街奔跑。

而牧首本人在泥地里跑着，他的后背上流着血。

追赶上他的有济加·列夫科耶夫、尼科季姆·列夫科耶夫、斯利沃·伊萨耶夫、拉扎里·泽尔万多夫、伊万·吉巴耶夫、雅科夫·阿布拉莫夫、拉扎列大公爵。他们还没来得及抱住牧首，第二颗子弹就击中了他的额头，他倒在了草地上。

可是库尔德人仍在朝着逃跑的人齐射着，齐射着。到了城边上剩下的人只有：没有马的济加·列夫科耶夫，他左腿受伤；拉扎里·泽尔万多夫，他头部和左臂受伤；斯利沃·伊萨耶夫——左肋受伤。可怜的同志们衣衫褴褛而又满身伤痕地逃脱出来，然而牧首马尔-西门却就这样留在了污泥里。

此事发生在傍晚五点钟。

库尔德人和波斯人都在努力寻找牧首的尸体。

因为辛科收到了大不里士省长的正式公文，如果他送上马尔-西门的头颅，将会赏他二十倍的金币。

伤员们来到最近的科斯特罗巴特村通知说：大家都牺牲了，包括牧首以及与他在一起的亚述人。人们都不相信。

几分钟后受伤的孔德拉季耶夫上校来了，他也说大家都牺牲了。

人们召集部队与辛科作战。晚九点，肯尼什尔被四面包围。

夜里十二点发动冲锋，带回了马尔-西门的尸体。

而辛科带领他的团伙逃到恰里卡尔城。

大约二十天后，萨尔玛特区来了由三个营组成的土耳其先头部队。

亚述人投入战斗，把土耳其人打得落花流水。

1918 年 3 月 25 日，土耳其人再次发动进攻，战斗持续了六天，土耳其人遭到围攻，两名军官手下的二百五十名士兵被俘。

此后，阿迦-佩特罗斯带领部队来到乌尔米耶，对孔德拉季耶夫上校声称，他召集了四千名亚述人。

我们向土耳其人发动总攻，以开辟通向俄国边境的道路，阿迦-佩特罗斯原来只有四百人，而且装备很差：因此他不能完成自己的任务。

他被安排在左翼，与沿着霍伊道路进攻的亚美尼亚人保持着联系。

在亚述人的右翼巴什卡林大道旁的是康德拉季耶夫上校，前面是亚述人的基干骑兵队伍，这个团队的指挥官为如下一些同志：拉扎里·泽尔万多夫、济加·列夫科耶夫、尼科季姆·列夫科耶夫、伊万·吉巴耶夫、斯立沃·伊萨耶夫、伊万·扎耶夫、拉扎列夫公爵。

他们占领了科图利峡谷，继续进攻俄国边境。

八天后，阿迦-佩特罗斯带领部队撤到乌尔米耶，土耳其人闯入了亚述人的后方。

清晨五点左右他们到河边洗脸。在河对岸是露营地。我们以为这是阿迦-佩特罗斯来支援我们，而土耳其人则认为我们是他们的军队……

在傍晚五点钟，我们收到了部队指挥官发来的公文，说是土耳其人突破阿迦-佩德罗斯的队伍进入了萨尔玛特区。

我们无法撤离，因为已经到了夜里，还下着雨。天亮时我们就开始撤离科图利峡谷，而道路两侧的高地则被土耳其人占领。一些人说"不能撤退"（应该投降当俘虏），而我的其他同志却说："我们暂时枪弹充足，我们的马都是好马，是阿拉伯品种，可以突袭。"

于是，我们真的冲进了土耳其人的一个哨所，原来他们没有子弹，他们用机枪开火，但是很快就停止了，我们发动冲锋，杀死了三十四个土耳其人，缴获了一支没有子弹的机枪，把它摔成了碎片，然后迅速离开。

我们来到季利曼城，这里既看不到亚述人，也看不到亚美尼亚人，只是所有的库尔德人和波斯人正在抢劫亚述人的村庄、驱赶羊群，沿途还能看到死人的尸体，因此我们以为艾索尔人全部都死了。

我们开始不战而逃，看到在我们前面很远的地方灰尘直冲天空。我们以为这是土耳其的主力部队在进攻。

我们来到海塔赫特，在那里一个俄国警卫长都没有，甚至一个人也没有，只是沿途看到孩子们在哭泣。无法带上他们，因为他们人太多。看着非常可怜。

我们爬上库辛山隘，道路已经被库尔德强盗切断。我们与库尔德人进行战斗，骑兵司务长伊萨克·伊凡诺夫被杀。我们没来得及带上他的尸体，把它留在了原地。

我们离开库辛山隘，找到了撤离的艾索尔人，我们问："阿迦-佩特罗斯在哪？""他在乌尔米耶已经三天了。"

我们来到乌尔米耶，在乌尔米耶待了十五天，周围开始有先头部队的一些冲突。

5月15日，乌尔米耶市被土耳其人全面包围。

显而易见——俄国人和亚述人面临着死亡。我们召开了俄国军官出席的全体会议。

阿迦-佩特罗斯说，应该向土耳其人投降，因为他手上有一封土耳其第四集团军司令哈利勒·帕沙的信。

可是俄国人不想投降，他们说"宁可死"，他们组织了一个乘坐木筏的船队，想要渡过乌尔米耶湖去舍里弗哈涅。

船队所有的人都被波斯人打死了，牺牲了八名上校、三十二名军官和士兵。土耳其人和库尔德人开始进攻。艾索尔人战斗到最后一个人。战斗储备用光，炮弹也没有了。

5月29日，土耳其人在距离乌尔米耶五俄里的地方。艾索尔人召开第二次会议并决定：不能朝着俄国走，因为整个外高加索已经被土耳其人占领，最好是向东部突围，也许能和英国人联合起来。

部队瞬间集合起来，四千骑兵由康德拉季耶夫上校率领，六千步兵由库兹明上校率领，炮兵大队由索科洛夫上校率领。

在距城市五俄里的季兹村附近，二十四门火炮排成一排。

土耳其人认为，今天艾索尔人就会投降。

索科洛夫上校下令用二十四门大炮射击。

他们向土耳其人的阵地猛烈开火。

土耳其人驻扎在山上。

他们击毁土耳其人的四门火炮。

我们开始全面进攻。

所有的教士和主教都在田野里做祈祷，战斗进行得非常和谐，土耳其人遭到了袭击，而我们则突破了防线。

然而土耳其人从乌尔米耶的另一方向进入了城市。

此时留在城里的只有美国和法国的使团以及几千艾索尔人。

据逃离者讲，所有留在那里的人都被库尔德人和土耳其人杀死了。

而我们则沿着格伊杰罗巴特大道撤离。

走在前面的是骑兵队伍和四门火炮，后面是身为俄国子民的艾索尔人，两侧是亚美尼亚人和山区艾索尔人。

土耳其骑兵在后面追击。

前面进行着激烈的战斗，后面也在战斗，一切都遭到毁坏……镇子……村庄……

从格伊杰罗巴特到索卢日布拉克有六十俄里。

整条道路上挤满了驮包、羊羔和人群。

道路狭窄。

驮包扔掉了。孩子丢弃了，人们只顾匆忙地往前赶路，日日夜夜地走啊走，一刻也不休息……这都没关系，我们只能听到叫喊声和喧闹声，可怜的孩子们在啼哭。

母亲和父亲不见了。一些孩子睡在路中央，另一孩子在路边草地上玩耍，他们不怕蛇，而那里的蛇很多。

我们取道前往拉万杜兹。

在距离拉万杜兹大约二十俄里的地方，我们得知那里驻扎着摩苏尔第四集团军司令部。

我们便向左前往谢云-卡列城。

在离开乌尔米耶前往谢云-卡列城的第十五天，我们遇见了英国人。我们中的一些人很高兴我们得救了，另一些人却哭了：既失去了孩子，也没有了亲人。

英国人下令休息三天。

三天后艾索尔人将继续前进。

下午四点钟波斯人进攻谢云－卡列城，开始从屋顶向妇女和儿童射击。

英国丢下自己的包裹和机枪，骑上没有马鞍的马。看得出，情况不妙。

按照库兹明上校让英国人调头（阻止他们）的指令，我们把机枪架在英国人对面——英国人便调头回来。

我们与英国人一起袭击了谢云－卡列城；波斯人和库尔德人被赶出城，撵进一个深深的峡谷里，四面被包围，消灭到最后一个人，城市被烧毁。

我们又沿着旱路撤退，一路上不是没有粮食，就是没有水；最后到达了比贾尔，在库尔德斯坦，路程为四百五十俄里。

在途中损失了八分之一的人：有人是因没水渴死的，有人是战死的。我们进入了克尔曼沙阿山谷。那里没有住房，什么都没有。

只有肥沃的原始森林。

那里动物自由自在地生活。

我们看到了大量的蟒蛇和毒蛇，像树干一样粗，而猴子则像鸟儿一样栖息在树上。

在那里我们看不到粮食。

有足够的水。我们吃香甜的水果和坚果。

我们到达了克尔曼沙阿城。

那里的民族与不似乌尔米耶的民族。在这里亚述人和教官之间发生了分歧。

山区和乌尔米耶的亚述人说，应该从克尔曼沙阿去哈马丹，一共二百二十俄里的山路。

而一些俄国教官则按照地图行进，日日夜夜向东部进发。

从卡尔斯出来的身为俄国子民的亚述人和俄国军官一起动身了，牧首的兄弟也和他们同行。

我们到达巴格达城，那里又是另一个世界和另一些民族。

在一些村庄，人们换了马匹。

这里的人们不在水里洗澡，而是在沙土中洗，就像鸡一样。

我们在巴格达城中总共待了八天，又回到哈马丹，走了六百俄里，抵达哈马丹。

被当作俄国布尔什维克而逮捕的人员有：瓦西里耶夫中尉，斯捷潘尼扬茨少尉，教官拉扎里·泽尔万多夫。

按照英国总司令的命令，我们被释放。我们的火炮都是非常好的——全部都被没收。

拉扎里·泽尔万多夫

拉扎里就是这样写给我的。我把它发表在《尾声》[①] 一书里。米哈伊尔·左琴科非常成功地仿拟了这篇文字[②]。

左琴科是"谢拉皮翁"。

---

① 1922 年首次出版，1923 年什克洛夫斯基在柏林出版《感伤的旅行》时将《尾声》修改补充为其第二部分《书桌》。

② 指的是左琴科对什克洛夫斯基的文章《谢拉皮翁兄弟》(1922) 的模仿。

冬季过到一半的时候，在下层成立了"谢拉皮翁兄弟"。其起源如下。叶夫根尼·扎米亚京在艺术之家的训练班任教。他讲得浅显易懂，但却是关于技巧的，他教如何写散文。

他的学生相当多，其中包括尼古拉·尼基京①和米哈伊尔·左琴科。尼基京身材矮小，浅色的头发，我们称之为"有律师激情的人"。这指的是家务事。尼基京受到扎米亚京的影响。倚靠着他的右肩，但是在创作上并未模仿他，而是更为复杂。左琴科黑黑的头发，性情沉静。长得非常漂亮。他在战争中曾经煤气中毒②，患有严重的心脏病。正是这一点让他很沉静。

他是一个很不自信的人，一直不知道该怎样继续创作。在参加"谢拉皮翁兄弟"的训练班之后，他已经开始写得很好了。他的《纳扎尔·伊利奇·辛涅布留霍夫先生的故事》③ 非常不错。

那里面有一些令人意想不到的句子，改变了小说的全部思想。他与列斯科夫的联系并不像表面看上去那么密切。他能够超越列斯科夫而创作，例如他的《渔女》④ 就是这样创作出来的。当他的书送到印刷厂用十点铅字排版时，排字工人自作主张用了十二点铅字⑤。

"这是一本非常好的书，"他们说，"让老百姓读读。"

"谢拉皮翁兄弟"的核心人物是米哈伊尔·斯洛尼姆斯基，最初

---

① 尼古拉·尼古拉耶维奇·尼基京（1895—1963），作家。
② 指的是左琴科参加第一次世界大战期间的事情，他的军衔至尉官。
③ 左琴科的这部作品发表于1922年；据一些人回忆，什克洛夫斯基直接参与了该部作品的出版。
④ 左琴科早期创作的短篇小说（1921年），发表于1923年。
⑤ 特别人的字体，往往用于标题或者儿童书籍。

所有人都尊敬他，他担任着格热宾出版社的秘书，还创作了《文学沙龙》。后来他写了一部拙劣的小说《涅瓦大街》，此后开始写滑稽短剧，掌握了描写荒谬之事的技巧①。他写得不错。现在没有人尊重他，因为他是一个出色的作家。他变得年轻起来，像是自己二十三岁的样子。他现在躺在床上，有时一天工作十二个小时。在烟雾缭绕之中。在领到科学院的口粮前，他像尼基京和左科琴一样，经历过难以忍受的饥饿。他作品的基调是：情节复杂，没有心理依据。

在下面一层，在"猴舍"里，住的是列夫·伦茨②。他二十来岁。刚刚毕业于大学的罗曼语－德语系。韦尼阿明是"谢拉皮翁兄弟"之一。顺便说一下，他们有三个人名字是韦尼阿明。列夫·伦茨、现在居于巴黎的沃洛佳·波兹涅尔③，以及这位韦尼阿明——韦尼阿明·卡维林。

伦茨一直都在写作，而且一直风格各异。通常都写得很好。他具有异乎寻常的孩子般的乐观精神。

他大学毕业的时候，"谢拉皮翁"们在萨佐诺夫④的府邸把他抬起来往上抛。大家都动手了。当时忧郁的弗谢沃洛德·伊万诺夫像吉尔吉斯人战斗时一样高喊着冲上前去。他们不慎失手把他扔到了

---

① 文中提及的小说并未曾公开发表。斯洛尼姆斯基写过几部戏剧，后来基本上从事小说创作。
② 列夫·纳塔诺维奇·伦茨（1902—1924），作家，"谢拉皮翁兄弟"中的理论家。
③ 弗拉基米尔·索洛莫诺维奇·波兹涅尔（1905—1992），当时是刚刚起步的诗人，后来与父母去法国，并成为法国著名作家。
④ 谢尔盖·德米特里耶维奇·萨佐诺夫（1860—1927），沙俄时期的外交部长；在商队大街 14 号拥有府邸，与之毗邻的是"世界文学"出版社。

地板上，险些把他摔死。于是格列科夫①教授夜间来到他们这里，用手指抚摩着伦茨的脊柱说：

"不严重，双腿可以不用截肢。"

大家差一点就让他失去了双腿，两个星期后，伦茨已经可以拄着拐棍跳舞。他写了两部话剧、多部喜剧。他心里装得满满的，有可以提取的东西。伦茨、斯洛尼姆斯基、西里伯尔、济利别尔②、伊丽莎白·波隆斯卡娅都是我的学生。只是我不教写作；我只给他们讲什么是文学。济利别尔-卡维林是个二十岁或者还不到二十岁的小伙子，宽宽的胸膛，脸色红润，虽然和特尼扬诺夫一起在家里时常常没有面包可吃。那时他们便咀嚼储备用来应急的干枯的根茎。

是个强壮的小伙子。

我在那里时他便开始写作。他是个特立独行的作家。善于运用情节。他有一篇小说《蜡烛（和盾牌）》③，其中描写人们在玩扑克牌，而每张牌也都有自己的作用。卡维林——机械师——是情节设计师。在所有的"谢拉皮翁"中，只有他不多愁善感。左科琴我不了解，他总是安安静静地说话。

伊丽莎白·波隆斯卡娅和阿·韦克斯勒手上都戴着黑色手套，这是他们修会的标志。

她写诗。世俗生活中她是个医生，是个冷静而坚强的人。她是

---

① 伊万·伊万诺维奇·格列科夫（1867—1934），著名的外科医生。
② 其本姓为卡维林。
③ 指的是小说《盾牌（和蜡烛）》，1923 年出版。

犹太人，不是模仿者①。她是绝对纯正的犹太血统。她写得不多。她的一些优秀诗作是描写现今俄国的，深受铅字工人们喜爱。伊丽莎白·波隆斯卡娅是"谢拉皮翁兄弟"中唯一的女性。这个团体的名字只是个偶然。"谢拉皮翁"们并不迷恋霍夫曼②，甚至卡维林也一样；他们更喜欢的是斯蒂文生、斯特恩和柯南·道尔。

在彼得堡徘徊不定的还有弗谢沃洛德·伊万诺夫。他独自徘徊着，穿着破旧的短皮袄，鞋底用绳子绑着。

他从西伯利亚来找高尔基。高尔基当时不在彼得堡。无产阶级作家收留了伊万诺夫。他们自己也一贫如洗。他们不是宫廷作家。他们为伊万诺夫提供了所能提供的一切——一个房间。再没有能提供的东西了。旁边有一个废纸仓库。伊万诺夫用纸张给房间取暖，温度十八度左右。他要暖暖身子，不想吃东西。

高尔基来了，让伊万诺夫留在科学家之家，他不是靠领取口粮，而是靠发一些东西生活。口粮是不会给他的：这个人还没有出书。高尔基介绍伊万诺夫与我相识，我则把他推荐给"谢拉皮翁"们。

弗谢沃洛德本人高高的个子，太阳穴两侧和下巴上都有胡子，眼睛微斜，像吉尔吉斯人一样，但是带着夹鼻眼镜。他从前是个排字工人。"谢拉皮翁"们对他非常亲切。我还记得，大家聚在斯洛尼姆斯基的房间里，我们用桌子的后壁板烧炉子。伊万诺夫坐在床上

---

① 这一说法具有论辩性质，与对伊·爱伦堡的评论有关，波隆斯卡娅是伊·爱伦堡诗歌的第一个读者、评论者、倡议者。

② "谢拉皮翁兄弟"团体的名字取自德国浪漫主义作家霍夫曼的同名小说集《谢拉皮翁兄弟》（1819—1821）。

开始朗读：

    *在西伯利亚棕榈树不会生长……*①

大家都非常高兴。

伊万诺夫现在创作颇丰，但并非始终稳定。我不喜欢他的《彩色风》②。当然，不是意识形态的问题。意识形态与我有什么关系？我不喜欢，是因为写得过于严肃了。正如左科琴所说，这是"花边草"③。作品过于矫揉造作。作家在创作作品的时候，不应该强调自己。需要的不是讽刺，而是自由的创作风格。《婴儿》④ 是出色的短篇小说，它起初好像是按照布勒特-哈特⑤的方式展开情节：野蛮的人们发现了孩子，照顾着他。但随后作品的进展令人意想不到。孩子需要喝奶。人们就给他抢来一个带着婴儿的吉尔吉斯女人，但是为了让自己的孩子有足够的奶喝，他们杀死了黄皮肤的小对手。

伊万诺夫已婚，他有一个出生不久的女儿。

在"谢拉皮翁"们当中，有个理论家伊利亚·格鲁兹杰夫⑥，是鲍里斯·艾兴包姆和尤·特尼扬诺夫的学生。

---

① 出自弗谢沃洛德·伊万诺夫的短篇小说《灰褐色的毛皮大衣》(1921)。
② 这篇小说发表于 1922 年。
③ 左琴科模仿弗谢沃洛德·伊万诺夫而得来的名称。
④ 这篇小说因伊万诺夫在"谢拉皮翁兄弟"中朗读而出名，1922 年 2 月什克洛夫斯基逃离俄国前夜，它才得以发表。
⑤ 指的是美国作家布勒特-哈特的短篇小说《咆哮营的幸运儿》(1869)。
⑥ 伊利亚·亚历山德罗维奇·格鲁兹杰夫 (1892—1960)，批评家，文学评论家，加入了"谢拉皮翁兄弟"。

冬末又来了一位诗人，叫尼古拉·吉洪诺夫。他曾是红军骑兵。

他二十五岁，仿佛头发已经花白，实际上他就是一个头发淡黄发灰的人。他眼睛大大的，呈灰色或蓝色。他写了很多优秀诗作。他住在下层，在"猴舍"里，与弗谢沃洛德·罗杰斯特文斯基①住在一起。吉洪诺夫善于讲马的故事。例如，被俘的德国马匹消极怠工并叛变的事。

还有康斯坦丁·费定②。他从俘房中逃出来，是从德国人那里逃走的。他错过了革命。他当时正被俘。他很优秀，个子不高，只是有些传统。

此时我开始写自己的著作《谢拉皮翁兄弟》。我与他们住在同一栋楼房里。我认为，总政治保安局③不会因我与他们一起喝过茶而生他们的气。"谢拉皮翁"们的成长是艰难的，如果不是高尔基，他们早就销声匿迹了。阿列克谢·马克西莫维奇一开始就对他们非常重视。他们更加相信自己了。高尔基几乎总是能理解他人的手稿，他在培养新作家方面非常成功。

俄国还没有被践踏，还没有被毁灭。人们在这里生长着，就像穿透韧皮长出来的燕麦一样。

伟大的俄国文学和伟大的俄国科学将会继续存在。

现在"谢拉皮翁"们每个星期五都在自己的聚会上吃面包，抽

---

① 弗谢沃洛德·亚历山德罗维奇·罗杰斯特文斯基（1895—1977），诗人。
② 费定在第一次世界大战前去德国学习，1918年才回到俄国；有一段时间他在德国成为战争中的平民囚犯。
③ 指的是俄罗斯联邦内务人民委员部的国家政治保安局，是不久前（1922年2月）全俄肃反委员会经过改组而成立的。

烟，然后玩捉迷藏。天啊，人们是多么坚强啊！没有人能从他的足迹看出他所承载的负荷，只是足迹时浅时深而已。

没有足够多的无产阶级，否则金属工业工人就会存活下来。

我在俄国已经看到了对汽车、对如今物质文化的热爱。

1922年的冬天，我走在扎哈里耶夫斯卡娅大街上。当时扎哈里耶夫斯卡娅大街上坐落着汽车和畜力车运输基地。但是现在已经没有了，好像被完全拆除了。

一个司机打扮的年轻人走到我跟前。"您好，"他说，"教官先生。"

他说出了自己的名字。他是司机学校的学生。

"教官先生，"这个学生和我并排走着说，"您是党员吗?"俄国的党员通常指的是布尔什维克。

"不是，"我说，"我在艺术史研究所工作。"

"教官先生，"这个学生和我并排走着，他只是在学校期间了解我的，他说，"汽车不知去向，车床都生了锈，做好的铸件都在那里闲置着呢，我是党员，我真是看不下去了。教官先生，为什么您不和我们一起工作?"

坚守在车床旁边的人总是正确的。这些人像种子一样在发芽。有人说，萨拉托夫省去年的谷物发了芽。将同样生长的还有新的俄国文化。

死亡的只能是我们，俄国仍继续存在。

喊叫和着急都是没有用的。

1913 年在钦尼泽尔利①马戏团发生过如下事件。一个杂技演员设计出一个节目，在节目中他脖子上系着绳圈从吊杠上跳下来。他的脖子很结实，绳圈的结恰好在后脑勺上，而绳圈显然要套在下颌底下，然后他的脑袋会从绳圈里钻出来，他要向上爬并从吊杠上向观众挥手。这个节目叫作"铁脖子的人"。有一次他弄错了，绳圈卡住了喉咙，于是这个人高高地悬挂在那里。这引起了恐慌。人们拿来梯子。高度不够。有人爬到了他跟前，但是忘记了拿刀子。一个杂技演员爬到他跟前，却没有办法把他从绳套中抱下来。观众呼号着，可是"铁脖子的人"却一直悬挂在那里。

此时，顶层楼座的一个包厢里站起来一个商人模样的人，他身材高大，想必非常善良，他向前伸着双臂朝吊挂着的人喊道：

"请您下来吧——我的妻子都哭了！"这是一件真事。

1922 年彼得堡的春天早早就来了。最近几年春天总是来得很早，但是严寒还是会捣乱。

这是因为我们总是把每一个解冻的天气都当成春天。

天气非常寒冷，人的精力不足。当暖风吹起来的时候，这就像是哥伦布眼中从陆地飞来的鸟儿。

春天，春天——水手们在甲板上大喊。

艾兴包姆说，革命生活与日常生活的主要区别在于，现在什么都能感受到。生活成了艺术。春天就是生活。我想，畜栏中饥饿的牛并不会像我们一样对春天的到来感到如此高兴。

---

① 俄国第一个石头砌的马戏团，1877 年末对外开放；属于加埃坦诺·钦尼泽尔利所有。

春天，也就是解冻天气，——事实上才刚刚三月份——来到了。

大卫·维果茨基①住在艺术之家第五十六号住宅，他已经打开了朝向大街的窗户，想要暖和暖和。

的确，他书桌上墨水瓶中的墨水已经融化了。

在如此温暖的夜里，我拉着雪橇离开了窗户灯火通明的住处。

我在熟人家里过的夜，什么也没对他们说。早晨我去了国家出版社取了图书《尾声》的出版许可。

国家出版社还什么都不知道，但是那里意外地来了一个熟人说："你们那里设了埋伏。"②

我在彼得堡又住了两周。我只换过大衣。我不是特别害怕被捕。有谁需要逮捕我呢？逮捕我是没有充足理由的。是谢苗诺夫这个毫无职业素养的人臆想出来的。

我却因此要离开妻子和同志们。

解冻天气妨碍了从冰上逃走。

后来稍稍结了一层冰。冰上雾霭沉沉。我朝着渔民的小棚子走去。后来我被带到了检疫站。

我并不想写下这一切。

我记得：一个六七十岁的老太太③来到检疫站，她是合法的。

---

① 大卫·伊萨科夫斯基·维果茨基（1893—1943），诗人，翻译家，批评家。
② 关于在特尼亚科夫的住宅为抓捕什克洛夫斯基设下埋伏一事，韦·卡维林曾经回忆过（《尾声》，1989），博隆斯卡娅也回忆在她的住处曾设下埋伏，她有一首诗《逃亡者之歌》，描写的就是什克洛夫斯基的逃亡。
③ 指的是伊克斯库利·丰·格利坚布兰德特·瓦尔瓦拉·伊万诺夫娜男爵夫人（1850—1928），收藏家，作家，社会活动家。像什克洛夫斯基一样，她也非法从芬兰湾逃离彼得格勒。

她对一切都赞叹不已。她看见面包就会说：

"啊，面包！"

她对着黄油和炉子画着十字。

我在检疫站睡了整整一天。

夜里我大喊起来。我感觉我手里有炸弹爆炸了。

后来我坐船去了什捷特京①。海鸥尾随着我们飞翔。

它们的翅膀吱嘎吱嘎直响，就像铁皮一样。

它们的声音就像摩托车的声音。

该结束这本书了。真是有些不舍，但本书将以一个老妇人在异国烤火这件令人愁苦的事情来结尾。两本书的结尾应该把二者的主题结合起来。这就是为什么我接下来要在这里谈谈谢德博士。谢德博士是美国驻乌尔米耶领事。

谢德博士在乌尔米耶到处都乘坐着一辆轻便四轮马车。马车的四个车轮都是相同的。在马车上方，四个木棍支起了带小花边的车棚。马车是极普通的正方形，就像一个火柴盒。

这辆四轮轻便马车毫无特别之处，大约二十年前，在美国的一些地方这样的马车可能就已经很普通了。

谢德博士亲自驾着自己的马车，坐在长方形前座的右侧。

后面背对着他坐着的，不是他头发花白的妻子，就是棕黄色头发的女儿。

他的妻子和女儿都是极普通的。

---

① 当时德国奥得河上的一个港口（现在归属于波兰，名为什切青）。

谢德博士头发已经花白，他穿着一件黑色的外套。

他也是极普通的。

谢德博士的马车上既没有机枪，也没有挂国旗。

谢德博士住在乌尔米耶附近，美国使馆的黏土墙绵延几俄里。

墙内没有屠杀，那里是美国。正方形的马车走遍了整个波斯北部和整个库尔德斯坦。

我第一次见到谢德博士是在一次会议上，当时我们要求波斯人提供小麦。那是 1917 年 12 月。

毛拉们戴着绿色的头巾，用涂着指甲的好看的手抚摸着红胡子，亲切地告诉我们，他们是不会供给小麦的。

胖胖的军队事务总管是卡尔波夫①将军，他破旧不堪的外衣的柔软褶皱下面是同样柔软的满是褶皱的腹部，他也亲切地告诉波斯人，我们一定要拿到小麦。他的指甲没有涂过，而是被咬伤过。

俄罗斯领事尼基京（后来撤退时遭到杀害）② 坐立不安，急得团团转。

就在此时，谢德博士穿着黑色外套出现在我们中间。

他像一根黑色的柱子站在我们中间。他的头发洗得干干净净，非常蓬松。

我坐在角落里，我的弗伦奇式军上衣破旧不堪，我没有穿毛皮

---

① 尼古拉·瓦西里耶维奇·卡尔波夫（？—1959），少将，当时任职于高加索榴弹师十三团；后来移居塞尔维亚和阿根廷。

② 此处说法不准确：尼基京顺利离开了波斯，此后长期居住在法国（在此与什克洛夫斯基结交并成为其自传散文中的人物之一）。

大衣，而是穿着防水大衣，袖子边已经磨得发亮。

我为它们感到窘迫，便用手把它们遮住。我的毛皮大衣在大抢劫时扔掉了。

此时我就像一个假桅杆。这样的桅杆往往在风雨过后安装在轮船上，绑在原来的真桅杆残留的部分上面。

我是部队的政委。

我全部的生活就是由这些片段组成，而这些片段仅仅因我的习惯而相互关联。

谢德博士说：

"先生们！昨天我在市场的墙边发现一个六岁的男孩躺在那里，他已经死了。"

如果把穿着动物毛皮制成的毛茸茸的衣服的鲁滨逊从荒无人烟的岛屿转移到伦敦街头，会感到诧异的就不仅仅是他一个人。

同样会感到奇怪的还有在根本就不关注死人的东方常常注意到死尸的谢德博士。

一次我在库辛山隘的大路上看到一队商队。

骆驼昂首阔步地走着。

它们的背部在载着驮包的高高的鞍子下面，似乎特别像快马的背部。

骆驼嘴脸下面的铃铛发出清脆的响声。马儿们一路小跑，它们双腿的闪现打断了从容的骆驼踏着大步的双腿的挥动。

马儿们比骆驼矮，从旁侧只能在骆驼的长腿中间看到它们。

我问：

"你们驮的是什么？"

告诉我说：

"给谢德博士的银币。"

几乎没有护卫队。

银币源源不断地运送给谢德博士，却没有人把手伸向它，因为一切都在变化，在美国使团的黏土墙内避难人们也在变，但是谢德博士供养着所有的人。

哎，别人家的面包是苦涩的，别人家的楼梯是陡峭的！科学家之家排着的队伍也是苦涩的！

我要对那些喜欢含混不清的修饰语的人说：

"科学家之家的大理石楼梯是苦涩的。"

捷克的九磅糖也是苦涩的。我的炉筒裂缝中冒出的烟是苦的。这是失望的烟雾。

但是最陡峭最苦涩的是柏林的木楼梯。而我在这里，在铺绿呢面的牌桌上写作。

我记得，在乌尔米耶的杰加林大门旁发放过口粮。

一大群库尔德人几乎赤身裸体，穿着破烂衣衫，肩上披着带条纹的大衫（一种服装样式，常常在东方能看到），冲向面包。

发放员的侧面站着一个人——或者是两个人，我不记得了——拿着一根粗粗的鞭子，不慌不忙而又连续不断地使劲鞭打着人群，阻止他们的冲撞。

俄国人撤离波斯的时候，留下亚美尼亚人和艾索尔人自生自灭……

命运是不受摆布的，例如，如果不给人提供食物，那么他只有一个命运——死亡。

俄国人撤离了波斯。

艾索尔人英勇地自卫着，如同啃咬着车灯的狼一般。

当土耳其人包围他们的时候，他们冲破包围圈，全体人民一起逃到了英国人在巴格达的领地。

他们走着山路，马匹不断倒下，驮包也都扔掉了，还抛弃了孩子。

众所周知，被遗弃的儿童在东方并不少见。

谁会知道呢？

我不知道谁在东方会收集这些信息。

然而命运不会听凭摆布——被遗弃的儿童在死亡。

那时谢德博士坐上他的四轮马车，跟随着逃跑的人群。

可是一个人能做些什么呢？

艾索尔人走的是山路。

这些山上并没有道路，到处都被石头覆盖，仿佛下过石头雨一样。

马在这些石头上走上一百俄里就会磨掉马掌。

在 1918 这个用饥饿标记的一年里，冬天人们在冰晶覆盖的壁纸之间死去，因此要运走和埋葬尸体非常困难。

只有到了春天才能为死者治丧。

春天来了，它一如既往：丁香盛开，白夜漫漫。

只有到了春天才能为死者治丧，因为冬天非常寒冷。艾索尔人在尼尼微时就开始为自己的孩子们治丧，那时他们脚下的土壤已经变得平整柔软。在彼得堡，春天里人们也在伤心地哭泣。即将解冻的俄国总有一天还会哭得更加沉痛。

山区的艾索尔人与乌尔米耶人之间发生了纠纷。

此前他们之间并没有相互敌视。

因为在1918年这个用饥饿做标记的一年里，在用冰粘贴在墙上的壁纸之间，人们往往睡在一起，因为这样会暖和一些。天气如此寒冷，他们甚至都不曾记恨对方。一直到春天。

乌尔米耶的艾索尔人想回去为那些惨遭蹂躏之地报仇，想要杀死辛科这个刽子手。

在抛弃孩子的时候，他们知道辛科就在后面。那时山区艾索尔人的内心是平静的，他们实在太累了，没有力气再第三次穿过山区。而在尼尼微附近，他们几乎就像到了家一样。土耳其人已经离开。只是与库尔德人打了几仗。波斯人对于艾索尔人而言，就像黄油之于刀子。乌尔米耶的艾索尔人行进十分迅疾。辛科逃到了大不里士。艾索尔人围攻了大不里士。

大不里士是个大城市，城里街道上的黏土墙上有许多门。

波斯城市规模不是根据居民数量，而是根据门的数量来计算。门都很低矮，带有木制门闩，至于门后面有什么，不得而知。艾索尔人也许知道，尽管他们破门而入并非出于好奇。

那时谢德博士正坐在自己马车前座的右侧。

黑色的马车，黄色的轮子。谢德博士穿着黑色大衣，头发花白，他穿过艾索尔人的部队前往大不里士。

谢德博士拖着受伤的双腿，带着一颗受伤的心迎着队伍走去——不仅仅是马匹的铁掌在清洗着山脉——还有三千五百名儿童，这是他走在逃亡人群后面的时候捡到的。

谢德博十把这些孩子还给了他们的父亲，自己则挽着辛科的手，让他坐在四方形马车自己旁边的前座上，把他带到巴格达英国人那里接受审判。

没有人挡住谢德的路。

不，我没有必要写这些。我要温暖温暖自己的心脏。它在疼痛。

我为俄国感到痛惜。是谁教会俄国人把条状的驮包装在骆驼身上，再用绳索把经过伏尔加河流域荒凉大地的商队长龙连在一起？

谢德博士，我是来自东方的人，因为东方始自普斯科夫，而早先则始自韦尔日博洛夫，东方现在还像以前一样，从俄国边境一直延伸到三个大洋。

谢德博士！流亡之路是痛苦的。谢德博士！我像一只杂色鼠混杂在逃亡的士兵中，从乌什努埃来到彼得堡；混杂在来自德国的几乎赤露着的战俘中从梅林卡抵达彼得堡。

与我们一起行进的是拉着棺材的汽车，棺材上用树脂写着草书："棺材返回"。

而目前我生活在移民之中，瘦得只剩下一把骨头了。

在柏林，维也纳炸肉排也是苦涩的。

1918 年至 1922 年我一直住在彼得堡。

您的名字，还有在赫尔松不允许人们杀死受伤的希腊人的戈尔边科医生的名字，以及请求我去保护车床的无名司机的名字，我以它们来结束此书。

译　后　记

维克托·鲍里索维奇·什克洛夫斯基（1893—1984），俄罗斯著名文艺理论家和作家，俄国形式主义学派的创始人和领袖之一，在20世纪欧美文艺理论界颇具影响，甚至对整个20世纪的文学理论和文学批评的发展和走向具有奠基性作用。什克洛夫斯基的一些文论著作，如《作为手法的艺术》《故事和小说的结构》《散文理论》等早在20世纪80年代被译介到中国国内，其散文理论，尤其是陌生化诗学，多年来备受国内读者关注。

什克洛夫斯基不仅仅是卓越的文论家，他还是一个创作颇丰的作家。除文艺理论著作外，什克洛夫斯基还写了大量的散文作品，这些作品内容丰富、形式多样，例如自传体小说《感伤的旅行》（1923）、《动物园，或不谈爱情的信札，或第三个爱洛伊丝》（1923）、《第三工厂》（1926）、《往事》（1962），历史小说《马可·波罗》（1936）、《米宁和波扎尔斯基》（1940）、《画家费多托夫的故事》（1956），日记体散文《日志》（1939），札记体散文《马步》（1923）、《汉堡记分法》（1928），等等。近年来，国内陆续出版了《感伤的旅行》《马可·波罗》《动物园，或不谈爱情的信札》和《第三工厂》等作品的中译本。在什克洛夫斯基的散文作品中，自传体小说《感伤的旅行》占有重要地位，它们真实生动地记录了作家早期的经历和遭遇。

1893 年 1 月什克洛夫斯基出生于彼得堡的数学教师之家，父亲是犹太人，母亲是俄德混血。什克洛夫斯基很早就表现出对艺术的兴趣，中学时代就开始尝试创作散文作品，撰写散文理论文章，并且在杂志上发表过作品。中学毕业后，他考入彼得堡大学历史语文系。1913 年 12 月在未来派举行的一次讨论会上，他做了题为《未来派在语言史上的地位》的报告，引起文学界的轰动和关注。什克洛夫斯基以这份报告及相关材料为基础，于 1914 年出版了他的第一本文学理论著作《词的复活》。上述报告与《词的复活》成为俄国形式主义流派的发端。1914 年什克洛夫斯基还做过题目为《物品的复活》的报告，出版了诗集《沉重的命运》，在文艺理论研究和文学创作等方面展露出独特的才华。1914 年秋第一次世界大战开始后，什克洛夫斯基志愿入伍，1915 年返回彼得堡，在一所装甲兵军校任教。在此期间，什克洛夫斯基与雅库宾斯基、布里克等一些志同道合的年轻人着手出版第一卷和第二卷《诗学语言理论文集》（1916，1917），其中收入了他的论著《论诗与玄奇的语言》《作为手法的艺术》。《作为手法的艺术》被称为俄国形式主义学派的宣言，什克洛夫斯基中在其中提出了广为人知的"陌生化"理论，成为"诗歌语言理论研究会"（简称"奥波亚兹"）的发起者之一。

1917 年俄国爆发二月革命，什克洛夫斯基作为社会革命党人积极响应，当选为彼得格勒后备装甲营委员会成员，代表该营参与彼得格勒苏维埃的工作，并以临时政府人民委员助理的身份前往西南前线。1917 年 7 月，他率领部队冲锋并受了重伤，荣获四级乔治十字勋章，由临时政府武装总司令科尔尼洛夫亲自授予。伤愈后，什克洛夫斯基仍以临时政府人民委员助理的身份前往驻波斯的高加索独立骑兵军，组织俄国军队撤离波斯。1918 年初从波斯回到彼得堡后，什克洛夫斯基任职于艺术历史委员会，同时也是社会革命党中央军事委员会委员，参与策划在彼得堡举行反对布尔什维克的武装暴动。此事败露后，什克洛夫斯基被迫离开彼得堡前往萨拉托夫，一度隐藏在精神病医院里，同时致力于散文理论研究。此后他来到基辅，在第四汽车装甲营服役，曾尝试推翻乌克兰反革命活动的策划者斯科罗帕茨基，但是未获成功。此时，什克洛夫斯基受熟人之托携带巨款前往彼得堡，在接近莫斯科时被肃反人员认出。为逃避被捕，什克洛夫斯基从行驶的火车上跳下逃走并设法来到莫斯科，会见了为他向斯维尔德洛夫求情的高尔基。1918 年末，什克洛夫斯基决定不再参与政治活动。1919 年初经高尔基斡旋，什克洛夫斯基及相关人员一案撤诉，他被赦免并返回彼得堡，在世界文学出版社开设的文学翻译训练班讲授文学理论，在"诗歌语言研究会"里著述和从事出版活动。1920 年春天，什克洛夫斯基与人决斗并离开彼得堡，前往乌克兰寻找逃避饥荒的妻子。在乌克兰，什克洛夫斯基加入了红军队伍，参加了在亚历山德罗夫斯克、赫尔松、卡霍夫卡附近的战斗，此后什克洛夫斯基返回彼得堡，1920 年 10 月当选为俄国艺术史研究所教授。1921 年至 1922 年初，什克洛夫斯基在《彼得堡》《艺术之家》《图书角》等杂志上大量发文，出版了许多文艺理论研究文章的单行本以及回忆录《革命与前线》，参加"谢拉皮翁兄弟"小组的会议。1922 年初，社会革命党策划恐怖活动的旧案被重新提起，一些社会革命党人被捕。什克洛夫斯基担心自己被捕，便于 1922 年 3 月仓皇逃往芬兰。1922 年 6 月至 1923 年 6 月，什克洛夫斯基住在柏林，并在此出版了自传体小说《感伤的旅行》。但是，什克洛夫斯基对流亡生活倍感失望，自 1922 年末起开始请求苏维埃政府允许他回国。经高尔基和马雅可夫斯基的斡旋，什克洛夫斯基 1923 年底回国并住在莫斯科，继续从事文学工作，直至 1984 年 12 月于莫斯科逝世。

《感伤的旅行》书名取自英国小说家劳伦斯·斯特恩（1713—1768）的作品《在法国和意大利的感伤的旅行》（1768），1923 年 1 月于柏林出版，其中包括《革命与前线》和《书桌》两部。第一部《革命与前线》创作于 1919 年 6 月至 8 月，是什克洛夫斯基应格热宾出版社之邀用三个月时间完成的，但是直到 1921 年才获出版。第二部《书桌》由 1922 年 2 月出版的《尾声》增补而成。《尾声》最初出版时副标题为"《革命与前线》一书的结局"，什克洛夫斯基以此表明不打算再续写回忆录。1922 年 2 月，原社会革命党头目之一的格里戈里·伊万诺维奇·谢苗诺夫（1894—1937）在柏林出版回忆录《1918—1919 年社会革命党的战斗和军事工作》，披露了该党策划恐怖活动的一些内幕，其中提到什克洛夫斯基与此事有牵连。为澄清一些事实和提供自己的"证词"，什克洛夫斯基再次执笔回忆了自己在逃离祖国之前从事的一些活动。1922 年 6 月什克洛夫斯基迁居柏林，并在此完成了《感伤的旅行》的第二部《书桌》。

1917—1923 年，是俄罗斯历史上的动荡时期，也是什克洛夫斯基一生中经历最为丰富和曲折的时期，他在从事文学活动的同时，更加积极地参与社会活动和政治活动。《感伤的旅行》作为什克洛夫斯基的自传性小说，其中主要记录的就是他在1917—1923年辗转于国内外的各种真实经历。与此同时，什克洛夫斯基在书中还反映和描绘了俄国十月革命、国内战争以及第一次世界大战中的一些历史事件，从而把个人的遭遇置于整个时代的大背景之下。正如他在小说中所言，历史的洪流会把所有人都带动起来，人全部的智慧都要顺从于它的流向。在风云变幻的时代，任何人都没有办法置身其外而独享采菊之乐。但凡人的行为，都是外力驱使而致，完全与个人的主观意识无关。也许正因为怀有这样的想法，什克洛夫斯基在《感伤的旅行》中描写一些恐怖的事实或者血腥的场面时，并没有浓重的悲伤情绪，而是娓娓道来，"写得心平气和、细致入微"，"充满智性和清醒"（德·斯·米尔斯基）。什克洛夫斯基就是以这样冷静的基调，在这种平心静气之中展露着他的心路历程，呈现出真实而丰富的内心世界，以独特的手法表达着感悟和体会。

《感伤的旅行》虽为回忆录式的自传体小说，与常见的这类小说形式又不完全相同。作者似乎是按照时间先后顺序讲述自己的经历，但又往往不时地突然偏离轨道，插入一些令人意想不到的事件或者言论。作者没有刻意追求小说结构的严谨，似乎只是将听凭自己意志游走的思想付诸笔端，小说中充斥着精短的段落，大量使用称名句、不定人称句、无人称句、奇异的比喻和引喻，这一切都让人感到陌生，给理解带来一定的困难。什克洛夫斯基向来主张作品应力求新奇陌生以及自由的创作风格，应该说，他在《感伤的旅行》以及其他著作中很好地践行了自己的观点。《感伤的旅行》是一种新奇的"陌生化"小说形式，俄罗斯学者称之为"语文体小说"

（филологический роман）。《感伤的旅行》乃至什克洛夫斯基的其他小说，是一个文论家在创作实践中的成功"冒险"，与其文论著作彼此渗透、相互印证，在俄罗斯文学中形成了一道耐人寻味的风景。什克洛夫斯基也正是以这种独特的方式书写了自己的"诗意人生"。

译者有幸受汪剑钊教授和赵晓彬教授之托，在什克洛夫斯基的引领之下做了一次穿越时空的"旅行"，但是内心却一直惶恐不安，囿于学识粗陋，译文中必有欠妥和谬误之处，只望什氏和诸位读者谅解我的不自量力和浅薄，姑且将其视为引玉之砖吧！

译者

2014 年 2 月